PHILIPPA L. ANDERSSON

SO RIGHT, SO WRONG

Verführerisches Spiel mit dir

Über das Buch

Ava Donovan arbeitet als Privatermittlerin, und sie ist gut in dem, was sie tut. Bis sie das Verschwinden der Studentin Samantha Taylor untersuchen soll – und nicht weiterkommt.
Da jede Minute zählt, wendet sie sich an den Nachtclubbesitzer Caleb Bryce. Wenn jemand etwas dazu weiß, dann er. Die Sache hat nur einen Haken: Der charismatische Bad Boy hat bereits in der Vergangenheit klargemacht, dass er Ava in seinem Bett haben will. Und dieses Mal wird er nicht nachgeben, bis er sein Ziel erreicht hat …

Über Philippa L. Andersson

Nach ihrem Germanistik- und Hispanistik-Studium in Bamberg sowie Stationen in Spanien und Hamburg veröffentlichte Philippa L. Andersson 2012 ihre erste Kurzgeschichte, 2013 folgte der erste von zahlreichen weiteren erotischen Liebesromanen. Sie lebt und arbeitet in Berlin.

www.philippalandersson.de
www.facebook.com/PhilippaLAndersson
philippal.andersson@gmail.com

So Right, So Wrong

Verführerisches
Spiel mit dir

Roman

Erstveröffentlichung mit CreateSpace, a DBA of On-Demand Publishing, LLC von Sowade, Berlin, Juli 2017

Neuauflage
November 2017

So Right, So Wrong - Verführerisches Spiel mit dir
Philippa L. Andersson

Umschlagfotos: © iStock.com/StudioThreeDots
Umschlaggestaltung: Philippa L. Andersson
Lektorat: Mona Gabriel, Leipzig, Deutschland
Korrektorat: Laura Gosemann, Berlin, Deutschland

Philippa L. Andersson vertreten durch:
Sowade, Plantagenstraße 13, 13347 Berlin, Deutschland
philippal.andersson@gmail.com
www.philippalandersson.de

ISBN: 978-3-96111-309-5

Bestellung und Vertrieb: Nova MD GmbH, Vachendorf , Deutschland
Druck: Sowa Sp. z o.o., ul. Raszynska 13, 05-500 Piaseczno, Polska

Manchmal sind gerade
die FALSCHEN *Dinge*
absolut RICHTIG ...

Kapitel 1

Eher gefriert die Hölle …

Genau das habe ich gedacht, als Caleb Bryce mir bei unserer letzten Begegnung gesagt hat, dass ich ihn jederzeit wieder um Hilfe bitten kann.

Wobei … ›Gesagt‹ ist zu harmlos ausgedrückt. ›Sagen‹, das klingt nach Nachrichtensprecher, Bahnhofsdurchsage und Small Talk an der Supermarktkasse.

Viel zu nüchtern.

Nein, Bryce hat sich zu mir heruntergebeugt, tief Luft geholt, sodass sein warmer Atem mein Ohrläppchen gestreift hat, und mir die Worte *zugeraunt.* Vertraut, intim und eine Spur bedrohlich. So als wäre es für ihn keine Frage, *ob* ich ihm jemals erneut über den Weg laufe, sondern *wann* das sein wird. Und dann käme ich nicht länger mit einem Lächeln und einem festen Händedruck davon.

Er würde sich nehmen, was er will.

Mich.

Frustriert starre ich auf das in die Jahre gekommene Clipboard von *Fuller Investigations*, der Privatdetektei, für die ich arbeite. Die spärlichen Informationen haben sich nicht geändert, seit Mr und Mrs Taylor, unsere neuen Klienten, gegangen sind. Wo bleibt die Erleuchtung, wenn man sie braucht? Eine Begegnung mit Caleb Bryce reicht für ein Leben. Auf eine zweite bin ich wirklich nicht scharf.

Gesucht wird: Samantha Taylor, die Tochter der Eheleute.

Dieses Mal wird er nicht lange fackeln.

Architekturstudentin.

Sobald er dir geholfen hat, wird er dich zu seinem Tisch drängen und deine Hose tiefer schieben.

Um 16 Uhr wurde sie zuletzt gesehen. Jetzt, um 18:30 Uhr, während Chicago sich auf den Feierabend freut, beginnt mein Tag. Denn jede Minute zählt.

Er wird nicht nett sein, nicht zärtlich, nicht behutsam. Sondern in dich dringen, dich nehmen, überwältigen …

Schwer atmend presse ich meine Schenkel enger zusammen und erkläre die plötzliche Hitze zwischen meinen Beinen damit, dass mein Privatleben seit geraumer Zeit nicht existent ist.

Du übersiehst etwas.

Die erste Stunde ist bei Ermittlungen die wichtigste. Nun ist sie ergebnislos verstrichen, und meine Kollegen, Jane und Oliver, und ich haben nichts.

Dabei ergibt sich sonst immer eine Spur.

Seit fünf Jahren erledige ich diesen Job, und meine Devise lautet, unvoreingenommen den Brotkrumen zu folgen, die uns der Mandant hinwirft.

Geht der Ehemann fremd? Hat die Schwester ihren Bruder um das Erbe gebracht? Wo ist der Schmuck der Großmutter geblieben? Jeder Fall scheint zu Anfang unlösbar. Wir erhalten Puzzleteile, Bruchstücke, Schnipsel, die kein zusammenhängendes Bild ergeben. Und damit legen wir los. Wir ändern die Perspektive, ordnen die Fakten neu, probieren herum. Genau so haben wir es auch gemacht, nachdem die Eltern der Vermissten unser Büro verlassen haben.

Die beiden gut Vierzigjährigen – er der Typ Bankangestellter, sie der Typ Künstlerin – haben sich an uns gewandt, weil ihre Tochter wie vom Erdboden verschluckt ist. Sie war mit der Mutter zum Kaffeetrinken verabredet und ist nicht erschienen. Sie ist nicht mehr an der Uni, ist nicht in ihrer WG und geht nicht an ihr Handy. Normalerweise ist so etwas Aufgabe der Polizei. Doch da die erst nach achtundvierzig Stunden aktiv wird, ist das Ehepaar zu uns gekommen. Und wir stecken fest. Denn selbst wenn ich mich auf den Kopf stellen würde: Ich weiß nicht, wo wir weitermachen sollen.

Was bedeutet, dass eine Begegnung mit Bryce immer unvermeidbarer wird. Schließlich verfügt er über Ressourcen, von denen ich nur träumen kann. Und die Wahrscheinlichkeit ist hoch, dass er etwas gehört oder gesehen hat.

Oder steckt er vielleicht sogar hinter dem Auftrag? Um mich in seine Arme zu treiben … Zuzutrauen wäre es ihm.

Völlig unpassend wird mir heiß. Wie bei der Befragung, die ich vor einem Jahr in Bryces Nachtclub, dem *Sinful Secrets*, durchführen musste. Mein Herzschlag beschleunigt sich. Mein Mund wird trocken – andere Stellen feuchter. Ich möchte die Reaktion unterdrücken. Doch mein Körper hat in Bezug auf diesen Mann einen eigenen Willen. So wie ich mir noch so sehr wünschen kann, über Wasser laufen zu können, so kann ich mir wünschen, in seiner Nähe cool zu bleiben. Es klappt einfach nicht.

Als würde ich zu seinem Fanclub gehören!

Aber gut, ich verstehe es.

In Gedanken sehe ich Bryce, als stünde er vor mir. Ein großer Typ, sportliche Figur, breite Schultern, muskulöse

Oberarme. Dichtes, volles Haar, kantiges Gesicht, sinnliche Lippen und diese stechend aquamarinblauen Augen. In dunklen Jeans und einem schwarzen Hemd mit hochgekrempelten Ärmeln. Unverschämt attraktiv. Noch dazu, weil er sich keine Mühe gibt, attraktiv zu sein.

Wenn es allein sein Aussehen wäre, wäre ich gegen ihn immun. So oberflächlich bin ich nämlich nicht.

Ein prickelnder Schauer läuft mir über den Rücken.

Aber obendrein gehört Caleb Bryce zu der seltenen Spezies Mann, der weiß, was er will und wie er es kriegt. Intelligent, clever und kompromisslos. Jeder Quadratzentimeter von ihm verspricht, dass eine Frau im Bett bekommt, was sie will. Und einiges darüber hinaus. Was dazu geführt hat, dass mir seit unserer Begegnung vor etwas über einem Jahr kein Typ mehr gut genug ist. Nicht klug genug, nicht anziehend genug, nicht selbstbewusst genug.

Hätten sich unsere Wege doch nie gekreuzt!

Eigentlich habe ich für Tagträume gerade überhaupt keine Zeit. Dennoch begnüge ich mich nicht mit der Erinnerung daran, wie sein heißer Atem damals mein Ohr gestreift hat. Sondern stelle mir vor, wie es wäre, wenn seine Lippen die wenigen Millimeter überwinden und meine Haut verführen würden. Arme legen sich um mich, sodass jeder eventuelle Fluchtversuch zwecklos ist. Er zieht mich an sich, lässt mich seine Erektion spüren und haucht mir zu: ›Sei ein braves Mädchen und knöpf deine Jeans für mich auf!‹

›Mach es doch selbst‹, widersetze ich mich ihm mutig. Daraufhin greift er mir fest ins Haar, unterstreicht seinen Befehl wortlos. Also gehorche ich, öffne meine Hose und merke, wie er hinter mir seinen Schwanz befreit.

»Bist du feucht?‹, fragt er mit dieser wissenden Stimme, die nur eine Antwort duldet.

»Schau doch nach!«, provoziere ich ihn und –

Verdammt, Ava, hör auf, von ihm zu träumen! Noch dazu hier! Jetzt! Dem Kerl gehören etliche Nachtclubs in Chicago – edle Adressen und schäbige Löcher. Die Polizei bestellt ihn alle paar Wochen aufs Revier. Vermutlich überwachen ihn das FBI, die Drogenfahndung und zig andere Behörden. *Okay, kann sein, dass du seine Hilfe in dieser Sache brauchst. Aber dafür wirst du nicht mit ihm schlafen.*

»Es fühlt sich an, als ob wir etwas übersehen, was die ganze Zeit direkt vor unserer Nase ist«, sagt Oliver und vertreibt Caleb Bryce aus meinen Gedanken. Der jüngste Mitarbeiter bei *Fuller Investigations* trägt als Fan von Columbo einen Trenchcoat und altmodische Hosenträger, an denen er gerade herumspielt. Wie wir alle ist er frustriert, dass wir feststecken.

»Vielleicht entgeht uns ja wirklich etwas«, gebe ich zu und sorge für erstaunte Blicke. Schließlich gelte ich als extrem gründlich. Aber dieser Fall behagt mir nicht … »Jane? Lass uns noch mal das Gespräch anhören, das wir mit den Taylors geführt haben. Kommst du auch dazu, Oliver?«

In der Hoffnung, einen neuen Ansatz zu entdecken, setzen wir uns an den Besprechungstisch, an dem uns vor einer Stunde unsere neuen Mandanten alle Einzelheiten gegeben haben, und ich lasse den Mitschnitt des Meetings laufen.

»Warum glauben Sie, dass Ihrer Tochter etwas passiert ist?«, ertönt meine ruhige, sanfte Stimme, nachdem ich wie üblich die Formalitäten geklärt und ihr Einverständnis eingeholt habe, das Interview aufzuzeichnen. »Bitte erzählen Sie uns ein bisschen von ihr.«

»Samantha studiert Architektur. Ihr letzter Kurs war heute um 16 Uhr zu Ende. Danach waren wir verabredet, aber sie ist nicht erschienen.«

Ich seufze, weil mir klar wird, was mich an dem Auftrag so nervös macht. Die Erinnerungen wollen sich ungefragt nach vorne schieben. Schnell verdränge ich sie.

»Hat sie sich vielleicht mit jemand anderem getroffen?«, frage ich.

»Nein.« Ich sehe wieder vor mir, wie vehement Mrs Taylor den Kopf geschüttelt hat. »Dann hätte sie Bescheid gegeben. Sammy ist extrem zuverlässig. Sie versetzt Leute nicht einfach so.«

»Wirklich?« Zweifel klingen durch. Tagtäglich verschwinden Menschen. Doch selten steckt ein Verbrechen dahinter. Die meisten Leute haben nur, ohne Bescheid zu geben, ihre Pläne geändert. Deshalb wartet die Polizei zwei Tage, bis die Ermittlungen aufgenommen werden. Außer es liegen konkrete Beweise vor.

»Ich weiß, es klingt nicht nach viel. Aber würden Sie unsere Sammy kennen …« Ihre Stimme bricht.

»Ganz ruhig, Mrs Taylor. Nehmen Sie einen Schluck Wasser!« Glas klirrt auf der Aufnahme. Ich habe gewartet, ihr Zeit gegeben. Denn solche Situationen sind nie leicht. Nach einer kurzen Pause habe ich das Interview fortgesetzt. »Ist Ihnen sonst noch etwas Ungewöhnliches aufgefallen? Könnte sie sich mit einem Freund getroffen haben? Mit Professoren? Kommilitonen?«

»Sammy datet niemanden«, erklärt Mrs Taylor. »Oder falls doch, dann wissen wir nichts davon. Selbst wenn sie mit ihrem Dozenten geredet haben sollte, müsste sie längst aufgetaucht sein. Und sollte sie wirklich was mit anderen Studenten unternehmen, hätte sie sich bei mir gemeldet, damit ich im Café nicht auf sie warte.« Sie seufzt. »Und shoppen ist sie ganz sicher auch nicht. Sie bestellt ausschließlich Sachen online. Größere Auswahl und bessere Preise.«

Erstickt lacht sie und eine Welle von Mitgefühl schwappt über mich hinweg. Es ist nicht ungewöhnlich, dass Menschen in Extremsituationen Witze reißen oder sarkastische Bemerkungen machen. Ich wünschte, ich könnte ihnen schon jetzt etwas von den Sorgen und der Ungewissheit nehmen.

»Was war das Letzte, was sie zu Ihnen gesagt oder Ihnen geschrieben hat?«

»›Gehe jetzt los. Bis später!‹«

»Hat sie vielleicht was auf Twitter, Facebook, Instagram oder auf einer anderen Plattform gepostet?«

»Moment, daran hab ich noch gar nicht gedacht …«, übernimmt Mr Taylor.

Auf der Aufnahme ist Rascheln zu hören. Das Ratschen eines Reißverschlusses. Das metallische Klimpern eines Schlüssels.

»Oh mein Gott!«, entfährt es ihm.

»Was, Steve?«, fragt Mrs Taylor.

»Sieh dir das nicht an, Schatz!«

Samanthas Mutter hat nicht auf ihren Mann gehört und ihr eigenes Handy rausgeholt. Ich sehe wieder vor mir, wie schockiert sie die Hand vor den Mund geschlagen hat.

»Was tut sie da? Das sieht Sammy gar nicht ähnlich!«

Ich verstehe die Reaktion.

Während die Aufnahme weiterläuft, sehe ich mir das Foto an, das auf Samanthas Instagram-Profil gepostet wurde. Leicht verwackelt steht sie im Flur einer extrem luxuriösen Wohnung und macht breit grinsend das Victory-Zeichen.

»Jane, schnell, kannst du das sichern?« Wir haben zu wenig Spuren, um auch nur eine zu verlieren.

Ein Stuhl schabt auf dem Boden, als er zurückgeschoben wird. »Bin dabei«, höre ich die Stimme meiner Computerfee Jane O'Malley, die glücklich war, der Runde am Tisch zu entkommen. Derzeit sind ihre Haare in allen Regenbogenfarben gefärbt, und sie trägt diverse Gesichtspiercings. Mr Taylor hat sie während des ganzen Gesprächs fasziniert angegafft. Jane hasst so was. Schließlich kann heutzutage jeder herumlaufen, wie er will. Bunte Haare sagen nichts aus über Kompetenz.

»Können Sie uns sonst noch etwas zu Ms Taylor sagen?«, frage ich auf der Aufnahme. »Gab es Auffälligkeiten? Hat sie plötzlich Dinge gemacht, die sie vorher nie getan hat? War sie in letzter Zeit anders? Fröhlicher? Oder verschlossener? Egal was Ihnen einfällt, alles könnte uns weiterhelfen.«

Mrs Taylor seufzt hörbar. »Nein, auf Samantha ist Verlass. Das ist ja das Merkwürdige. Deshalb glaube ich, dass was passiert sein muss.«

»Was ist mit Freunden von früher? Oder Verwandten? Könnte sie dort sein?«

»Nein. Ihre alten Freunde vom College leben entweder hier oder sind auf Europareise. Und sie hat sonst nur noch Großeltern. Die leben in Florida. Aber da ist sie auf keinen Fall. Steves Mom hat nächste Woche Geburtstag. Wir sind alle zu der Feier eingeladen. Sammy hat keinen Grund, eher hinzufahren.« Sie schluchzt leise, und ihr Mann flüstert ihr beruhigende Worte zu.

»Sie überprüfen alle Kontakte, oder?«, fragt Mr Taylor.

Ich habe genickt und sehe nun auf die Liste, die uns die Eheleute erstellt haben.

»Vielleicht können wir meine Eltern dabei zunächst aus der Sache raushalten? Sie würden sich nur unnötig aufregen. Geht das?«

»Ja, das geht.« Rascheln von Papieren ist zu hören, die ich durchgesehen habe. »Gut, Mr und Mrs Taylor, das wäre es fürs Erste. Bitte geben Sie uns sofort Bescheid, falls Ihnen noch etwas einfallen sollte.«

»Finden Sie Samantha?«

»Das hoffe ich.«

Ich schalte die Aufnahme aus und sehe in die Runde. »Neue Erkenntnisse, Leute?«

Jane erhebt sich. »Ich werde noch mal Samanthas Social-Media-Accounts und ihre dortigen Freunde und Follower überprüfen.«

»Kannst du mir, bevor du damit anfängst, ihre Kursliste besorgen?«, fragt Oliver und steht ebenfalls auf.

»Willst du mich beleidigen? Die Frage ist nicht, *ob* ich das kann, sondern *in welcher Zeit.*« Jane setzt sich hinter ihren Rechner, spielt mit ihrem Zungenpiercing und sagt eine Minute später: »Voilà!«

Mein Kollege druckt die Übersicht aus. »Dann werde ich erst mit Samanthas Mitbewohnerin sprechen und mich danach an der Uni umhören. Irgendjemand muss irgendetwas gesehen haben. Wir sind hier nicht bei David Copperfield. Menschen lösen sich nicht in Luft auf.«

In Bleiche allerdings schon, ergänze ich makaber im Stillen, sage jedoch: »Gute Idee, mach das!« Sobald Oliver sich seinen Trenchcoat schnappt und aus der Detektei stürmt, wende ich mich an Jane. »Gibt es auf dem Campus Kameras?« Dort wurde Samantha schließlich zuletzt gesehen.

»Keine, die ans Internet angeschlossen sind. Das habe ich schon überprüft.« Sie mustert mich misstrauisch, während ich meine Unterlippe mit den Zähnen traktiere. »Was spukt dir durch den Kopf, Ava?«

»Vielleicht gibt es keine offiziellen Überwachungssysteme. Aber was ist mit den Hunderten kleiner Minikameras?«, sage ich laut nachdenkend.

»Du möchtest, dass ich nach Fotos im Netz suche, die nach 16 Uhr von Samantha Taylors Kommilitonen hochgeladen wurden?« Janes Finger schweben bereits über der Tastatur und warten auf meine Antwort, wie ein Läufer auf den Startschuss.

»Genau. Schließlich schießen die Leute pro Tag Dutzende Selfies. Mit etwas Glück entdecken wir im Hintergrund der Aufnahmen was Verdächtiges. Im besten Fall unsere Vermisste.«

»Du Genie!« Sofort klemmt sie sich an den Rechner. »Und du selbst?«

»Ich lehne mich jetzt zurück, lege die Beine auf den Tisch und schaue euch bei der Arbeit zu«, verkünde ich breit grinsend und weiche lachend einem zerknüllten Zettel aus, den Jane nach mir wirft. »Hey! Bloß Spaß!«

Wieder ernst setze ich mich an meinen Schreibtisch und rufe das Foto auf, das Samantha auf Instagram gepostet hat. »Ich nehme mir noch mal das Bild vor«, sage ich zu Jane. Ein Akt purer Verzweiflung.

»Weißt du, du könntest auch einfach zugeben, dass wir feststecken, und Bryce aufsuchen.«

Ich verziehe das Gesicht. »Weißt du, ich kann auch deinen Job erledigen, Jane, und du gehst zu Bryce«, äffe ich ihren Tonfall nach.

»Gerne. Nur leider hat er nicht mir angeboten zu ›helfen‹.« Nachdrücklich wackelt sie mit den Augenbrauen, um zu verdeutlichen, von welcher Art Hilfe sie spricht.

»Wir schaffen das schon!«, verbreite ich Optimismus. »Ohne ihn.« Das klingt in Anbetracht der Umstände vielleicht großkotzig. Tatsache ist jedoch, dass wir bisher gut ohne ihn ausgekommen sind. Immerhin haben wir Spuren, denen wir nachgehen können. Wenn unser Job einfach wäre und sich sofort die Erklärung für alles auftun würde, dann bräuchte uns schließlich niemand engagieren. Außerdem macht das den Reiz aus: Rätsel lösen und seine Nase in fremder Leute Angelegenheiten stecken dürfen.

Statt länger herumzualbern, schweige ich, und angespannte Stille legt sich über die Detektei. Von der Straße dringt ab und zu Hupen und der Lärm eines Rettungs- oder Polizeiwagens zu uns. Die anderen zwei Teams, die mit uns arbeiten, gehen in den Feierabend. Und übrig bleiben Jane und ich, die im Schein der PC-Bildschirme und Schreibtischlampen konzentriert den Spuren nachgehen.

Ich habe das Foto von Samantha stark vergrößert und untersuche es Pixel für Pixel. Ich suche nach Unstimmigkeiten, Gegenständen im Hintergrund, die nicht zur Einrichtung passen, und Spiegelungen, die darauf hindeuten, wen sie getroffen haben könnte. Denn ihr breites Lachen und ihre strahlenden Augen verraten nicht, worin eine der besten ihres Jahrgangs völlig unerwartet hineingeraten sein könnte.

Da wäre die gemusterte Tapete, die hochwertigen Bordüren, eine Designer-Tischlampe, ein rotes Sofa, große Fenster, dicke Vorhänge …

Dann kommt mir eine Idee.

»Jane, kannst du kurz das Abklappern der Social-Media-Profile unterbrechen?«

»Nur zu gerne«, sagt sie. »Ich habe mittlerweile dermaßen viele Selfies abgesucht, auf denen ein Typ oder ein Mädchen lässig mit ihren Kaffeebechern posieren, dass man glauben könnte, man bekommt seinen Uni-Abschluss für die Präsentation von Cappuccino, Latte Macchiato und Mocca.«

»Sag bloß, die Frau mit den Regenbogenhaaren, die sich ständig darüber aufregt, dass die Welt nicht tolerant genug ist, ist jetzt selbst auf dem Vorurteilstrip?«

»Schätzchen, wenn mich jemand wegen meiner Haare falsch einschätzt, dann *sind* das Vorurteile. Denn wie viele Leute mit dieser Frisur wird er schon getroffen haben?«

»Null«, spiele ich mit.

»Ich dagegen kann meine Meinung mit statistischen Daten belegen. Schließlich habe ich Hunderte von Studenten durchgesehen.« Wir lachen beide, weil es nur Spaß ist. »Was brauchst du denn von mir?«

»Eine Liste aller Onlinebestellungen von Bildbänden, die unsere Vermisste jemals aufgegeben hat. Geht das?«

»Was erhoffst du dir davon?«, fragt mich Jane, während ihre Finger über die Tastatur fliegen.

»Sie ist doch Architekturstudentin, richtig? Auf dem Selfie sieht sie so begeistert aus. So würde ich nur schauen, wenn ich Sherlock Holmes treffe. Vielleicht kennt sie den Ort ja?«

»Gute Idee, wenn auch leicht verzweifelt.« Ohne dass ich extra darum bitten muss, schickt sie mir das Ergebnis per E-Mail. »So, da hast du deine Liste.«

»Danke dir.«

Neugierig lese ich die Aufstellung und nutze die Vorschaufunktion auf diversen Internetportalen für einen Einblick in die Bücher. Jedes Mal, wenn mich der Stil an den auf dem Instagram-Foto erinnert, klettert mein Puls in die Höhe. Und jedes Mal, wenn ich überprüfe, wo das Bild aufgenommen wurde, und feststelle, dass es in Europa ist, lasse ich entmutigt die Schultern hängen. Da seit dem Verschwinden von Samantha und dem Auftauchen des Fotos kaum Zeit vergangen ist, muss die Aufnahme hier in der Stadt oder der Umgebung gemacht worden sein. Alles, was weiter als fünfzig Meilen entfernt ist, scheidet aus.

Mehrere Stunden verbringe ich so. Bis ich mit der Liste von Jane durch bin. Ohne eine neue Spur zu haben.

»Klasse«, murmele ich, reibe mir die Augen und fühle mich wie in diesen Albträumen, in denen man schneller laufen will, jedoch nicht vom Fleck kommt. Irgendetwas übersehen wir. Es ist zum Verzweifeln.

Mit meinem Latein am Ende stelle ich das Foto auf den Kopf. Manchmal hilft ein veränderter Blickwinkel. Wie bei dieser Zeichnung von der alten Frau, die gedreht ein junges Mädchen zeigt. Aber falls es auf diesem Bild überhaupt etwas zu entdecken gibt, dann entgeht es mir.

»Nichts«, meldet auch Oliver, der gegen zehn ins Büro zurückkommt und seinen Trenchcoat über die Stuhllehne pfeffert. Er hat sich zwar umgehört und sogar mit dem Professor gesprochen, in dessen Vorlesung Samantha zuletzt war. Doch auf jeden wirkte sie wie immer. Konzentriert, aufmerksam, freundlich. Und niemand hat auf sie geachtet, als der Kurs vorbei war. Sie ist einfach mit der Masse verschwunden. Wie ein Geist. Unheimlich.

»Und bei dir, Jane?«, frage ich.

»Ich hab die Suche bereits auf sämtliche Studenten erweitert, und sollte ich nichts finden, werde ich mir die Fotos anschauen, bei denen als Ort das Campusgelände hinterlegt ist. Aber bisher auch bei mir: *nada*.«

Als könnte das helfen, starre ich zum hundertsten Mal auf das Foto von Samantha. Von wegen, ein Bild sagt mehr als tausend Worte. Die Fotografie hat bloß eine Botschaft: ›Mir geht es blendend!‹ Vier Wörter. Das war's.

»Vielleicht ist das der richtige Moment, um auf Caleb Bryce zuzugehen?«, meint Oliver und vergrößert sich einen Ausschnitt des Fotos, nur um ihn dann wieder zu verkleinern. Als hätte er geglaubt, was entdeckt zu haben. Doch leider wieder: Fehlanzeige!

»Jetzt fang du nicht auch noch damit an!« Wütend funkele ich meinen Kollegen an. »Es ist fast ein Jahr her, und wir sind bisher gut ohne ihn ausgekommen. Außerdem wisst ihr beide, was er dieses Mal für seine Hilfe verlangt.«

»Tu nicht so, als würdest du nicht in jeder freien Minute davon fantasieren, wie es wäre …«

Volltreffer! »Woher willst du das wissen?«

»Seit wir den Fall mit Bryce hatten, hattest du kein Date mehr, Ava. Und wir sind Ermittler. Schwer ist es nicht, da einen Zusammenhang herzustellen«, erklärt Oliver und spielt an seinen Hosenträgern herum.

Ganze Arbeit, Columbo. Demonstrativ wende ich mich wieder meinem Bildschirm zu. Schließlich *ist* Caleb Bryce heiß. Und wäre er nicht der, der er ist, wäre ich ihm deutlich zugetaner. »Wenn du ein dermaßen toller Ermittler bist, dann krieg mal raus, wo das Foto aufgenommen wurde«, leite ich die Diskussion zurück in die richtigen Bahnen.

»Rotes Sofa, große Fenster, Stofftapeten. Im Louvre?«, antwortet er scherzhaft.

Haha! Leider habe ich keine bessere Idee. Oder doch? Sofort setze ich mich aufrechter hin. »Mir ist gerade was eingefallen«, sage ich. »Hilf mir mal!« Das Ambiente auf dem Bild ist extrem luxuriös. So eine Ausstattung findet sich meines Wissens nur an Filmsets … oder in Luxushotels. Und die habe ich bisher nicht gecheckt.

Zusammen mit Oliver recherchiere ich die nächsten Stunden nach Orten, zu denen die Einrichtung, die man auf dem Foto sieht, passen könnte.

Nichts!

»Und wenn ihr die Hersteller solcher Sofas überprüft? Das Modell ist ziemlich ausgefallen«, meint Jane. »Sobald ihr jemanden in Verdacht habt, könnte ich mich in die Firmenkundenliste hacken und die Herkunft verifizieren.«

»Ist einen Versuch wert.«

Doch wieder: Fehlanzeige. Verdammt! In der Regel ergibt sich immer irgendeine Kleinigkeit. Dieses Mal jedoch sehe ich in den lasziven Augenaufschlag von Samantha und finde keinen Weg aus dieser Sackgasse. *Wo bist du da nur reingeraten, Sam?*

»Wie weit seid ihr?«, fragt mein Boss Fuller, als er uns am nächsten Morgen noch genauso vor den Computern findet, wie er uns am Vortag zurückgelassen hat.

Samantha Taylor ist seit mehr als zwölf Stunden wie vom Erdboden verschluckt. So weit sind wir.

Routiniert zähle ich auf, was wir bisher überprüft haben. Die Uni, ihre Freunde, ihre Finanzen und Online-Profile.

»Mit anderen Worten: Ihr habt nichts?«

Niedergeschlagen und müde fahre ich mir über das Gesicht. »Überhaupt nichts«, gebe ich zu.

»Du weißt, was ich jetzt sage?«

Wie unter Schmerzen verziehe ich den Mund, nicke jedoch. Denn ja, leider weiß ich, worauf mein Boss hinauswill. Ich soll Caleb Bryce kontaktieren. Sofort.

Kapitel 2

Obwohl ich Bryces Hilfe nur im Fall von Samantha Taylor will und nicht vorhabe, seinem anderen Angebot nachzukommen, überprüfe ich im Rückspiegel des Lincoln meinen Look, als ich kurz vor neun vor seinem Club, dem *Sinful Secrets*, halte.

Die durchgemachte Nacht hat Spuren auf meinem Gesicht hinterlassen. Meine Augen sind gerötet, und mein Teint ist blass. Mein Outfit ist reif für die Waschmaschine. Meine weiße Bluse ist zerknittert und unter den Achseln zeichnen sich untertassengroße Schweißflecken ab. Für saubere Unterwäsche könnte ich kriminell werden. Und meine Jeans hat auch schon bessere Tage gesehen.

Vielleicht hätte ich doch eine Stunde von meiner Zeit abzweigen sollen, um mich zurechtzumachen? Ja, ich will Bryce nicht verführen, aber ich möchte, dass er mir hilft. Wenn er nicht gerade auf Aschenputtel steht – was definitiv nicht der Fall ist, wie mir die Horde eleganter, langbeiniger Blondinen verrät, die ihn permanent umschwärmt – dürfte das mit diesem Look allerdings schwer werden.

Um das Beste aus mir herauszuholen, löse ich meine braunen Haare mit den von der Sonne aufgehellten blonden Strähnen und kämme sie mit den Fingern. *Geht so.*

In meiner Handtasche müsste noch ein Lippenstift sein, ein Werbegeschenk, das ich beim letzten Kauf meiner Kosmetikprodukte gratis dazu erhalten habe. Und das einzige Stück Make-up, das ich seit meiner Teenagerzeit und meinem ersten Kuss besitze.

Nein, an damals denke ich jetzt besser nicht … Denn wenn ich an diesen Tag denke, denke ich automatisch auch an etwas anderes. Und das kann ich gerade nicht gebrauchen.

Eilig stelle ich den Inhalt meiner Tasche auf den Kopf, und sobald ich Red Devil gefunden habe, peppe ich meinen Look auf, ziehe meine Lippen nach und begutachte mich erneut im Rückspiegel meines Wagens.

Grundgütiger, ich sehe meganuttig aus!

Ich bin versucht, alle meine Bemühungen rückgängig zu machen. Aber dann erinnere ich mich, weshalb ich hier bin. Bryce muss mir helfen. Und mit diesem vollen roten Mund, der ›Küss mich!‹ schreit, sollte ich mein Ziel erreichen.

Bevor ich es mir anders überlegen kann, steige ich aus und fluche, als mein Puls plötzlich aufgeregt in die Höhe schießt. Das kommt bestimmt nur vom Kaffee oder davon, dass mir die Zeit davonläuft. Definitiv nicht, weil ich *ihn* gleich wiedersehe … *seinen* Blick live auf mir spüren werde … *seinen* Duft inhalieren kann …

Reiß dich zusammen, Ava! Es besteht die Möglichkeit, dass er völlig vergessen hat, wer du überhaupt bist. Kein Grund, sich in den sabbernden Fanclub dieses Playboys einzureihen!

Von außen sieht Bryces Laden unscheinbar aus. Der Eingang liegt versteckt in einer Seitengasse. Es gibt kein Schild mit Neonschrift, auf dem *Sinful Secrets* steht. Und man hört keinen Mucks. Doch ein paar Dinge verdeutlichen, dass hier Leute verkehren, die weitaus mehr Geld am Tag verdienen als ich in einem Jahr. Kameras überwachen den gesamten Bereich. Der schäbige Eingang ist hell erleuchtet. Und davor posiert ein Türsteher mit aufgepumpten Muskeln, einem Bürstenhaarschnitt und einer Waffe im Hosenbund, der jeden kontrolliert, der in den Club hineinwill.

Ich erinnere mich, dass sich innen eine völlig andere Welt auftut. Nach der ersten Überprüfung passiert man eine Sicherheitsschleuse, vergleichbar mit der an Flughäfen. Und dann befindet man sich mitten in einer drei Etagen hohen Halle mit Kronleuchtern, einer dezent beleuchteten Tanzfläche und einer Hochglanz-Bar, die jeden Drink hat, den man sich vorstellen kann. Von diesem Raum zweigen zahlreiche Nebenzimmer ab – und dort leben die exklusiven Gäste ihre sündigsten Geheimnisse aus.

»Zutritt verboten!«, knurrt der Türsteher, als ich das *Sinful Secrets* betreten will.

»Wenn Sie keinen Ärger mit Bryce wollen, lassen Sie mich durch!«, gebe ich grantig zurück und recke kampflustig das Kinn.

Der Kerl mustert mich von Kopf bis Fuß. »Guter Witz.«

Offensichtlich bin ich nicht der Typ Frau, auf den Bryce abfährt. Statt eines knappen Kleids, das sich leicht hochschieben lässt, trage ich knallenge Jeans. Statt eines tiefen Ausschnitts eine zugeknöpfte Bluse. Immerhin laufe ich in High Heels herum, die den Vorteil haben, dass ich damit größer bin und Leuten wie dem Türsteher direkt in die Augen sehen kann. Doch um weiterzukommen, muss ich härtere Geschütze auffahren.

»Besser?« Mit einem Augenrollen öffne ich den obersten Blusenknopf, präsentiere mein Dekolleté. Wenn ich bei der Polizei wäre, könnte ich jetzt einfach meine Marke zücken. Auf dass etwas nackte Haut reicht, um Zugang zu bekommen.

»Honey, weißt du, wer hier alles in den Club rein- und rausmarschiert?«

»Soll das ein zweites Nein sein?«

»Soll es«, sagt er. Dabei entgeht mir allerdings nicht, wie er mich erneut von Kopf bis Fuß mustert. Langsamer. Eindringlicher. Und unprofessioneller. Weil sein Blut offensichtlich in Wallung gerät.

»Und jetzt?«, frage ich und öffne weitere Knöpfe, bis man meinen Busen und den flachen, trainierten Bauch sieht.

Ein dreckiges Grinsen stiehlt sich in sein Gesicht. Er will es zurückhalten, schafft es jedoch nicht. »Besser, aber noch nicht ausreichend.«

Mit solchen Typen gibt sich Bryce ab?

»Sicher?« Selbstbewusst trete ich auf den Muskelprotz zu. »Du handelst dir hier gerade mächtig Ärger ein. Lass mich in den Club!«, hauche ich ihm warnend ins Ohr und rümpfe die Nase, als ich über die Note des Drogerie-Deos hinweg seinen Schweißgeruch wahrnehme.

»Fühlt sich für mich nicht so an«, säuselt er, zieht mich an sich und lässt mich seine Erektion spüren.

Unwillkürlich schüttelt es mich. Aber gut, vielleicht kann ich mich tatsächlich zu einem Kuss überwinden …

»Und jetzt auf die Knie, Honey!«, befiehlt er heiser und nestelt an seiner Hose herum. »Dann sind wir im Geschäft.«

Was?! Er will einen Blowjob! So weit habe ich nicht gehen wollen. Wie komme ich aus der Nummer wieder raus? Entsetzt sehe ich zu einer der Überwachungskameras. Müsste nicht längst jemand bemerkt haben, was hier draußen los ist? Bryce hat strenge Sicherheitsvorschriften, und jeder Vorfall wird ihm gemeldet. Oder genießt er womöglich die Vorstellung …? Hat vergessen, wer ich bin …? Oder ist gar nicht da?

Bitte nicht …

Nervös lasse ich zu, dass Bryces Türsteher seine Hand um meinen Hals legt, mit dem Daumen über meinen vollen roten Mund fährt und meinen Lippenstift verschmiert.

Es schüttelt mich, und ich fürchte, mich übergeben zu müssen. Aber ich lächele tapfer und ignoriere den Brechreiz.

Dann drückt er mich tiefer.

Für Samantha Taylor, sage ich mir im Stillen.

Doch bevor ich richtig in die Knie gehe, fliegt die Tür des Clubs krachend auf. Keine Sekunde später werde ich so brutal vom Türsteher zurückgerissen, dass mir sämtliche Luft aus den Lungen entweicht. Eisern wie ein Schraubstock hält mich ein Arm. Instinktiv will ich mich wehren. Die spitzen Stiletto-Absätze meiner High Heels eignen sich verdammt gut zur Selbstverteidigung. Doch dann steigt mir ein Duftcocktail aus Parfüm und Mann in die Nase, der meinen Körper auf ganz andere Art in Alarmbereitschaft versetzt. Und mich plötzlich Dinge ersehnen lässt, die ich gerade noch vehement abgelehnt habe.

War diese Einmannarmee eben Caleb Bryce?

Das muss Einbildung sein! Ein Jahr ist seit unserer letzten Begegnung vergangen. Wie kann es sein, dass sich sein Geruch derart in mein Gedächtnis gebrannt hat?

»Und bei mir spielen Sie die Unberührbare, Ms Donovan. Hätte ich Sie damals also nur erpressen müssen?« Warmer Atem streift mein Ohr, und die Männerstimme sorgt für unpassende Hitze zwischen meinen Schenkeln. »Der Einzige, der hier einen Blowjob bekommt, bin ich, Baby.«

Kein Zweifel. Caleb Bryce ist da. Und ich will ihn so sehr, dass meine Haut brennt und ich für einen Moment völlig vergesse, warum ich hier bin.

Während auf seinen Befehl hin der Türsteher einen Schlag in die Magengrube erhält, seine Sachen packen kann und zwei andere Männer nun den Eingang sichern, durchdringt mich Bryces Wärme. Jeden Kontakt seines Körpers mit meinem nehme ich überdeutlich wahr.

Ein Arm umschlingt meine Hüfte. Eine Hand liegt an meiner Kehle. Wo er unter seinen Fingerspitzen merken muss, wie verräterisch schnell mein Puls pocht, und mein Rücken ist gegen seine Brust gepresst. Mein Kopf lehnt an seiner Schulter, und ich registriere seinen Blick auf mir, dem ich jedoch ausweiche. Und dann wäre da noch seine Erektion, groß und hart. Verboten. Verlockend. Als würde Bryce mich wollen und sich einfach nehmen, was er will, wenn ich ihm nicht gehorche.

Dabei ist Folgendes wahrscheinlicher: Er hatte gerade eine seiner Blondinen am Wickel, während ihn jemand vom Sicherheitspersonal darauf aufmerksam gemacht hat, dass es am Eingang Ärger gibt. Nun spüre ich den Ständer, den er wegen einer anderen hat. Was mich zur Besinnung kommen lässt.

»Lassen Sie mich los!«, zische ich.

»Sonst was?« Er lacht belustigt.

»Könnte sonst wehtun für Sie!« Ich lache nicht.

»Was immer du mit mir anstellen willst …«, haucht er mir ins Ohr.

»Einen Arschtritt geben!«

Eine winzig kleine Bewegung seiner Hüften folgt. Doch sie reicht aus, dass ich merke, wie erregt er ist – und selbst vor Lust zittere. So sehr, dass meine Finger, die seinen Griff eigentlich lösen wollten, sich reflexartig an ihn krallen, um nicht den Verstand zu verlieren.

»Neuer Versuch, Baby?«

»Kastrieren!«, fauche ich und rangele mit ihm, um mich zu befreien.

»Kastrieren? Wirklich?« Der nachdenkliche Unterton in seiner Stimme gefällt mir nicht. Obwohl er seine Hand von meinem Hals löst, atme ich nicht auf. Seelenruhig gleiten seine Fingerspitzen über meine Haut, nutzen die geöffnete Bluse, fahren über mein Dekolleté und kitzeln mich, als er meinen Bauch berührt. Ich quieke. Er lacht leise und beißt mich ins Ohrläppchen. Doch ohne innezuhalten, wandert er tiefer und fasst mir an den Schritt. Wo ich warm und feucht bin. Was er bestimmt trotz der Jeans ahnt. »Sicher, dass du das willst?« Sein Griff wird fester, besitzergreifender. Und intimer. »Welcher Schwanz besorgt es deiner Pussy denn dann?«

»Einer der Milliarden Männer weltweit wird sich schon erbarmen.«

»Das sah im letzten Jahr aber ganz anders aus.«

Die Bedeutung seiner Worte trifft mich wie ein Blitz. »Haben Sie mich etwa beschatten lassen?« Ich will mich losreißen, aber ich kann mich nicht befreien. Was mich noch wütender macht.

»Du bist sexy, wenn du so herumfauchst«, murmelt er an meinem Hals und beißt mich. *Himmel!*

»Bryce!« Ich überlege ernsthaft, ihn mit meinen High Heels zu treten. Doch die Security beäugt uns für meinen Geschmack viel zu aufmerksam. Es wäre eine Frage von Sekunden, bis sie mir dafür wehtun würden. Außerdem wären meine Absätze ruiniert.

»Ja, ich habe dich überwacht … Gesehen, wie du dir auf deiner Unterlippe herumknabberst, wenn du es so wie jetzt vor Verlangen kaum noch aushältst … Gehört, wie du schreist und stöhnst, wenn du dich selbst zum Höhepunkt bringst … Einen Steifen bekommen, wenn du in deinen Träumen meinen Namen gemurmelt hast.«

»Lügner!« Endlich kann ich mich losreißen. Ich funkele ihn sauer an und besinne mich auf den eigentlichen Grund meines Kommens.

»Wanzen lügen nicht«, sagt er amüsiert.

Augenblicklich gefriert mir das Blut in den Adern.

Da das hier ein geschäftlicher Besuch ist, knöpfe ich eilig meine Bluse zu und wische mir mit dem Ärmel über meine roten Lippen, um die Erinnerung an die widerliche Berührung loszuwerden, bevor Bryce wie ein SWAT-Team erschienen ist. Die Tür zum Club steht immer noch offen, und ich betrete das *Sinful Secrets*. Ich muss Bryce zu Samantha befragen, allerdings nicht auf der Straße.

»Können wir irgendwo ungestört reden?«, frage ich und werfe einen Blick zurück, um zu sehen, ob Bryce mir folgt. Das tut er und grinst dabei anzüglich. »Reden, Bryce«, betone ich. »Befriedigen kann ich mich sehr gut alleine.«

»Aber zu zweit ist es viel schöner.«

Betont unbeeindruckt zucke ich mit den Schultern und vermeide, dass unsere Unterhaltung erneut zweideutige Bahnen einschlägt. »Ich bin hier, weil ich Ihre Hilfe brauche. Nicht Ihren Schwanz. Machen Sie mit, oder soll ich wieder gehen? Ihre Entscheidung.«

Stumm mustern wir uns. Und für den Bruchteil einer Sekunde frage ich mich, was meine Optionen sind, wenn er mich wegschickt. Ohne Antworten. Würde er?

»Hier entlang!«, sagt er endlich dem Ernst der Lage angemessen, legt mir die Hand in den Rücken und dirigiert mich an den Sicherheitsleuten im Inneren des Clubs vorbei zu seinem Büro. Dort zeigt er auf eine Sitzecke, in der ich Platz nehmen soll. Doch ich bevorzuge es, stehen zu bleiben. »Worum geht es?«

»Wir suchen diese Frau«, sage ich direkt, ohne höflichen Small Talk, und halte Bryce das Instagram-Foto von Samantha unter die Nase. »Haben Sie sie unter den Gästen gesehen?«

Bryce nimmt mir den Ausdruck aus der Hand. »Tut mir leid, nein, sie ist keines meiner Mädchen. Aber zur Sicherheit checke ich es mit der Gesichtserkennung.«

Bryce öffnet eine weitere Tür von seinem Büro, die mir bisher nicht aufgefallen war. Und plötzlich bin ich in seiner Sicherheitszentrale. Eine Festung mit Überwachungstechnik, Computern und Smartboards, die mich vor Neid erblassen lässt. Bei *Fuller Investigations* hat jeder seinen Laptop, und wir haben ein paar Klemmbretter und Tafeln für unsere Arbeit.

»Sie heißt Samantha Taylor, ist Studentin, seit gestern vermisst«, sage ich und gebe die Eckdaten weiter.

Mit einem Nicken scannt Bryce das Bild und schickt es durch seine Datenbank. Gebannt verfolge ich die Suche und kaue auf meiner Unterlippe herum. Grundsätzlich bin ich ein geduldiger Mensch. Doch nie zuvor habe ich so lange keine Spur gehabt, und nie zuvor stand dabei das Leben einer Person auf dem Spiel.

»Hast du schon die Location überprüft?«, fragt er.

Verblüfft wende ich mich vom Bildschirm ab und sehe zu Bryce, der lässig auf der Tischkante sitzt. »Sie wissen, wo das Foto aufgenommen wurde?« Eben noch war ich kurz davor, aufzugeben und mit diesem Gefühl der Hilflosigkeit klarzukommen, jetzt bin ich hellwach. Und mir gelingt es nicht, meine Aufregung zu verbergen.

»Die Regent-Suite. Im Windham Hotel.«

»Sind Sie sicher?«, rutscht mir raus.

Er wirft mir einen beleidigten Blick zu, was nur Ja heißen kann. Natürlich kennt sich jemand wie er in den Luxushotels der Stadt aus.

Sofort wähle ich die Nummer von Jane. »Hi, ich bin's, Ava. Du musst für mich ein Zimmer im Windham überprüfen.«

»Hat Mr Sexy dir also helfen können?«

Bilder drängen sich mir auf. Von Bryce und mir vor dem Eingang. Mit einem anderen Ende …

Ohne ihn aus den Augen zu lassen, sinke ich auf die Knie … Langsam öffne ich den Reißverschluss seiner Hose … Ich greife durch den Schlitz und spüre seine heiße, harte Erektion an meiner Hand … Ich belecke mir die Lippen, während ich seine Unterwäsche beiseiteschiebe und seinen Schwanz befrei–

»Bist du noch dran, Schätzchen?«

»Ja«, krächze ich und fange den amüsierten Blick von Bryce auf, als wüsste er, wo ich in Gedanken gewesen bin. Ertappt räuspere ich mich. »Und noch mal Ja. Er hat mir geholfen.«

»Und hattest du dabei deinen Spaß?«

Ich merke, wie meine Wangen vor Verlegenheit rot werden. »Total viel«, lüge ich.

Missbilligend seufzt Jane, weil sie meine Ablehnung nicht versteht. »Nummer?«, fragt sie knapp.

»Die Regent-Suite.«

»Edel, edel …«

Während ich warte, was Janes Überprüfung bringt, spüre ich Bryces Blick auf mir. Nachdenklich. Als wäre ich ein Safeschloss und er überlegt, an welchem Rädchen er als Nächstes drehen muss, um mich zu knacken.

Nur um für noch unangenehmeren Druck in seiner Hose zu sorgen, wende ich mich wieder der Suche zu, beuge mich leicht vor und zeige ihm meinen von der Jeans perfekt betonten Hintern.

Genießen Sie den Anblick, Bryce! Das ist alles, was Sie kriegen.

»Ein gewisser Richard Foster hat sich dort angemeldet«, informiert mich Jane.

»Richard Foster?«, gebe ich an Bryce weiter, doch er schüttelt den Kopf. Der Name sagt ihm nichts.

»Mmh … eine falsche Identität«, murmelt Jane, die den Mann einer eingehenderen Überprüfung unterzieht.

»Gibt es Aufnahmen von der Hotelüberwachung? Vom Eingang? Der Rezeption? Oder dem Flur vor der Suite?«

»Bin schon dran, Schätzchen. Das wird jedoch einen Moment dauern. Ich melde mich, sobald ich durch bin.«

»Danke, Jane.« Ich lege auf.

Endlich haben wir eine Spur. Einen Ausgangspunkt für die Suche. Samantha war in dem Hotel. Obwohl ich noch nicht verstehe, worauf sie sich da eingelassen hat. Doch wenn ich eines weiß, dann, dass nichts im Leben ohne Grund geschieht. Es gibt für alles Ereignisketten, die uns dahin führen, wo wir heute sind. Bin ich nicht selbst das beste Beispiel?

Plötzlich tanzen Sterne vor meinen Augen, mein Kreislauf streikt. Mir wird schwindelig. Ich hole tief Luft und stütze mich an der Tischkante ab.

Bleib professionell, ermahne ich mich. Jetzt ist der denkbar schlechteste Zeitpunkt, um sich daran zu erinnern, wieso ich bin, wer ich bin. Und warum ich diesem Job nachgehe.

Aber es ist zu spät. Und ich kann nicht länger ignorieren, weshalb mich gerade dieser Auftrag so wütend und gereizt macht. Ausgerechnet hier, vor Bryce.

Weil das Verschwinden von Samantha genauso spurlos ist wie das meiner älteren Schwester Lilly. Vor mehr als zehn Jahren.

Ich werde nie den Moment vergessen, als meine Welt, wie ich sie bisher kannte, aufhörte zu existieren. Und an die Zeit danach. Mit all den Fragen, die bis heute unbeantwortet sind und die mich immer begleiten, auch wenn ich aufgehört habe, sie jeden Tag zu stellen.

In einer Sekunde war ich ein verknallter Teenager – und in der nächsten erwachsen. Mich interessierten nicht länger die neuesten Filme, die aktuellsten Bands, die angesagtesten Clubs, Klamotten, Make-up und ob der Typ auf der anderen Seite des Flurs nun auf mich steht oder nicht. Ich wollte nur noch wissen, was mit Lilly passiert ist und ob es irgendeinen Hinweis gibt, den ich übersehen habe. Weil ich diejenige war, die zuletzt mit ihr gesprochen hatte.

Wut steigt erneut in mir auf. Wut auf die Menschen, die dafür verantwortlich sind. Wut auf meine Schwester, dass sie nicht besser auf sich aufgepasst hat. Und Wut auf die Polizei, die am Tag von Lillys Verschwinden nichts unternommen hat. Bloß eine junge Frau, die sich nicht bei den Eltern meldet? Nein, da haben sie gerade wichtigere Fälle. Und es stimmt schließlich, dass die meisten Leute sofort wieder auftauchen. Aber ich kannte Lilly, jeder in meiner Familie kannte sie. Und dieses Verhalten sah ihr nicht ähnlich. Warum können die Behörden in solchen Fällen nichts unternehmen? Wofür zum Henker bezahlt man denn Steuern, wenn man dafür nichts zurückbekommt?!

Je weniger die Polizei in den folgenden Wochen tun konnte, desto intensiver habe ich mich mit Vermisstenfällen beschäftigt. Irgendwann scherzte einer der Cops: »Nur weiter so, Kleine! Dann wird aus dir ein richtig guter Detective.« Das hat mir die Augen geöffnet.

Nein, ich würde eben kein Detective werden und Familien wie der meinen erst helfen, wenn die Täter über alle Berge verschwunden sind. Ich würde sofort handeln. Und das könnte ich als Privatermittlerin.

Wie besessen habe ich mich mit der Ausbildung der Polizei auseinandergesetzt, mir ihre Methoden abgeschaut, um sie selbst anzuwenden, Psychologie studiert, um sowohl mit den Betroffenen als auch möglichen Verdächtigen entsprechend zu reden. Und bisher habe ich jeden Vermissten wiedergefunden – bis der Fall Samantha Taylor auf meinem Tisch gelandet ist. Der genauso mysteriös ist wie der meiner Schwester – und ähnliche Gefühle weckt.

Hilflosigkeit.

Fassungslosigkeit.

Schock.

Verzweiflung.

Angst.

Verdammt! Dabei sind Gefühle das Letzte, was man bei Ermittlungen braucht. Ich muss stark sein. Konzentriert. Bei der Sache. Nur so haben wir eine Chance, sie zu finden.

»Sandra, kannst du Ms Donovan ein Glas Wasser holen?«, höre ich Bryce.

»Ich denke, Getränke sind hier verboten«, antwortet sie.

»Tu es einfach!«, knurrt er.

Schwer atmend reiße ich mich zusammen, spüre jedoch seinen Blick auf mir, heiß, brennend, intensiv – und für meinen Geschmack viel zu besorgt und wissend. Oder ist das Einbildung? Wir reden schließlich von Caleb Bryce, einem Mann, der nicht unbedingt für ein Übermaß an Empathie berühmt ist.

»Es geht schon«, wiegele ich tapfer ab. »Sie brauchen nicht den Gentleman zu spielen.«

»Vielleicht will ich aber«, sagt er, nimmt Sandra das Wasser ab und reicht es mir. »Trink das, Baby!«

Misstrauisch beäuge ich das Glas und überlege, es abzulehnen. »Und Sie haben mir nichts reingemischt?«

»Da es leider bloß Tropfen gibt, die Frauen unzurechnungsfähig machen, und keine, die sie dazu bringen zu erkennen, was gut für sie ist: nein.«

Unwillkürlich muss ich grinsen, weil mir sein trockener Humor gefällt.

»Na los, trink!«, wiederholt er.

»Erwarten Sie dafür eine Gegenleistung? Zum Beispiel mehr Dekolleté zeigen?«

»Die Idee ist verlockend. Würdest du?« Er meint es nicht ernst und lacht breit. »Okay, dann nicht! Und nur zu deiner Information: Auch wenn es nicht den Anschein hat, ich weiß, was sich gehört. Und jetzt …« Wieder reicht er mir das Wasser.

Misstrauisch nehme ich das Glas, leere es schließlich aber in einem Zug. Sofort geht es mir besser. »Danke.«

»Willst du mir erklären, was gerade los war?«, fragt er.

»Eher fliege ich zum Mond«, gebe ich zurück. Ich rede schon mit Leuten, die ich mag, kaum darüber. Mit meinen Eltern gar nicht, sie haben diese Ungewissheit nicht ausgehalten und vor acht Jahren einen Sarg mit Lillys Lieblingssachen beerdigt. Also: nein. Mich einem Mann wie Bryce zu erklären steht auf meiner To-do-Liste auf dem letzten Platz.

Mit einem Signalton stoppt die Bilderkennung, und ›kein Treffer‹ prangt zu der Suche nach Samantha auf dem Bildschirm. Sie war immerhin nicht in einem von Bryces Clubs unterwegs.

Ohne Zeit zu verlieren, wende ich mich ab, um die einzige Spur zu verfolgen, die mir bleibt. Die Regent-Suite im Windham Hotel. Überrascht merke ich, dass Bryce mir folgt.

»Habe ich vergessen, Danke zu sagen?«, frage ich.

Wieder legt er mir die Hand in den Rücken, und ich fürchte, dass er mich jeden Moment herumreißen und aufhalten könnte. Wärme breitet sich kreisförmig von seiner Berührung aus.

»Ich würde dir gerne weiterhelfen«, sagt er.

»Warum?«

»Das fragst du ernsthaft?« Er lacht leise.

»Ja. Sie kennen das Mädchen schließlich nicht.«

»Samantha Taylor? Wer sagt, dass es mir um die Studentin geht?« Bevor ich den Ausgang erreiche, packt Bryce mich und drückt mich an die Wand, unmissverständlicher als jemals zuvor. Für einen Moment sehen wir uns schwer atmend an. Ich spüre seine Hitze und er meine. Dort, wo wir uns berühren, brenne ich. Und dort, wo wir uns nicht berühren, zieht sich alles vor Verlangen zusammen. Kein Mensch sollte diese Wirkung auf einen anderen haben, doch Caleb Bryce übt sie auf mich aus.

Sag was!, rufe ich mir selbst zu. Aber ich kann diesen Mann nur anschauen und im Aquamarin seiner Augen versinken. Etwas in seinem Blick fesselt mich. Es hat – überheblich, wie nur Caleb Bryce sein kann – damit zu tun, dass ich im Bett voll auf meine Kosten komme. Aber auch damit, dass er für mich da wäre, weil ich ihm nicht nur aufgrund meiner Oberweite gefalle, sondern weil ich Ava Donovan, ich selbst, bin. Und das fühlt sich verwirrenderweise gut an. Obwohl nichts an dem Kerl gut ist und er nicht der ist, mit dem man eine Zukunft, ein Haus und drei Kinder plant.

»Ich will *dich*, Baby«, sagt er todernst mit dieser rauen Whiskeystimme, die nicht nur meinen Körper, sondern auch meine Seele berührt.

»Ich wiederhole mich gerne«, zische ich, atme jedoch verräterisch schwer, egal wie sehr ich mich bemühe, gelassen zu wirken. »Nein, danke.«

Sein Daumen streicht über meinen erregten Nippel, der sich durch den Stoff meiner Bluse abzeichnet. Und ich sehe in seinen Augen, dass er weiter gehen wird, viel weiter. Bis ich das Verlangen, das er in mir entfacht, nicht länger leugnen werde.

Bitte, er muss damit aufhören … Hilflos stemme ich die Hände gegen seine Brust.

Wie schwach!

Ich zwinge meinen Körper, das hier nicht zu wollen. Doch es klappt nicht. Stattdessen spüre ich Bryces Herz unter meinen Fingerspitzen schlagen, ruhig, gleichmäßig. Während in mir ein Sturm aufzieht.

»Mehr?«, fragt er. Bevor ich Nein sagen kann, nutzen seine Finger den Spalt zwischen zwei Knöpfen meiner Bluse und gleiten über meine bloße Haut, und Sekunden später sind sie direkt an meinen harten Spitzen. Was sämtliche meiner Träume in den Schatten stellt. Denn die Berührung ist sanft, seine Haut warm, die Fingerkuppe aber rau, wie ein Versprechen, dass das hier nicht so *nett* bleiben wird. »Es ist okay, mich zu wollen, Ava.«

»Nein, ist es nicht«, murmele ich verzweifelt und kralle meine Finger in seine Brust. »Bitte …«

»Alles, was du willst, Baby.«

Was ich will? Oder geht es nicht eher darum, was ich brauche?

Ihn an mich ziehen. Erst das eine Bein um ihn legen, dann das andere. Ihn küssen. Unbedingt will ich ihn küssen, schmecken, in den Wahnsinn treiben. Aber dennoch wäre es falsch.

»Lass mich los!«, flüstere ich rau.

»Das ist nicht das, was du willst.«

Woher zum Henker weiß er das? Meine Augen fliegen auf, und ich sehe direkt in seine. Wie in einen blauen Himmel. Es ist, als könnte ich vor diesem Mann nichts verbergen. Und es wäre okay. Denn er würde sich um jedes einzelne meiner Geheimnisse, das ich mit mir herumtrage, gut kümmern. Es bewahren. Gegen andere verteidigen. Bei ihm wäre es sicher.

Aber ich kann nicht. Ich brauche Sicherheit, kein Chaos. Ruhe, kein turbulentes Leben. Ich sehne mich danach, glücklich zu sein, die Sonne auf meiner Haut zu spüren – und nicht, in diese zwielichtige, unsichere, gefährliche Welt von diesem Kerl einzutauchen.

»Bryce …«

Seine Finger ziehen sich von meinen Brüsten zurück, was richtig ist und sich zugleich unendlich falsch anfühlt. Schwerer atmend stützt er die Hände links und rechts von mir an der Wand ab.

»Alles an dir bettelt mich an, dich zu nehmen«, flüstert er. »Und es wäre so einfach.«

»Die einfachen Dinge haben meist einen Haken.«

»Ich weiß, Baby. Deshalb gehen wir auch den komplizierten Weg und du stehst hier noch angezogen.« Verwirrt runzele ich die Stirn, und er beugt sich vor und küsst mich zwischen die Augenbrauen. Für einen Moment ist er mir so nah, dass ich kaum Luft kriege und hektisch ein- und ausatme. Bis er zurückweicht. »Aber lange hältst du das nicht mehr durch.«

»Das werden wir sehen. So unwiderstehlich sind Sie nicht, Bryce. Ich habe ein Jahr ohne Sie ausgehalten.«

»Das mag sein. Du hast ein Jahr lang von mir geträumt, dich verzehrt nach mir, mehr gewollt. Doch jetzt bin ich real. Ein Mann aus Fleisch und Blut und gewillt, deine kühnsten Träume zu erfüllen. Alles für dich zu sein, was du dir vorstellen kannst. Vielleicht hast du mir gestern noch widerstehen können … Aber ab heute?«

»Ab heute …«, hauche ich, strecke die Hand aus und ziehe sein Gesicht zu mir herunter. Schwer geht mein Atem. Ich belecke mir die Lippen, registriere, wie er es ebenso macht, wie um mich gleich zu küssen, und wie triumphierend es in seinen Augen glitzert. Als würde er so einfach gewinnen. »Ab heute hat sich nichts geändert, Bryce«, wispere ich, nutze das Überraschungsmoment und entwinde mich ihm. Ich habe keine Zeit für seine Spielchen. Ich muss eine junge Frau finden.

»Ava, du bist eine miserable Lügnerin.«

»Ich denke, ab hier arbeite ich wieder alleine weiter«, weiche ich aus.

»Versuch es!«

Werde ich.

Kapitel 3

»Hab ich es dir nicht gleich gesagt: Du brauchst mich, Baby.«

Am liebsten würde ich jetzt auf irgendetwas einschlagen, während ich Caleb Bryce am Handy habe. Es sind jedoch nur unschuldige Passanten in der Nähe. Soeben hat mir die Rezeptionistin mitgeteilt, dass ich mich nicht in der Suite umsehen könnte. Sie sei belegt. Die Privatsphäre der Gäste gehe vor. Was ich bestimmt verstehen würde. Wenn ich wirklich einen begründeten Verdacht hätte, dass in dem Zimmer ein Verbrechen verübt worden ist, soll ich die Polizei informieren und die sich wiederum eine richterliche Anordnung besorgen. Aber den Teufel werde ich tun. Das dauert alles viel zu lange.

Während Jane sich in die Datenbank des Hotels hackt, um herauszukriegen, wer die Suite momentan gebucht hat, habe ich meine High Heels wieder mit meinen normalen Turnschuhen getauscht und plane meinen Einbruch. Ich muss lediglich beobachten, ob gerade jemand in dem Zimmer ist oder nicht, dann den Lieferanteneingang des Hotels benutzen, mich auf die oberste Etage schleichen und das magnetische Türschloss knacken. Natürlich nicht erwischt werden. Und tadaaa! Ich könnte mich umsehen. Aber dazu muss ich erst Bryce loswerden. »Ich komme sehr gut ohne Sie klar«, informiere ich ihn.

»Willst du nicht mehr in die Suite?«, fragt er.

»Doch. Und? Warum sollte ich Sie dazu brauchen?«

»Könnte sein, dass ich den Zimmerschlüssel habe.«

»Wie sind Sie denn an den gekommen?« *Tick. Tick. Tick.* Drei Sekunden vergehen, dann begreife ich, was hier gespielt wird. »Moment, *Sie* sind der neue Gast?!«

»Natürlich. Ich dachte, du freust dich.«

»Welchen Teil von ›Ich arbeite alleine weiter‹ haben Sie nicht verstanden?«

»Welchen Teil von ›Ich will dich‹ hast du nicht verstanden?«

»Bryce!«

»Sag bloß, ich treibe gerade deinen Puls in die Höhe?« Amüsiert lacht er. »Ich bevorzuge übrigens, mit meinem Vornamen angeschrien zu werden. Das ist Musik in meinen Ohren. Ich heiße Caleb. Nur für den Fall, dass du es vergessen haben solltest.«

»Und ich heiße ›Leck mich!‹« Bevor dieser Vollidiot länger seine Spielchen mit mir spielen kann, lege ich auf. Denn mir wird klar, dass er auf diese Steilvorlage nur mit etwas Blödem wie ›Mit dem größten Vergnügen‹ antworten würde.

Vor dem Hotel warte ich darauf, dass man mir meinen Lincoln holt. Ich habe vor, einen Block entfernt zu parken, zu Fuß zurückzulaufen und mich jetzt, da ich weiß, dass Bryce der Gast ist, zurückzuschleichen. Möglichst ohne vom Hotelpersonal erwischt zu werden.

Die Luft ist sommerlich schwül, und ich verziehe das Gesicht, als mir mein Wagen gebracht wird und ich ins abgestandene Innere steige. Will ich hier wirklich einbrechen? Verhalte ich mich nicht total idiotisch, wenn ich Bryces Hilfe ablehne? Soll er doch flirten, so viel er will!

Wenn ich seine Bemühungen ignoriere, wird er schon das Interesse verlieren.

»Miss, würden Sie bitte weiterfahren!«, fordert mich der Concierge auf, da ich die Einfahrt blockiere.

»Gleich!«

Unentschlossen starre ich auf mein Handy, aber dann denke ich an Samantha. Wir müssen sie finden. Besser früher als später. Und ich könnte mir nie verzeihen, wenn sie unnötig leiden müsste, bloß weil Bryce so ein Vollidiot ist und ich zu stolz, stur und starrsinnig bin.

Tief durchatmend wähle ich seine Nummer. »Okay, Bryce. Ich brauche Sie doch. Wo sind Sie gerade, und wie schnell können wir in das Zimmer?«

»So stürmisch?«

Mein frostiges Schweigen ist die einzige Antwort, die er kriegt. Wie kann ihm nach Späßen zumute sein?

»Kennst du den Prada-Laden in der Oak Street?«, fragt er.

»Prada?« Ich bin verwirrt. »Wie Ich-bin-Designermode-die-zu-teuer-für-Normalsterbliche-ist-Prada?«

»Ja, genau. Fahr dorthin! Lass dir von Trish was Hübsches anziehen. Ich hol dich in zwanzig Minuten ab und dann begleite ich dich zum Hotel.«

»Moment! Heißt das, ich soll –?« *Klick.* Bryce hat aufgelegt. Was soll das? Kann er nicht einfach herkommen, und er lässt mich in die Suite? Ohne zu zögern, wähle ich seine Nummer ein zweites Mal, lande jedoch direkt bei der Mailbox. Wenn ich schnell und legal auf das Zimmer will, muss ich mich fügen. »Dieser Mistkerl!« Wütend schlage ich gegen das Lenkrad.

»Miss?«, unterbricht mich der Concierge erneut. Ich drehe mich um und entdecke die Schlange an wartenden

Wagen hinter mir. Er muss nicht wiederholen, was er will.

»Bin schon weg!«

***

Wie eine Puppe werde ich in der Boutique von Trish eingekleidet und probiere ein Designerkleid nach dem anderen an. Zu sagen, dass ich vor Wut koche, wäre noch zu schwach ausgedrückt. Die Hölle ist ein Eiskasten im Vergleich zu mir. Dennoch schlucke ich meinen Ärger hinunter. Trish befolgt hier nur Befehle. Und es hilft niemandem, wenn ich die gesamte Prozedur mit schnippischen Kommentaren torpediere.

»Fertig«, verkündet sie lächelnd und bringt mir zum Abschluss High Heels sowie eine Tüte für meine ursprünglichen Sachen.

Schlecht gelaunt betrachte ich mich im Spiegel. Das rote, figurbetonte Seidenkleid schmiegt sich an meinen Körper, als wäre es für mich maßgeschneidert. Der Rücken ist frei, der Ausschnitt vorne tief, perfekt für den Schmuck, den ich trage. Ich sehe gut aus, das muss ich zugeben. Doch gleichzeitig komme ich mir billig vor.

»Sind Sie nicht zufrieden?«, fragt mich Trish, die meinen verkniffenen Gesichtsausdruck bemerkt. »Wenn ich noch etwas tun kann? Schließlich soll ja nicht bloß er glücklich sein.«

»Um mich glücklich zu machen, müssten Sie Kleidersäcke verkaufen und ihn unglücklich machen.« Unwohl zupfe ich am Saum und hoffe, dass kein Stückchen Stoff verrutscht.

Ein Glucksen entschlüpft Trish und schnell hält sie sich die Hand vor den Mund.

»Was ist so lustig?«, frage ich.

»Sie! Sie haben Humor. Und auch sonst sind Sie ganz anders als die Damen, die Caleb üblicherweise zu uns schickt.«

Ich spüre einen Stich, ignoriere ihn jedoch. Habe ich wirklich geglaubt, er zieht diese Reicher-Sack-kleidet-Frau-nach-seinem-Geschmack-ein-Nummer zum ersten Mal ab? »Wie sind sie denn?«, erkundige ich mich beiläufig.

»Neugierig, Baby?«, unterbricht uns die vertraute Stimme von Caleb Bryce. »Oder eifersüchtig?«

Ein Schauer jagt über meinen Körper. Ich drehe mich zu ihm um, und mir stockt der Atem. Bryce hat sich ebenfalls umgezogen. Er trägt einen dunklen Anzug und ist wie verwandelt. Er strahlt Macht, Autorität und Selbstsicherheit aus. Und zu wissen, dass sich unter dieser Hülle eines Gentlemans ein Mann befindet, der für jede Schweinerei zu haben ist, macht es nicht leichter. Zu spät wird mir klar, dass er registriert, welche Wirkung er auf mich ausübt. Denn meine harten Brustwarzen zeichnen sich unter dem feinen Seidenstoff des Kleides ab.

Bin ich eifersüchtig auf meine Vorgängerinnen? Nein! Hoffnungslos erregt.

Bryce ist jedoch clever genug, den Mund zu halten. Keinen Witz über mein Aussehen zu reißen. Und auch keine Komplimente zu verteilen. Er mustert mich, nimmt meinen Anblick in sich auf. Ihm gefällt, was er sieht. Wie der Stoff des Kleides sich mit dem kleinsten Zittern meiner Knie bewegt. Und wie unheimlich stark diese Anziehungskraft zwischen uns ist.

Trotz fünf Meter Abstand ist das hier wie Sex. Ich erahne seine Hitze. Das Verlangen in seinem Blick raubt mir den Atem. Das Ziehen auf meiner Haut wird unerträglich, und ich weiß, nur eine Berührung von ihm könnte diesen süßen Schmerz lindern.

»Wie hältst du das nur aus, Ava?«

Langsam kommt er auf mich zu, aber ich kann nicht antworten. Denn wenn ich jetzt den Mund öffnen würde, würde ich ihn um Dinge anbetteln, die nicht sein dürfen. Und gnade mir Gott, er weiß es!

»Wie viel kriegst du dafür, Trish?«, höre ich Bryce fragen, als er an mir vorbeigeht. So dicht, dass sein Ärmel meinen Arm streift und ich zusammenzucke. »Und warum wartest du nicht draußen im Wagen, Baby?«

»Was ist mit meinem Auto?«

»Wir fahren nicht getrennt.« Sein Blick sagt, dass er keine Widerrede duldet. »Ich lasse deinen Lincoln zur Agentur bringen. Wie klingt das?«

Wie auf Autopilot greife ich die Tüte mit meinen eigenen Sachen, und meine Beine setzen sich in Bewegung. Was wohl Zustimmung bedeutet. Ich mache vorsichtige Schritte, habe das Gefühl, erst laufen zu lernen.

Als ich den Laden verlasse, schlagen mir der Lärm der Straße und die Julihitze mit voller Wucht entgegen. In welcher Blase ich mich auch immer befunden habe, sie platzt. Ungewohnt erschöpft steige ich in die dunkle Limousine mit den blickdichten Scheiben, die vor der Boutique parkt.

Denk an Samantha Taylor!, ermahne ich mich, bin aber nach wie vor ganz aufgewühlt von dem, was gerade passiert ist. Als hätte ich ein Erdbeben überlebt. Man macht nicht einfach weiter wie zuvor, sondern trifft Vorkehrungen, um für das nächste Mal gewappnet zu sein. Bloß, was sollte ich im Fall von Caleb Bryce tun? Weglaufen? Wie erwachsen wäre das?

Bryce lässt sich Zeit mit Trish. Ich nutze die Gelegenheit, um mich von Jane auf den neuesten Stand bringen zu lassen. Leider hat sie keine Neuigkeiten. Weshalb ich langsam ungeduldig werde.

»Nur ein falsches Wort …«, warne ich Bryce, sobald er zu mir in den Wagen steigt und wir losfahren.

»Zum Beispiel?« Unschuldig sieht er mich an, jetzt jedoch wieder mit diesem teuflischen Lächeln in den Augenwinkeln, dem ich viel besser widerstehen kann. »Dass es mir in den Fingern juckt, den Stoff deines Ausschnitts beiseitezuschieben, mit meiner Zunge einen deiner harten Nippel zu umspielen und mit meinem Mund erst zaghaft, dann immer heftiger daran zu saugen, bis das süße Ziehen von deiner Brust direkt in deine Pussy schießt?« Er macht eine Kunstpause. »Nur um schließlich unendlich sanft in deine zarte Knospe zu beißen. Als Strafe dafür, dass du mich um den Verstand bringst.«

»Genau solche Sätze«, erwidere ich trocken, rutsche auf dem Polster herum und ärgere mich über meine Reaktion.

»Und was wäre dann?«, fragt er unschuldig.

Das Hotel taucht auf, und ich werde ernster. »Schluss mit den Spielchen, Bryce. Eine Frau wird vermisst. Also hören Sie auf, mich abzulenken!«

»Ich lenke dich also ab?«

Ich zupfe an meinem Kleid. »Wie würden Sie das hier nennen?«

»Motivation für mich.«

»›Unnötig‹ wäre meine Antwort«, sage ich grantig. Dabei gefällt einem Teil von mir, dass er mich attraktiv findet.

Zu meiner Verwunderung sagt er darauf nichts. Der Wagen bewegt sich im Stop-and-go durch den Stadtverkehr. Wir passieren Cafés, Restaurants, Läden …

»Warum wehrst du dich so gegen das, was zwischen uns passiert, Ava?«

Ich tue, als hätte ich ihn nicht gehört, und schaue nach draußen, als gäbe es rosa Elefanten zu bewundern.

»Hey!«, ruft er sanft und legt seine Hand warm und schwer auf mein Knie.

»Können Sie nicht einfach akzeptieren, dass Sie nicht das bekommen werden, was Sie wollen?« Seufzend drehe ich mich zu ihm, als wäre ich gelangweilt und nicht kurz davor, mich auf ihn zu stürzen. »Ich stehe nicht auf Machos, Bad Boys und reiche Säcke, die glauben, sie könnten sich alles erlauben, bloß weil sie ein nettes Gesicht und ein dickes Portemonnaie haben.«

»Du weißt, dass ich das nicht bin.«

»Weiß ich das?« Und was ist er dann? Obwohl ich sonst neugieriger bin, als mir guttut, verzichte ich darauf nachzufragen. So dumm bin ich nicht. »Was muss ich tun, um von Ihnen in Ruhe gelassen zu werden, Bryce?«

»Sag mir glaubhaft Nein.« Seine Finger ziehen sanfte Kreise auf meinem Oberschenkel, und je unmerklich höher seine Hand dabei gleitet, umso schneller trommelt mein Herz in meiner Brust.

»Nein, nein, nein!«, rufe ich. »Mit wie vielen Kerlen muss ich schlafen, damit Sie mir glauben, dass ich an Ihnen kein Interesse habe? Eine Football-Mannschaft? Zwei? Drei?«

Zum Glück halten wir gerade vor dem Eingang des Windham Hotels. Das nenne ich Timing! Ich warte nicht ab, was er antwortet, sondern steige aus, werfe die Autotür mit einem lauten Knall hinter mir zu, ignoriere das Getuschel des Personals und der anderen Gäste und durchquere eilig und mit klappernden Absätzen die opulente Eingangshalle. Als hätte ich jedes Recht dazu. Ich weiß, mein Auftritt ist zu auffällig für das, weshalb wir hier sind. Aber ich muss etwas Dampf ablassen, sonst explodiere ich.

»Bryce!«, knurre ich warnend, als er mich einholt, seinen Arm um mich schlingt, mich festhält und eng an sich zieht. *Himmlisch eng!* Wenn Blicke töten könnten, Caleb Bryce würde innerhalb von Sekunden zu einem Häufchen Asche zusammenfallen.

»Das war ein schwerer Fehler, Baby.« Genau wie ich ist er wütend. *Gut so.*

»Schön, dass Sie endlich meinen Standpunkt begreifen.«

Sein Griff wird fester, und seine Finger zittern, als er mir durchs Haar fährt. Als ich die Spannung kaum noch aushalte und kurz davor bin, ihm mein Knie in die Lenden zu rammen und den Moment zu beenden, sagt er beherrscht: »Wage es, mit einem anderen Mann zu schlafen, und du handelst dir Ärger ein, Ava. Wenn dir so egal ist, für wen du die Beine breitmachst, dann kannst du das auch für mich tun.«

»Und das würde Ihnen gefallen, Bryce? Eine Frau ficken, die den Sex nicht will?« Ich spreche es nicht aus, doch das Wort ›Vergewaltigung‹ schwebt in der Luft.

»Wäre das denn der Fall?« Jeglicher Humor ist aus seiner Stimme verschwunden. »Du begehrst mich also kein bisschen?«

»Nein«, presse ich heraus. *Dicke Lüge!* Aber anders versteht er es nicht. Bin ich denn die erste Frau in seinem Umkreis, die nicht vor lauter Verlangen den Verstand verliert und Wert darauf legt, dass mehr zwischen zwei Menschen sein sollte als diese pure animalische Anziehungskraft, wenn sie miteinander schlafen?

»Warum nur mussten wir uns begegnen?« Gequält verzieht er das Gesicht, und statt zu triumphieren, fühle ich mich elend. Aber gleich ist es vorbei. Gleich … »Statt hier mit dir Verbrecher zu jagen, könnte ich mich wieder mit Frauen umgeben, die mir jeden Wunsch von den Augen ablesen. Die einfacher sind, als du es bist. So viel einfacher. Die würden mich nämlich nicht ständig zum Teufel jagen, obwohl sie feucht sind und meinen Schwanz in sich spüren wollen.«

Soll mich diese Ansprache etwa erweichen? »Ich bleibe dabei: Nein heißt Nein.«

»Dann gibt es bloß noch eine Sache zu klären.«

»Welche?«, frage ich.

»Was ist hiermit?«

»Womi–?!«

Weiter komme ich nicht, denn Caleb Bryce greift mein Gesicht, hält mich, sodass ich mich ihm nicht entziehen kann, und bringt mich mit einem Kuss zum Schweigen.

Schockiert lasse ich ihn gewähren. Seine Lippen sind brutal, seine Zunge heiß und der Geschmack, den er in meinem Mund hinterlässt, ist die pure Sünde. Und er hat recht, ich will mehr.

»Caleb …«, entschlüpft mir wie ein Stöhnen.

Statt zurückzuweichen, vertieft er den Kuss. Unsere Zähne schlagen aneinander. Seine Zunge erobert mich, fickt mich. Ich bin mir der Hitze seines Körpers und seiner Erregung nur zu bewusst. Merke selbst, wie ich brenne. Nie zuvor habe ich so empfunden, und es macht mir Angst. Wie wahnsinnig! Denn wie kann man derart verrückt nach einem Menschen sein? Sich so verzehren? Egal wie falsch es ist!

Und plötzlich habe ich nur noch einen Gedanken: Sex mit Caleb Bryce. Ich bin feucht, bereit, spüre seinen harten Schwanz, die Hitze seines Körpers, wimmere, will mehr, sofort.

Doch gerade, als ich Bryce am Revers seines Sakkos packe, um ihn näher zu ziehen, löst er sich von mir. »Das ist also deine Art, Nein zu sagen?« Die Haut an seinem Hals ist gerötet vor Erregung, sein Haaransatz ist leicht verschwitzt. Sein Körper glüht vor Verlangen, aber er mahlt mit dem Kiefer und wirkt sauer. Was ich überhaupt nicht verstehen kann. Sollte ich nicht sauer sein, dass er die Grenze überschritten hat?

»Nein … ich meine … ja«, stammele ich. *Mist!*

Wortlos legt Bryce mir einen Arm um die Schultern und führt mich zu den Fahrstühlen. Zum ersten Mal entziehe ich mich nicht der Berührung, sondern wünsche mir, er würde mich enger an sich pressen. Mich halten. Weil ich das Gefühl habe, nicht mehr lange alleine stehen zu können. Ich weiß, wie falsch das alles ist, doch ich kann es nicht ändern.

Der Kuss eben war … Ich finde keine Worte. Bryce hat recht: Es ist ein nutzloses Unterfangen abzustreiten, wie sehr ich ihn begehre. Bloß: Warum nutzt er die Situation jetzt nicht aus? Merkt er nicht, dass er mich dort hat, wo er mich die ganze Zeit haben wollte? Oder fand er den Kuss nur okay, langweilig, gewöhnlich, wie mit jeder anderen Frau, und er hat ihm gereicht?

»Caleb …? Bryce?« Tränen treten mir aus irgendeinem Grund in die Augen. Schnell blinzele ich sie weg. Seit wann bin ich dermaßen emotional und dünnhäutig? Das muss an diesem Fall liegen. Denn nie im Leben ist dieser Aufreißer die Ursache dafür.

Seine Hand bleibt auf meinem Rücken. »Kein schönes Gefühl, etwas zu wollen und es nicht zu kriegen, was?«

»Soll das eine Strafe sein?«, frage ich schockiert.

»Eine kleine«, gibt er zu.

»Wieso?«, hake ich nach und verdränge, wie sehr mir seine Worte zusetzen.

Etwas in seiner Miene verändert sich. »Weil du es immer noch nicht zugeben kannst. Nach diesem Kuss.«

»Er hat Ihnen gefallen?«

»Baby, ich komme gleich in meine Tausend-Dollar-Hose wie ein hormongesteuerter Teenager. Der Kuss war fast so großartig wie Sex, und das will was heißen, denn in dem Punkt kenne ich mich rein zufällig bestens aus. Doch du, du frustrierst mich.« Er holt tief Luft. »Ich gebe mir wirklich Mühe, ein Gentleman zu sein und mich in Geduld zu üben …«

»Aber?« Mein Herz rast.

»Hör auf, mich mit deinen Blicken anzubetteln, oder ich vergesse alle meine guten Vorsätze und stelle mit dir oben in der Suite das an, was ich dort mit allen anderen Frauen vor dir getrieben habe«, raunt er mir ins Ohr. »Und was aus deinem Fall wird, ist mir herzlich egal.«

Alle anderen Frauen? Wie viele hatte der Kerl? Mir wird ganz anders. »Wie gut, dass wir keine Kondome dabei haben«, murmele ich.

Diskret zieht Bryce ein Durex aus seiner Hosentasche. »Also ich bin immer vorbereitet.« Er grinst, als er meinen Gesichtsausdruck sieht. »Und sauber, falls du dich das fragst.«

»Dann geht es einzig und allein um Sex?«

»Bis jetzt ja, Ava.«

Seine Worte fühlen sich wie eine eiskalte Dusche an. Hab ich tatsächlich geglaubt, da wäre mehr zwischen uns? Seit wann bin ich so dumm? Für Caleb Bryce bin ich nur eine Eroberung. Er muss Dutzende Damen hierhergebracht haben. Er will einen Fick, keine Nähe, keine Beziehung … Aber dafür bin ich mir zu schade. Soll er sich doch mit Nutten vergnügen, wenn der Druck zu groß wird!

Schweigend betreten wir den Fahrstuhl, und ich spanne jede Faser meines Körpers an, als er seinen Arm um mich legt und mich an seine Seite zieht. So als wären wir ein Liebespaar. So wie ich es gerade gebraucht hätte und nicht bekommen habe. Jetzt ist es zu spät. Seine Worte schießen mir wieder durch den Kopf. Er will mit mir tun, was er mit allen getan hat. Mehr nicht. Und ich bin auf den Kerl reingefallen! Seit wann passiert mir so was?

Cut, Ava! Hör auf, dich auf diesen Mann einzulassen! Samantha Taylor …, erinnere ich mich. *Ihretwegen sind wir hier.*

Sobald wir halten, nehme ich Bryce die Schlüsselkarte ab und gehe voraus. Ich öffne die Suite und überprüfe als Erstes, ob das Sofa mit dem Modell auf dem Foto übereinstimmt.

Ja!

Um auch den letzten Zweifel zu zerstreuen, überprüfe ich den Winkel, aus dem die Aufnahme gemacht wurde. Ich entferne mich vom Sitzbereich und gehe leicht in die Knie.

Bingo!

»Hach, das weckt Erinnerungen!«, murmelt Bryce hinter mir.

Sofort richte ich mich auf. »Waren Sie etwa mit Ms Taylor hier?!«

»Was? Nein!« Ernsthaft schockiert sieht er mich an – plus eine Spur gekränkt, dass ich ihm die Entführung einer Frau unterstellen könnte. »Ich dachte an all die heißen Damen, die ich in diesem Zimmer gefickt habe. Einvernehmlich natürlich. Ich zwinge niemanden.«

Einvernehmlich? Von wegen! Ich schnaube. Vielleicht sollte ich ihm die Bedeutung des Wortes Nein noch mal erklären? Denn meines hat ihn eben nicht davon abgehalten, mich zu küssen …

Nachdenklich mustert er mich, lässt seinen Blick über mich in diesem für unsere Mission unpassend luxuriösen Kleid wandern. Und erneut raubt mir diese Anziehung zwischen uns den Atem. »Außerdem habe ich dich nicht gezwungen, dich an mich zu krallen, Ava. Schon vergessen? Meine Lippen waren an deinen. Du wolltest diesen Kuss genauso, wie du mit mir schlafen willst.«

»Aber?«

»Ich fand das Foyer des Hotels ziemlich unangebracht. Nicht unbedingt der passende Ort. Sonst hätte ich mir genommen, was du mir angeboten hast.«

Hat er sich bloß deshalb gelöst? Aus Anstand? Kaum zu glauben!

Während er gesprochen hat, ist er näher gekommen. Bis er so dicht vor mir steht, dass ich meinen Kopf leicht in den Nacken legen muss, um zu ihm aufzuschauen. Er berührt mich nicht, ich erinnere mich jedoch nur zu deutlich daran, wie sich seine Lippen angefühlt haben, und weiche keuchend zurück.

»Sie verwechseln da was, Bryce. Alles, was ich will, ist, Ihnen in den Hintern zu treten.«

Er lacht, denn er weiß, dass das nicht wahr ist.

»Und die vermisste Studentin finden.«

Aus dem Aktenkoffer, den Bryce mitgebracht hat, hole ich ein UV-Licht heraus und suche den Raum nach Blutspuren ab. Vielleicht hat es einen Kampf gegeben? Doch angewidert verziehe ich das Gesicht. Falls hier Spuren von Samantha oder ihren Entführern sind, so kann man sie nicht von den Resten der anderen Körperflüssigkeiten unterscheiden. Nicht nur der Boden, auch Schrankgriffe, Möbelpolster und Wände sind von diversen Flecken überzogen. Und das in einem Fünf-Sterne-Hotel! Wann hatten die ihre letzte Überprüfung?

»Hier werde ich wohl nicht mehr buchen«, sagt Bryce hinter mir.

»Warum so entsetzt? Die Hälfte der Spritzer ist doch bestimmt von Ihnen!«

Sein Blick geht zu einem der Sessel. »Das ist zu viel der Ehre. Ich fürchte, nur ein knappes Drittel.«

»Ernsthaft?« Es schüttelt mich.

»Ernsthaft.« Lachend schwenkt er das UV-Licht zum Sessel, wo sich ein breiter Fleck an der Sitzkante abzeichnet. »Das hier war allerdings dieses Model. Kendra Irgendwas. Die zu früh ihren Orgasmus hatte.«

»Ich glaube, mir wird gleich schlecht«, zische ich.

»Schockiert? Wir sind beide erwachsen. Du solltest wissen, dass der beste Sex der ist, bei dem es schmutzig zugeht.« Lächelnd mustert er mich. »Oder greifst du sofort nach Papiertaschentüchern, wenn es feuchtfröhlich wird?«

»Das werde ich mit keiner Antwort würdigen.«

»Oh mein Gott, du tust es tatsächlich!«

»Besser so, als jeden Tag das Bett neu zu beziehen«, rutscht mir raus, bis ich meinen Fehler bemerke. Er hat mich provoziert, und ich hab ihm genau das gegeben, was er wollte. Ein weiteres schlüpfriges Detail zu meinem miserablen Sexleben. »Wehe, Sie sagen jetzt was dazu!«

»Das fällt mir wirklich schwer.«

»Bryce!« Mein Tonfall ähnelt dem einer Grenzpatrouille: *Stopp, oder ich schieße!*

»Oh Baby …«, murmelt er, ist plötzlich wieder viel zu nah und streicht mir Strähnen aus dem Gesicht. »Schmutziges Bettzeug hat zwei wahnsinnig große Vorteile. Erstens …« Er beugt sich an mein Ohr, und sein Atem kitzelt mich. »Man kann es hemmungslos weiter einsauen.« Seine Lippen streifen mein Ohr, und ich erschauere, kann mich ihm nicht entziehen. »Und zweitens: Man kann den Duft des anderen riechen, selbst wenn der längst weg ist.«

»Und dazu masturbieren, nehme ich an?« Genervt mache ich mich frei.

»Ich sehe, wir verstehen uns.«

Mit einem Augenrollen lasse ich Bryce stehen. Er hat es erneut geschafft, dass die Atmosphäre erotisch aufgeladen ist. Aber wir sind wegen Samantha hier und nicht, um seine kranken Fantasien zu füttern.

Akribisch beginne ich, den Raum abzusuchen, Kissen und Polster anzuheben und Schubladen aufzureißen, in der Hoffnung, etwas zu finden, dass das Reinigungsteam übersehen hat. Die Gründlichsten scheinen sie nicht zu sein. Doch ein Geräusch an der Tür lässt mich innehalten.

Fragend schaue ich Bryce an. Erwartet er jemanden?

Er schüttelt den Kopf.

In dem Moment schwingt die Tür der Suite auf, und ohne nachzudenken, ziehe ich Bryce mit mir ins Bad. Ich fummele mir ein kleines Messer aus dem Strumpfband, und auf Bryces überraschten Blick hin mustere ich ihn eiskalt und warnend. Jetzt weiß er, dass ich bewaffnet bin. Er sollte sich also besser nicht mit mir anlegen.

Vorsichtig spähe ich um die Ecke, doch Bryces Arm hält mich zurück. Fest und unmissverständlich.

Der Mann, der die Suite betritt, bewegt sich, als ginge er davon aus, allein zu sein. Er ist etwa so groß wie ich, jedoch deutlich muskulöser. Seine Kleidung ist komplett in Schwarz, und er trägt ein Basecap, das den Großteil seines Gesichts verdeckt.

»Er hat eine Zimmerkarte«, flüstere ich Bryce zu, was seltsam ist. Entweder er hat den Zugangschip gestohlen, oder er arbeitet für das Hotel. Ersteres erscheint mir riskant, Letzteres verdammt besorgniserregend.

»Wie lautet dein Plan?«, fragt mich Bryce, wobei mich sein Atem warm und feucht im Nacken streift.

Ist das Absicht von ihm? Oder überreagiere ich? Ich gebe ein Handzeichen. Auch um diesen Schauer zu vertreiben, der mir unwillkürlich über den Rücken wandert. Überwältigen und verhören, das ist mein Plan.

Ohne auf Bryces Einverständnis zu warten, presche ich aus unserem Versteck im Bad, nutze das Überraschungsmoment und stürze mich auf den Mann. Der wehrt sich unerwartet behände.

»Keine Bewegung!«, knurre ich und halte ihm das Messer an die Kehle.

Geschickt schlägt er es mir jedoch aus der Hand. Wir rangeln, drehen uns auf dem Boden. Ich fluche, weil der Stoff meines Outfits sich um meine Beine wickelt und mich behindert. An meine Smith & Wesson, die ich normalerweise immer an mir trage, wegen des Kleides aber in meine Handtasche gesteckt habe, komme ich nicht. Die Wut auf Bryce und die Tatsache, dass er mich dazu gebracht hat, diesen Nuttenfummel anzuziehen, steigen. Verbissener kämpfe ich um die Oberhand. Bis ich das Klicken einer Waffe höre, die entsichert wird. Ebenso wie der Typ unter mir. Was ihn sofort dazu bringt stillzuhalten.

»Sie haben auch eine Waffe dabei?!«, frage ich Bryce, ohne den Mann unter mir loszulassen. »Warum haben Sie das nicht eher gesagt?!«

»Eine sexy Frau in einem eleganten Kleid und dann mit einem Messer in der Hand … heiß!« Sein Blick wandert zu meinem Dekolleté, und für einen Moment wirkt er abgelenkt. Als ich an mir hinunterschaue, sehe ich den Grund dafür. Bei der Auseinandersetzung ist der Neckholder meines Kleides gerissen, und ich sitze halb nackt auf dem Einbrecher.

Unangenehme Hitze kriecht mir den Hals hoch und steigt mir ins Gesicht.

»Wehe, Sie sagen jetzt was!« Notdürftig bedecke ich mich mit den übrig gebliebenen Stofffetzen und krabbele so würdevoll wie möglich von dem Mann am Boden herunter.

»Es wären nur Komplimente«, sagt Bryce und folgt mir mit seinem Blick. »Kannst du kurz die Glock halten?«

»Mutig, mutig!«, säusele ich, aber nehme sie. »Sie wissen, dass mir danach ist, nicht bloß unseren Einbrecher, sondern auch Sie abzuknallen?«

Ohne auf meine Drohung einzugehen, zieht er sich sein Jackett aus und legt es mir, warm, wie es noch von seinem Körper ist, über die Schultern.

»Was soll das?«, frage ich irritiert.

Bryce nimmt mir die Waffe wieder ab. »Ich denke, du kennst die Antwort.« Ruhig wendet er sich dem Einbrecher zu. »Und jetzt zu Ihnen!«

»Das ist ein Missverständnis«, murmelt der Typ, ehe ich mir Gedanken darüber machen kann, warum Bryce keine Witze darüber reißt, dass ich barbusig durch die Gegend laufe, und sich unerwartet umsichtig, korrekt und höflich benimmt.

»Klappe halten!«, sagen Bryce und ich wie aus einem Mund. Dass wir mal einer Meinung sind!

»Scheiße, seid ihr so ein Mörderpärchen?«, fragt der Typ.

»Sicher doch, wir warten immer, bis man in unser Hotelzimmer einbricht, um denjenigen dann zu filetieren und zu verspeisen«, witzele ich und höre Bryce hinter mir rau lachen.

»Bitte tun Sie mir nichts!«

Ich rolle mit den Augen. »Welchen Teil von ›Klappe halten‹ haben Sie nicht verstanden? Sie sagen erst was, wenn wir was fragen.«

»Aber –«

Ich lasse mein Messer auf seinem Oberkörper tanzen.

»Die Lady hier hat Probleme mit ihrer Impulskontrolle. Sie sollten sich besser benehmen«, sagt Bryce.

Wie richtig er mich einschätzt! Normalerweise gehe ich sehr bedacht vor. Heute bin ich jedoch am Anschlag. Könnte am Auftrag liegen, am wenigen Schlaf oder an Bryce. Oder an allen drei Dingen zusammen.

Mit meinem Handy schieße ich ein Foto von dem Typen und schicke es an Jane. »Kannst du den Mann bitte überprüfen?«, schreibe ich ihr dazu.

»Sicher doch, Schätzchen«, kommt prompt als Antwort.

Dann hebe ich die Schlüsselkarte vom Hotel auf, die unser Eindringling fallen gelassen hat, und wende mich ihm erneut zu. »Fangen wir vielleicht noch mal von vorne an: Wer sind Sie, und was wollen Sie hier?«

»Das ist ein Missverständnis. Von mir erfahren Sie nichts.«

»Wissen Sie, was ein Missverständnis ist? Anzunehmen, dass ich und Mr Universe hinter mir ein Paar sind.

Aber Sie und Dreck am Stecken?« Gespielt nachdenklich verziehe ich den Mund. »Ich frage Sie daher noch einmal, ganz höflich: Wer sind Sie, und was haben Sie in dieser Suite zu suchen? Besser, Sie reden.«

»Ich piss mir gleich vor Angst in die Hose«, sagt er spöttisch. »Glauben Sie, Sie sind das erste Flittchen, das mich bedroht?«

Als bräuchten wir alle eine Erinnerung, sichert und entsichert Bryce seine Waffe. Jegliche Spur Humor ist von seinem Gesicht verschwunden. Skrupel entdecke ich ebenfalls nicht.

»Wenn Sie mich erschießen, erfahren Sie noch weniger. Also nur zu! Lieber von euch abgeknallt werden als von denen.«

»Und wenn ich die Polizei rufe?«, drohe ich.

»Als würden Sie das!«

Stimmt. Wir werden diesen Zwischenfall nicht offiziell melden. Aber als Privatermittlerin habe ich dort Kontakte. Und ich bin bereit, mir jede Menge Fragen gefallen zu lassen, solange ich dafür Antworten von dieser Ratte vor mir erhalte.

Der Rückruf von Jane ändert jedoch meine Pläne.

»Euer Einbrecher heißt Lex Costello. Er hat Vorstrafen wegen Einbruchs und Körperverletzung. Gerade ist er auf Bewährung draußen.«

»Familie?«

»Ja. Eine Frau. Zwei Kinder. Hilft dir das?«

»Und wie!«, sage ich. »Danke dir.«

Lächelnd wende ich mich wieder an den Mann am Boden. »Lex … Lex … Lex …«

»Wenn Sie jetzt wissen, wer ich bin, kann ich ja verschwinden.«

»Mieser Versuch!« Ich schnalze mit der Zunge. »Nicht bevor Sie uns verraten haben, weshalb Sie hier sind.« Auf meinem Handy rufe ich das Foto von Samantha auf. »Und ob Sie diese Lady kennen.«

Er setzt zu einer Antwort an. Dem Lächeln nach zu urteilen, um mir zum dritten Mal zu sagen, ich solle dahin gehen, wo der Pfeffer wächst.

»Reden Sie besser!«, komme ich ihm zuvor. »Waren Sie nicht gerade im Gefängnis? Hat es Ihnen dort gefallen? Ohne Ihre wundervolle Gattin und Ihre zwei Kinder?« Er schweigt, die erste nützliche Reaktion, seit wir ihn überwältigt haben. »Der Punkt ist, Costello: Ich kann dafür sorgen, dass Sie erneut für zehn Jahre hinter Gittern wandern. Was wohl Ihre Frau davon halten wird? Meinen Sie, sie bleibt Ihnen weiterhin treu? Und verschwendet ihre besten Jahre damit, darauf zu warten, dass Sie wieder entlassen werden? Und was ist mit Ihren lieben Kleinen, die ihren Daddy bloß von Fotos kennen? Keine gemeinsamen Baseballspiele. Keine Ferien. Kein Basteln in der Garage.«

»Na und!«, zischt er und hat eindeutig mehr Angst vor den Leuten, die hinter alldem stecken, als vor uns. Dabei sehe ich ihm an, wie er bedauert, in dieser Situation gelandet zu sein. Wenn ich nur noch ein wenig Druck ausübe, dann –

Ohne mit der Wimper zu zucken, justiert Bryce seine Waffe und schießt auf Costellos Fuß. Mit Schalldämpfer. Was als Geräusch lediglich ein dumpfes Plopp verursacht. Im Gegensatz zu dem Geschrei, das Lex Costello anstimmt, der sich augenblicklich jaulend auf dem Boden wälzt.

»Scheiße, Bryce, was soll das?! Sind Sie verrückt geworden?!« Bisher habe ich nur zur Verteidigung Gewalt angewendet. Das hier … das ist anders! Und es erinnert mich wieder daran, dass Caleb Bryce ein zwielichtiger Typ ist und ich mehr Abstand zu ihm wahren muss.

»Ich helfe dir bloß, Baby, und bringe mich ein«, sagt er und hebt die Patronenhülse und die Kugel auf, die den Fuß glatt durchdrungen hat. Sehr routiniert.

»Finden Sie das etwa lustig?«

»Irgendwoher müssen schließlich all die Flecken auf dem Boden stammen. Daher: ja, ein bisschen. Jetzt wird er außerdem reden«, antwortet er ruhig. »Er meint, er muss Schiss haben vor seinen Auftraggebern? Als wären das die größten Monster des Universums, und es gäbe nicht immer jemanden, der noch brutaler, noch skrupelloser, noch gefährlicher ist.« Bryce kniet sich neben Lex Costello, während der vor Angst für einen Moment sogar vergisst, wegen seines Fußes zu jammern, der den Teppich vollblutet. »Also?«

Costello reißt die Augen auf, eindeutig in Panik, was als Nächstes passieren könnte.

Ich mustere Bryce ebenfalls nervös. Und das Messer zittert in meiner Hand. Weshalb ich es automatisch fester umklammere, unsicher, ob ich es zur Verteidigung gegen Costello oder gegen Bryce brauchen werde.

»Wir warten«, sagt Bryce mit einem eiskalten Lächeln und checkt routiniert das Magazin seiner Waffe. *Einschüchternd.*

Der Adamsapfel von dem Typen hüpft auf und ab, so hektisch schluckt er. »Ich sollte nach einem Handy suchen. Mehr nicht.«

»Wer hat Ihnen den Auftrag gegeben?«, frage ich.

»Keine Ahnung. Ich habe einen Mailaccount. Jeder kennt die Bedingungen. Man schreibt mir, welchen Botengang ich erledigen soll, und sobald ich das Geld kassiert habe, werde ich aktiv. Mehr interessiert mich nicht.« Er schnappt nach Luft. »Scheiße, ich brauche einen Arzt.«

»Keine Sorge, den kriegen Sie«, verspricht Bryce. »Halten Sie einfach bis dahin das Bein still, dann tut es weniger weh.« Streng mustert er Costello. »Es sei denn, da ist noch was.«

»Nein, ehrlich, Mann. Das ist alles.« Die blanke Angst steht Costello ins Gesicht geschrieben. Und ich kann es ihm nicht verdenken. Bryce kriegt, was er will. Das habe ich bereits am eigenen Leib erfahren. Ich habe nur Glück, dass er mich für das, was er vorhat, in einem Stück braucht.

»Wo steckt Samantha Taylor?«, frage ich.

»W-w-wer?«

Um seinem Gedächtnis auf die Sprünge zu helfen, zeige ich erneut das Foto, das er erst jetzt richtig ansieht.

»Heiße Schnitte!«, entfährt ihm, und ich trete ihm in die Seite. »Keine Ahnung, wo sie ist. Ich kenne sie nicht«, beeilt er sich zu sagen.

»Sie wollen mir ernsthaft erzählen, dass Sie ihr nie zuvor begegnet sind?«

»Das wüsste ich.«

Bryce spielt provokativ an seiner Waffe herum, als würde er darüber nachdenken, unseren Einbrecher für weitere Schießübungen zu missbrauchen.

»Wirklich, ich schwöre!«, ruft Lex Costello flehend.

Mein Bauchgefühl sagt mir, dass das die Wahrheit ist. Fragend blicke ich zu Bryce. Er nickt in meine Richtung, sieht es anscheinend genauso.

Meine Anspannung löst sich etwas, ich fahre mir über das Gesicht und stecke das Messer zurück in mein Strumpfband. Den Verlauf der Ermittlungen hatte ich mir irgendwie anders vorgestellt. Natürlich schlittere ich ab und zu in brenzlige Situationen. Aber derart gefährlich war es bisher nie.

»Wir werden Ihre Angaben überprüfen«, sage ich. »Und wenn sie nicht stimmen, sehen wir uns wieder, Costello. Egal wo Sie dann sind, ich finde Sie. Verstanden?«

»Verstanden.«

Wäre wenigstens diese Sache geklärt. »Lust, ein Handy zu suchen?«, frage ich Bryce und verknote mir meinen gerissenen Neckholder behelfsmäßig im Nacken, ohne allerdings sein Jackett abzulegen.

»Ich habe Lust auf ganz andere Dinge.« Das Funkeln in seinem Blick ist zurück und Lex Costello, der den Teppich vollblutet, total vergessen.

Meint er das ernst? Hat ihn die Szene so angetörnt? Gespielt streng schaue ich auf meine Uhr. »Neuer Rekord, Sie haben bis eben fünfzehn Minuten lang nicht an Sex mit mir gedacht.«

»Ich muss krank sein«, antwortet er.

»Haha.« Ich zeige zum Bad. »Was halten Sie davon, wenn Sie etwas Druck abbauen und mir danach weitere fünfzehn Minuten helfen?«

»Allein?«

»Ja, allein, Bryce! Oder glauben Sie, dass ich Ihnen beim Masturbieren zur Hand gehe?«

»Es war einen Versuch wert.« Lachend verschwindet er im Bad und ruft wenig später stöhnend: »Gott, Baby, dir entgeht hier was!«

»Ja«, murmele ich. »Ein erwachsener Mann, der sich wie ein hormongesteuerter Teenager verhält.«

Akribisch durchforste ich das Schlafzimmer und schweige, als Bryce aus dem Bad zurückkehrt – wo er natürlich auch nichts gefunden hat. Gemeinsam stellen wir die restlichen Räume auf den Kopf. Im Wohnbereich gibt es neben dem Sofa, das auf dem Instagram-Foto zu sehen war, weitere Sitzecken. Obwohl das Restaurant des Windham Hotels mehrfach ausgezeichnet ist, steht den Bewohnern der Suite eine kleine Küche mit Kühlschrank, einer Spüle und zwei Herdplatten zur Verfügung. Dahinter befindet sich ein Büro mit einem riesigen Besprechungstisch und Konferenztechnik. Und je länger wir suchen, umso frustrierter werde ich. Bis ich in der Garderobe hinter einem Stapel Tagesdecken ein Handy finde. *Bingo!*

Neugierig drücke ich auf die Home-Taste, doch der Bildschirm bleibt dunkel. Scheinbar ist der Akku leer.

»Kommen Sie! Wir sind hier fertig«, sage ich zu Bryce und überprüfe meinen Look im Wandspiegel, der im Flur hängt.

»Gerne.« Er tritt zu mir, zupft am Jackett und legt seinen Arm um mich.

»Was soll das?« Seine Nähe bringt mich erneut komplett durcheinander, und der Drang, mich an ihn zu lehnen, wird stärker.

»Unsere Tarnung aufrechterhalten.«

Fragend mustere ich ihn im Spiegel.

»Schon vergessen, was vorhin im Foyer passiert ist, Baby? Wir beide, Lippe an Lippe. Da wäre es recht auffällig, eine Stunde später getrennt das Hotel zu verlassen.«

Seufzend gebe ich nach, und wir gehen zu den Fahrstühlen. »Genießen Sie es, solange Sie können!«

»Das tue ich«, haucht Bryce mir zu.

Die Ruhe selbst telefoniert er mit seinen Leuten und sagt ihnen, dass sie sich um die Schweinerei im Zimmer und um Lex Costello kümmern sollen. Was wohl alles darunterfällt? Eine gründliche Teppichreinigung? Das Abwischen der Fingerabdrücke? Das Entfernen diverser Körperflüssigkeiten einer gewissen Dame, mit der Bryce es auf dem Sessel getrieben hat? Untypisch für mich halte ich mich zurück. Für einen Tag habe ich genug Konversation mit Bryce betrieben. Nicht dass er noch denkt, ich würde seine Gesellschaft schätzen.

»Und jetzt nehmen Sie Ihre Hände weg! Danke für die Hilfe, doch ich mache ab sofort wieder alleine weiter«, sage ich, sobald wir aus dem Hotel raus sind.

»Ava –«

»Nein!« Bryce hat mir tatsächlich geholfen. Aber er ist eine Ablenkung. Und wenn es um Samantha geht, kann ich keine Ablenkung gebrauchen. Ich habe, was ich wollte: eine Spur. Nun muss ich ihr nachgehen, statt das neue Spielzeug von diesem unglaublich attraktiven Mistkerl zu werden.

»Und wie willst du von hier weg? Ohne deinen Wagen?«

Der bei der Agentur sein muss, wie mir einfällt. »Ob Sie es glauben oder nicht: so wie zig andere Leute auch«, werfe ich Bryce zu. »Mit einem Taxi.«

Kapitel 4

»Ui, schickes Outfit, Ava! Von Caleb Bryce? Der Mann hat Geschmack.«

»Schnapp du ihn dir doch, Jane!«, kontere ich, sobald ich zurück im Büro bin und mir Ersatzklamotten aus meinem Spind hole.

Auf den Toiletten streife ich schnellstmöglich das Kleid ab, steige in meine Jeans und ziehe mir eines der Tanktops über, die für Notfälle hier herumliegen. Normalerweise handelt es sich dabei um Kaffeeflecken, vom Regen durchnässte Klamotten oder Staub von der Straße, weil ich mich für eine Observation in einer Ecke herumgetrieben habe, die noch nie eine Straßenreinigung erlebt hat. Notgedrungen, da ich keine Ersatzschuhe hier habe und die Tüte mit meinen ursprünglichen Klamotten leider vergessen in Bryces Auto liegt, zwänge ich mich wieder in die High Heels. Einen Tag in den Dingern werde ich schon überleben. Dann lege ich mir das Schulterholster an, stecke meine Smith & Wesson wieder in die Halterung und schlüpfe in einen schlichten schwarzen Blazer, um die Waffe zu verdecken.

»Habt ihr was Neues?«, frage ich, sobald ich umgezogen bin.

»Die Überprüfung von Ms Taylors E-Mail-Postfach läuft«, sagt Jane und spielt an ihrem Zungenpiercing herum.

»Mehr zu Lex Costello?«

»Einbrüche, Diebstahl, Falschaussagen … ausschließlich kleinere Delikte.«

»Aber nichts, das uns weiterhilft«, beende ich Janes Satz.

»Ich werde mich noch mal beim Hotel umhören«, sagt Oliver und schnipst mit seinen Hosenträgern. »Vielleicht ist jemandem in der Umgebung etwas aufgefallen. Das Zeitfenster ist zum Glück stark begrenzt, denn laut der Datenbank des Windham Hotels haben die Gäste vor euch gestern Abend ausgecheckt. Also suche ich nach Augenzeugen für die Zeit von 16 bis 22 Uhr.«

»Gute Idee«, sage ich, mache mir aber gleichzeitig Sorgen, dass wir erneut in einer Sackgasse festsitzen und es nicht merken.

»Und was hast du für mich?«, fragt Jane, als ich ihr das Handy reiche, das ich in der Suite gefunden habe.

»Das gehört wahrscheinlich unserer Vermissten. Die Telefondaten haben wir ja schon über den Provider durchgesehen, aber vielleicht kannst du die Sperre knacken und den Gerätespeicher überprüfen? Ihre Apps? Den Rest eben.«

»Willst du mich beleidigen? Natürlich kann ich das!« Jane stürzt sich auf das Smartphone wie ein Kind auf die Geschenke unterm Weihnachtsbaum. Solche Aufgaben liegen ihr eher, als ziellos im Datensumpf nach Hinweisen zu graben.

Für einen kurzen Moment ist die Müdigkeit wieder da. Meine Augen brennen. Mein Körper sehnt sich nach einem warmen Schaumbad. Doch ich darf jetzt nicht nachlassen. Wir haben eine Spur. Endlich nimmt der Fall Fahrt auf.

»Kaffee?«, meldet sich just in dieser Sekunde eine vertraute Stimme hinter mir.

Obwohl das Aroma eines Latte Macchiato mit Karamell mir verführerisch in die Nase steigt und schon der Gedanke an Koffein mich wacher macht, ignoriere ich den Pappbecher, der mir gereicht wird, und funkele Bryce sauer an. Den Anzug, den er im Hotel getragen hat, hat er gegen eine Jeans, ein schwarzes Shirt und eine Lederjacke eingetauscht. Seine Haare sind feucht, als hätte er frisch geduscht – was mich ernsthaft ins Grübeln bringt, wann ich zuletzt das Vergnügen hatte. Und unfairerweise sieht er obendrein fit und ausgeruht aus, sodass ich maßlos neidisch werde. Dieser Mann ist aber auch hartnäckig!

Kurz hoffe ich, dass er mir vielleicht nur meine Sachen bringen will, die ich in seinem Wagen liegen gelassen habe. Aber er hat keine Prada-Tüte aus Trishs Laden dabei.

»Was wollen Sie hier, Bryce?«, frage ich kühl und ärgere mich über die neugierigen Blicke meiner Kollegen. Sogar Oliver bleibt, weil er diese Szene nicht verpassen will, und legt seinen Trenchcoat wieder ab. Eigentlich waren Bryce und ich fertig miteinander. Wie oft soll ich noch sagen, dass er mich in Ruhe lassen soll?

Unbeeindruckt schaut er sich bei *Fuller Investigations* um, als hätte ich ihn dazu eingeladen. Er entdeckt meinen Schreibtisch und fläzt sich in meinem Drehstuhl. »Könnte sein, dass ich eine neue Spur habe.«

»Warum haben Sie nachgeforscht?«

Er mustert mich lüstern. Dabei gebe ich in meinem Ersatzoutfit eine wesentlich langweiligere Figur ab als in dem Seidenfummel, den ich vorhin für ihn tragen musste. Oder er steht auf alles, was zwei X-Chromosomen hat. »Du weißt, warum, Baby«, sagt er.

»Nein, bedaure.«

»Du bist so eine miserable Lügnerin, Ava Donovan! Zumindest, wenn es um mich geht.«

»Ach ja? Mein letzter Stand war, dass Sie aus dem Fall raus sind. Schauen Sie noch mal genauer hin. Ich bin die Ahnungslosigkeit in Person.«

»Das tue ich.«

Spöttisch schnaube ich. »Meine Brüste sagen Ihnen also, dass ich lüge?!« Denn dort klebt sein Blick, auf meiner Oberweite.

Amüsiert kräuselt er seine Lippen. »Du möchtest nicht hören, was ich herausgefunden habe?«

»Vielleicht wissen wir es ja längst selbst.«

»Tut ihr nicht.«

Großkotziger Vollidiot! Ich seufze. »Okay, spucken Sie es aus! Aber glauben Sie ja nicht, dass ich deshalb mit Ihnen schlafen werde.«

»Wirst du.« *Weil du es willst*, fügen seine Augen stumm hinzu. *Weil du dich danach sehnst. Weil es richtig wäre, du verflucht sture Frau!*

Ablehnend verschränke ich die Arme. *Nein!*

»Oh Baby, du bist wie ein Eisblock, der langsam aber stetig taut. Erst sind es lediglich einzelne Tropfen, doch je wärmer dir wird, umso mehr werden es.«

»Wie poetisch«, witzele ich so frostig, dass jeglicher Tropfen, der eventuell getaut ist, sofort wieder schockgefriert. »Wenn Sie mir bei dem Fall helfen wollen, helfen Sie, Bryce! Sollten Sie andere Absichten verfolgen: Sie wissen, wo die Tür ist.« Unmissverständlich zeige ich zum Ausgang.

»Keine Sorge, Ava, würde ich dich gerade ficken wollen, hätte ich dich zu Hause abgepasst und nicht hier.«

WAS?! Finde nur ich sein Verhalten unmöglich? Nach Unterstützung suchend blicke ich zu meinen Kollegen. Leider wetzen Jane und Oliver nicht die Messer, sondern reichen sich gegenseitig eine Tüte M&M's, als würden sie in der ersten Reihe einer wahnsinnig spannenden Theatervorstellung sitzen.

Hilf mir!, gebe ich Jane lautlos zu verstehen.

»Mr Bryce …«, beginnt sie, was nicht nach Rauswurf klingt. »Was haben Sie denn?«

Lächelnd erhebt er sich. Leider nicht, um zu gehen, sondern um mir Kontoauszüge zu reichen. »Dein Fall hat mir keine Ruhe gelassen. Die Kleine, die du suchst, ist wie viele Studenten nur knapp über die Runden gekommen. Bis sie vor einer Woche eine größere Überweisung erhalten hat.«

»Wir haben ihr Konto überprüft. Da war nichts Ungewöhnliches«, erwidere ich und werfe einen flüchtigen Blick auf die Kontodaten. »Sorry, der Köder zieht nicht, Bryce. Wenn das alles ist, was Sie haben, arrivederci!«

»Das trifft für eines ihrer Konten zu. Aber das zweite …«

»Ein zweites …?« Bevor ich ahnungslos herumstammele, beiße ich mir auf die Lippen. Die Info ist wirklich neu. Natürlich könnte ich jetzt Jane bemühen, mehr dazu rauszukriegen: Doch warum Zeit verlieren? Aus falschem Stolz? Der Punkt geht an ihn. »Wie groß ist die Summe, die sie erhalten hat?«, frage ich und studiere den Kontoauszug genauer.

»Fünfzigtausend Dollar«, sagt Bryce.

Stöhnend massiere ich mir die Schläfen. Mist, wäre ich weniger müde, vielleicht wäre mir das schon früher aufgefallen. Und wir wären längst weiter.

»Jane, sieh bitte nach, woher das Geld stammt! Oliver, schnapp dir endlich deinen Trenchcoat und hör dich wie geplant beim Hotel um!« Ich stehe auf und sammele meine Sachen zusammen.

»Und was machen wir zwei?«

Ich drehe mich zu Bryce um. »Wir?«, frage ich, als würde diese Vokabel in meinem Wortschatz nicht existieren.

»Du plus ich.« Er lächelt gewinnend. »Also: wir, Baby.«

Ergeben seufze ich. Warum länger streiten? Jemand wie Bryce macht sowieso, wonach ihm ist. Und wenn er mir unbedingt nachlaufen will, bitte. Jedem sein Vergnügen! Aber er wird enttäuscht sein. Noch mal werde ich nicht schwach bei diesem Mann. Dieser eine Kuss vorhin im Hotel muss reichen.

»Wir, mein liebstes Plüschbärchen?« Ich traue mich, ihm tantenhaft in die Wange zu kneifen, und bin überrascht, wie männlich er das hinnimmt, indem er einfach nur zufrieden grinst. »Wir fahren zur Wohnung von Ms Taylor und sehen uns dort genauer um. Bis eben schien alles wie ein Verbrechen, in das sie zufällig verwickelt worden ist. Doch jetzt …«

»… erscheint es in einem anderen Licht«, beendet Bryce meinen Satz.

Allerdings. Als hätte jemand die Scheinwerfer neu ausgerichtet und würde auf etwas zeigen, was bisher im Schatten gelegen hat. Denn in was kann eine Musterstudentin wie Samantha hineingeraten sein, dass sie plötzlich verschwindet, lustige Selfies postet und ein kleines Vermögen auf ihrem Konto anhäuft? Und wie kann es sein, dass Bryce und ich einer Meinung sind? So sollte das nicht laufen …

Kapitel 5

»Da kommen Erinnerungen auf«, sagt Bryce, sobald wir in Samanthas Zimmer sind, in das uns Judith Hamilton, ihre Mitbewohnerin, eine zierliche Brünette Mitte zwanzig, gelassen hat. Sie wirkte ungewöhnlich nervös, als wir gekommen sind, und hat sich schnell verabschiedet und uns alleine gelassen. Da wir sie allerdings – wie die anderen Kontakte von Samantha – einmal routinemäßig überprüft und nichts gefunden haben, verdränge ich das komische Gefühl, das ich in ihrer Gegenwart gehabt habe. Das liegt bestimmt an der Gegenwart von Caleb Bryce. Oder daran, dass der Fall mich an das Verschwinden meiner Schwester erinnert. Immerhin können wir uns ungestört umsehen.

Statt eines Betts hat Samantha ein Schlafsofa. Auf dem Schreibtisch stapeln sich Bücher aus der Uni-Bibliothek. Das Modell eines Bürogebäudes steht herum, das sie sehr wahrscheinlich für einen Kurs in ihrem Architekturstudium bauen musste. Und da sie keinen Kleiderschrank hat, liegen ihre gesamten Klamotten bunt zusammengewürfelt in Kisten – ziemlich praktisch zum Umziehen, wie ich finde.

»Sagen Sie bloß, Sie haben studiert?«, ziehe ich Bryce auf. Irgendwie kann ich mir nicht vorstellen, dass sich der Mann, dem Regeln egal sind, Tag für Tag brav in Vorlesungen setzt und dann alle paar Wochen für Klausuren lernt.

»Nein, natürlich nicht. Dafür war ich zu clever«, sagt er für meinen Geschmack etwas zu stolz und bestätigt meine Vermutung. Er wäre zugelassen worden, hält aber nichts von einem Studium, sondern ist offensichtlich ein Verfechter der Schule des Lebens.

»Wie sind Sie denn Besitzer des *Sinful Secrets* und der anderen Clubs geworden?«

Plötzlich ist er auf der Hut, und ich rechne schon nicht mehr mit einer Antwort, als er sagt: »Pokerturniere, Wetten, Glücksspiel.«

»Nett. Ich bin gut in Canasta«, platze ich heraus. Schnell beiße ich mir auf die Lippen. Warum erzähle ich ihm das? Das war Lillys und mein Lieblingsspiel. »Und wie sind Sie zum Geschäftsmann geworden?«

»Ich bin kein Fan davon, Geld zur Bank zu bringen.«

»Also haben Sie lieber in etwas Handfestes investiert?«

»Beeindruckt?«

Ich bin es, aber ich gebe lediglich ein nachdenkliches »Hmm« von mir und hoffe, dass er es auf sich beruhen lässt. »Und warum haben Sie eben gesagt, dass Erinnerungen aufkommen?«

»Ava, Baby, du beginnst, dich für mich zu interessieren!«

»Bryce! Antworten Sie«, knurre ich.

»Ich mag Studentinnen. Man hat mit ihnen jede Menge Spaß im Bett. Sie sind noch so unbefangen, enthusiastisch, experimentierfreudig …«

»Wissen Sie eigentlich, wie widerlich Sie gerade klingen?«, unterbreche ich seinen Redefluss. »Wie ein alter Sack, der sich an junge Dinger ranschmeißt, weil er zu schwach ist für eine Frau, die ihm das Wasser reichen kann.«

»Wirke ich auf dich schwach?«, fragt er, und ehe ich mir eine weitere gepfefferte Antwort überlegen kann, packt er mich und drückt mich an die Zimmerwand. Neben mir hängen Poster der Chicago Architektur Biennale 2015, des Aqua Towers, der mich immer an einen Stapel Pancakes erinnert, und der Grundriss des Millennium Parks, der zur Jahrtausendwende gebaut wurde.

»Wenn Sie glauben, dass es von Stärke zeugt, die Muskeln spielen zu lassen …« Mein Atem geht schwer. Ich will von seiner Nähe nicht dermaßen überwältigt sein, aber ich kann meinen Widerstand kaum aufrechterhalten.

»Sag Nein!«, haucht er mir zu, lockert seinen Griff und pinnt mich mit seinem Körper fest. Der so verführerisch nah ist, dass ich nur mit Mühe dem Drang widerstehe, mich gegen ihn zu lehnen und ihm zu zeigen, dass ich das hier im Grunde genieße.

»Schwerhörig? Wie oft denn noch?«, feuere ich zurück, während seine Wärme auf mich übergeht. Und meine auf ihn.

Als wäre das exakt die Antwort, mit der er gerechnet hat, streicht er mir eine Haarsträhne aus dem Gesicht und tanzt mit den Fingerspitzen über meine Wange. »Bis du es auch so meinst.«

»Das tue ich doch!«

»Wirklich?« Abwägend legt er den Kopf schief.

»Ja, verdammt!« Ich winde mich, um seinen Fingern zu entkommen, die mich nach wie vor streifen und dafür sorgen, dass mein Puls ungesund hoch ist.

»Ich hab gesehen, wie du über Lex Costello in der Hotelsuite hergefallen bist. Da warst du entschlossen, zu allem bereit. Aber jetzt? Hier? Bei mir?«

Er möchte, dass ich mich wehre? Kann er haben! Ohne weiteres Wortgeplänkel will ich ihm in seine Kronjuwelen treten. Vielleicht ist das ja unmissverständlich genug?

Doch ich komme nicht dazu. Sobald ich mein Bein hebe, greift mir Bryce an den Schritt und schiebt mich so eng an die Wand, dass mir kaum Bewegungsspielraum bleibt. Ein Stöhnen entschlüpft mir. Nicht vor Frust oder Schmerzen. Sondern aus purer Lust.

»Hören Sie auf damit!«

Wütend hole ich mit der Faust aus. Mühelos stoppt er mich, packt mein Handgelenk und drückt es über meinem Kopf gegen die Wand. Ich bräuchte schon Superkräfte, um mich jetzt zu befreien.

»Na los, bringen Sie es zu Ende!«, speie ich förmlich aus. »Vergewaltigen Sie mich, Bryce! Nehmen Sie sich, was Sie so unbedingt wollen! Wenn wir dann endlich damit fertig sind.«

»Ist das die Art Sex, auf die du stehst?«, hat er die Frechheit zu antworten. Allerdings entgeht mir dabei nicht sein schneidender Unterton. Als würde ihn massiv stören, dass ich das hier eine Vergewaltigung nenne.

Warum müssen Begegnungen mit Bryce ständig aus dem Ruder laufen? Frustriert lehne ich mich gegen die Wand und schließe die Augen. Und wieso sage ich solche Sachen?

»Tut mir leid«, entschuldige ich mich leise. »Ich weiß auch nicht, was da in mich gefahren ist.«

»Gefühle?«, schlägt er vor.

»Pah! Das hätten Sie wohl gern. Eher der Teufel!«

Er lacht. So wie er mich mit seinem Humor kleinkriegt, so schaffe ich das bei ihm. »Ich verzeih dir, Baby.«

»Wirklich?« Überrascht sehe ich ihn an. Das sind ja völlig neue Töne.

»Unter einer Bedingung.«

Das sieht ihm schon ähnlicher. »Welche?«

»Beantworte mir eine einzige Frage.« Bedeutungsschwanger legt er eine Pause ein. »Und lüg diesmal nicht, Ava.«

Ich nicke. Einverstanden.

Bryce lässt sich Zeit, kämmt mir durchs Haar, beugt sich an mein Ohr, atmet tief meinen Duft ein. Und sorgt bei mir für weiche Knie. »Bist du jetzt gerade feucht für mich, Baby?«

Dieser kranke Sadist mit seinen Scheißpsychospielchen! Was soll das? Das Wort Ja liegt mir auf der Zunge. Denn ich bin feucht, und die Vorstellung, von diesem Mann genommen zu werden, bis dieses verräterische Pochen zwischen meinen Beinen nachlässt, ist heiß. Aber ich kann nicht. So sehr bereue ich nun auch nicht, ihn einen Vergewaltiger genannt zu haben. Er kennt die Antwort sowieso. Kein Grund, sie ihm auf die Nase zu binden, nur damit er sich darauf einen runterholen kann. »Macho!«, rufe ich, stoße ihn von mir und gehe auf Abstand.

»Wer oder was hat aus dir bloß diese Spaßbremse gemacht? Hattest du an der Roosevelt Uni nicht diesen Spitznamen? ›Hot Ava‹, wenn ich die Infos richtig im Kopf habe.«

»Wer hat Ihnen das erzählt?« Es stimmt, ich habe ziemlich wilde Studentenjahre hinter mir. Und darauf bin ich nicht gerade stolz. Ich wollte vergessen, dass Lilly verschwunden ist, wollte Nähe, hatte jedoch gleichzeitig Angst vor zu engen Bindungen. Aber eine Affäre nach der anderen hat nicht geholfen. Diesen Job hier zu erledigen, das hilft. Und dass Bryce jetzt davon anfängt, ist fast so, als würden wir über den Tag reden, der mein Leben verändert hat. Doch warum sollte ich das? Ausgerechnet mit ihm?

»Du stellst die falsche Frage«, sagt er und frisst mich mit Blicken auf.

»Wieso?«

»Spannend ist nicht, von wem ich die Info habe. Sondern was mir außerdem über dich zu Ohren gekommen ist …«

Meint er meine Eskapaden? Oder die Zeit, nachdem Lilly entführt worden ist und ich aggressiv auf alles und jeden reagiert habe?

»Wenn Sie so viel über mich wissen, dann bestimmt auch, dass ich mittlerweile auf richtige Männer stehe. Nicht auf Aufreißer«, rette ich mich mit einem garstigen Kommentar. »Und jetzt lassen Sie uns den Job erledigen, Bryce. Mir gefällt nicht, dass Ms Taylor seit beinahe vierundzwanzig Stunden verschwunden ist und wir nach wie vor kein Lebenszeichen von ihr haben. Mir wäre wohler, wir würden sie endlich finden.«

Aufmerksam sehe ich mich weiter im Zimmer um. So wie Mr und Mrs Taylor gesagt haben, ist ihre Tochter eine eher ruhige, strebsame Studentin. Ich arbeite mich durch Auszeichnungen, Dankesbriefe für ehrenamtliches Engagement, Medaillen von Sportwettbewerben der College-Mannschaft. Nichts deutet darauf hin, was sie in einem Luxushotel wollte.

»Hab was!«, ruft Bryce. Auf ein Summen hin drehe ich mich um. Ein rosafarbener Vibrator rotiert in seiner Hand.

»Sie genießen das, wie?«, rufe ich.

»Hey, das hier passt überhaupt nicht zu unserem braven Mädchen.«

»Kleine gratis Nachhilfestunde in puncto Frauen: Wir sind im neuen Jahrtausend, Bryce. Sexspielzeug ist Standard.«

»Hast du etwa auch einen?« Er mustert mich mit glänzenden Augen.

»Das wüssten Sie wohl gerne …«

»Du hast einen!«

»Einen?«, ziehe ich ihn auf.

»Mehrere?«, bohrt er nach und muss schlucken.

Ich lache. »Sie werden ja kurzatmig, Bryce. Nicht dass Sie mir einen Herzinfarkt kriegen, alter Mann!«

»Verlockend!«

»Wieso?«

»Du müsstest mich wiederbeleben. Dazu deine Hände auf meine Brust legen, deine Lippen auf meine pressen … Und sobald ich zu mir komme, würde ich dich packen und … Verflucht, Ava!«

»Heißes Kopfkino?«, schlage ich hilfsbereit als Erklärung vor. »Oder schmerzhafte große, harte Erektion?«

»Beides.« Ungeniert greift er sich an den Schritt. »Entschuldige mich. Ich muss kurz im Bad verschwinden.«

Ohne auf meine Antwort zu warten, verlässt er den Raum, und ich weiß, was er jetzt macht. Sich selbst befriedigen, um seinen Ständer loszuwerden. Schon wieder. Dieser perverse Arsch!

Nervös verlagere ich mein Gewicht von einem Bein aufs andere. *Und du, Ava Donovan, hast ihn – seien wir mal ehrlich – mit voller Absicht provoziert. Denn die Vorstellung, ihn in dir zu spüren, die Finger in seinen Nacken zu legen, seine Lippen erneut zu kosten …*

Stopp, Ava! Schwer atmend reibe ich mir über das Gesicht und betrachte Samantha Taylors Zimmer. Was tue ich nur? Und seit wann fahre ich auf solche Idioten wie Bryce ab? Okay, sehr intelligente, sehr gut aussehende Idioten … trotzdem: Idioten! Ich mag in puncto Sex keine Nonne sein und liebe es im Bett durchaus direkt, schnörkellos und eine Spur härter. Aber ein bisschen verführt werden möchte ich schon, brauche das Gefühl, zumindest für einen Moment die Eine zu sein. Selbst wenn ich das nicht bin. Möchte mich in der Nähe zu einem anderen Menschen verlieren. Und dem anderen vertrauen. Bryce gibt mir nichts davon. Oder doch?

Das Grübeln bereitet mir Kopfschmerzen.

Ich durchstöbere Samanthas Post, ihre Notizen, ihre Bücher, Collegeblöcke … Keine Ahnung, wonach genau ich suche. Irgendetwas muss erklären, was vorgefallen ist. Hoffentlich übersehe ich den Hinweis nicht.

In Gedanken versunken trete ich zurück zur Tür, um das Zimmer erneut in seiner Gänze zu betrachten und wie bei einem Suchbild den Punkt zu finden, der hier nicht reinpasst. Ein Gähnen entschlüpft mir, weil ich total platt bin. Dann pralle ich gegen einen gut gebauten Oberkörper. Ich will zurückweichen, doch ein Arm legt sich um meine Taille.

»Lassen Sie mich los, Bryce!«

»Du bist müde.« Anders als sonst klingt seine Stimme nicht, als würde er mich aufziehen, sondern besorgt. Was den Effekt hat, dass wie bei einem warmen Bad plötzlich die Anspannung aus meinen Schultern weicht und ich den Moment genieße. Wieder berühren mich seine Finger, wie unbewusst. Sie fahren über meine Arme, gleiten über meinen Hals, streichen durch meine Haare. Als würde er sich vergewissern, dass mit mir alles in Ordnung ist. Und es fühlt sich schockierend normal an. Auf diese richtige Art und Weise. Die, nach der ich mich sehne. Die, die mir Angst bereitet. Die, die ich bei Bryce nicht empfinden sollte.

»Geht schon.« Damit gebe ich quasi zu, dass ich total erledigt bin.

»Seit wann bist du auf den Beinen?«

»Was kümmert Sie das?«

»Hm …«, macht er nachdenklich und überschüttet mich weiter mit diesen zärtlichen Berührungen, die für eine andere Art Ziehen in meinem Körper sorgen. Für eines, gegen das ich mich viel schlechter wehren kann. Weil es nicht mehr zwischen meinen Beinen ist. Sondern in meinem Herzen. »Was geht dir gerade durch den Kopf?«

»Sie zu ermorden«, murmele ich. Denn nie im Leben kann ich ihm die Wahrheit verraten.

Leise lachend streicht er mir über die Stirn und drückt einen schnellen Kuss auf meine Schläfe, was weitere meiner Abwehrmechanismen außer Kraft setzt. »Wie schön, dass dein Gehirn sich so intensiv mit mir beschäftigt, aber ich meine den Raum.«

Da ich es leid bin zu verlangen, dass er mich loslässt, sauge ich seine Nähe auf, lasse sie einfach zu. »Ich habe alles überprüft«, sage ich. »Es findet sich kein Zettel, kein Hinweis, nichts, was uns voranbringt. Deshalb suche ich, was hier nicht reinpasst.«

»Clever.« Bryce schiebt mich zurück ins Zimmer, hält mich dabei jedoch weiter. Und zugegeben, das fühlt sich unglaublich gut an.

Unser Kuss im Foyer des Windham Hotels fällt mir ein. Unwillkürlich befeuchte ich meine Lippen und merke zu spät, welche Signale ich damit sende. Ich will, obwohl ich es nie zugeben würde, noch einen. Wäre es denn so schlimm, diesem Mann zu erlauben, alles mit mir zu machen, was er will? Mir ist nicht entgangen, wie er mich anblickt. Er würde die Situation ausnutzen … ja … aber ich würde dabei voll und ganz auf meine Kosten kommen …

»Ist Samantha Raucherin?«, fragt Bryce so nah bei mir, dass seine Lippen mein Ohrläppchen streifen. Ein Schauer zieht sinnlich über meinen Rücken.

»Nein, wieso?«, frage ich zurück und ermahne mich, bei der Sache zu bleiben.

»Dort liegt ein Feuerzeug.« Bryce löst sich, was mir ehrlich gesagt überhaupt nicht passt. Ein bissiger Kommentar liegt mir wie üblich auf der Zunge. Zum ersten Mal, damit er bleibt, nicht damit er die Finger von mir lässt. Am Schreibtisch zeigt Bryce mir, was er gefunden hat. Ein Werbe-Zippo. Hochwertig, aber dennoch wenig verdächtig in meinen Augen.

»Sie hat wie jede Frau Berge an Duftkerzen«, sage ich. Ja, auch ich besitze einen Vorrat, als würde ich einen Wellnesstempel betreiben.

»Und dafür hat sie den dort!« Bryce deutet auf einen Anzünder, holt ein Taschentuch, um das Feuerzeug hochzuheben und keine Fingerabdrücke zu hinterlassen. Dann zeigt er mir die Schrift darauf.

»Der *Dark Saloon?* Das ist eine ziemlich angesagte Bar im Stil des Wilden Westens«, sage ich. »Die ist ganz in der Nähe. Nur: Warum sollte Ms Taylor das mitgenommen haben?«

»Derjenige, mit dem sie sich rumgetrieben hat, hat es hier liegen lassen, wäre meine Vermutung.«

»Dann wäre er aber schlampig gewesen«, sage ich und bin überrascht, wie gut es sich anfühlt, an einem Strang zu ziehen. Wie normal. Wie richtig. Wie einfach.

»Oder er legt die Spur mit Absicht«, spricht Bryce laut aus, was mir ebenfalls durch den Kopf geht.

»Es gibt nur einen Weg, das herauszufinden.«

Kapitel 6

Als wir am Nachmittag vor dem *Dark Saloon* stehen, ist die Bar geschlossen. Was nicht verwunderlich ist. Viele öffnen um 18 Uhr, manche sogar erst ab neun. Ich schaue von draußen durch die Fenster ins Innere, entdecke die leere, auf Hochglanz polierte Bar, akkurat aufgereihte Barhocker und einladend aussehende Loungemöbel. Nachdem auf mein Klopfen an der Tür niemand reagiert, gehen wir um das Gebäude herum und finden den Liefereingang. Ich klingele, doch keiner öffnet. Wir sind definitiv zu früh hier.

Bryce grinst. »Lust auf ein Nickerchen, solange wir nichts tun können?«

Meint er: Lust auf ein Nümmerchen? »Dreimal dürfen Sie raten, wie meine Antwort lautet«, gebe ich zurück, ignoriere Bryce und suche die Umgebung ab. Denn ich habe eine neue Idee.

Chicago hat weltweit eines der engmaschigsten Netze mit Kameras. Dazu kommen zahlreiche private Überwachungssysteme. Noch während ich mich nach den kleinen, unscheinbaren Boxen umschaue, hole ich mein Handy aus der Hosentasche und wähle die Nummer von *Fuller Investigations*.

»Hi, Jane, hier ist Ava. Ich bin gerade in der Randolph Street Ecke Green. Kannst du sehen, welche Kameras in der Nähe installiert sind und die Aufnahmen für den Zeitraum von einer Woche überprüfen?«

Ich höre das Klappern der Tastatur am anderen Ende der Leitung.

»Schätzchen, du hast Riesenglück!« Erneutes Geklimper. »Es gibt eine lediglich einen Block entfernt.« Jetzt Mausklicken. »Mmh … Die Bäume dort könnten stören, aber die Videos kriege ich. Dann wissen wir mehr.« Wieder die Tastatur, untermalt mit dem Klackern von Janes Zungenpiercing, das gegen die Zähne schlägt. »Weißt du, am besten ich check auch gleich die Restaurants in der Gegend. Heutzutage rüstet doch jeder auf und hat Equipment, teilweise besser als das der Polizei.«

»Also ich nicht«, erinnere ich sie.

»Weil du unbelehrbar bist«, kontert die Frau, die Kameras an ihrer Wohnungstür und ihren Fenstern, einen Bewegungsmelder und Alugitter verwendet, damit sie niemand hacken kann. Selbstredend geht sie nur über Kabelleitungen ins Netz. »Gut, dass du außerdem anrufst.«

»Du hast das Handy gehackt?«

»Wieso so überrascht?« Jane lacht und erzählt mir, was sie darauf gefunden hat. Es handelt sich tatsächlich um Samanthas Handy. Die Kontaktliste, der Kalender und die Notizen sind unauffällig. Aber das GPS war die ganze Zeit aktiviert. »Wir können auswerten, wo sie sich die letzten Stunden vor ihrem Verschwinden aufgehalten hat.«

»War sie im *Dark Saloon*?«

»Warte …« Geklimper folgt. »Zumindest nicht laut ihrem Handy. Wenn, dann war sie ohne unterwegs. Aber es gibt auffällige Anrufe in ihrer Anrufliste. Alle von einem Wegwerfhandy, kurz nach ihrem Verschwinden. Die verfolge ich allerdings gerade erst.«

»Hast du Neuigkeiten von Oliver?«

»Bisher nicht. Er hört sich weiter im Hotel um.«

»Danke dir, Jane.« Ich lege auf und reibe mir die Schläfen. Ist das wirklich alles, was ich momentan tun kann? Abwarten, bis sich bei einer der Überprüfungen etwas Neues ergibt? Die Vorstellung behagt mir nicht. Denn mit jeder Minute, die ergebnislos verstreicht, sinken die Chancen, Samantha zu finden.

»Ein mysteriöses Selfie, ein geheimes Konto. Fünfzigtausend Dollar. Eine anrüchige Bar. Ein Wegwerfhandy. Sind deine Fälle immer derart gefährlich?«, fragt Bryce.

»Was ist daran bitte schön gefährlich? Es hat noch niemand versucht, uns umzubringen. Keiner hat auf uns geschoss–«

Bryce reißt mich zu Boden. Gerade als ich mich beschweren will, was das soll und ob er völlig übergeschnappt ist, schlägt eine Kugel genau dort ein, wo wir bis eben gestanden haben.

»Was zum Henker?!« In einer instinktiven Reaktion zerre ich Bryce zur Seite, und wir gehen in der schmalen Gasse, die zum Liefereingang der Bar führt, in Deckung. Schneller als ich nach meiner Waffe greifen kann, erwidert Bryce das Feuer. Verdammt treffsicher.

»Komm mit!«

Ich bin klug genug, mich in einem Moment wie diesem nicht darüber zu beschweren, dass er das Kommando übernimmt. Immerhin hat er mich vor einer Kugel bewahrt.

Bryce zieht mich mit sich, wobei ich auf meinen High Heels dummerweise ins Straucheln gerate.

»Warum trägst du eigentlich keine Turnschuhe bei deinem Job?«, zischt er unerwartet wütend und schirmt mich wie ein menschlicher Schutzschild mit seinem Körper ab, als weitere Schüsse neben uns einschlagen.

»Schon vergessen, wer mich dazu gezwungen hat, die Dinger heute anzuziehen?« Er, für den Ausflug ins Windham Hotel. »Ich dachte außerdem, Sie finden mich sexy darin?«

»Stimmt. Aber nur, solange die Besitzerin dazu am Leben ist. Ich stehe nicht auf Sex mit Toten.«

»Das hätten Sie sich früher überlegen müssen!«

Wieder wird auf uns geschossen.

»Was hast du vor?«, fragt Bryce, als er bemerkt, dass ich nun auch meine Waffe ziehe.

»Na, was wohl? Da drüben gibt es Antworten. Geben Sie mir Deckung.«

»Ava, nein! Du …«

Zu spät! Entweder er tut, was ich ihm gesagt habe, oder mein Gehirn landet dort, wo er es nicht haben möchte. Auf dem Asphalt. Statt wegzulaufen und mich zu verkriechen, habe ich vor, den Schützen zu stellen. Bevor die Polizei kommt. Bevor Leute auf der Straße ins Kreuzfeuer geraten. Bevor er entwischt. Das ist nichts, was ich jeden Tag mache. Aber ich bin mit dem Vorgehen vertraut. Mein Dad war beim Militär, und er hat mir und meiner Schwester Lilly immer gepredigt, dass Frauen die gleichen Tricks beherrschen sollten wie Jungs. Deshalb ging es für uns als typische amerikanische Familie aus dem Mittleren Westen jedes Wochenende auf den Schießstand und in den Sommerferien mindestens für eine Woche in ein Sportcamp – wo es Mädchen, die Cheerleader sind, allerdings schwer hatten. Meine ältere Schwester dagegen … Lilly … ich sollte jetzt nicht an sie denken …

Verdammt!

Hoch konzentriert bewege ich mich im Schatten der Gasse vorwärts. Immer weiter entfernt ertönt der Schusswechsel zwischen Bryce und dem Unbekannten. Unbemerkt überquere ich die Straße und betrete das Gebäude gegenüber.

Der Schütze hat von der obersten Etage aus auf uns geschossen. Möglichst geräuschlos schleiche ich über den Flur, die Waffe in den Händen, angetrieben von dem Wunsch, endlich rauszukriegen, was hier los ist. Und von einer Unmenge an Adrenalin, das jegliche Müdigkeit vertreibt. Verflucht, wo ist Samantha da hineingeraten? Der Fall wirkte am Anfang so harmlos. Ein typischer Auftrag für *Fuller Investigations*. Eine vermisste Studentin, deren letztes Lebenszeichen ein Selfie war. Warum nicht? Und jetzt das! Eher ein Fall für ein Sondereinsatzkommando der Polizei.

Mit klopfendem Herzen betrete ich eine Wohnung, deren Tür nur angelehnt ist. Der Teppichboden dämpft meine Schritte. Ein Fernseher läuft. Ein leichter Luftzug verrät, dass irgendwo ein Fenster offen steht.

»Waffe weg!«, rufe ich aus der Deckung, als ich Blickkontakt mit dem Schützen habe. Er trägt eine Sturmhaube und dunkle Kleidung, die jeden Zentimeter seiner Haut verdeckt und somit keinen Anhaltspunkt gibt, wer er ist.

Statt sich zu stellen, packt der Mann in einem atemberaubenden Tempo seine Sachen zusammen und rennt statt zur Wohnungstür in die entgegengesetzte Richtung.

»Ich hab gesagt, Waffe weg! Stehen bleiben!« Ich bereue, kein Cop geworden zu sein. Sonst könnte ich jetzt auf den Typen schießen. Aber das hier ist keine Notwehrsituation, sondern eine Verfolgungsjagd. Und sollte ich ihn verletzen, muss ich mich dafür im schlimmsten Fall vor Gericht verantworten. *Verdammt!*

Offensichtlich ist er mit der Wohnung vertraut, denn er läuft durch ein weiteres Zimmer, dann durch ein Bad, und fassungslos sehe ich mit an, wie er sich durchs Fenster schwingt. Und weg ist er.

Was zum Henker?!

Ohne zu zögern, folge ich ihm und gelange auf die Feuertreppe.

»Stehen bleiben!«, rufe ich wieder, erreiche damit aber nur, dass der Typ auf mich schießt.

Die Kugel verfehlt mich, prallt am Geländer ab. Doch falls mir das eine Warnung sein sollte, ihn nicht zu verfolgen, so irrt er sich. Entschlossen streife ich mir meine unpraktischen High Heels ab, deren Absätze sich nur im Gitter der Feuertreppe verfangen würden, und laufe ihm nach. Sobald ich festen Boden unter den Füßen habe, gebe ich alles und mache ein paar Meter gut.

»Hat dir schon mal jemand gesagt, dass es nicht klug ist, sich in jede Schusslinie zu werfen?«, ruft Bryce, der von der anderen Straßenseite dazukommt.

»Und hat Ihnen schon mal jemand gesagt, dass Sie sich um Ihre eigenen Sachen kümmern sollen?«

»Das höre ich irgendwie ständig.«

Ohne darauf zu achten, ob Bryce an meiner Seite ist, verfolge ich den Mann, der auf uns geschossen hat.

Beinahe laufe ich vor ein Auto. Der Fahrer bremst mit quietschenden Reifen und wirft mir wüste Beschimpfungen an den Kopf, die der Wind aber schnell fortträgt. Ich rempele gegen Passanten. Jemandem schlage ich ein Hotdog aus der Hand. Aus Versehen. Dann stolpere ich. Ich krache auf den Asphalt und rappele mich augenblicklich wieder hoch. Bryce hilft mir auf. Wir rennen weiter. Fünf Meter. Zehn. Der Angreifer jedoch ist in der Menge verschwunden.

Mist!

»Wissen Sie …« Ich schnappe nach Luft und merke erst jetzt, als das Adrenalin nachlässt, wie dumm es war, barfuß auf Verfolgungsjagd zu gehen. »Das passt eigentlich nicht … zu dem Fall …« Unsicher sehe ich zur Seite. Bryce holt ebenfalls tief Luft und wischt sich den Schweiß aus dem Gesicht. »Warum sollte jemand auf mich schießen? Ja, ich suche eine vermisste Frau. Aber bisher haben wir kaum Anhaltspunkte. Die Ermittlungen verlaufen scheinbar im Sand. Und noch ist die Polizei nicht involviert.«

»Was willst du mir damit sagen, Baby?«

»Tun Sie nicht so unschuldig! Als Nachtclubbesitzer macht man sich bestimmt nicht nur Freunde. Vielleicht haben die Kugeln ja Ihnen gegolten?«

Seine Augen funkeln höchst amüsiert.

»Was ist daran so komisch?«, will ich wissen.

»Dann wäre das mein Fall, Baby. Und ich hätte hier das Kommando.«

Eine furchtbare Vorstellung! »Vergessen Sie, was ich gesagt habe! Ich leide bestimmt unter Wahnvorstellungen«, erwidere ich trocken. »Nicht dass ich nicht verstehen würde, warum man Sie umbringen will. Mir fallen ad hoc fünf Gründe ein, und sollten Sie so weitermachen, könnte es sein, dass ich selbst jemanden beauftrage.«

Notgedrungen inspiziere ich mein Outfit. Überall klebt Staub. Meine Jeans hat ein Loch am Knie, das ich mir bei meinem Sturz zugezogen habe. Meine Fußsohlen brennen, weil ich es nicht gewohnt bin, barfuß Verbrecher zu jagen. Und meine Handflächen sind aufgeschürft. Nicht schlimm. Dennoch habe ich das dringende Bedürfnis, einen Liter Desinfektionsmittel drüberzukippen. Man weiß ja nie, was man sich auf den Straßen einfängt.

»Bist du verletzt? Lass mich mal sehen!«, sagt Bryce, dem meine kleine Inspektion nicht entgangen ist und der bereits meine Hand gepackt hat.

Hastig entziehe ich sie ihm. »Alles in Ordnung, Bryce. Das sind nur Kratzer. Ob Sie es glauben oder nicht, ich werde es überleben.« Das Brennen der Schrammen ignorierend mache ich mich auf den Rückweg zu meinem Wagen, der zwei Blocks entfernt parkt – mit einem kleinen Umweg zu meinen Schuhen, die noch vor der Feuertreppe liegen, wo ich sie ausgezogen habe und in die ich widerwillig schlüpfe. »Haben Sie eine Idee, wer unser Ninja eben gewesen sein könnte?«

Bryce lächelt, als fände er die Bezeichnung Ninja lustig, und schüttelt den Kopf. Er fährt sich mit der Hand durch die Haare, wirft mir einen schnellen Seitenblick zu, berührt mich nur kurz, wie um sicherzugehen, dass mit mir alles in Ordnung ist. Was sich irgendwie gut anfühlt. Obwohl ich das nie laut zugeben würde.

Langsam durchschaue ich ihn. Solange er entspannt ist und das Leben schön findet, lässt er den flirtenden Aufreißer raushängen. Sobald es jedoch um Geschäftliches geht, wird er ernst, in sich gekehrt und versteht keinen Spaß. Interessant.

»Besorgt ein Dutzend Turnschuhe Größe 38 …«, höre ich ihn in sein Handy sprechen.

»37«, korrigiere ich ihn automatisch, bis mir klar wird, was Bryce gerade tut.

»… 37«, verbessert er sich schnell. »Und richtet nicht bloß für mich, sondern auch für Ava Donovan Personenschutz ein.« Er sucht die Umgebung ab und behält mich im Auge. Als rechne er mit einem weiteren Angriff und wollte mich beschützen. Was mich zu einem Lächeln hinreißt. Für fünf Sekunden.

»Hey!«, rufe ich und stoße ihn an. Ich hasse es, wenn Dinge über meinen Kopf hinweg entschieden werden.

»Ja, rund um die Uhr«, bestätigt er jemandem am Telefon.

Spinnt er?! Gleich sind wir bei meinem Wagen, und er wird sehen, was ich davon halte. Indem ich ihm meine Rücklichter zeige und ihn hier stehen lasse.

»Richtig, bis auf Widerruf. Wir sind gerade …« Der andere sagt was, als wüsste er bereits, wo sich der Boss aufhält. »Genau! Danke, Kennedy.« Er legt auf und kräuselt amüsiert seine Lippen, als würde er nicht spüren, wie ich ihn mit meinen Blicken filetiere. »Willst du dich jetzt ernsthaft mit mir anlegen, Ava, und den Personenschutz diskutieren?« Unerwartet sanft zupft er mir eine Haarsträhne aus dem Gesicht. »Es ist nur zu deinem Besten.«

Ja, will ich. Das Problem ist, dass ich weiß, dass er das Richtige tut. Schusswunden brennen höllisch. Das habe ich schon als Kind bei den Schießübungen mit meinem Dad erfahren. Damals hat ein Junge neben mir sich wegen einer Biene erschrocken und wild in der Gegend herumgeballert. Eine meiner eher unschönen Erinnerungen … Und obendrein hänge ich an meinem Leben. Obwohl mir das ziemlich auf die Eier geht, seit Bryce sich an meine Fersen geheftet hat.

Seufzend weiche ich zurück und reibe mir den Nacken. Oder denke ich das bloß, weil ich echt müde bin? Den Kerl eben hätte ich kriegen müssen. Ich bin kein Usain Bolt, aber eine exzellente Sprinterin. Hätte ich nur die richtigen Schuhe angehabt!

»Und da wir jetzt ein Team sind …«, beginnt Bryce, ohne sich daran zu stören, dass ich auf Abstand gegangen bin.

»Wir sind kein Team.«

»… finde ich, dass du ein Nickerchen machen solltest.«

»Pff!«, ist meine Antwort, um zu sagen, was ich davon halte. Nichts.

»Das war keine Bitte.«

»Bryce, Sie können mich schlecht zwingen. Ich habe einen Fall aufzuklären.« Bevor ich in meinen Wagen steigen kann, hält er mich auf und schließt die Tür direkt vor meiner Nase. »Was soll das? Suchen Sie Ärger?«

Sein Körper ist wieder ganz nah an meinem, und ich rieche seinen männlichen Duft, eine Mischung aus Parfüm und frischem Schweiß. Einerseits eklig, irgendwie aber auch sexy.

»Ärger mit dir, Baby? Immer«, haucht er, bleibt jedoch ernst. »Ava, alle gehen den Spuren nach. Im Moment kannst du nichts unternehmen, außer zu warten. Warum dir also keine Pause gönnen? Du bist nicht Superwoman. Wie wir alle brauchst auch du Schlaf. Ich mach mir wirklich Sorgen um dich. Hätte ich nicht eingegriffen, würdest du jetzt mit einer Kugel im Kopf am Boden liegen.«

»Von wegen!«

»Ach ja? Soll ich dir die Einschussstelle zeigen?« Wir stehen so eng zusammen, dass ich sehen kann, wie seine Halsschlagader vor Wut pocht. Doch statt all seinen Frust darüber, dass ich so stur bin, rauszulassen, atmet er tief durch und zeichnet dann mit dem Finger mein Schlüsselbein nach. Das heil ist. Und die Berührung kribbelt auf meiner Haut. »Ava, du bist …« Er stockt. »Warum verstehst du nicht, dass ich es nur gut meine?«

»Und warum verstehen Sie nicht, dass ich nicht will, dass Sie es gut mit mir meinen? Dass ich nichts von Ihnen will? Müdigkeit hin oder her. Das eben ist vor allem passiert, weil Sie mich abgelenkt haben. Hören Sie auf damit! Ich bin eine erwachsene Frau, Bryce, und kann auf mich allein aufpassen.«

Ein Ausdruck von Reue tritt in sein Gesicht. Wird er jetzt die Finger von mir lassen? War dieses Nein endlich deutlich genug?

Dann ist der Moment vorbei, und sein Grinsen gefällt mir gar nicht. »Ist das so? Lenke ich dich ab?«, fragt er zufrieden.

»Soll ich es Ihnen schriftlich geben? Ich bin kein Eisklotz, Bryce. Ich merke, was hier zwischen uns passiert. Aber ich will es nicht. Okay? Denn ich habe einen Job zu erledigen, und der ist wichtiger, als Sie in mir zu spüren.«

»Das muss sich ja nicht ausschließen.« Er zupft an meinen Haaren und berührt mich erneut so, dass sich alles in mir nach mehr verzehrt. Mir gefällt, wie er mich anschaut. Und das vielversprechende Lächeln auf seinen Lippen. Und die Hitze, die er ausstrahlt.

»Bryce, bitte …«, beginne ich.

»Alles, was du willst, Baby.« Er beugt sich an mein Ohr. »Bloß zurückweichen, das nicht.«

Hinter meinen Schläfen pocht die Müdigkeit. Ich würde wirklich gerne duschen und meine Kratzer desinfizieren. Sein Duft steigt mir jedoch in die Nase. Verführerisch. Sexy. Sinnlich.

»Entspann dich einfach. Nur dieses eine Mal. Ich bin da und pass auf dich auf.«

Die Worte rieseln warm über meine Haut, durchdringen mich und bringen mein Innerstes zum Kribbeln. Es wäre ein Leichtes, jetzt Ja zu hauchen. Dann steht mir plötzlich wieder vor Augen, was Bryce für ein Kaliber ist.

Und wo sein Schwanz schon überall war. Gefühlt in jeder Blondine der Stadt.

»Nein«, sage ich ruhig und wende das letzte bisschen Kraft auf, das ich besitze. »Tut mir leid für Ihren Ständer. Der dritte in meiner Gegenwart, wenn ich richtig mitgezählt habe. Soll wehtun, hab ich gehört. Aber bei mir bauen Sie keinen Druck ab.« Ich stoße ihn zurück und reiße die Wagentür auf.

»Warum, Baby? Ich kann sehen, wie sehr du mich willst.«

»Angelutschte Bonbons nimmt man nicht mehr in den Mund, und Sie sind so was von angelutscht, Caleb Bryce.« Ich schwinge mich hinter das Lenkrad und schlage die Tür wieder zu.

»Und was hast du jetzt vor?«

Ich überlege, ihn weiter aufzuziehen. Doch es kann ja nicht schaden, die Wogen zu glätten. Wer weiß, ob ich ihn noch einmal brauche? Oder wann wir uns erneut über den Weg laufen? Caleb Bryce ist jemand, den man definitiv auf seiner Seite haben will. »Ich folge Ihrem Rat.« Vorsichtig schlüpfe ich zum Autofahren aus den High Heels und spüre ein Brennen unter einem meiner Zehen. *Toll!* »Ich lege mich hin, bis es Neuigkeiten gibt.«

Erleichterung huscht wie ein Schatten über sein Gesicht. So flüchtig, dass ich nach einem Wimpernschlag glaube, es mir eingebildet zu haben. Schließlich grinst er breit und wackelt zweideutig mit den Augenbrauen, wechselt von seiner ernsten zu seiner flirtenden Seite. Sein Angebot wiederholt er nicht. Auch ohne Worte ist klar, was er sagt: *Lass mich dir Gesellschaft leisten!*

Ich starte den Motor. »Allein, Bryce.«

Kapitel 7

Finger kämmen durch meine Haare, beinahe so sanft, dass die Berührung kitzelt. Ein verführerischer männlicher Duft steigt mir in die Nase. Ich spüre einen Körper an meiner Seite. Wohlig strecke ich mich und seufze, als ich mehr von dem anderen wahrnehme. Warm, kräftig, direkt an meiner Haut und …

Schlagartig registriere ich, dass Bryce neben mir im Bett liegt. Instinktiv will ich aufspringen und die Flucht ergreifen, doch er ist schneller, dreht mich auf den Rücken und nimmt mich unter sich gefangen. So verflucht leicht …

»Wie sind Sie in meine Wohnung gekommen?«

»Ich bin ein böser Junge.«

»Und das heißt?« Abwartend ziehe ich die Augenbrauen hoch.

»Schlösser wie das an deiner Tür lassen sich in einer Minute knacken.«

Klasse, er ist also bei mir eingebrochen!

»Warum sind wir nackt?«, frage ich finster weiter.

»Wieso nackt? Wir tragen beide ein Höschen.« Wie zum Beweis bewegt er seine Hüfte, und ich spüre den Stoff seiner Boxershorts. Und seine Erektion. Groß. Hart. Heiß. Und Lust schießt durch meinen Körper, Verlangen, Hunger … so heftig, dass ich ihn für einen Moment nur schwer atmend anschauen kann, um nicht den Verstand zu verlieren.

»Sie wissen genau, was ich meine, Bryce. Wenn ich mich recht erinnere, habe ich mich hierhin zurückgezogen. Allein.«

»Und wenn ich mich recht erinnere, warst du einverstanden, Personenschutz zu bekommen.«

»Darunter verstehe ich nicht das hier. Also, was soll das?«

»Ich hab festgestellt, dass ich die richtig wichtigen Jobs lieber selbst erledige.« Wieder streicht er durch meine Haare, fühlt sich offensichtlich verdammt wohl auf mir. »Daher dachte ich mir, ich pass auf dich auf.«

Das ist süß. Irgendwie.

Meine Lust auf ihn wird immer stärker, und fest kneife ich die Augen zusammen, um nicht nachzugeben. »Ich träume das alles nur.« Sobald ich zum ersten Mal seit Beginn dieses Falls nach Hause gekommen bin, habe ich die High Heels von meinen Füßen geschleudert, die Berge an Schuhkartons mit Sneakern in Größe 37, die für mich abgegeben wurden, auf meinem Sofa abgeladen und mich daran gemacht, die Wanzen, die dieser Mistkerl vor etwa einem Jahr installiert hat, um mich auszuspionieren, zu finden und zu zerstören. »Das muss ein Traum sein«, wiederhole ich.

Über mir lacht Bryce und leckt mir über das Gesicht. Sehr animalisch. Und pervers. Und … Mist, es gefällt mir! »Dann genieß den Traum, Baby!«, flüstert er mir zu und knabbert zärtlich an meinem Ohrläppchen.

Wärme schießt flammend durch mich hindurch und staut sich drückend zwischen meinen Beinen. Jede Faser von mir reagiert auf diesen Mann über mir. Ich fühle mich, als hätte mir jemand gesagt: ›Du bist ein Einhorn, dort ist dein Regenbogen mit Glitzerstaub, viel Spaß im Taka-Tuka-Land!‹ Hilfe! Wie soll man dem widerstehen?

Ich versuche, mich zu befreien. Doch das sorgt leider dafür, dass unsere Körper heißer aneinander reiben. Bryces Augen werden immer dunkler vor Lust, und ich sehe die stumme Warnung darin: *Weiter so, und ich nehme mir, was ich will.*

»Laufen Sie gerne mit einem Ständer rum, Bryce? Selber schuld! Mehr bekommen Sie hier nämlich nicht!«, zische ich. Allerdings eher hilflos als bedrohlich.

»Müde warst du netter«, sagt er. »Zumindest ein bisschen.«

Wütend stemme ich mich gegen seinen Griff. Aber Bryce ist zu stark. Wenn er mich nicht lässt, komme ich nicht los.

»Ich kann in deinen Augen lesen, dass du es willst, Ava.«

»*Es?* Ja, dich erwürgen!«

»Lügnerin!« Er bewegt sich, bis seine Erektion zwischen meine Beine drückt, nur durch den Stoff unserer Unterwäsche von mir getrennt. »Sag Ja!«, haucht er mir zu.

»Und wenn nicht?« Erneut versuche ich, ihn von mir zu stoßen, rühre mich jedoch kaum, weil jede Bewegung seine bereite Männlichkeit verlockend gegen mich presst.

Ohne den Blick von mir zu lösen, fasst Bryce statt einer Antwort zwischen unsere Körper und schiebt sadistisch langsam meinen Slip zur Seite.

Mir dämmert, was er mir damit mitteilt. Sollte ich bei meinem Nein bleiben, wird er sich irgendwann nehmen, was er will. In dem Wissen, dass ich es im Grunde genauso möchte wie er.

Prüfend fährt er mit seinen Fingern über meine Scham und spürt nun, wie feucht ich bin. Wie bereit für ihn. Leugnen ist zwecklos.

»Nein!«, keuche ich und drehe meinen Kopf weg, als würde das irgendetwas an dem ändern, was gleich passiert. Ein absolut hilfloses Unterfangen. Und schwachsinnig. Und so verflucht dumm!

Bryce lässt sich von mir nicht aufhalten. Seine Lippen streifen meinen Hals, sorgen für prickelnde Schauer und lassen mich schwerer atmen. Meine ganze Konzentration liegt darauf, nicht nachzugeben, standhaft zu bleiben. Aber umsonst.

Unwillkürlich öffne ich ihm meine Beine, biete ihm besseren Zugang zu meiner intimsten Stelle, damit er mich dort berührt, wo ich vor Verlangen brenne.

»Baby, du machst mich schwach!«, murmelt Bryce an meinem Ohr, und ich spüre seinen heißen, unruhigen Atem und wie sein Körper vor Anspannung bebt. Für einen Moment sieht er mir wie verzaubert in die Augen, und das Blau seiner Iris nimmt mich gefangen. Aquamarinfarben wie der Himmel, wie das Meer, wie das Paradies. Dann dringt er prüfend mit einem Finger in mich ein, und wir halten beide die Luft an. *Verdammt!* Mein Körper übernimmt das Kommando und zieht sich eng um ihn zusammen. Fordert mehr.

»Lass mich, Bryce«, wimmere ich. »Ich hab dir gesagt, dass ich das nicht will. Es ist mir ernst.«

»Scht«, haucht er beruhigend und beobachtet jede Regung auf meinem Gesicht, als er einen zweiten Finger dazunimmt, mich weitet, vorbereitet, für das, was gleich folgen wird. Und ich stöhne. Weil ich im siebten Himmel bin. »Siehst du!«, murmelt er, verwöhnt mich in einem sinnlichen Rhythmus und küsst sich meinen Hals entlang zu meinem Ohrläppchen.

»Bitte!«, keuche ich und weiß nicht, ob ich noch Nein oder tatsächlich Ja meine. Ich wehre mich nicht länger, sondern gebe nach, zerfließe, genieße …

»So ist es brav, Baby. Lass es zu! Merkst du, wie gut sich das hier anfühlt? Du und ich? Vereint.«

Tränen treten mir in die Augen. Keine Ahnung, warum. Jede Faser meines Körpers ist angespannt. Bryce hält meine eine Hand fest, als hätte er nach wie vor Angst, dass ich mich ihm entziehe. Doch meine andere ist frei. Und mit ihr fahre ich in seine Haare, fühle, wie seidenweich sie sind, berühre seinen Nacken und bringe ihn dazu, nur mich anzusehen. Denn ich brauche ihn, hänge an ihm, an meiner Erlösung. Obwohl ich es nicht will.

»In Ordnung«, wispert er mir ins Ohr, und ich verstehe zunächst nicht, was er meint. Bis ich entsetzt und zugleich erregt bemerke, dass er seinen Schwanz aus seinen Boxershorts befreit. Zum ersten Mal berühren wir uns Haut an Haut.

»Oh Gott«, stöhne ich und will mich wegdrehen, dermaßen überfordert bin ich mit der Situation. Doch zwecklos, Bryce drückt mich in die Matratze. Das zwischen uns ist, wonach ich mich sehne. Es ist gleichzeitig zu viel und viel zu wenig.

Ohne mich aus den Augen zu lassen, zieht er sich ein Kondom über, drückt seine Eichel gegen meinen Eingang, und unwillkürlich kralle ich meine Finger in seinen Nacken und klammere mich mit der anderen Hand an seine. *Er ist groß*, dämmert mir. *Himmel, ist er groß!*

Wie die Ruhe vor dem Sturm fühlt sich der Moment *davor* ewig an. Mit jedem Atemzug wird mir bewusster, was gleich passieren wird. Und dass es für mich kein Zurück mehr gibt. Er hat mich und wird mich benutzen. Hier. Jetzt.

Fast glaube ich, dass wir uns endlos so ansehen werden. Da stößt er mit einer ungeduldigen Bewegung in mich.

»Nein!«, schreie ich und erwache aus einer Art Trance.

Er zieht sich zurück und stößt erneut zu, härter, rücksichtsloser, wilder. Und er dringt tiefer.

»Bitte nicht!«, murmele ich und schließe die Augen, als könnte ich ausblenden, was er gerade mit mir anstellt. Gleichzeitig umschlinge ich ihn jedoch überwältigt mit den Beinen. Und will mehr! Gottbewahre, ich brauche mehr! Denn eigentlich meine ich Ja!

»Schau mich an!«, raunt er mir zu, während er sich wieder in mir versenkt, bis er mich ganz eingenommen hat. Mich jeden Zentimeter seiner Männlichkeit spüren lässt. Und wie sehr er mich will.

Das Gefühl, ihn so tief in mir zu spüren, ist schrecklich schön. Richtig und falsch. Wundervoll und grausam. Sinnlich und schmerzvoll. Nie zuvor hat mich die Nähe eines anderen so erregt, so durcheinandergebracht, so erfüllt. Nie zuvor habe ich so genossen, wie zwei Körper verschmelzen, wie mich ein Mann besitzt und wie viel Lust es bereiten kann, sich jemandem zu ergeben.

»Oh Gott, Caleb!«, stöhne ich erschrocken über mich selbst, überwältigt von einer unbekannt heftigen Welle der Ekstase und ängstlich und zugleich erwartungsfroh, was noch passieren wird.

»Ich bin hier, Ava, Baby. Alles wird gut! Vertrau mir«, sagt er, bewegt sich und stößt wieder zu.

Ich werfe den Kopf zurück, und seine Lippen knabbern an meinem Hals, als hätte ich ihn dazu eingeladen. Und wahrscheinlich habe ich das. Dann nimmt er mich härter, tiefer, schneller. Rasend vor Lust, als würde er sterben, wenn er von mir nicht bekommt, was er will.

Zitternd und schluchzend klammere ich mich an ihn. »Lass mich«, murmele ich ein letztes Mal protestierend, weil, was auch immer gleich kommt, alles verändern wird.

»Ja«, murmelt er, verwöhnt mich jedoch weiter, als hätte er nicht verstanden, was ich meine. Oder vielleicht bin ich es, die hier nichts versteht? Denn da sind plötzlich nur noch seine Schultern, in die ich mich krallen muss. Seine Lippen, die ich kosten will. Sein Atem, den ich genieße. Und dieser Rhythmus der Leidenschaft, in dem sich unsere Körper bewegen.

Ich verliere den Kampf gegen Caleb Bryce. Ich vergesse meinen Fall, wo ich bin, welchen Tag wir heute haben. Es zählt bloß, dass ich das, was mir vor einer Ewigkeit versprochen wurde, auch kriege. So ist Sex mit diesem Mann! Und das, was er mit mir anstellt, ist bisher viel zu nett. Ich will es hemmungsloser. Er soll mich benutzen, es soll schmutzig und wild zugehen. Keine Ahnung, was plötzlich mit mir los ist. Nie hätte ich gedacht, dass es mich so anmacht, überwältigt zu werden. Ich brauche es genau auf die Art, so wie er es braucht.

»Nein!«, rufe ich wieder, wehre mich, spiele jedoch nur das Opfer und sehe, wie es ihn erregt, wie ihn mein Widerstand reizt. Wir machen hier nicht Liebe, der Akt ist nicht zärtlich. Caleb Bryce vögelt mir das letzte bisschen Vernunft aus dem Hirn.

»Sag mir noch mal Nein, Baby, und lüg mich an, und ich lass dich nicht kommen!«

»N–« Wie gerne würde ich ihn necken, aufziehen, provozieren. Aber ich bin zu weit, um auf den Orgasmus verzichten zu können. Also breche ich ab. »Mistkerl!«

Mit Absicht stößt er härter in mich, bestraft mich dafür, dass ich ihn nicht anbettele, sondern immer noch den Nerv habe, mit Schimpfwörtern um mich zu werfen. Und ich stöhne schmerzerfüllt, beiße mir jedoch im selben Moment auf die Unterlippe. Mein ganzer Körper zittert, und ich meine, jeden Augenblick zu komm–

Verdammt!

Schwer atmend schauen wir uns an, und ich hasse das triumphierende Grinsen auf seinem Gesicht. Er hält inne, keine Ahnung, wie er das schafft. Und lässt mich weiter zappeln. Verschafft mir nicht meinen Höhenflug. Und wartet, dass ich bettele.

»Was?«, knurre ich, weil er nichts tut, obwohl die Erlösung so nah ist.

»Du solltest dich mal sehen, Ava! Wie verzweifelt du mich ansiehst … Deine Wangen sind rot, deine Lippen voll, deine Augen glänzen vor Lust …«

Um durch meine verschwitzten Haare zu streichen, lässt er auch meine andere Hand los. Doch statt ihn nun von mir zu stoßen, kralle ich mich in seine Schultern, damit er ja nicht von mir ablässt.

»Aber ich halte ziemlich gut durch, finden Sie nicht?«

»Das liegt bloß daran, dass du nicht in meinem Bett bist.«

Ich schaffe es, fragend die Augenbrauen zu heben.

»Wenn ausschließlich du und ich im *Sinful Secrets* wären und du in einem der Räume gefesselt mit gespreizten Beinen vor mir liegen würdest, mir ausgeliefert …« Mein Innerstes zuckt bei seinen Worten, und er stöhnt zufrieden mit meiner Reaktion und bewegt sich endlich, endlich erneut in mir. »… du würdest vor lauter Orgasmen nicht mehr wissen, wo oben und unten ist.«

»Leere Versprechungen …«, bringe ich heraus. »Bisher hatte ich nicht einen.«

»Aber der wird es dafür in sich haben.« Im Wechsel nimmt er mich wieder schneller und langsamer, küsst mich, benutzt mich. Und Himmel, das ist heiß. »Versprochen, Baby«, murmelt er an meinem Hals.

»Bitte!«, hauche ich plötzlich. Weil ich so kurz vor meinem Orgasmus stehe. Mein Innerstes pocht immer heftiger. Das Kribbeln ist kaum auszuhalten. Mein Körper ist dermaßen aufgeladen, dass ich fürchte, einen Kurzschluss zu erleiden.

»Du ergibst dich mir?«

»Ich hasse dich!«, zische ich, werfe den Kopf zurück und bäume mich auf. »Los! Tu, was du nicht lassen kannst.«

Er beißt in meine Nippel, und ich schreie erstickt. »Alles, was ich will?«

»Alles, was ich brauche«, antworte ich.

Hilflos klammere ich mich an seine Schultern, während er wieder und wieder in mich dringt, jetzt nur noch auf eines fixiert: unseren Höhepunkt. Ich verliere mich in seinen blauen Augen, atme schwer unter seinen erfüllenden Stößen, sehe ihn an, merke, wie die Welt um mich herum verschwimmt, und erlebe den heftigsten Orgasmus meines Lebens …

Keuchend komme ich zu mir und bin verwirrt.

Mein Bettzeug ist nass geschwitzt. Ich schnappe nach Luft. Meine Lippe ist blutig gebissen. Die Kehle trocken. Mein Herz rast. Mir ist warm. Und ich spüre die süßen Nachbeben meiner Erlösung. Doch meine Unterwäsche, ein Höschen mit dazu passendem BH, ist dort, wo sie sein soll. Und Bryce ist nicht hier.

»Scheiße, Ava!«, fluche ich und fahre mir über das Gesicht. Das eben war bloß ein Traum. Ein unerwartet plastischer. Schöner. Der mich kurz aus meinem Alltag herausgerissen hat.

Für einen Moment bleibe ich liegen und versuche, die Szenen, die langsam verblassen, festzuhalten. Keine Ahnung, wie Sex mit Caleb Bryce wäre. Das, was sich mein Unterbewusstsein zumindest ausgedacht hat, war heiß. Und obwohl ich es nie zugeben würde: Mir hat es gefallen, sein sexy Spielzeug zu sein, Wachs in seinen Händen. Dafür da, ihm Lust zu verschaffen und dabei selbst auf meine Kosten zu kommen.

»Aber verflucht, du bist keine Frau, die für Sex ihr ganzes Leben vergisst!«

Entschlossen schwinge ich die Beine aus dem Bett und greife nach meinem Handy. Ich habe vier Stunden geschlafen. Besser als nichts. Und es gibt keine neuen Anrufe. Weshalb ich mich sofort im Büro melde, um mich auf den neuesten Stand bringen zu lassen.

»Hi Jane, hast du –«, beginne ich, als ich das Schlafzimmer verlasse, um mir Kaffee aufzusetzen und danach unter die Dusche zu springen. Doch ich halte inne, denn Caleb Bryce sitzt in meiner Küche. Vor einem Laptop. Mit einer Waffe in Reichweite. Und nicht nur den drei Wanzen, die ich vorm Schlafengehen noch gefunden und zerstört habe, sondern noch fünf weiteren. Wie ein Friedensangebot. Was soll ich denn davon halten?

»Alles okay, Ava?«, höre ich Janes besorgte Stimme.

»Ja …«, antworte ich, eine Spur unsicher, ob das hier noch immer mein Traum sein könnte. Bis mich Bryces Blick trifft. Hundert Mal intensiver als erwartet. Hundert Mal echter. Hundert Mal schwindelerregender. Sodass mir das Blut heiß in die Wangen schießt und ich Mühe habe, cool zu tun. Kurz spiele ich mit dem Gedanken, Jane zu erzählen, dass Bryce bei mir ist, verwerfe ihn jedoch. Sie würde mich bestimmt aufziehen, und darauf kann ich gerade gut und gerne verzichten. »Ja, natürlich ist alles okay«, wiederhole ich sicherer. »Ich habe mich nur im Spiegel gesehen. Wird im Bad heute wohl fünf Minuten länger dauern, um meine Frisur zu richten. Hast du was für mich?«

»Keine Fotos mit uns nicht bekannten Gesichtern. Keine auffälligen E-Mails. Keine Nachrichten. Aber ich hab mir noch mal den Kalender vorgenommen. Ein Eintrag mit einem Herzchen und einer Uhrzeit hat mich stutzig gemacht.«

»Eine neue Bekanntschaft?«

»Sie hat online Männer gedatet und auch Nummern ausgetauscht. Die Überprüfung läuft. Bisher ohne Erfolg. Mit keinem von denen hatte sie ein Treffen vereinbart.«

»Mmh … vielleicht ist es jemand von früher?«

»Ihre Mitbewohnerin meinte –«

»Noch weiter zurück«, unterbreche ich Jane. »Sie könnte eine alte Jugendliebe getroffen haben. Einen Jungen aus der Highschool, dem Feriencamp, den Pfadfindern … Kannst du versuchen, dazu was rauszukriegen?«

»Sicher. Ich melde mich, sobald ich was habe.«

»Danke dir.« Die meisten Opfer eines Verbrechens kennen den Täter. Wir müssen irgendeine Verbindung übersehen haben.

»Und Ava?«

»Ja, Jane?«

»Genieß endlich, dass dieser sexy Kerl verrückt nach dir ist.«

»Wie meinst du d–?« Meine übliche Masche kopierend hat sie einfach aufgelegt, um meiner Frage zu entgehen.

»Gute Idee mit den alten Bekanntschaften«, sagt Bryce und macht mir wieder bewusst, dass er auch noch da ist. Langsam lässt er seinen Blick über meinen kaum verhüllten Körper gleiten. Hunger flackert darin, Lust, und jede Menge Möglichkeiten, was er mit mir anstellen könnte. Aber zu meiner großen Überraschung sagt er nichts. Als wäre er während meines Nickerchens erwachsen geworden. »Ich habe zu unserem Schützen recherchiert.«

»Wie?«, frage ich, zu neugierig, um ihn wegen des Offensichtlichen zusammenzustauchen. Ich habe keinen Filmriss. Am *Dark Saloon* hatten wir uns getrennt. Ich war allein, als ich schlafen gegangen bin. Wie ist er also in meine Wohnung gekommen, und was hat er hier zu suchen?

»Egal wie gut sich jemand versteckt und sogar sein Aussehen verändert, Körpergröße und Statur bleiben in der Regel gleich. Meine Leute haben die wenigen Angaben, die ich mit Sicherheit machen konnte, mit den Daten uns bekannter Auftragskiller abgeglichen.«

»Wie viele dieser Profis gibt es? Die Abfragen müssten Tage dauern.«

»Wir haben die ausgeschlossen, die im Gefängnis oder nicht im Land sind. Außerdem haben wir die besten Schützen ausgeklammert. Ich kenne Söldner, da wären wir jetzt tot. Der Mann eben hat uns aber verfehlt. Und schließlich hat sich eine Liste mit fast dreißig Namen ergeben, deren Finanzen wir untersucht haben.«

»Werden solche Aufträge nicht bar oder über versteckte Konten abgewickelt?« Interessiert trete ich näher zu Bryce, um einen Blick auf seinen Laptop werfen zu können und zu sehen, wie er arbeitet. Dabei streife ich dummerweise unbeabsichtigt mit den Hüften seinen Arm und zucke zurück. Als wäre dieser Kerl toxisch.

»Wer hat behauptet, dass ich lediglich die Bankkonten checke?« Wie beiläufig legt er seine Hand auf meinen Oberschenkel, knapp unterhalb meiner Pobacke, und hält, während ich zurückweichen will, mit sanftem Druck dagegen. Scharf ziehe ich die Luft ein. Was ihm nicht entgeht.

»Wer ist also unser Mann?«, frage ich so neutral wie möglich.

»Mit 95-prozentiger Sicherheit: Raze.« Bryce ruft ein Bild auf, und als ich mich vorbeuge und einzelne Fotos vergrößere, fährt er mit seinen Fingern langsam über mein Bein und macht mir bewusst, wie beinahe intim er mich berührt.

»Und was wissen Sie zu ihm?« Mein Atem geht gepresster. Das Verlangen, mehr als nur einen Traum mit Bryce zu erleben, wird größer.

»Oh … seine Akte ist recht lang. Das Wichtigste ist jedoch, dass ihn meine Leute gerade gefangen nehmen. Gut?« Seine Hand ist gefährlich nah an meinem Schritt.

»Mmh … gut.« Unwillkürlich frage ich mich, ob Bryce mich gleich dort anfasst, wo ich noch feucht bin. Oder ob er weiter mit mir spielt. Warum habe ich mich nicht sofort bedeckt, als ich ihn im Zimmer entdeckt habe? Ich kenne den Grund: Weil ich mich nicht dafür schäme, wie ich aussehe. Und weil ich dachte, dass es von Selbstbewusstsein zeugt, sich nicht schamhaft quiekend sofort zu bedecken. Und weil meine üblicherweise hautengen Outfits meine Figur auch nicht der Fantasie überlassen. Ich wollte cool auftreten, aber das bin ich nicht. Gott, ganz und gar nicht!

»Wie gut findest du das hier?«, fragt er und redet nicht länger von dem Fall. Er nimmt meinen Blick gefangen und gleitet mit seiner Fingerkuppe unmissverständlich über meine Mitte, sodass er merken muss, wie feucht der Stoff meines Slips ist. »Sag es mir, Baby! Und lüg dieses Mal nicht!«

Nicht gut genug, geistert als Antwort durch meinen Kopf. Meine Knie zittern, mein Atem geht schwerer. Und dummerweise stütze ich mich Halt suchend an seiner Schulter ab. Was dafür sorgt, dass ich ihn nicht mehr loslassen kann, jetzt, da meine Hand auf ihm liegt und ich seine Kraft und Wärme spüre.

Traumfetzen vermischen sich mit der Realität, und mir ist, als würde ich vor … sagen wir … einem Berg Schokolade stehen. Ihn zu bekommen, davon hängt mein Leben ab. Er ist alles, was ich will. Alles, was ich brauche. Und dennoch zögere ich. Aus guten Gründen, wie ich mir einrede. Aber mal ehrlich: Sind sie das wirklich? Nur weil er nicht die sauberste Weste hat?

»Was, wenn ich aufhöre, mich zu zieren?«, frage ich mutiger, als ich mich fühle, und ein Blick in seine Augen genügt, um zu wissen, dass ich damit diesen Kampf verloren habe.

Bryce dreht sich auf meinem Küchenstuhl, und sobald er mir gegenüber sitzt, geht er mit seinem Fuß zwischen meine Beine und zwingt mich zu einem leichten Ausfallschritt.

Mehr als ein überraschtes Luftschnappen bekomme ich nicht heraus.

»Oh, Ava!«, murmelt er und schiebt langsam meinen feuchten Slip beiseite. Was meinen Puls dermaßen zum Rasen bringt, dass ich überdeutlich meinen Herzschlag höre und wie das Blut in meinen Ohren rauscht.

Wenn er aufhören soll, müsste ich jetzt protestieren, irgendetwas unternehmen. Aber ich stehe nur da und sehe

Bryce an. Und als er mit zwei Fingern in mich gleitet – nicht sanft oder prüfend, sondern so als würde er mich kennen, wäre zu allem bereit und hätte bloß ein Ziel: mich schwachzumachen –, da kralle ich mich in seine Schultern und werfe den Kopf in den Nacken. Das ist unendlich viel besser als in meinem Traum!

»Schau mich an«, sagt er zärtlich, mit einem Tonfall, dem ich mich nicht entziehen kann. »Ich will genießen, wie sehr du mich willst, du kleine Lügnerin.«

»Cal–« Das hier ist zu vertraut. Schnell korrigiere ich mich. »Bryce!«

Mein Versprecher sorgt für ein wissendes Lächeln in seinen Mundwinkeln. Obwohl er sitzt und ich stehe, ich auf ihn hinunterblicke und er zu mir hinauf, hat er mich in der Hand. Er hat die Macht, nicht ich. Nicht mehr.

»Ich sag dir, was passiert, wenn du aufhörst, dich zu zieren. Dann hab ich in weniger als einer Minute meinen Schwanz in dir. Tief, Ava, sodass du schreist wie in diesem süßen Traum, den du nebenan hattest.«

Hitze steigt mir in die Wangen. »W-w-w…« Ich räuspere mich. »War ich so laut?«

»Als würdest du mich wie eine Sirene rufen«, sagt er, während seine Finger in mich gleiten und sich zurückziehen, wieder und wieder. Und mich immer willenloser machen. »Du hast sogar meinen Namen gerufen.«

»Nie im Leben!«, protestiere ich, rühre mich aber nicht von der Stelle, um weiter seine Berührungen genießen zu können.

Mit seiner freien Hand greift er zu seinem Handy und spielt eine Aufnahme ab, die verblasste Fetzen meines Traumes neu aufleben lässt. Ich höre mich ihn anbetteln und schreien und wimmern und stöhnen. Und die Lust in meiner Stimme ist unmissverständlich und straft jedes Nein von mir Lügen. Ich will diesen Mann, mehr als alles andere auf der Welt.

»In echt bin ich noch viel besser als in der Fantasie, Ava.«

Seine Stimme ist wie flüssiger Honig und durchdringt mich süß und sinnlich. Ich will das hier nicht wollen, aber je länger ich ihn anschaue, umso klarer wird mir, dass ich es brauche. Nicht nur den Orgasmus, um dieses quälende Verlangen loszuwerden. Sondern seine Nähe. Keine Ahnung, wieso.

»Ja, Baby«, sagt er schlicht, als wäre meine Erkenntnis, dass ich nachgeben werde, in Großbuchstaben auf mein Gesicht gemalt.

»Warum holst du dir dann nicht, was wir beide wollen?«, frage ich provokant. Meine Beherrschung bröckelt. Doch was ist mit seiner? Ich sehe ihm an, wie erregt er ist, nehme seinen erotischen Duft wahr, spüre seine Hitze, erkenne die verräterische Beule in seinem Schritt. Aber wenn er glaubt, dass ich betteln werde, dann hat er sich geschnitten. »Nach all dem Geplänkel hatte ich irgendwie mehr erhofft und –«

»Halt die Klappe, Ava!« Mit Schwung hievt er mich auf den Tisch.

Die Platte ist hart unter meinem Po. Das stört mich jedoch nicht. Nur zur Show presse ich die Beine zusammen. Seine Augen leuchten. Wie die eines Raubtieres, das gleich mit seiner Beute kurzen Prozess machen wird.

»Und jetzt zieh deinen Slip aus!«

Ich zögere.

»Oder ich schwöre, ich reiß ihn dir vom Leib!«

Meine Hände greifen nach dem Stoff, bevor ich überhaupt entschieden habe, was richtig und was falsch ist.

Und das genügt ihm. Er öffnet seine Jeans, schiebt sie mit den Boxershorts tiefer, und seine Erektion springt nach draußen. Groß, hart, aufrecht. Bereit. Davon abgelenkt geraten meine Bewegungen ins Stocken.

»Nicht aufhören, Baby!«, knurrt er, packt seinen Penis und pumpt in seine Faust, als würde er es selbst kaum noch aushalten.

Mir entweicht ein Stöhnen, und ungeduldig kämpfen meine Hände, um meinen Slip loszuwerden. Dabei lasse ich Bryce nicht aus den Augen, brauche den Kontakt, denn mein Körper ist bereit für ihn, mein Kopf nicht.

»Was?«, fragt er unerwartet sanft, als würde er mein Zögern spüren.

Ich atme tief durch. Im Traum konnte der Sex nicht wild genug sein. Aber jetzt bin ich wach, und es ist das erste Mal, dass ich breitbeinig auf einem Tisch sitze und darauf warte, genommen zu werden. Und es macht mich verletzlicher, als mir gefällt.

Statt etwas zu sagen – was auch? –, sehe ich Caleb Bryce wieder an und ziehe ihn mit meinen Beinen zu mir. Sobald ich kann, umschlinge ich ihn und lege meine Arme um seine Schultern. Und so als würde Bryce verstehen, was ich brauche, packt er mich, umarmt mich und verteilt heiße Küsse auf meinem Hals. Die Berührung ist fest, seine Lippen selbst sind warm und weich. Ich schmelze dahin, kriege plötzlich nicht genug von diesem Gefühl, ihm nah zu sein. Das hier ist mehr als Sex. Irgendetwas in mir sehnt sich nach ihm wie nach einer zweiten Hälfte. Das zwischen uns ist viel emotionaler, als es sein sollte. Aber ich kann es nicht aufhalten und lediglich hoffen, dass ich nicht zu unsanft auf dem Boden der Tatsachen lande.

Mit einer für mich untypischen Dringlichkeit suche ich seine Nähe und stöhne, als sich unsere Münder treffen und augenblicklich verschlingen. Meine Finger zerzausen sein Haar, seine Hände halten meinen Kopf mit einem festen Griff, als könnte ich mich dem hier noch entziehen. Nur um sich ein Kondom überzustreifen, lassen sie kurz von mir ab. Seine Zunge erobert mich, streicht an meiner entlang und sorgt dafür, dass ich zittere vor purer Vorfreude, ihn gleich in mir zu spüren. Unsere Lippen bekommen nicht genug vom anderen, und zwischendurch vergesse ich ständig zu atmen. Nur um mehr von diesem Mann zu haben.

Bis lediglich eine Sache fehlt. Und sie erscheint so logisch und richtig …

Ich recke mich zu seinem Ohr, während seine Lippen erneut meinen Hals streifen. »Nimm mich, Caleb! Ich gehör ganz dir. Mach mit mir, was du willst und –«

Sein Schwanz ist direkt an meiner Scham. Bloß ein Stoß seiner Hüften trennt uns. In dem Moment klingelt mein Handy.

Die Mailbox springt an, und Jane sagt: »Schlechte Neuigkeiten, schätze ich. Oder gute. Wie man es nimmt. Ich hab nach ähnlichen Fotos wie dem gesucht, das Samantha gepostet hat, und du kommst nie drauf, was ich entdeckt habe! Es gibt etliche Aufnahmen mit dieser und auch anderen Luxus-Suiten in der Stadt, die für Erotik-Shootings genutzt worden sind. Keine Ahnung, ob es hier einen Zusammenhang zu unserem Fall gibt, aber auffällig ist es allemal. Gebucht wurden die Suiten von *Funhub*, einem der größten Internetportale für Pornografie, wo die Bilder später auch hochgeladen wurden. Krass, oder? Ich schick dir die Daten gleich zusammen mit ein paar Screenshots.

Wenn du noch Fragen hast, meld dich, Schätzchen! Bis später!«

Schwer atmend sehen Bryce und ich uns an. Unsere Herzen rasen. Das Verlangen ist kaum auszuhalten. Ich will ihn immer noch in mir spüren. Er will mich immer noch nehmen. Doch Janes Anruf hat die Stimmung ruiniert. Die Info sickert zu mir durch. Was denke ich mir eigentlich dabei, mich mit diesem Mann zu vergnügen, während irgendwo da draußen eine Frau auf unsere Hilfe angewiesen ist?!

»Reichen uns fünf Minuten?«, frage ich und kann nicht fassen, dass ich ernsthaft eine schnelle Nummer vorschlage. Aber verflucht, ich will Caleb Bryce nicht loslassen.

»Nie im Leben«, sagt er mit vor Lust rauer Stimme. Mit der Hand streicht er durch meine Haare und rückt dann meinen BH, der eben im Eifer des Gefechts verrutscht ist, wieder an Ort und Stelle. »Wenn ich einmal mit dir anfange, höre ich nicht eher auf, bis ich jeden Zentimeter von dir erkundet habe.«

Ich spüre die Wärme und Kraft, die hinter der sanften Bewegung seiner Finger steckt. Und mein Herz schlägt wie verrückt. »Sind nicht alle Frauen gleich?«

»Ich wünschte, das wäre so. Dann würde ich deinetwegen keine blauen Eier kriegen!« Etwas Dunkles schleicht sich in seinen Blick. »Ich würde meinen Geschäften nachgehen, statt mit dir nach einer Vermissten zu suchen. Aber du …«

Bryce lässt offen, was er meint, und zum ersten Mal kommt mir in den Sinn, dass er vielleicht auch nicht weiß, was das hier zwischen uns ist. Dass er sich dem genauso wenig entziehen kann wie ich. Dass ich seine Schwachstelle bin, so wie er meine ist. Nur dass ein Mann wie Bryce keine Schwachstellen haben darf.

Mir wird wieder klar, mit wie vielen Ladys er im Bett gewesen sein muss. Ich kenne einige der Geschichten. Ob ihm in der Vergangenheit fünf Minuten gereicht haben? Und ob! Manchmal sogar bloß zwei oder drei. Er benutzt Frauen zu seinem Vergnügen, und sie lassen es zu. Wieso reicht ihm das bei mir nicht?

»Sicher, dass Sie keinen Quickie wollen? Wer weiß, ob ich noch mal so bereitwillig mitmache«, teste ich ihn und öffne schamlos meine Beine.

Bryce weicht zurück, wendet sich ab, rollt das Kondom ab, nimmt sich ein Taschentuch und wichst vor meinen Augen. Bis er binnen Sekunden abspritzt. »Ja, ich bin mir sicher«, sagt er finster, als wäre das hier meine Schuld. Notdürftig säubert er sich mit dem Kleenex und zieht seine Hose hoch. »Bad?«

Seine schlechte Laune geht auf mich über. Statt ihm eine Antwort zu geben, krabbele ich mit weichen Gliedern vom Tisch herunter und hebe meinen Slip auf. Meine Wohnung ist nicht so riesig, dass er die Tür nicht auch alleine finden wird. Und tatsächlich, ohne einen weiteren Kommentar verschwindet er im Bad, und ich höre das Wasser laufen.

Ist für ihn jetzt alles wieder normal?

Für mich nicht. Ganz und gar nicht.

Je mehr mir klar wird, was gerade beinahe passiert wäre, umso elender ist mir zumute. Nicht nur, dass ich immer noch erregt und um meinen Orgasmus gebracht worden bin. Die Zurückweisung setzt mir ebenfalls zu. Obwohl ich weiß, dass Bryce mich nach wie vor will.

Kein Wunder, dass ich um Männer einen Bogen schlage. Ich bin einfach nicht gut in diesem Gefühlskram.

Aus dem Schlafzimmer hole ich mir frische Klamotten und werfe meinen schmutzigen Slip und meinen BH in den Wäschekorb. Dabei kann ich nicht anders, als einen Blick in meinen Wandspiegel zu werfen. Meine Haut glüht, meine Scham ist geschwollen, und meine Nippel sind hart und sehnen sich nach der Berührung ganz bestimmter rauer Männerhände. Sanft verwöhne ich mich und ziehe die Luft ein. Miese Idee! Was soll das bringen?

Fünf Minuten vergehen, in denen ich darauf warte, dass das Wasser im Bad aufhört zu laufen, damit ich auch duschen kann.

Fünf Minuten …

Schön, dass sie Bryce nicht gereicht hätten! Aber was ist mit mir? Ich brauche diese fünf Minuten …

Und wenn ich ihn doch noch umstimmen kann? Egal wie verrückt ich mich verhalte!

Jetzt wird das Wasser abgestellt. Ich sollte mich beeilen. Oder es lassen.

Splitterfasernackt und möglichst selbstbewusst betrete ich das Bad. »Darf ich?«, murmele ich, die ungeübteste Verführungskünstlerin aller Zeiten, und gebe vor, an ihm vorbei zur Duschkabine zu wollen. Wie geplant komme ich jedoch nicht weit. Denn Caleb Bryce bemerkt, dass ich keinen Fetzen Stoff am Leib trage, und drückt mich gegen die angenehm kalte Fliesenwand.

»Fuck, Baby!« Hungrig fällt er über meine Lippen her, als wäre kein Kuss der Welt je genug. Er presst seine Hüften gegen mich, zeigt mir, dass er in seiner Jeans wieder hart ist. Doch eine Hand liegt fest an meiner Kehle, und der Blick in seinen Augen ist verärgert und nicht zufrieden. Wobei … Das ist noch zu schwach. Ich sehe ein

Flackern, als wollte er mir ziemlich böse Dinge antun. Weil ich ihn um den Verstand bringe.

»Was?«, flöte ich vergnügter, als mir in der unbequemen Position zumute ist. »Ich dachte, es würde Ihnen gefallen, wenn ich Ihnen nackt Gesellschaft leiste.«

»Und ich dachte, ich hätte mich klar ausgedrückt.« Er bewegt seine Hüften, lässt mich seine Erektion spüren. »Ja, ich will dich ficken. Aber fünf Minuten sind nicht genug. Ich brauche mindestens eine Stunde, einen Abend, eine Nacht.«

»Mir würden sie reichen«, platzt aus mir heraus. Falls ihm etwas an mir liegt, muss er doch jetzt …

Ohne mich aus den Augen zu lassen, schüttelt er den Kopf. »Hör auf, mich so verführerisch anzuschauen, Ava! Du magst in puncto Samantha Taylor das Sagen haben, aber bestimmt nicht bei dem hier.«

Statt unter meinem nuttigen Charme dahinzuschmelzen, wird sein Blick bohrender. »Was, wenn ich nicht aufhöre?«

Ein ungläubiges Lachen entweicht seiner Kehle. »Baby, ich bin es, der mit den Frauen spielt. Nicht umgekehrt. Widersetzt sich eine, habe ich zwei Wege, um ihnen zu zeigen, wer der Boss ist: sie quälen und ihnen den Orgasmus verweigern …«

»Oder?« Das schreckt mich nicht ab. Schlimmer als jetzt kann es für mich kaum werden.

»Oder sie so lange kommen zu lassen, dass sie sich wünschen, der Morgen bräche endlich an.«

»Klingt beides für mich, als sollte ich Sie weiter belagern, Bryce.«

Statt zu antworten, fährt er mit einer Hand über meinen Po, meine Hüften, folgt den Linien meines Körpers.

Dann umfasst er meinen Busen, und ich ziehe die Luft scharf ein. Sein Daumen spielt mit meiner Brustwarze, und mein Herz rast immer schneller. Bis er plötzlich in meinen Nippel kneift, sodass mir die Tränen in die Augen schießen. Und meine Knie weich werden, da sich das gut anfühlt.

»Bitte, Caleb«, wispere ich, weil ich ihn will. So unerwartet heftig wie nie zuvor.

Etwas in seinem Blick flackert, ohne dass ich verstehe, was und warum. »Bei dir entscheide ich mich dagegen für Weg drei.«

Verwirrt sehe ich ihn an. Was meint er denn damit?

»Ich tue gar nichts, Baby.«

Gar nichts?

Fast glaube ich, mich verhört zu haben. Doch so plötzlich, wie er mich festgehalten hat, lässt er mich los.

»Kümmere du dich um diese Pornoplattform, ich knöpfe mir den Kerl vor, der auf uns geschossen hat. Bis später, Ava!«

Perplex schaue ich Bryces Rücken nach. Der Impuls, ihm hinterherzulaufen, ist fast übermächtig. Aber ich habe nichts an und so exhibitionistisch bin ich dann doch nicht veranlagt. Wie kann er jetzt gehen? Ich habe mich ihm förmlich an den Hals geworfen! Ist das seine Rache dafür, dass ich ihm die kalte Schulter gezeigt habe? Wie alt ist er? Zwölf?

Erschöpft stelle ich mich unter die Dusche und lasse das Wasser lauwarm laufen, brauche einen Moment, um meine Gefühle zu sortieren. Und übrig bleibt Wut. Auf mich – und auf ihn.

Ausgiebig schamponiere ich mir die Haare, als gelte es, jeden letzten Rest seiner Berührungen auszuwaschen. *Tja,*

Pech gehabt, Caleb Bryce, das eben war deine Chance. Noch mal bin ich nicht so dumm! Spiel deine Spielchen mit den Frauen, denen es gefällt. Aber nicht mit mir. Ich habe Besseres zu tun. Nämlich Samantha Taylor zu finden.

Als ich aus der Dusche trete, sehe ich, dass ich eine weitere Nachricht auf meinem Handy empfangen habe. Von Bryce.

»Weißt du, was mir nicht mehr aus dem Kopf geht? Dass du mich angebettelt hast …«

»Das wird nie wieder vorkommen«, tippe ich eisig zurück.

»Glaubst du das wirklich, Ava?«

Kapitel 8

Eine volle Minute vergeht, in der ich überlege, ob und was ich Bryce antworten soll. Nicht nur Fetzen meines Traumes spuken mir durch den Kopf, auch Bilder des echten Mannes. Wie er mich angesehen hat, wie schwer sein Atem ging und wie unverschämt gut bestückt der Kerl ist.

Wieder zieht sich in meinem Innersten alles vor Verlangen zusammen, egal wie sehr ich es unterdrücken will. Ich kann es nicht leugnen. Ich habe mit ihm schlafen wollen, möchte es immer noch. Mein Körper zittert, derart heftig sehnt er sich nach ihm. Selten habe ich mich so unbefriedigt gefühlt, so geladen, so kurz davor …

Aber wohin Sex mit Bryce führen würde, kann ich mir lebhaft vorstellen. Ich sehe mich schon als sein Anhängsel, das er nach Belieben herumstößt, bis er genug von mir hat. Und was bleibt mir dann? Wahrscheinlich nur eine Geschlechtskrankheit, bedenkt man die Anzahl seiner sexuellen Beziehungen. Kondome hin oder her. Also widerstehe ich der Versuchung, ihm zu antworten. Ich werde ihn nie wieder anbetteln, beschließe ich feierlich. Das eine Mal muss für sein Ego reichen.

Eilig ziehe ich mich an, um die neue Spur zu verfolgen. Auch wenn es schwer vorstellbar ist: Samantha könnte als Model gejobbt und an einen dubiosen Fotografen geraten sein. Hübsch genug wäre sie dafür. Das würde auch das Geld erklären, das Bryce gefunden hat. Der Fall wird zunehmend merkwürdiger. Aber zumindest tut sich etwas.

Im Laufschritt verlasse ich meine Wohnung, rechne fast damit, in Bryce zu krachen – der Kerl hat die unangenehme Eigenschaft, immer im falschen Moment aufzutauchen. Stattdessen entdecke ich auf der anderen Straßenseite den Personenschutz, den er für mich abgestellt hat.

Ein Teil von mir ist erleichtert, dass Bryce weg ist. Ein anderer bedauert es. Doch es ist besser so. Sobald er in der Nähe ist, ist mein erster Gedanke nicht Samantha Taylor, sondern wie sich sein Penis wohl in mir anfühlen würde.

Nicht gut.

Wütend mustere ich meine beiden Bodyguards, die mich von ihrem Wagen aus beobachten und bereits den Motor gestartet haben. Ich weiß, ich sollte dankbar dafür sein, dass sie da sind. Wenn man sich mitten in einem Sturm auf offener See befindet, lehnt man schließlich auch keine Schwimmweste ab. Aber plötzlich stört mich ihre Anwesenheit. Sobald sie mich gesehen haben, hat einer in sein Headset gesprochen, bestimmt um Bryce Bericht zu erstatten. Und das lässt mich meine Meinung ändern. Er will mich kontrollieren? Zeit, dass er lernt, dass er das nicht kann …

Ich tue so, als hätte ich etwas vergessen, und gehe zurück ins Haus. Doch statt in meiner Wohnung zu verschwinden, nehme ich den Hinterausgang, der nicht bewacht wird – sehr nachlässig. Ich schleiche auf Umwegen zu meinem Wagen, warte, bis meine beiden Bewacher unaufmerksam sind, und gebe mit quietschenden Reifen Gas.

Immer wieder werfe ich Blicke in den Rückspiegel, und erst als ich mir sicher bin, dass sie mir tatsächlich nicht folgen, entspanne ich mich.

Bye, bye, Caleb Bryce!

»Jane, kannst du mir die Adresse der Internetplattform raussuchen, auf der die Fotos, die du entdeckt hast, hochgeladen wurden?«, frage ich in das Freisprechgerät meines Handys.

»Klar, ich schick dir die Daten direkt an dein Navi.«

»Perfekt.« Ich schalte das Gerät an, sehe die Straße und wende, um nicht aus der Stadt raus, sondern wieder reinzufahren, Richtung Fulton Market. Mittlerweile ist es fast 17 Uhr, die typische Feierabendzeit, und ich hoffe, dort noch jemanden zu erwischen, der mir weiterhelfen kann. »Kannst du dich parallel in ihr System einklinken?«

»Du meinst hacken, Schätzchen?«

Ich muss lachen. »Als würde ich je von dir verlangen, eine Straftat zu begehen. Ich meine *einklinken*«, wiederhole ich mit Nachdruck. »Und soweit ich weiß, bist du eine großartige Einklinkerin!«

Jetzt muss auch Jane lachen. »Selbstverständlich die beste! Was suchst du denn?«

»Alles, was mit den Shootings und dem Upload der Fotos zusammenhängt.«

»Das wird aber einen Moment dauern.«

»Tu es trotzdem und gib mir selbst die kleinste Info dazu weiter!«

»Sicher.« Sie stockt. »Ava?«

»Ja.«

»Ist sonst alles in Ordnung bei dir?«

»Natürlich. Wieso fragst du?«, trällere ich und verdränge die Bilder von Bryce und mir, die unweigerlich aufkommen.

»Du klingst seltsam.«

Ich seufze. »Weil Samantha unauffindbar scheint. Du weißt, wie mich solche Fälle mitnehmen.« Der Klumpen, der sich in meinem Magen bildet, hat die Größe eines Basketballs, und ich habe Mühe, mich auf den Verkehr zu konzentrieren.

»Ava, Schätzchen …« Mehr muss Jane nicht sagen. Sie weiß Bescheid.

Hastig blinzele ich die Tränen weg. Ich erinnere mich wieder, weshalb mir dieser Auftrag so wichtig ist. Und warum ich zu Caleb Bryce gegangen bin. Das hätte ich sogar getan, wenn er ein fetter, schmieriger Kerl mit Goldkettchen um den Hals wäre, statt dieser smarte, sportliche Typ, den dieser teure Duft umgibt. Weil ich an Lilly denken musste und daran, wie sie vor zehn Jahren spurlos verschwunden ist …

Ich atme tief durch. Nein, verdammt. Ich darf mich davon jetzt nicht runterziehen lassen. Jane hat recht. Was ist bloß los mit mir? Seit wann reagiere ich derart emotional? Warum kommt all das wieder hoch? Noch dazu so heftig. Samantha Taylors Fall ist ganz anders als das Verschwinden meiner Schwester. Ich muss meine Gefühle unbedingt im Zaum halten. Sie nutzen niemandem, und Lilly bringen sie mir auch nicht zurück.

»Außerdem wurde auf mich geschossen«, fahre ich im Plauderton fort und vermeide es, über damals zu sprechen.

»Was?! Wann? Wieso sagst du mir das erst jetzt?«, ruft Jane entrüstet. »Hast du was sehen können? Mit etwas Glück finden wir den Typen und bekommen dort Antworten.«

»Bryce ist schon dran.«

»Bryce?!«

»Tu nicht so überrascht. Er kann einfach nicht aufhören, mir zu helfen. Dabei sage ich ihm wieder und wieder, dass er das lassen soll.« Ich halte an einer roten Ampel.

»Ava?« Jane legt eine Pause ein. Die effektivste Methode, um einen zum Reden zu kriegen.

»Was möchtest du, dass ich dir noch erzähle? Ich ermuntere Bryce in keinster Weise. Eigentlich müsste er sich Frostbeulen holen, so eisig, wie ich ihn behandele. Aber er gibt nicht auf.«

Ein Wagen hupt ungeduldig hinter mir, weil die Ampel auf Grün gesprungen ist, ohne dass ich es bemerkt habe. Ich fahre weiter.

»Vielleicht brauchst du ja genau so jemanden, der dich erobert, egal wie schwer du es ihm machst. Für Dornröschen musste sich der Prinz auch zunächst durch eine Dornenhecke schlagen.«

»Sag mal, ist dir die Farbe deiner Haare zu Kopf gestiegen?«, fauche ich schroffer, als Jane es verdient hat. »Ich bin kein Frauchen, das darauf wartet, gerettet zu werden.«

»Hast du ein Glück, dass ich dich mag«, sagt Jane. »Sonst wäre ich jetzt echt sauer.«

»Sorry«, seufze ich und konzentriere mich auf den dichter werdenden Verkehr.

»Schätzchen, hör auf, alle Leute wegzustoßen, sobald sie dir zu nahekommen. Ich weiß, dass dir in deinem Job niemand das Wasser reichen kann. Aber es gibt noch mehr als das im Leben.«

»Wird das eine Predigt über Liebe, Kinder und das Häuschen im Grünen?«

»Ava, du tust es schon wieder!« Dieser Ton von Jane ist mir neu. Liebevoll und streng. Ein bisschen so, wie meine Schwester manchmal mit mir gesprochen hat. »Du blockst ab. Wovor hast du nur solche Angst?«

»Vor gar nichts.«

»Ava!«

»Müssen wir das jetzt besprechen?« Wütend umklammere ich das Lenkrad.

»Bei dir gibt es nie den richtigen Augenblick, also ja.« Jane atmet tief durch. »Ist dir mal in den Sinn gekommen, dass Caleb Bryce dich bloß so belagert, weil er hinter deine monströsen alcatraz-mäßigen Schutzmauern schauen kann? Gib ihm eine Chance!«

Für ein paar Minuten fahre ich schweigend weiter. Jane hat recht, ich halte Menschen möglichst weit auf Abstand, um nicht enttäuscht zu werden. Alle denken, ich bin unglaublich tough und abgeklärt. Die, die nichts so leicht erschüttert. Dabei stimmt das nicht. Auch ich bin verletzlich. Weiß Bryce das? Und würde er mich dann genauso mögen?

Tief atme ich ein und aus.

Was ist das nur mit Bryce? Jeder andere Mann hätte längst die Flucht ergriffen. Doch er kämpft, als gelte es, einen Wettkampf zu gewinnen.

Ein unangenehmer Schauer kriecht über meinen Rücken.

Aber verdammt, mein Herz ist keine Trophäe. Sondern zerbrechlich. Immer noch. Und falls es jemals jemand erobern wird, dann kein Fick wie Bryce, keine Affäre, sondern ein anständiger Kerl, auf den ich mich hundertprozentig verlassen kann. Keiner, der mich unendlich heiß macht, mich dazu bringt nachzugeben, mich ihm zu öffnen, zuzugeben, wie sehr ich mich nach Nähe sehne, und der mir im Anschluss kühl erklärt, dass er Frauen entweder ewig kommen lässt oder ewig erregt, sich für mich allerdings was Besonderes ausgedacht hat: nichts zu tun. Schönen Dank auch …

»Jane, können wir bitte aufhören, über Bryce und mich zu sprechen? Vielleicht hast du recht, und er hat hinter meine Fassade geschaut. Aber was er dann gesehen hat, scheint ihn abgeschreckt zu haben. Ich glaube, er hilft mir bloß noch, um nicht als kompletter Arsch dazustehen.«

»Wie kommst du darauf?«

»Ähm … sagen wir es mal so. Er hatte seine Chance. Und er hat sie nicht genutzt.« Und eine zweite wird er nicht kriegen. Niemals. Egal was er gesagt hat.

»Tut mir leid, Schätzchen.«

»Ist besser so.«

»Ich hab übrigens gerade noch eine Info von Oliver erhalten.«

»Schieß los!«

»Ein Zimmermädchen hat Samantha tatsächlich am Tag ihres Verschwindens im Hotel gesehen.«

Sofort legt mein Gehirn Bryce gedanklich in die Kiste vertagter Probleme und ist wieder auf den Job konzentriert. Bei der dünnen Faktenlage ist mir jede weitere Spur willkommen.

»War sie allein? Oder mit jemandem zusammen?«, frage ich.

»In Begleitung einer Frau.«

»Einer Frau?!« In Windeseile überschlage ich die Folgen für unsere Ermittlungen. Das wirft ein völlig neues Licht auf den Fall. »Konntet ihr sie schon identifizieren?«

»Wir sind dabei. Ich versuche, über Straßenkameras eine Aufnahme zu kriegen. Oliver checkt in der Zwischenzeit die Beschreibungen.«

»Sehr gut, informiert mich, sobald ihr was Neues habt.«

Ich lege auf und überlege, wie ich gleich vorgehen soll. Ich will unbedingt mehr zu den Erotikproduktionen erfahren. Aber die Firma ist nicht verpflichtet, mir das zu sagen. *Also vorsichtig*, beschließe ich, als ich den Sitz von *Funhub* in Fulton Market erreiche.

***

Das Gebäude unterscheidet sich wenig von den anderen in diesem aufstrebenden Stadtteil. Niemand würde vermuten, dass in diesem modernen Glaskasten ein Unternehmen der Pornoindustrie sitzt. Alles wirkt transparent, modern und wie auf Hochglanz poliert. Als wäre man zu Gast bei einem Internet-Start-up – von denen es in der Gegend reichlich gibt. Keine grelle Neonschrift, keine mit Gardinen verhangenen Schaufenster, hinter denen sich Prostituierte rekeln.

Wäre ich bei der Polizei, so könnte ich meine Marke zücken und den CEO der Firma verlangen. Da meine Möglichkeiten jedoch begrenzt sind, parke ich vorbildlich auf den Besucherstellplätzen in der Tiefgarage, melde mich an der Rezeption, trage mein Anliegen vor und bitte um Mithilfe bei der Aufklärung des Verbrechens.

»Bedaure, Mr Marshall kann gerade nicht«, sagt die Empfangsdame freundlich lächelnd, wie bei einem Casting für Zahnpasta-Werbung, sobald sie mit ihren Chefs Rücksprache gehalten hat.

Will sie Zeit schinden, und glaubt sie ernsthaft, dass sie mich so leicht loswird? »Wann würde es besser passen? Die Sache ist wirklich wichtig«, gebe ich mit dem gleichen bezaubernd falschen Lächeln zurück, das sie mir zugeworfen hat.

»Moment, ich frage nach.«

Tu das, Kleine, Hauptsache, wir kommen heute noch weiter, denke ich mir und sehe mich um.

Kaum zu glauben, dass die Leute, die hier arbeiten, Normalos sind. Nur ein einziger Mann könnte mit ganz viel Augenzudrücken als Darsteller im horizontalen Gewerbe durchgehen. Seine Gesichtsfarbe ist solariumsgebräunt, ein Goldkettchen schimmert um seinen Hals, und seine Schultern sind extrem aufgepumpt. Allerdings trägt er einen Anzug, vielleicht hat er also auch nur einen schlechten Geschmack.

Gerade als ich mitkriege, dass die Empfangsdame auflegt, stockt mir der Atem. Ich blinzele. Aber ich neige nicht zu Halluzinationen.

»Ms Hamilton?!«, rufe ich verblüfft.

Die zierliche Brünette mit dem eleganten Businesskostüm alias Samantha Taylors Mitbewohnerin bleibt wie angeschossen stehen.

»Sie arbeiten hier?« Unverzüglich gehe ich auf sie zu, weil mein Instinkt mir zuschreit, dass das kein Zufall sein kann.

»Ähm … ja … im Marketing. Wieso?« Judith streicht sich durchs Haar und überspielt ihre eigene Überraschung.

»Vielleicht können Sie mir weiterhelfen?« Zur Begrüßung geben wir uns die Hand, und ich halte ihre drei Sekunden länger, damit sie nicht wegläuft. »Ihre Mitbewohnerin hatte kurz vor ihrem Verschwinden ein Selfie von sich auf Instagram gepostet. Sie war in einem Hotelzimmer und genau das nutzt *Funhub* anscheinend des Öfteren für Erotik-Shootings. Wir müssen daher wissen, wer mit diesen Produktionen zu tun hat. Es könnte hier eine Verbindung bestehen.«

»Oh mein Gott! Glauben Sie das wirklich?«

Wenn sie eine Schauspielerin ist, dann eine gute. Sie wirkt ehrlich schockiert. Ich nicke. »Der CEO ist in einem Meeting. Können Sie mich denn zu jemandem bringen, der meine Fragen beantworten kann?«

»Aber sicher!«, sagt sie hastig. »Kommen Sie!«

Vielleicht ist doch alles nur ein Zufall? Schließlich finden sich zwischen zwei Menschen immer Verbindungen, wenn man lange genug sucht. Wir leben ja nicht mehr im Mittelalter, zu einer Zeit, als die eine Hälfte der Welt nichts von der anderen wusste. Hmmm …

Nachdem Judith mich am Empfang als Besucher hat registrieren lassen, führt sie mich ins Innere von *Funhub* – wo ich nach wie vor keine gammeligen Plüschecken oder Rotlichtspots entdecken kann.

»Haben Sie sonst noch Hinweise, wo Sam steckt und was passiert sein kann?«, fragt sie mich, während wir zu ihrem Kollegen gehen, der mir weiterhelfen soll.

»Es gibt einige«, antworte ich vage.

»Das ist ja großartig! Welche denn noch?«, fragt Judith. Obwohl ihr Interesse völlig berechtigt ist, wird mir die Frau an meiner Seite eine Spur zu neugierig. Eine Nuance in ihrem Tonfall stört mich. Bloß welche?

»Was arbeitet Ihr Kollege?«, würge ich sie daher mit einer Gegenfrage ab.

»Er betreut die Accounts, über die Fotos und Videos hochgeladen werden, arbeitet also eng mit den Produktionen zusammen. Aber noch mal zu dem –«

»Oh, wie aufregend!«, unterbreche ich sie, weil es mir merkwürdig vorkommt, dass sie so vehement nachhakt. »Dann kennt er also das Einmaleins der Branche?«

Obwohl es total unpassend ist, tue ich, als hätte ich nur auf den Tag gewartet, eine Insiderin kennenzulernen, und kaue ihr ein Ohr ab. Ich schwärme von Gang Bang- und Toy-Kategorien, gebe mich interessiert an diversen Praktiken und krame in meinem Gedächtnis nach sämtlichen Filmlabels, von denen ich jemals gehört habe. Bryce wäre jetzt eine Hilfe. Ich bin mir sicher, er ist Experte auf dem Gebiet. Nicht weil er ein Mann ist und damit laut Untersuchungen mehr Sexfilmchen konsumiert als Frauen. Sondern weil er das *Sinful Secrets* betreibt, das mit seinen Separees immerhin auch der Sexindustrie zugeordnet wird.

Caleb Bryce …

Ich kann nicht anders, als mir vorzustellen, wie es wäre, wenn er mich hierher begleitet hätte. Mein Kopf spinnt sich eine kleine Unterhaltung zusammen, und ich muss lächeln.

›Baby, ich bin beeindruckt, wie gut du dich mit Pornos auskennst‹, könnte er sagen.

›Jede Sechzehnjährige weiß heutzutage, was ein Gang Bang ist‹, würde ich antworten. ›Hören Sie auf, mich mit glänzenden Augen anzuhimmeln!‹

›Geht nicht. Ich bin zu fasziniert.‹ Er würde grinsen. ›Welche Kategorie magst du am liebsten? Blowjobs? Anal? Sex in der Öffentlichkeit?‹

›DP, Bryce‹, würde ich ihn aufziehen. ›Also nichts für Sie.‹

›Wie kommst du denn darauf?‹

›Nun, schon per Definition reden wir bei der doppelten Penetration von zwei Penissen. Sie haben nur einen, wenn ich richtig informiert bin. Außerdem würden Sie mich niemals mit einem anderen Mann teilen. Er könnte Ihnen ja die Show stehlen.‹

›Mmh … das stimmt, würde ich nicht. Aber dir ist bewusst, dass es Hilfsmittel gibt, die ich durchaus bereit bin einzusetzen? Alles, um deine schmutzigen Träume Wirklichkeit werden zu lassen.‹

›Sparen Sie sich die Mühe, Bryce!‹

›Weißt du, welche Botschaft gerade bei mir ankommt? *Überrasch mich, Honey!*‹

Unwillkürlich schüttele ich den Kopf. Warum schaffe ich es nicht mal in meiner Fantasie, Bryce einen Riegel vorzuschieben? Als würde ich es im Grunde gar nicht wollen …

»Da wären wir«, beendet Judith meine kleine Fantasieunterhaltung, als wir zu einem Büro kommen, wo ein Mann mit Dreitagebart und von der Sonne aufgehelltem Haar sitzt. Eher der Typ Austauschstudent als Angestellter in der Pornoindustrie. »Elijah, hast du noch einen Moment und kannst für Ms Donovan einen Kundenaccount überprüfen? Es geht um meine Mitbewohnerin.« Sie erklärt ihrem sichtlich irritierten Kollegen, was er nachschauen soll, und ich frage mich wieder, ob mein unbehagliches Gefühl vielleicht gar nicht mit ihrer Anwesenheit, sondern mit der Firma hier zu tun hat.

»Ich muss zurück an meine Arbeit«, verabschiedet sie sich. »Aber wenn was ist, rufen Sie mich an! Sie haben meine Nummer.«

»Ja, danke. Dann melde ich mich. Drücken Sie uns die Daumen!«

Aufgeregt ziehe ich mir einen zweiten Stuhl heran und setze mich zu Elijah. Ich zeige ihm die Screenshots, die mir Jane geschickt hat, und mit wenigen Klicks öffnet er eine Übersicht mit Informationen zur Produktionsfirma.

»Sicher, dass die mit ihrem Fall zu tun haben? Die haben den besten Ruf in der Branche.«

Das gibt mir zu denken. Welches Motiv sollten sie haben, Samantha zu entführen? »Hat noch jemand solche Locations für Shootings gebucht?«, frage ich.

»Nein. Nicht laut meinen Daten.«

»Und führt *Funhub* vielleicht eigene Produktionen durch?«

»Früher. Das ist lange her. Mittlerweile ist es zu viel Aufwand, Castings zu veranstalten, die Darsteller zu buchen, die Nachbearbeitung des Videomaterials und so weiter. Es ist leichter, sich die beste Ware einzukaufen. Diese Firma …«, er zeigt zu meinen Screenshots, »… hat sich auf Luxus-Settings spezialisiert. Daher das teure Hotelzimmer.«

»Betreibt noch jemand solchen Aufwand?«

»Wenn, dann jemand, der nicht mit *Funhub* zusammenarbeitet.«

»Würde es Ihnen etwas ausmachen, mir die Kontaktdaten der Firma zu geben?«

»Worum geht es hier eigentlich? Was vermuten Sie? Worin sollen sie verwickelt sein?« Elijah fühlt sich sichtlich unwohl. »Ich weiß ehrlich gesagt nicht, ob ich das darf.«

»Es ist eher so, dass ich mich an jeden Strohhalm klammere, der sich mir bietet.« In Grundzügen berichte ich von Samanthas Verschwinden und der dünnen Faktenlage. Und ich zeige ihm das Foto, das durch den gleichen Hintergrund den Bildern ähnelt, die *Funhub* online zeigt.

»Das ist Judiths Mitbewohnerin?!« Elijah pfeift anerkennend, als er das Bild der Studentin sieht.

»Bestimmt nicht so hübsch wie Ihre Frau«, antworte ich, denn er trägt einen Ring am Finger. Außerdem finde ich sein Verhalten extrem geschmacklos. Samantha ist schließlich kein Model, sondern ein Entführungsopfer.

»Na ja, die hat deutlich üppigere Kurven, aber die hier würde kein Kerl von der Bettkante stoßen.«

Ich ziehe scharf die Luft ein. Männer können solche Schweine sein!

»Nun schauen Sie nicht so. Meine Frau und ich führen eine sehr tolerante, offene Beziehung. Bei dem Job …«

Er muss nicht erklären, wie er das meint. Elijah hat den ganzen Tag mit Pornosternchen und -starlets zu tun, sprich, mit mehr nacktem Fleisch, als ein Durchschnittsmann im Leben zu sehen, geschweige denn zum Anfassen bekommt. Aber immerhin legt er sein Misstrauen ab und druckt die Infos, um die ich ihn gebeten habe.

»Danke«, murmele ich und reibe mir seufzend die Schläfen. Mein kleines Nickerchen hat wenig gebracht. Der Schlafmangel sitzt mir noch immer in den Knochen. Der Auftrag wäre leichter, könnte ich mir bloß einen Reim darauf machen, wie die Ereignisse zusammenhängen. Aber bisher erkenne ich keine Verbindung. Wir haben eine verschwundene Frau, rekapituliere ich. Dann ein zweites Konto mit Unsummen an Geld. Den Mann im Hotelzimmer. Den Schützen. *Funhub*, eine Plattform für Pornografie. Auf der rein zufällig Fotos von Shootings auftauchen, die am gleichen Ort entstanden sind, an dem Samantha zuletzt war. Welches Puzzleteil übersehen wir nur, damit alles einen Sinn ergibt? Fehlt nicht viel, und ich nehme Drogen, um auf andere Ideen zu kommen. Ich bin mir sicher, Bryce könnte mir die beschaffen. Auch wenn er im ersten Moment vorgeben würde, er hätte keine Ahnung, was Kokain oder Ecstasy überhaupt ist.

Gerade als Elijah mir sämtliche Infos, die er zum Kunden zusammengestellt hat, vom Drucker holen will, unterbricht mich ein Anruf von Oliver.

»Ja? Was gibt's?«, melde ich mich.

»Wir wissen, wer die Frau bei Samantha im Hotelzimmer war.«

Mein Herz schlägt mir plötzlich bis zum Hals. Das könnte mein fehlendes Puzzleteil sein. »Wer?«, frage ich eine Spur atemlos.

»Das wirst du nicht glauben!«

»Oliver!«, zische ich bedrohlich, während mehr Adrenalin durch meinen Körper jagt.

»Es ist Judith Hamilton! Samanthas Mitbewohnerin!«

Für drei lange Sekunden fühle ich mich, als wäre im wahrsten Sinne des Wortes irgendwo eine Bombe geplatzt. Wie man es aus diesen Hollywood-Blockbustern kennt, bin ich orientierungslos. Meine Umgebung verschwimmt. Ich höre nichts und kann mich nicht rühren. Mein Magen zieht sich zusammen. Mir wird schwindelig. Kurz muss ich die Augen schließen und mich auf meine Atmung konzentrieren.

»Wo hat Judith ihr Büro?«, frage ich Elijah. »Eine neue Spur«, krächze ich und ringe mir ein Lächeln ab, weil ich so nah an der Lösung des Rätsels dran bin und an dieser einen letzten Hürde nicht scheitern will. »Ich muss sie unbedingt sprechen. Wir haben einen Durchbruch.«

»Ähm … eine Etage über mir, am Ende des Ganges«, sagt er, während ich bereits losgehe.

Irritiert über meinen Stimmungswandel will er mir noch die Unterlagen zu Samantha in die Hand drücken, doch die sind mir fürs Erste egal. Ich muss jetzt schnell sein. Unglaublich schnell.

»Danke!«, rufe ich Elijah zu und renne mit dem Handy am Ohr los. »Oliver, hol sofort Jane dazu. Sie soll unterbrechen, womit sie beschäftigt ist. Das hier hat oberste Priorität. Ich möchte alles zu Ms Hamilton wissen. Die

Routineüberprüfung am Anfang hat nichts ergeben, aber irgendetwas müssen wir bei ihr übersehen haben.«

»Warum so alarmiert?«, fragt Jane, die nun ebenfalls in der Leitung ist.

»Sie arbeitet für *Funhub*. Ich habe noch vor fünf Minuten mit ihr gesprochen.«

»Moment, und nun jagst du ihr hinterher?«, meldet sich Oliver wieder.

»Hast du eine bessere Idee?«

»Ja! Warte auf Verstärkung! Falls sie da tatsächlich mit drinsteckt –«

»Das tut sie! Ich bin mir absolut sicher. Sie weiß, dass ich hier bin und Nachforschungen anstelle. Wenn ich jetzt warte, wird sie untertauchen. Ich muss was unternehmen.«

Schwer atmend nehme ich die Treppe, die eine Etage höher führt, und platze in Ms Hamiltons Büro, ein Zimmer, das genauso geschnitten ist wie das von Elijah. Doch besagte Person ist nicht da. Dafür eine Kollegin, die mich misstrauisch beäugt.

»Wo ist Judith?«, frage ich.

»Ähm … sie ist eben in die Cafeteria gegangen …«

Vielleicht sehe ich nur Gespenster? Weil der Fall mich zu sehr an das Verschwinden meiner Schwester erinnert. Schwer atmend fahre ich mir über das Gesicht und beruhige mich ein wenig. Bis mir ein Detail ins Auge springt, das meinen Puls erneut gnadenlos in die Höhe treibt.

Ich zeige auf ein teures Chanel-Modell. »Ohne ihre Handtasche?«

Die Kollegin zuckt mit den Schultern, als würde sie das nicht besonders ungewöhnlich finden.

Ohne um Erlaubnis zu bitten, sehe ich mich am Arbeitsplatz meiner Verdächtigen um.

»Hey, was soll das?« Judiths Kollegin macht einen langen Hals, um mir auf die Finger zu schauen. Als würde jemand in das Herz von *Funhub* eindringen, um Büroklammern zu stehlen! Die kann ich mir tatsächlich noch selbst leisten.

»Ich suche nur einen Zettel«, beruhige ich sie und raschele zur Ablenkung mit den Händen durch die Papiere, die auf dem Schreibtisch liegen.

Volltreffer!

Mir fällt eine Rechnung des Windham Hotels in die Hände. Für den Tag, an dem Samantha verschwunden ist. Bezahlt von Judith, nicht von *Funhub*.

»Ist es üblich, dass Locations für Fotoshootings oder Videodrehs privat gebucht werden?«, frage ich Judiths Kollegin.

»Ich rufe jetzt den Sicherheitsdienst«, ist ihr trotziger Kommentar.

»Tun Sie, was Sie nicht lassen können! Aber erst erklären Sie mir das hier!« Wütender zeige ich ihr das Schreiben vom Hotel.

»Das sehe ich zum ersten Mal …« Verunsichert greift sie das Papier. »Damit hat sie normalerweise gar nichts zu tun.« Wie ausgewechselt steht die Angestellte auf und durchforstet einen weiteren Stapel mit Unterlagen und zieht immer irritierter einzelne Briefe heraus. Briefe, in denen Rechnungen sind, die direkt auf Judith ausgestellt sind, nicht auf Funhub. »Eigenartig«, murmelt sie. »Das ist wirklich alles eigenartig …«

»Ava? Was ist los bei dir?«, höre ich Oliver am Telefon.

»Sie ist weg! Das ist los.« Hätte ich bloß eher erkannt, wer hinter der Entführung steckt! Oder hätten meine Leute die Unbekannte im Hotel früher identifizieren können! Es fühlt sich wie ein um eine Zehntelsekunde verpasster Weltrekord an. Fünf Minuten waren ausschlaggebend. Die Spieldauer eines Popsongs im Radio, die Zeit, die eine kurze Dusche braucht, der Takt der U-Bahn-Züge. Oder so lange, wie ein Quickie mit Bryce gegangen wäre … *Verflucht!*

Eilig stecke ich ein paar der Rechnungen ein, um Judith damit zu konfrontieren, und laufe los.

»Die Cafeteria ist in die andere Richtung!«, ruft mir die Kollegin endlich eine Spur hilfsbereiter hinterher.

Ich ignoriere sie und folge meinen Instinkt. Als würde die Dame jetzt einen Kaffee schlürfen!

Im Laufschritt nehme ich die Treppe zur Tiefgarage. Gerade als ich ankomme, fährt ein schwarzer Wagen los. Ich renne drei Schritte. Dann ist er weg.

Ob sie da dringesessen hat? Unschlüssig sehe ich mich um. Doch für die nächsten Herzschläge rührt sich nichts. Niemand kommt, niemand geht.

Seufzend überschlage ich, wie viele Autos auf dem Parkdeck stehen. Bestimmt an die hundert. Wenn meine Verdächtige das Gelände bereits verlassen hat, müssen meine Leute die Aufnahmen der Straßenkameras überprüfen. Und falls sie noch hier ist …

»Jane?«, frage ich in mein Handy, das ich die ganze Zeit bei mir gehabt habe, immer griffbereit, sollte ich Unterstützung brauchen.

»Schätzchen, du klingst beschissen.«

»Ich hab dich auch lieb«, entgegne ich und lache kurz auf. »Kannst du mir sagen, welchen Wagen Judith Hamilton fährt? Dann überprüfe ich –«

Etwas pikst mich am Hals, und abgelenkt schlage ich danach. Als Stadtmensch ist das Höchste an Natur, das ich vertrage, eine Zimmerpalme.

Im ersten Moment denke ich: Igitt, was für ein Tier ist das denn? Ich habe als Kind eindeutig zu oft Filme wie *Angriff der Killertomaten* gesehen. Und allein der Gedanke an die Spinnenszene aus *Herr der Ringe* sorgt für Gänsehaut in meinem Nacken. Aus weiter Ferne höre ich Janes Stimme am Telefon. Im nächsten Moment begreife ich, dass das keine Monstermücken waren. Mir wird schwarz vor Augen.

Kapitel 9

Ächzend fasse ich mir an die Stirn und massiere meine Schläfen.

Normalerweise habe ich solche Kopfschmerzen bloß, wenn ich mal versucht habe, Oliver unter den Tisch zu trinken. An Migräne leide ich auch nicht. Himmel! Was ist denn nur passiert?

Verwirrt rufe ich mir die letzten Ereignisse auf, an die ich mich erinnern kann. Ich war im Parkhaus von *Funhub*. Um Judith Hamilton aufzuhalten. Und jemand muss mich dort angegriffen haben.

Die Erkenntnis, dass etwas nicht stimmt, trifft mich wie ein Schlag.

Schnell rappele ich mich auf und stelle erleichtert fest, dass ich nach wie vor meine Klamotten anhabe. Einzig die Rechnungen, die ich von Judiths Schreibtisch genommen habe, fehlen. Dann sehe ich mich um.

Ich befinde mich in einer Art Kellergewölbe. Es riecht abgestanden nach schimmelnden Wänden und rostigen Wasserleitungen. Licht dringt nur durch eine kleine Luke knapp unterhalb der Decke in den Raum. Recht untypisch für mich verspüre ich einen Hauch von Panik.

Wer auch immer hinter alldem steckt, ich muss hier raus. Sofort.

Sobald ich mich an das Halbdunkel gewöhnt habe, ziehe ich scharf die Luft ein, und all mein Aktionismus ist verflogen.

Ich bin nicht allein.

Erst jetzt entdecke ich ein junges braunhaariges Mädchen, dann eines mit Sommersprossen, eine Frau mit beachtlicher Oberweite und …

Samantha Taylor!

Ich traue meinen Augen nicht.

Und soweit ich erkennen kann, geht es ihr gut. Meine Euphorie währt jedoch nur kurz, als mir klar wird, dass ich nun ihr Schicksal teile: verschleppt und eingesperrt zu sein.

Hätte ich bloß auf die Verstärkung gewartet! Oder wäre ich nicht so dumm gewesen, meinem Personenschutz zu entwischen! Oder ist Hilfe längst unterwegs? Jane wird sich Sorgen machen. Und Bryce, nachdem ich seinen Leuten entwischt bin, ebenso. Und wenn er mich findet, wird er dann wieder eine Gegenleistung verlangen? Oder sie sich gar einfach nehmen?

Ein Rascheln reißt mich aus meinen Gedanken. Ich mustere die Frauen, die mich sowohl verängstigt als auch misstrauisch ansehen. Und plötzlich rast mein Herz. Könnte meine Schwester bei ihnen sein?

»Gibt es hier eine Lilly? Lilly Donovan?«, frage ich, ohne nachzudenken.

Schon beim Aussprechen der Worte muss ich schlucken, und meine Brust zieht sich enger zusammen. »Sie kommt aus Boston. Blonde Haare, in einem Ohr drei Ringe. Oder zumindest Löcher.« *Bitte, bitte, bitte*, hoffe ich völlig irrational. Egal wie unwahrscheinlich es ist, dass Lilly, die vor zehn Jahren verschwunden ist, zufällig dort auftaucht, wo Samantha ist.

Stille antwortet mir, nur unterbrochen vom Pochen meines eigenen Herzschlags.

Gott, ich vermisse sie so. Sie war nicht bloß meine Schwester, sondern meine beste Freundin und Vertraute. Diejenige, mit der ich Pferde stehlen konnte. Mir fehlen ihr Geruch und ihr Lachen. Und dass sie jetzt irgendeinen Witz gerissen hätte. Mit einer gehörigen Portion Galgenhumor. ›Na wenigstens versauern wir nun zu zweit.‹ Etwas in der Art.

Tränen sammeln sich in meinen Augenwinkeln, und hastig wische ich sie weg. Große Mädchen weinen nicht. Wir werden erwachsen, erkennen, dass das Leben nicht immer fair ist, und treten ihm dafür in den Arsch!

Entschlossen gehe ich zur einzigen Tür, die der Raum hat. Ich packe den Türknauf und rüttele daran. Doch obwohl das Holz morsch aussieht, gibt sie nur wenige Millimeter nach.

Sorgfältig taste ich den Türrahmen nach Schwachstellen ab. Die Mauern sind alt, der Putz bröckelt. Mit einem Brecheisen könnte man die Tür vielleicht aus ihrem Rahmen heben.

Ich sehe mich um, ob ich etwas finde, das ich zweckentfremden kann, und mein Blick trifft den von Samantha.

»Hier ist nichts, um die Tür zu öffnen«, sagt sie. »Und die Luke in der Wand ist zu klein, um zu fliehen. Da würde nicht mal ein Kind durchpassen.« Sie reicht mir eine Flasche Wasser. »Möchtest du?«

»Danke.« Gierig trinke ich und beschließe, sie ebenfalls zu duzen. Das ist in der Situation angebrachter. »Was glaubst du, wo wir sind?«

»In einem Keller«, antwortet sie irritiert, allerdings mit einer Spur Humor in der Stimme. Trotz der Umstände. Wie sympathisch!

Ich schaue mich um. »Aber das ist kein normaler Keller. Die gewölbte Decke, der große Raum … Du studierst doch Architektur. Bespricht man dabei nicht auch Gebäude und Baustile?«

Misstrauisch beäugt sie mich. Was ich ihr nicht verübeln kann.

»Ich bin Ava Donovan und arbeite für *Fuller Investigations*«, stelle ich mich vor.

»Und?«

»Tadaaa!« Völlig unpassend muss ich grinsen. »Ich bin dein Rettungskommando. Vertrau mir! Alles wird gut.«

So knapp und dennoch so ausführlich wie möglich erkläre ich ihr, dass ihre Eltern mich beauftragt haben, sie zu finden, und was bisher geschehen ist.

»Weißt du, wer das Geld auf dein Konto überwiesen hat?«, frage ich sie. Ich möchte verstehen, was hier genau passiert.

»Welches Geld?«

So gut das aus dem Gedächtnis geht, berichte ich von dem Geld, das wir gefunden haben, und bin enttäuscht, dass auch diese Spur in eine Sackgasse führt. Samantha weiß nichts davon, gibt jedoch zu, dass es ein Gemeinschaftskonto für die WG gibt, das sie und Judith nutzen.

»Wie sahen die Leute eigentlich aus, die mich hierhergebracht haben?«, frage ich weiter. »Und wann war das etwa?«

Meine Offenheit zahlt sich aus. »Es waren drei Männer mit Sturmmasken. Niemanden, den man identifizieren könnte. Gestern Abend. Sie haben dich wortlos abgeladen, und du hast die ganze Nacht dagelegen und dich nicht gerührt.«

»Gestern schon?«, murmele ich schockiert und schaue nach draußen. Die Sonne scheint. Ich muss über zwölf Stunden bewusstlos gewesen sein. Kein Wunder, dass ich mich fühle, als hätte ich ein Wochenende lang durchgefeiert. »Noch mal: Hast du eine Ahnung, wo wir hier sein könnten?«

Sie schüttelt den Kopf. »Ich kannte solche Räume bisher nur in der Stadt. Da sind wir allerdings nicht. Es ist viel zu ruhig. Man hört keinen Verkehr, keine Bahn, keine Flugzeuge, nichts.«

Ich beschließe, die Zeit zu nutzen und ein paar Lücken in den Ermittlungen zu schließen. Vielleicht komme ich hier nicht mehr raus. Aber falls doch, dann möchte ich so viele Spuren haben, dass ich gar nicht weiß, mit welcher ich zuerst anfangen soll.

»Was denkst du, worum es bei alldem geht?«, frage ich.

»Erpressung … Prostitution …« Besorgt sieht sie zu den anderen, die in einer Ecke des Raumes sitzen und apathisch vor sich hin starren. »Menschenhandel.«

»Sind das Vermutungen, oder hast du dafür Beweise?«

Mit zittrigen Händen fährt sie sich über das Gesicht und holt mehrmals tief Luft, als hätte sie Mühe weiterzusprechen. »An dem Abend, als ich hier ankam, haben sie Videos gedreht«, krächzt sie.

»Hier?!« Ein eisiger Schauer überzieht meinen Nacken. »Steckt *Funhub* dahinter?«

»Nein, Gottbewahre«, ruft Samantha empört. »Meine verkorkste Mitbewohnerin.«

Unfreiwillig muss ich grinsen. Samantha ist längst nicht so zerbrechlich, wie ich sie nach der ersten Recherche eingeschätzt hätte. Nur weil sich jemand immer an die Regeln hält, heißt das nicht, dass er nicht auch anders kann. Sie scheint jedenfalls stinksauer zu sein und hat offensichtlich die Zeit genutzt, um sich zusammenzureimen, was hier vor sich geht.

»Wie bist du in die Sache hineingeraten?«, frage ich.

»Ich habe eine seltsame Nachricht auf dem AB in unserer WG gehört. Wie in diesen Krimis. ›Das Päckchen ist angekommen.‹ Mehr nicht.« Sie schüttelt sich. »Als ich Judith darauf angesprochen habe, trällerte sie etwas von einer Onlinebestellung, die sie abholen müsste. Aber sie hat nichts abgeholt.«

»Und du bist neugierig geworden?«

»Schuldig.« Sie grinst breit. »Ich bin es gewohnt, ihr permanent ihr Zeug hinterherzuräumen. Judith verpeilt jeden Zahlungstermin. Miete, Strom, Telefon, ständig kümmere ich mich um unbezahlte Rechnungen. Da sie die Bestellung nie wieder erwähnt hat, dachte ich, sie hätte sie vergessen.«

»Und du wolltest ihr helfen?« Innerlich stöhne ich auf, mit welchem Pech sich Samantha in diesen Schlamassel hineingeritten hat.

»Leider«, sagt sie. »Ich habe Judiths Sachen durchwühlt, als sie arbeiten war.«

»Was hast du entdeckt?«

Sie verzieht das Gesicht, als wäre ihr die Erinnerung unangenehm. »Einen Zettel, auf dem das Windham Hotel, eine Zeit und eine Zimmernummer standen.«

»Und du bist da alleine hin?«

»Wir reden hier von einem Luxushotel mitten in Chicago. Was soll da schon passieren, dachte ich. Als ich die Suite betreten habe, wirkte alles außerdem total unauffällig. Ich hab noch ein Foto gemacht, dass ich auf Instagram gepostet habe, um so zu tun, als würde ich im Luxus schwelgen. Im Nachhinein war das total dumm. Denn dadurch hab ich nicht die Männer gesehen. Binnen Sekunden haben sie mich überwältigt und zu Boden gerissen.

Dabei ist mir das Handy aus der Hand gefallen und ich konnte keine Hilfe rufen.«

»Krass!«

»Allerdings. Ich hab mir fast in die Hosen gemacht vor Angst.«

»Wie viele Männer waren es?«

»Fünf. Und sie waren bewaffnet.«

»Das könnten Attrappen gewesen sein.«

»Vielleicht. Aber ich wollte das nicht herausfinden. Natürlich hab ich daran gedacht, einfach abzuhauen. Doch wahrscheinlich hätte ich es nicht mal bis zur Tür geschafft.«

Ich nicke. Stimmt, in so einer Situation unternimmt man keinen Fluchtversuch.

»Was ist dann passiert?«

»Ich sollte auf einem Video meinem Vater sagen, dass es mir gut ginge und dass er seine Anteile an irgendeinem Technologiekonzern verkaufen sollte. Aber mein Dad besitzt so etwas gar nicht. Da erst fiel ihnen auf, dass ich nicht die Frau war, die sie erwartet haben. Mit der kam Judith eine Stunde später.«

»Oh mein Gott«, entfährt mir schockiert. »Was fällt dir sonst noch ein? Besondere Gerüche, Akzente der Männer, Gesprächsfetzen. Hast du da was mitgekriegt?« Jede Kleinigkeit könnte helfen.

Nachdenklich schließt sie die Augen, und ich merke ihr an, dass es ihr unangenehm ist, wieder an diesen Moment zu denken. »Einer hat ein furchtbares Deo verwendet. Roch wie ein Meeresbrise-WC-Stein. Und einer hatte ein Tattoo auf dem Unterarm. Ich glaube, es war ein Adler und ein Anker.«

»Wow, das ist was!«, rufe ich aus, obwohl ich bezweifle, dass uns diese Infos was bringen. Mal davon abgesehen, dass ich dazu zunächst aus diesem Loch rausmüsste. »Und wie habt ihr das Hotel verlassen? Ich und meine Leute waren dort. Bis auf ein Zimmermädchen hat keiner von den Angestellten etwas bemerkt.«

»Nachts«, sagt Samantha. »Nach 22 Uhr. Da sind nur noch wenige Hotelgäste unterwegs, wenn überhaupt. Und die Rezeption ist kaum besetzt.«

»Aber ihr werdet doch nicht einfach aus der Suite herausspaziert sein?«

Sie zuckt mit den Schultern. »Keine Ahnung. Ich habe bloß einen Pikser gespürt. Als ich aufgewacht bin, war ich hier, und Judith stand vor mir. Ihr einziger Kommentar war: ›Selbst schuld, warum steckst du deine Nase auch in Angelegenheiten, die dich nichts angehen?‹«

Unwillkürlich reibe ich mir die schmerzende Stelle in meinem Nacken, wo man mir das Betäubungsmittel injiziert hat. Sie haben es wie bei mir gemacht. Und Samantha dann vermutlich hinausgetragen. Wahrscheinlich durch den Hinterausgang.

Ich habe noch mehr Fragen, das ist immerhin mein Job, Geheimnisse lüften. Doch ein Auto parkt draußen, und wenig später sind Schritte zu hören, die uns verstummen lassen.

Es kommt jemand.

Kapitel 10

Hallo, Schnüfflerin! Süße Träume gehabt?«, begrüßt mich Judith Hamilton, flankiert von zwei Männern mit Maschinenpistolen im Anschlag. Was übel ist. Richtig übel.

»Damit kommen Sie nicht durch«, sage ich.

Sie grinst überheblich. »Wo habe ich das bloß zuletzt gehört?« Gespielt nachdenklich verzieht sie das Gesicht. »Oh ja, von meiner ach so perfekten Mitbewohnerin!«

»Nach der mittlerweile die Polizei suchen müsste.« Achtundvierzig Stunden sind fast vorbei.

»Und was werden sie finden? Nichts«, posaunt sie hinaus.

»Blödsinn! Die Detectives werden das Instagram-Bild nehmen, das Hotel checken und die gleichen Schlüsse ziehen wie wir.«

Das Lächeln, das sie mir unverändert strahlend zuwirft, gefällt mir nicht. Arrogant. Selbstbewusst. Siegessicher.

»Was ist mit dem Foto passiert?«, frage ich misstrauisch.

»Welches Foto?«, fragt sie. »Doch nicht etwa das hier, das meine Techniker gegen das alte ausgetauscht haben?« Sie ruft auf ihrem Handy den letzten Instagram-Post von Samantha auf. Nur dass die Aufnahme verändert worden ist. Das JPEG wurde dermaßen stark überblendet, dass man keinerlei Konturen ausmachen kann, nichts, woran man den Raum erkennen könnte. Wer immer ab sofort nach Samantha Taylor sucht, wird – anders als *Fuller Investigations* – in einer Sackgasse landen.

»Aber wir haben Kopien. Vom Original«, erinnere ich sie. Jane predigt mir außerdem ständig, dass digital nie etwas verschwindet. So einfach kann es nicht sein, Beweise zu manipulieren.

»Original oder Fälschung? Wer kann das heutzutage schon mit Sicherheit sagen? Vielleicht sind ja *Fuller Investigations* die Bösen, verbreiten mit Absicht Fehlinformationen und betreiben Rufschädigung? Schon mal daran gedacht?« Sie lacht, als sie meine schockierte Miene sieht. »Und zu deiner Information: Man braucht nicht immer Beweise für die Unschuld, es reichen begründete Zweifel an der Schuld.«

»Und was ist mit den fünfzigtausend Dollar auf dem WG-Konto?«, frage ich weiter. »Die Polizei wird den Absender der Zahlung ausfindig machen und befragen.«

»Eine Fehlbuchung von einem meiner Geschäftspartner«, gibt sie zerknirscht zu. »Aber die Zahlung ist zum Glück nicht zurückzuverfolgen. Mach dir also keine Hoffnungen, dass man mir auf die Schliche kommt. Ich bin unglaublich gut darin, meine Spuren zu verwischen.«

War es das also? Kommt diese Irre mit allem durch?

»Dafür sucht man jetzt nicht bloß Samantha, sondern auch mich«, sage ich eine Spur trotzig. Die Frauen, die mit uns apathisch im Keller festsitzen, mag niemand vermissen. Aber ich bin mir absolut sicher, dass Jane sich in der Sekunde, als ich überfallen wurde, daran gesetzt hat, mich zu finden. Oliver und die anderen von *Fuller Investigations* werden ebenfalls helfen. Und Bryce? Ebenso!

»Ja, das ist in der Tat ein Problem«, gibt sie zu. »Deine Leute stellen *Funhub* auf den Kopf. Doch das ist schlimmstenfalls lästig. Es war bequem, unter dem Deckmantel der Firma Locations für meine eigenen Videodrehs zu buchen. Niemand hatte sie bisher mit mir oder sogar mit *Funhub* in Verbindung gebracht. Aber ich finde einen anderen Weg für die Zukunft. Ganz sicher. Dazu eine neue Kreditkarte hier, ein neues Handy da. Plus eine neue Identität. Und Judith Hamilton existiert nicht mehr. So leicht ist das heutzutage. Und sobald ich untergetaucht bin, bist du es auch. Oder glaubst du, ich mach das hier erst seit gestern?«

»Nur weil man den Namen ändert, wird man nicht unsichtbar.«

Sie grinst breit. »Präg dir meine Nase, meine Wangenknochen und meine Lippen gut ein. In einer Woche wird dieses hübsche Gesicht nämlich vom Erdboden verschwunden sein.«

Will sie sich umbringen? Verkriechen? Zentimeterdickes Make-up auftragen? Irritiert runzele ich die Stirn.

»Und vielleicht lasse ich mir bei der Gelegenheit ein bisschen Botox spritzen. Falten können so hässlich sein«, sagt sie, als würde sie mein Stirnrunzeln zutiefst verabscheuen.

»Sie lassen sich operieren?!«, begreife ich.

»Applaus für die Meisterdetektivin!«

Die Furchen auf meiner Stirn werden tiefer. Die Frau ist ja komplett durchgeknallt. Zugegeben, ihr Vorhaben ist clever. Aber welcher normale Mensch transformiert sein gesamtes Gesicht? Nur jemand mit einer gravierenden Persönlichkeitsstörung. Oder Stars. Ich habe sofort Bilder vor Augen von Leuten, die nun ins Gruselkabinett gehören. »Damit kommen Sie nicht durch!« *Das darf sie einfach nicht.*

»Ach! Und wer soll mich aufhalten?«

Ich fange Samanthas panischen Blick auf. »Alles wird gut. Vertrau mir! Selbst wenn das hier momentan nicht so aussieht«, rufe ich. Und sobald ich frei bin, werde ich Judith Hamilton, oder wer immer sie in Zukunft auch sein mag, jagen.

»Herrlich! Eine Optimistin! Denen raube ich am allerliebsten sämtliche Illusionen!« Ein listiges Lächeln legt sich auf ihre Lippen. »Oder baust du darauf, dass Caleb Bryce, der einflussreichste Mann aus ganz Chicago, zu deiner Rettung herbeieilt? Jemand vom Windham Hotel hat mir ja gesteckt, dass du mit ihm *so* bist.« Sie kreuzt ihre Finger, um zu zeigen, wie eng. Als bräuchte ich für die Erinnerung eine Auffrischung! »Warten wir es mal ab …«, sagt sie so unpassend gut gelaunt, dass alle Alarmglocken in mir schrillen. Was hatte diese Irre denn jetzt vor?

Auf ihr Nicken löst sich ein vermummter Mann aus der Gruppe der bewaffneten Typen, packt meine Hände und bindet sie hinter meinem Rücken mit Seilen zusammen.

Wehr dich!, schießt mir durch den Kopf. Aber ich unterdrücke den Impuls. Damit würde ich mir nur selbst wehtun. »Fesselspiele?«, kommentiere ich das Ganze spöttisch, um ihnen nicht die Genugtuung zu verschaffen, mir Angst eingejagt zu haben. »Da fahr ich ja total drauf ab!«

»Du findest das hier lustig?«, fragt Judith.

»Ich bin eben eine Frohnatur!«, gebe ich zurück und versuche, meine Hände zu bewegen. Es klappt nicht. Die Fesseln sitzen zu fest.

Meine Kidnapperin begutachtet das Wickelwerk hinter meinem Rücken und schnauzt den Mann an, der meine Beine ebenfalls mit Seilen festbinden will. »Nein, nimm dafür gleich die Manschetten. Das vereinfacht nachher die Sache.«

Mit Mühe und Not beherrsche ich mich, nicht nach dem Kerl zu treten, der nun meine Füße aneinanderfesselt. Natürlich würde ich ihm wehtun. Im Gegenzug würde der sich jedoch revanchieren und mir auch wehtun. Worauf ich absolut nicht stehe.

»Kein bisschen Widerstand?«, fragt sie irritiert.

»Der Genießer schweigt.«

»Deinetwegen kriege ich noch Lachfalten. Du hast ja Humor, Ava!« Spöttisch verzieht sie den Mund. »Bei unserer Begegnung bei *Funhub* warst du so ernst und konzentriert. Gefällt mir, diese andere Seite von dir.«

»Wunderbar. Es geht doch nichts über ein harmonisches Miteinander!«

Ohne Ankündigung wird mir ein Sack über den Kopf gestülpt, und ich atme hektischer. Spaß beiseite! Ich muss Judith am Reden halten. Nur so besteht die Chance, dass sie sich verplappert. Und dass ich – sollte ich hier rauskommen – nützliche Angaben machen kann. Mehr kann ich momentan nicht tun.

»Wussten Sie, dass Trucker Caps wieder in Mode sind? Vielleicht sollten Sie mir lieber so eine aufsetzen?«

»Ich finde, die Kapuze steht dir ausgezeichnet!«, flötet dieses Miststück. Dann wird ihr Tonfall schärfer. »Los! Aufheben und mitkommen!«

»Ein Gruppenausflug!«, tue ich begeistert, während ich über der Schulter von einem Typen hänge und inständig hoffe, dass er mich nicht fallen lässt.

Judith schweigt dieses Mal.

»Ernsthaft? Kein Kommentar? Wollen Sie mir denn gar nicht verraten, was Sie vorhaben?«

»Natürlich nicht. Wo bliebe sonst der Spaß?«

Die Frau ist wirklich gestört! Je länger ich wie ein Sack Kartoffeln getragen werde, umso unwohler wird mir. Das Kellergewölbe scheint unglaublich groß zu sein. Mit Grausen frage ich mich, was sich im Rest wohl befindet. Mehr Gefangene? Büroräume? Waffen? Ich habe schon zu viel gesehen, um nicht mit allem zu rechnen.

Der Typ unter mir ächzt allmählich vor Anstrengung. Ich spüre die Hitze, die er ausstrahlt, und rieche seinen Schweiß. Plus das WC-Stein-Deo, von dem Samantha gesprochen hat. Plötzlich rutsche ich tiefer und quieke. Doch zum Glück packt er mich im letzten Moment, bevor ich nach unten falle.

»Dan, übernimm du mal!«, grunzt er zu seinem Kompagnon.

»Schwächelst du, Alter?«

Ich bekomme einen Klaps auf den Hintern und werde heruntergelassen. Gott sei Dank. Sofort lässt der Druck auf meinen Kopf nach, und stehen zu können fühlt sich eindeutig besser an – auch wenn ich mich nach wie vor nicht bewegen kann.

»Reiß du nur Witze! Die Dame hier könnte ruhig fünf Kilo weniger auf den Rippen haben.«

Ich werde erneut hochgehoben, und wieder laufen wir weiter.

»Das sind Muskeln!«, zische ich.

Eine Hand tätschelt meinen Po. »Keine Sorge, Kleine. Im Gegensatz zu meinem Kumpel weiß ich alles an dir zu schätzen.«

»Finger weg!«

Lachend berührt er mich noch intimer. »Sei dankbar für die Erwärmung, Baby!«

Ekel durchfährt mich. »Sei dankbar, dass ich gefesselt bin!«, gebe ich zurück.

»Sag bloß, du würdest es mir sonst so richtig besorgen?«

Die Anspielung ist eindeutig sexuell gemeint. Und ausgerechnet jetzt muss ich an Bryce denken. Würde er so mit mir reden, fände ich es heiß. Wäre er derjenige, der mich fragt, würde mein Herz aus ganz anderen Gründen schlagen. Und sein Geruch würde mir sexy in die Nase steigen und mich ungeduldig werden lassen.

Zum ersten Mal wird mir bewusst, wie sehr ich ihm vertraue, wie gut das tut und wie mir das in den letzten Jahren gefehlt hat. Alles, was er mit mir macht, wäre nur zu unser beider Vergnügen. Er würde meine Grenzen austesten, sie jedoch nie überschreiten. Es fällt mir leicht, mir vorzustellen, wie die Situation mit ihm ausgehen würde …

›Ja, ich würde es dir besorgen, Bryce! Und wie! Dich vielleicht fesseln … Dich benutzen …‹

›Klingt verlockend, aber mir gefällt die Rollenverteilung, wie sie ist …‹

›Feige?‹

Peng!

Vor Schmerz heule ich auf, als mein Kopf gegen die Wand donnert, weil mein Träger nicht aufgepasst hat. Meine kleine Fantasie, die mich kurz diesen Horror hier hat vergessen lassen, endet abrupt. Ich sollte bei der Sache bleiben. Bryce ist nicht hier und kann mir nicht helfen. Das kann ich bloß selbst.

Wir scheinen eine Treppe zu nehmen, und plötzlich ist es um mich herum viel heller. Wir sind draußen. Frischer Wind fährt mir über die Glieder. Mit Schwung werde ich abgeladen und lande unsanft auf einem harten Boden.

Wenig später höre ich, wie Türen zugeschoben werden und wie ein Motor anspringt. Wir bewegen uns. Ich muss in einem Lieferwagen liegen, und wohin auch immer wir unterwegs sind, es wird mir nicht gefallen.

Adrenalin jagt durch meinen Körper. Mir schießen verschiedene Szenarien durch den Kopf, die mich alle schockieren.

»Wo fahren wir hin?«, frage ich und versuche unauffällig, die Seile zu lockern und meine Hände zu befreien. Ein grundsätzlich nutzloses Unterfangen, aber solange ich nicht tot bin, kämpfe ich.

»Du wolltest doch wissen, worum es hier geht, richtig?« Judith legt eine theatralische Pause ein. Ich schweige jedoch und gebe ihr nicht die Befriedigung, mich eingeschüchtert zu haben. »Ich würde mal sagen, das spürst du gleich am eigenen Leib.«

Das klingt nicht so, als würde man mich umbringen – was unter diesen Umständen eine gute Nachricht ist – allerdings auch nicht so, als würde mir das, was passieren wird, Spaß machen.

»Nehme ich an einem Fotoshooting teil?«, rate ich, bemüht humorvoll.

»Besser!«, verkündet meine Kidnapperin.

Erstickt muss ich kichern. Gleichzeitig kommen mir die Tränen. Meine Nerven drehen langsam durch. Während wir fahren und fahren und fahren …

»Hey, schau dir diese Schlampe an. Der gefällt die Vorstellung!« Einer der Männer kneift mir fest in meine Nippel, die sich aufgestellt haben. Vor Kälte. Nicht vor Erregung.

»Nicht!«, wimmere ich und ärgere mich, dass man mir meine Angst anhört. Jetzt doch.

»Hat sie Ja gesagt?«, fragt der eine Kerl den anderen.

»Klang so.«

»Vielleicht sollten wir sie zur Einstimmung ein bisschen heißmachen …«

Mein Magen zieht sich schockiert zusammen. Jeder meiner Instinkte schreit mir zu, etwas zu unternehmen. Aber was?

Ich werde von hinten gepackt. Finger öffnen grob meine Hose und schieben sie hinunter. Als Nächstes wird meine Bluse aufgerissen. Ungeduldig. Achtlos. Gierig. Überall sind Hände. An meinen Brüsten. Zwischen meinen Beinen. An meinem Hintern. Und ich kann mich nicht dagegen wehren.

»Bitte …« Mir fällt nichts Lustiges mehr ein. »Wenn Caleb Bryce hiervon erfährt, schneidet er euch die Schwänze ab und stopft sie euch in den Mund!«

Sie lachen. »Unsere Gefangene wird ja immer amüsanter.« Finger berühren mich erneut.

»Nein!«, hauche ich, während mein Herz in meiner Brust beinahe explodiert. In meiner Verzweiflung trete ich mit beiden Beinen in die Luft. Meine Knie treffen jemanden. Die Finger ziehen sich zurück. Überrascht, dass ich mich wehren kann, wiederhole ich die Bewegung. Daraufhin trifft mich etwas am Kopf. Mir wird kurz schwarz vor Augen. Ich stöhne vor Schmerzen. Ehe ich mich's versehe, bin ich auf dem Bauch, meine Beine werden zurückgerissen und die unteren Fesseln an die Seile um meine Hände gebunden. Sodass ich wie ein Tier daliege, das man erlegt hat. Jeglicher Widerstand ist nun zwecklos.

»Hört auf, mit ihr zu spielen!«, keift Judith. »Ein paar Schrammen sind okay. Aber wenn sie zu sehr verletzt wird, nützt sie uns nichts mehr.«

Schwer atmend bleibe ich liegen, während ich merke, wie der Wagen mich weiter meinem Schicksal entgegenbringt. Noch einmal tritt jemand nach mir. Mir bleibt die Luft weg. Dann lassen sie von mir ab.

Was sie auch vorhaben, es wird übel werden. Für mich.

***

Schließlich halten wir. Als man mich vom Boden aufliest, wehre ich mich nicht. Ich will mich auf Einzelheiten konzentrieren, mehr auf meine Umgebung achten, mir Details für später merken, falls es ein Später gibt. Immerhin waren die anderen Frauen am Leben, also besteht doch Hoffnung. Oder? Aber alles, was ich höre, ist mein lauter Atem und mein rasender Puls.

Unsere Schritte hallen laut in dem Raum, den wir betreten. Es riecht nach Motoröl. Als ich ein Brummen wahrnehme, vermute ich, dass wir uns in einem Hangar befinden – wahrscheinlich auf einem privaten Flugplatz.

»Legt sie auf die Liege und kettet sie fest. Los! Beeilt euch!«, befiehlt meine Kidnapperin.

»Was habt ihr vor?«, frage ich.

»Nur Geduld!«

Der eine Mann setzt mich bäuchlings auf dem Boden ab und löst die Fessel, die meine Fußgelenke an meine Hände bindet. Ich weiß, es ist nutzlos, aber dennoch versuche ich erneut, nach meinen Entführern zu treten, und robbe blindlings weg. Es geht nicht anders, ich muss fliehen, kämpfen, mich wehren.

Jemand lacht. Meine Show muss ziemlich sehenswert sein.

»Los, hilf mir lieber!«, schimpft ein anderer.

Vier Leute packen mich, heben mich hoch und setzen mich auf einer harten Pritsche ab. Zwei reißen mir die Arme über den Kopf, und ich höre ein metallisches Klicken, als sich eiskalte breite Stahlmanschetten um meine Handgelenke legen. Beinahe zeitgleich befreien mich Männer aus meiner Jeans, zerren meine Beine auseinander und sichern sie in Metallfesseln, die sofort schmerzhaft in meine Haut einschneiden.

Egal wie sehr ich es versuche auszublenden, mir wird zu deutlich, welchen Anblick ich abgebe. Gefesselt auf einer Liege. Meine Bluse aufgerissen, ohne Hose und … Ich zucke zusammen, als Stoff reißt. Jetzt auch ohne Slip.

Unkontrolliert beginne ich zu zittern. Alles dreht sich. Ich kriege keine Luft mehr. Mir wird schlecht, und ich muss würgen.

»Sollten wir den Sack nicht abnehmen?«, fragt einer der Männer.

»Soll *er* das doch entscheiden«, antwortet Judith.

»Wer?«, hauche ich gepresst.

Statt einer Antwort höre ich, wie jemand näher kommt. Es sind nur Schritte. Ruhig, selbstbewusst, entschieden.

»Das ist sie also?«, meint eine tiefe Männerstimme, die neu ist.

»Wer sind Sie?«, frage ich.

Eine Hand fährt prüfend über meinen Körper.

»Bitte, ich will das nicht!«, wimmere ich. »Das ist ein Missverständnis.«

Das Lachen, das daraufhin folgt, raubt mir jegliche Kraft. »Das sagen sie alle, Kleine.« Er fasst an meine Scham, und wieder dreht sich mir der Magen um. Tränen laufen mir über das Gesicht, je klarer mir wird, wie ausgeliefert ich dem hier bin. Ich will mich wegbewegen, aber es geht nicht.

»Läuft die Kamera?«, fragt der Mann.

»Ja«, sagt Judith, und mein Puls beschleunigt sich weiter.

»Na, dann können wir ja anfangen und ihm ein Video drehen, dass ihm zeigt, wie ernst wir es meinen.« Noch ist seine Hand, die mich berührt, sanft. »Er glaubt, dass wir bluffen? Fein, tun wir seinem kleinen Spielzeug eben weh. Mal sehen, ob ihn das zur Vernunft bringt.«

Stoff raschelt, etwas klappert. Schauer jagen über meinen Körper. Eiskalt und unangenehm.

»Bitte! Was wollen Sie von mir?«, keuche ich und verstehe immer noch nicht, was das hier wird.

»Du willst also mitspielen?«, fragt der neue Typ.

»Ja!«, rufe ich, ohne zu zögern. Um das hier möglichst lange durchzuhalten. Denn meine Leute müssen mich einfach finden. Sie müssen.

»Wunderbar!«

Völlig unerwartet wird eine Ladung Eis über mir abgeladen. Die Kälte fühlt sich wie ein Fausthieb an, der jede Pore trifft. Mir bleibt die Luft weg, ich huste und zittere.

»Das Spiel ist ganz einfach, meine Schöne: Je weniger er tut, was wir wollen, desto weniger tun wir, was er will …« Plötzlich kneift er fest in meine Nippel. Ich schreie, will mich aufbäumen, werde aber von den Fesseln festgehalten. Bis das Brennen nachlässt und ich kraftlos liegen bleibe. »Dreimal darfst du raten, wie unsere erste Verhandlungsrunde gelaufen ist.«

»Keine Ahnung!« Mein Kopf ist wie leer gefegt. Von wem reden sie? Und wie hänge ich da mit drin? Das hier hat doch nichts mehr mit Samantha zu tun!

»Schlecht steht es, Darling«, klärt er mich gespielt mitleidig auf. »Aber du hast Glück.«

Auf einmal zerschneidet etwas die Luft. Und Millisekunden später saust ein Stock auf meine Schenkel. Ein stechender Schmerz breitet sich aus. Für einen Moment bin ich wie erstarrt und verfluche die nackte Angst, die es mir unmöglich macht zu verstehen, was hier los ist.

»Weil wir so nette Menschen sind, kriegt er eine zweite Chance.«

Langsam fährt er mit dem Rohrstock über meine intimste Stelle. Ich verkrampfe mich. Allein die Aussicht, dort getroffen zu werden, treibt mir den Angstschweiß aus allen Poren. »Nicht«, wimmere ich.

Ein erneuter Schlag folgt. Nicht so heftig wie der erste, dafür jedoch direkt auf meine empfindliche Mitte.

»Und du solltest beten, dass er dieses Mal nachgibt, sonst –«

»Bitte, ich hab wirklich keine Ahnung, worum es hier geht«, unterbreche ich ihn. »Hier muss ein Irrtum vorliegen«, schluchze ich und versuche, mich aus dieser Situation herauszureden, auch wenn ich die Regeln dieses grausamen Spiels nicht verstehe. »Reicht das nicht längst?«

Seine Hand streichelt meinen Busen. »Bedaure. Sicher ist sicher.«

»Nein!«, keuche ich, als er mir Nippelklemmen anlegt und sie fester und fester stellt. Zu fest. Der Schmerz schießt brennend durch meinen Körper, und Sterne tanzen vor meinen Augen. Falls er mit mir spricht, so höre ich nichts außer meinem eigenen panischen Atem. Falls er mich woanders berührt, dann spüre ich es nicht. Da ist nur das heiße Stechen an meinen Brüsten.

»Wunderschön … Aber nicht, dass du das genießt!«, sagt der Kerl und zieht an den Klemmen.

Eine erneute Schmerzwelle brandet durch meinen Körper. Tränen strömen mir über das Gesicht. »Bitte, Sie begehen einen schweren Fehl–«

Eine Hand legt sich an meine Kehle, und ich werde ganz still. Der Sauerstoff wird knapper. Ich werde ohnmächtig, schrecke jedoch wieder hoch, nehme hektisch zwei Atemzüge, sobald ich kann. Doch das Vergnügen ist nur kurz. Über die Kapuze hinweg wird etwas in meinen Mund geschoben, das mir das Atmen fast unmöglich macht.

»Weißt du, was ein Fehler ist? Dich nicht zu knebeln, so laut, wie du schreist.« Was auch immer er anbringt, er justiert es, bis er zufrieden ist. »Denn soll ich dir verraten, was als Nächstes passiert? Ich und meine Jungs werden dich benutzen. Wir werden jeden Zentimeter von dir markieren, und wenn wir mit dir fertig sind, erhält ein gewisser Herr das Video hiervon und tut gefälligst, was wir wollen. Sonst haben wir erneut das Vergnügen, meine Schöne. Verstanden?«

Provozierend zieht er an der Nippelklemme, und ich schreie gedämpft durch den Knebel.

Mir wird heiß und kalt. Bis eben hatte ich noch die idiotische Hoffnung, dass ich aus all dem heil herauskomme. Nun jedoch weicht sie der bitteren Erkenntnis. Diese Typen hier werden ihr perfides Spiel fortsetzen, bis sie haben, was sie wollen. Ich bin nur das Mittel zum Zweck. Für mich wird das kein gutes Ende nehmen. Denn wen auch immer sie mit mir erpressen und auf was auch immer sie es abgesehen haben, sie werden keinen Erfolg haben. Niemandem, der so eine große Nummer ist, bedeute ich so viel. Mein Dad? Oliver? Mein Boss? Exfreunde? Nein! Und sobald sie fertig sind, werden sie mich verrecken lassen. Das ist der Preis dafür, dass ich mich eingemischt habe.

Und was auch immer sie mit den anderen Gefangenen anstellen, ich werde es nie erfahren. Und niemand wird sie je retten.

Als ich erneut den Rohrstock spüre, zwinge ich mich, nicht zu schluchzen. Wenn ich weine, kriege ich schlechter Luft. Aufgeben war bisher nie eine Option, und eine ganz leise Stimme protestiert in mir. Aber seien wir mal realistisch: Wie soll ich aus dieser Situation wieder heil herauskommen?

›Deine Alleingänge werden dich eines Tages noch ins Grab bringen!‹ Wie oft hat das mein Chef zu mir gesagt? Doch es folgten nie ernsthafte Konsequenzen. Weil ich die Fälle aufgeklärt habe. Jeden einzelnen. Immer. So bin ich eben. Nie wieder werde ich mir vorwerfen, nicht alles versucht zu haben. Wie beim Verschwinden meiner Schwester. Damals war ich zu jung und hab gedacht, die Polizei würde sie finden. Allerdings war das ein Irrtum. Nun bin ich hier. Und jetzt? Wer soll mir wiederum helfen? Jane und Oliver? Sie wissen, dass ich bei *Funhub* war. Aber haben sie den Wagen, in dem ich verschleppt wurde, verfolgen können? Müssten sie dann nicht längst hier sein? Mehr als zwölf Stunden sind vergangen.

Sie werden nicht kommen.

Ein Zittern geht bei dem Gedanken durch mich, doch ich zwinge mich, ihn zu wiederholen und mich an diese schreckliche Wahrheit zu gewöhnen. Sie werden nicht kommen.

Oder kann Caleb Bryce etwas unternehmen?

Okay, können vielleicht schon. Aber würde er?

Nein, dafür habe ich ihn viel zu weit von mir gestoßen.

Tränen laufen mir jetzt ungehemmt über das Gesicht. Ich will sie zurückhalten, kann es jedoch nicht. Ich weine nicht nur, weil ich das hier nicht überstehen werde. Sondern auch, weil ich so dumm war, Bryce die kalte Schulter zu zeigen. Und ich weine, weil ich bereue, dem zwischen mir und ihm keine Chance gegeben zu haben. Denn egal wie sehr mich dieser Kerl nervt und aufzieht und verzweifeln lässt, und ich weiß, dass er ein Leben führt, das grenzwertig und am Rande der Legalität ist – und ich darin nur sein neuestes sexy Spielzeug bin … Er ist der einzige Mann, der mich je interessiert hat. Er ist derjenige, von dem ein Blick genügt, und meine Welt ist in Ordnung. Oder steht in Flammen. Oder ist eine völlig andere, bessere. Ich liebe ihn nicht. Glaube ich zumindest. Dafür kennen wir uns zu wenig. Aber ich begehre ihn. Mehr als ich je jemanden begehrt habe. Mistkerl hin oder her. Und irgendwie brauche ich ihn. Auf eine existenzielle Art und Weise, wie ich niemals jemanden brauchen wollte.

Der Schmerz hüllt mich ein, und meine letzten Gedanken sind bei Caleb Bryce. Wer hätte das gedacht?

Ich rufe mir jedes Detail von ihm in Erinnerung. Seine markanten Gesichtszüge. Die Narbe auf seiner Stirn. Die andere an seinem Kinn. Diesen unverschämt perfekten Dreitagebart und diese Augen. In Aquamarin. Strahlend blau wie ein Kristall, durch den die Sonne bricht. Mit diesem Blick. Als wüsste er, dass ich in Wahrheit längst nicht so knallhart bin, wie ich tue. Denn ich will mich fallen lassen, nachgeben, genießen …

»Hi, Baby …«

Verwirrt blinzele ich, als ich genau diese Augen plötzlich über mir entdecke – so durchdringend aufmerksam, besorgt – und Finger über mein Gesicht streifen.

»Caleb?«, krächze ich und stelle fest, dass der Knebel weg ist, ebenso wie die Haube. Und dass um uns herum jede Menge Bewegung herrscht, meine Peiniger von schwarz gekleideten Männern überwältigt werden und jeder Quadratzentimeter gesichert wird. »Träume ich?«

Kapitel 11

Nein, kein Traum«, sagt Caleb.

Die Halle, in der ich festgehalten wurde, ist tatsächlich ein Hangar. Filmequipment liegt herum. Eine Kamera, ein Mikro, Beleuchtung. Ein Team aus schwarz gekleideten Männern mit Waffen und Sturmhauben sichert jeden Zentimeter. Caleb zieht sich sein Shirt aus und bedeckt mich damit. Dann löst er vorsichtig die Fesseln und befreit mich. Ungelenk schlüpfe ich in den nach ihm riechenden Stoff und zittere immer heftiger, je mehr ich realisiere, in welcher Gefahr ich mich befunden habe und welche Spuren die letzten Stunden auf mir hinterlassen haben.

»Ich weiß, du willst das nicht, aber sorry, ich kann nicht anders«, murmelt er, streift mit seinen Lippen meine und nimmt mich in die Arme.

Caleb zittert, vergräbt sein Gesicht in meinem verklebten Haar und umschlingt mich mit seinem Körper, lässt mich seine Wärme spüren, seine Kraft, dass er für mich da ist. Behutsam streicheln seine Hände über meinen Rücken. Sorgen für Schauer. Angenehme, wohltuende.

Dann will er sich lösen. Viel zu schnell.

Deshalb halte ich ihn.

»Wer sagt, dass ich das nicht will? Noch einen Moment«, wispere ich, während mein Herz aufgeregt rast.

Das hier ist kein Traum, aber alles ist so surreal, dass ich jemanden brauche, an dem ich mich festhalten kann.

»Natürlich«, murmelt er und fährt mir durch die Haare.

Ab und zu entweicht mir ein Schluchzen. Dabei flüstert er beruhigenden Unsinn in mein Ohr, ist einfach da. Für mich. So fürsorglich, wie ich ihn bisher nicht kannte. So perfekt.

Schließlich weicht er doch ein bisschen zurück, genau so viel, dass wir uns in die Augen schauen können. Keine Ahnung, was er in meinem Blick sieht, aber seiner ist für mich weiter undurchdringlich. Bloß seine Finger, die mich spielerisch und zugleich vorsichtig berühren, zeigen mir, wie aufgewühlt dieser sonst so sehr in sich ruhende Mann ist.

»Bist du in Ordnung, Ava?«

»Mir fehlt nichts.«

»Musst du mich immer anlügen?«

»Ich lüge nicht.« Nicht dieses Mal.

Behutsam streicht er über meine Haut und verzieht das Gesicht. Wut und Schuldgefühle wechseln sich darauf ab. Ich folge seinem Blick und entdecke zahlreiche rote Striemen. An manche kann ich mich erinnern, an andere nicht. Aber es sind Verletzungen, die heilen werden. Ehe ich zu lange darüber nachdenke, schließe ich die kleine Lücke zwischen uns wieder und atme seinen Geruch ein. Der so vertraut ist. Sicher. Gut.

Ein zufriedener Laut entweicht ihm, der in mir nachhallt.

»Danke«, wispere ich. »Wenn ihr nicht gekommen wärt …«

»Wir hätten eher hier sein sollen«, knurrt er, und ich frage mich, was im Hintergrund wohl vorgefallen ist.

»Hey!« Jetzt bin ich es, die zurückweicht und seinen Blick sucht. »Das Wichtigste ist, dass ihr hier seid.« Ich räuspere mich, merke, wie Hitze in meine Wangen schießt, weil ich weiß, was ich gleich sagen werde. Aber ich werde die Worte nicht zurückhalten, kann es nicht. Nicht nach den letzten Stunden. »Danke, dass *du* hier bist, Caleb.«

Etwas in seinem Gesicht verändert sich. Auf eine vertraute, willkommene Art und Weise. Wird heißer, durchdringender. Ihm entgeht nicht, dass ich ihn duze. Ebenso wenig, dass ich nicht mit ihm streite. Und erst recht nicht, dass ich mich immer noch an ihn schmiege.

»Sag bloß, du hast mich vermisst, Baby?«

»Ich hab nur an dich gedacht«, rutscht mir heraus. *Mann, muss ich fertig sein, wenn jegliche Barriere zwischen meinem Herzen und meinem Mundwerk gefallen ist!*

Ein zufriedenes Lächeln legt sich auf seine Lippen. Eines, das genau die richtige Saite von mir zum Klingen bringt.

»So hab ich es natürlich nicht gemeint. An dich und dein Team«, schiebe ich allmählich frecher hinterher.

»Du kannst es einfach nicht zugeben!«

Verwirrt runzele ich die Stirn. »Was?«

»Du stehst so dermaßen auf mich, Baby …«

»Das ist nicht wahr!« Endlich bin ich wieder ich! Und das Lächeln auf seinem Gesicht sagt mir, dass er diesen Protest erwartet hat und genießt.

»Deine Finger fahren durch meine Haare«, stellt er grinsend fest.

Sofort halte ich in der Bewegung inne. Merke jedoch selbst, dass ich sie erneut aufnehme. Weil ich das brauche.

»Dein Herz rast.«

Hätte ich darauf bloß mehr Einfluss!

»Und wenn ich dich jetzt küssen würde, so richtig, mehr als das Streifen eben …«

»Tust du aber nicht«, erwidere ich, will noch was sagen, doch Caleb beugt sich über mich und verschließt meinen Mund mit seinem.

Die erste Berührung ist zärtlich und behutsam. Dann wird der Kuss stürmischer. Seine Lippen saugen hart an meinen. Seine Zunge dringt in mich ein, erobert mich, streicht an meiner Zunge entlang und zeigt mir, welches Tempo er mag: schnell und wild. Und ich? Ich wehre mich kein bisschen, sondern nehme, was er mir gibt, und genieße, wie sehr mich dieser Mann begehrt. Mich förmlich wieder zum Leben erweckt.

Das hier fühlt sich gut an. Richtig. Perfekt. Und vertreibt die Erinnerung an die Schrecken der letzten Stunden.

Die Hitze zwischen uns wird immer größer. Ich nutze, dass er sein Shirt nicht länger trägt, und lege meine Hände auf seinen Rücken.

Mehr, denke ich hilflos. Als hätte er zwar meinen Körper befreit, müsste jetzt aber meine Seele retten. Mir geben, was ich so dringend brauche.

Sobald ich die Beine um ihn schlingen will, legt er sie sich um die Hüfte.

Er will mich, verrät mir seine Härte. Doch dieses Mal macht es mir keine Angst. Vielmehr sorgt dieses Wissen dafür, dass ich es kaum noch aushalte, getrennt von ihm zu sein. Ich brenne. Und wie!

»Caleb!«, stöhne ich vor Verlangen, zucke jedoch gleichzeitig zusammen, als er eine Stelle streift, wo ich verletzt worden bin.

»Fuck, Baby!« Er hält inne und sieht mich schwer atmend an, blinzelt, als würde er erst jetzt wieder zu Verstand kommen. Und bedauern, so die Kontrolle verloren zu haben.

»Nein! Nicht aufhören! Mach weiter!«, bettele ich, bemerke dann aber, dass wir nicht allein sind und das von allen Orten auf der Welt der absolut schlechteste ist, um über Caleb Bryce herzufallen.

Seine Lippen kräuseln sich amüsiert. »Ava Donovan will mich also plötzlich?« Für meinen Geschmack genießt er die Situation zu sehr.

»Meine Art, Danke zu sagen für deine Hilfe.«

Er beugt sich dicht über mich. »Als Anzahlung akzeptabel. Aber dafür, dass ich dein Leben gerettet habe, verdiene ich wohl weit mehr.«

»Ach, und was schwebt dir vor?«, frage ich, dabei kann er mir von der Nasenspitze ablesen, dass ich ihm dieses Mal alles gebe, was er will.

»Nicht nur deine Lippen, sondern deinen ganzen Körper zu erobern.« Wieder dieser Anflug von Schuld auf seinem Gesicht. »Sobald du nach dem hier bereit dafür bist.«

»Das erscheint mir mächtig viel«, ziehe ich ihn auf.

»Du hast ja auch was davon«, sagt er. »Außerdem hast du es mir vor noch gar nicht allzu langer Zeit schon einmal angeboten.« Er grinst. »Du willst mich, und nach dem, was hier passiert ist, habe ich das unbändige Verlangen, dich zu nehmen, bis die Erinnerungen von jedem Zentimeter deiner Haut verschwunden sind.«

»Und du drauf bist?« Ich sollte Angst haben, verspüre allerdings Vorfreude.

»Ja.« Provozierend schaut er mich an. »Keine Einwände?«

Die Vorstellung ist elektrisierend. Doch bevor ich den Mund aufmachen kann, um ihm eine Antwort zu geben, taucht einer seiner Männer auf.

»Sir, wir sind so weit.«

»Wir auch«, sagt Caleb und weicht schwer atmend von mir zurück. »Wir werden das später fortsetzen, Baby. Hier!«, sagt er, ohne auf meine Einwände zu warten, und schlingt zusätzlich zu seinem Shirt, das mich notdürftig schützt, eine Decke um mich.

»Du bestehst gar nicht auf eine Antwort?«, frage ich.

»Ich kenne sie längst.« Er grinst schief. »Alle deine Antworten.« So als hätte er jedes Recht dazu, ordnet er meine Haare und zupft die Decke zurecht. »Gehen wir?«

Das zwischen Caleb und mir tritt plötzlich in den Hintergrund. Mir wird wieder klar, was geschehen ist und dass Samantha und die anderen nach wie vor eingesperrt sind. Für ein Happy End ist es noch zu früh.

»Wen habt ihr überwältigt?«, will ich wissen.

»Drei Männer. Hinter einem Vierten sind meine Leute gerade her.«

»Und Judith Hamilton?«

»Sie war persönlich hier?«, fragt Caleb überrascht und streichelt mein Gesicht, kann einfach nicht aufhören, mich zu berühren.

»Wir sind in einem Lieferwagen hergekommen, und da war sie dabei. Ich hab nicht mitgekriegt, dass sie weggegangen ist.« Ich reibe mir die Stirn und versuche, mich an das zu erinnern, was sie gesagt hat. »Sie wollte auf jeden Fall untertauchen.« Ich sehe nach draußen zum Flugplatz, auf dem eine Maschine startet. »Mist, sie wird weggeflogen sein.«

»Wir überprüfen das und finden sie schon.«

»Nein, du verstehst nicht: Sie hat mir verraten, dass sie sich operieren lässt. Und sie wird das garantiert nicht in einer der großen bekannten Kliniken für Schönheitschirurgie machen lassen. Entweder sie kennt jemanden in der Gegend, oder sie ist im Ausland. Wo die Chancen, sie zu stellen, noch geringer sind.«

Ohne nachzudenken, will ich von meiner Liege rutschen und merke, wie steif meine Beine sind.

»Hey, langsam!« Caleb legt seinen Arm um mich und sieht mich wieder ungewohnt besorgt an. »Wir haben die Lage unter Kontrolle. Die drei Männer befragen wir bereits. Wir finden Hamilton.«

Sofort wird mir übel. Nicht wegen Judith, sondern weil ich erneut die schrecklichen Einzelheiten der letzten Stunden in Gedanken durchlebe. Nicht nach vorne schaue, wie ich es müsste, sondern zurück.

»Mach dir keine Sorgen, Ava« Er zieht mich an sich und hält mich einfach. Was perfekt ist.

»Sie haben …«, beginne ich, um ihm zu erklären, was mit mir los ist, kann aber nicht weiterreden.

»Scht, es ist vorbei.«

»Sie haben …«, versuche ich es wieder, kann jetzt sprechen, aber schüttele den Kopf. Nein, damit sollte ich ihn nicht belasten.

»Was haben sie?«, fragt er leise und fährt mir sanft durchs Haar.

Mist! Ich will gar nicht weinen und kämpfe dagegen an, aber verliere. »Sie haben mir die Kapuze aufgesetzt … Eis … Schläge …«

Caleb zuckt zusammen, lehnt sein Kinn an meinen Kopf und murmelt leise, dass es vorbei ist und dass er nicht zulässt, dass mir noch mal so was passiert. Dummerweise weine ich daraufhin noch heftiger. »Ava, Haben sie dich –?«

Er kann es nicht aussprechen, aber ich weiß, was er meint. Ob ich vergewaltigt wurde … »Nein«, krächze ich. »Aber wenn ihr später gekommen wärt …«

»Sind wir aber nicht.« Er küsst meine Haare. »Denk nicht mehr daran! Alles ist noch mal gut ausgegangen.«

Keine Ahnung, wie lange wir so dastehen. Caleb drängt mich nicht, gibt mir alle Zeit der Welt. Mit zig kleinen Gesten ist er für mich da, spendet mir Kraft, zeigt mir, welcher Mann noch in ihm steckt. Mit jedem Atemzug, mit dem ich seinen Geruch einatme, der mir in der kurzen Zeit, die wir uns kennen, schon so vertraut ist, beruhige ich mich weiter. Und Sätze, die – als ich gefangen war – keinen Sinn ergeben haben, kommen mir wieder in den Sinn und beschäftigen mich jetzt.

Wenn er nicht mitspielt, tun wir seinem kleinen Spielzeug weh …

Die erste Verhandlungsrunde hat nichts gebracht …

Wenn er nicht tut, was wir wollen, haben wir erneut das Vergnügen …

»Caleb?«

»Ja, Baby?« Er lässt nur so weit locker, dass wir uns kurz in die Augen sehen können, und drückt mich gleich wieder beschützend an sich.

»Weißt du, was eigenartig ist?« Wieder tauschen wir einen schnellen Blick. »Alles, was Judith macht, scheint mit Erpressung zu tun zu haben. Ich verstehe nur nicht, an wen diese Irre durch mich kommen wollte. Ich kenne niemanden, der für mich fünf Millionen hingeblättert hätte.«

»Wie kommst du darauf, dass es um Geld ging?«

»Geht es nicht immer um Geld?«

Caleb wirkt angespannt, aber ich verstehe nicht, warum. »Zerbrich dir darüber jetzt nicht den Kopf, Ava! Wir kriegen schon noch alles raus.« Ein leises Lachen löst sich in seiner Kehle. »Aber falls du mal in so einer Situation sein solltest: Wenn es nur um Geld geht, sorg dafür, dass man sich bei mir meldet. Für dich treib ich jede Summe auf.«

Mein Herz klopft schneller. »Ehrlich?«

»Ja, ehrlich.«

Ich warte darauf, dass er noch einen dummen Witz reißt. Aber gerade weil er das nicht tut und mich stattdessen an sich drückt, als wollte er mich nie wieder loslassen, wird mir klar, wie ernst ihm das ist.

»Danke«, sage ich leise und merke, wie es mir mit jeder Minute besser geht. »Können wir die Spuren sichern und dann gehen?«

»Längst geschehen. Meine Leute haben alles eingepackt, was nicht niet- und nagelfest ist. Jetzt nehmen sie Fingerabdrücke, sichern Beweise.«

»Ähm …« Ich spüre, wie ich rot werde, und hole tief Luft. »Es müsste ein Video geben, das uns helfen sollte, Judith und den Rest der Bande zu schnappen. Mehrere Leute sollten es sichten. Darauf befinden sich bestimmt –«

»Nein! Sorry, Baby, aber nur über meine Leiche bekommt das jemand zu sehen.«

Ich sollte protestieren, weil darauf wertvolle Hinweise zu Judith und ihren weiteren Plänen oder dem Verbleib der anderen Entführten sein könnten. Meine Erinnerungen sind recht bruchstückhaft, und wer weiß, ob die Männer, die festgenommen wurden, reden. Aber ich bin einfach nur erleichtert. »Gut«, sage ich schlicht. »Was ist mit den Fotos? Habt ihr welche geschossen, bevor ihr den Hangar untersucht habt?«

Er verzieht das Gesicht.

»Hast du etwa nicht?«, rufe ich entsetzt. Bis mir klar wird, warum. »Meinetwegen? Caleb, das ist nicht in Ordnung. All die Mühe und dann –«

»Himmel, bist du niedlich, wenn du dich so aufregst«, sagt er, fährt sich durchs Haar und seufzt. »Doch, natürlich haben wir das. Aber der Anblick …«

»Ich dachte, du stehst auf solche Szenarien: hilflose Frau, gefesselt und sexuell gefügig gemacht«, scherze ich, um ihn aufzuheitern. Obwohl das zugleich Momente aufleben lässt, die ich lieber vergessen will.

Er küsst mich. Oder beißt mich. Oder beides. »Könnte sein, dass ich derartige Sessions bereits hatte.« Er versucht dieses Grinsen, das mich regelmäßig schwachmacht, aber es misslingt. »Nur dass ich dabei allein war, die Dame ein Safeword hatte, um abzubrechen, und wir beide Spaß hatten …«

Meine Knie werden weich, weil mir wieder klar wird, dass sich der Mann, der mich gerade stützt, durch die halbe Stadt geschlafen hat.

»Wie habt ihr mich überhaupt gefunden?«, frage ich, um das Thema zu wechseln. »Habt ihr den Schützen erwischt? Wie hieß er noch? Raze? Und hat er was gesagt?«

»Haben wir. Und die Befragung hat ergeben, dass sein Angriff nichts mit deinem Fall zu tun hat. Frank, dieser Idiot von Türsteher, dessen Bekanntschaft du leider auch machen musstest, steckte dahinter. Er hat Raze engagiert, um mir einen Denkzettel zu verpassen.« Seine Miene wird ernster. »Und der hat meinetwegen auf uns geschossen. Nicht deinetwegen.«

»Moment mal, jemand schickt ein Killerkommando, weil du ihn gefeuert hast? Passiert dir das öfter?«

»Die meisten sind klug genug und gehen mir aus dem Weg.«

»Und hast du ihn dafür …?« *… ermordet*, deute ich an.

»Gott, nein! Was denkst du von mir?« Caleb wirkt sichtlich bestürzt. »Ich bin für meine klugen Entscheidungen berühmt. Und heißt es nicht: Kenne deine Freunde und deine Feinde noch besser? Frank ist wieder eingestellt und schrubbt jetzt die Boden im *Sinful Secrets*. Rund um die Uhr. Sodass meine Leute ein Auge auf ihn haben. Noch mal macht der keine Dummheiten.«

»Gut, denn irgendwie kann ich ihn verstehen. Ich will dich ja auch ständig umbringen«, rutscht mir vor Erleichterung raus, dass der Mann vor mir nicht wahllos Leute abknallt.

»Du Biest!« Lachend beugt Caleb sich an mein Ohr und knabbert daran. Sofort folgt ein süßer Schauer. »Sobald klar war, dass beide Vorfälle nicht zusammenhängen, hab ich mit deinen Leuten geredet. Und als die sagten, dass sie dich auf dem Parkplatz bei *Funhub* verloren und parallel Judith Hamilton als diejenige identifiziert haben, die dahintersteckt, haben wir umgedacht.«

»Ihr habt zusammengearbeitet?«, frage ich zweifelnd.

»Jane ist sehr kompetent.«

»Wehe, du wirbst sie ab!«, knurre ich.

»Ich gestehe: Ich habe es versucht, doch bisher ist sie loyal. Mir fehlt noch der richtige Köder.«

»Ich bin eben der bessere Boss!«

»Ich habe aber mehr Sex-Appeal.«

»Pah!«

So herumzuflachsen tut gut, zugleich lechze ich nach weiteren Puzzleteilen. »Und dann?«, frage ich.

»Judith Hamilton ist vorsichtig. Wir haben uns zunächst nur umgehört. Ihr Handy konnten wir nicht aufspüren. Und ein kurzes Telefonat, das ich mit ihr hatte, hat nicht gereicht, um sie zu orten.« Er räuspert sich. »Überall Sackgassen, wohin man schaut. Wie üblich in diesem Fall. Doch eines war klar: Was auch immer sie hier treibt, sie handelt nicht allein.«

»Wie ist es euch trotzdem gelungen, mich hier zu finden?«

»Durch Glück.« Er mahlt mit den Zähnen. Als würde er mir nicht mehr erzählen wollen.

»Nicht legales Glück?«, rate ich weiter.

Leider nickt er. »Ich kann dir die Details nicht verraten.«

»Was ist mit der Kurzform?«

Er seufzt. »Für heikle Lieferungen greife ich öfter auf private Flughäfen wie den hier zu. Wenn ich ein Paket erwarte, schicke ich Leute hin, um das Gebiet zu sichern. So auch dieses Mal.«

»Sie haben den Lieferwagen bemerkt?«

»Ja, haben sie. Wie üblich haben sie Fotos geschickt, damit ich entscheiden kann, ob ich die Lieferung stornieren möchte oder nicht.« Er atmet schwer. »Und auf einem der Bilder warst du.«

»Wie konntest du mich erkennen? Ich hatte eine Kapuze auf!«

»Glaub mir, deinen Hintern erkenne ich unter hundert anderen …«

»Ist das ein Kompliment?«

»Ist es, Baby.« Wieder bekomme ich einen Kuss auf die Wange gedrückt.

»Das heißt, ihr habt Ms Taylor und die anderen noch nicht aufgespürt?«

»Welche anderen?«

Entsetzt aufstöhnend humpele ich los. »Caleb, ich war in einem Keller. Dort wird Samantha gefangen gehalten. Zusammen mit mindestens zwanzig weiteren Frauen.« Ich sehe kurz zur Seite, um sicherzugehen, dass er hinter mir ist. »Wir müssen sie befreien. Los, schnell!«

Ich bin fast bei einem seiner Wagen, da hält er mich auf. Nicht nett, sondern unmissverständlich. »Warte mal, Ava. Du gehst jetzt nirgendwohin.«

»Aber –«

»Nein. Ich sag dir, was für dich auf der Tagesordnung steht. Du lässt dich durchchecken, von Kopf bis Fuß. Baby, du siehst schrecklich aus. Und sobald das erledigt ist, gönnst du dir zu Hause ein Bad und entspannst dich. Notfalls helfe ich dir auch dabei.« Er wackelt zweideutig mit den Augenbrauen. »Und danach legst du dich hin und schläfst eine Nacht über all das!«

»Mit welchem Recht bestimmst du, wie ich mein Leben zu führen habe? Das sind bloß Kratzer!«

»Das war kein Vorschlag.« Er öffnet die Tür, damit ich einsteigen kann. »Ich übernehme die weiteren Ermittlungen.«

»Warum sollte ich da mitmachen? Nach allem, was diese Leute mit mir angestellt haben, werde ich nicht die Hände in den Schoß leg…« Ein Kloß bildet sich in meinem Hals, und der sagt ihm, was er wissen muss. Dass er richtig handelt und ich falsch. »Verdammt, Caleb, zumindest sollte ich da sein, wenn ihr die Frauen findet. Sie werden Angst haben.« Ein Schauer jagt mir eiskalt über den Rücken. »Du warst eben für mich da, und ich bin dir dankbar dafür, doch wer ist das für sie?«

»Ich bleibe dabei. Nein, Ava. Du bist für die nächsten vierundzwanzig Stunden raus aus der Sache.« Er schiebt mich in den Wagen und schließt die Tür hinter mir. Die Verriegelung schnappt zu.

»Caleb, lass das! Das ist mein Fall«, rufe ich durch die Scheibe, die langsam hinuntergleitet. »Ich hab keine Zeit für deine Spielchen. Jetzt, da es um organisierte Kriminalität, Entführung und Erpressung geht, muss ich mit dem FBI reden und sie über den bisherigen Stand der Ermittlungen informieren. Und ich muss mit Jane sprechen, damit sie die Videos der Verkehrsüberwachung sichtet. Vielleicht kann sie die Spur des Lieferwagens zurückverfolgen, damit wir den Aufenthaltsort der Frauen finden. Wenn nicht, dann muss ich jemanden um einen großen Gefallen bitten.«

»Um was zu bekommen?«

»Satellitenaufnahmen. Vom Hangar und von den Zufahrtsstraßen. Die bringen uns garantiert weiter«, erkläre ich.

Mit ernster Miene macht Caleb sich Notizen auf seinem Handy. »Gut. Wie heißt dieser Kontakt von dir?«

Teils verwundert, teils verärgert sehe ich ihn an, nenne ihm jedoch zögerlich den Namen von jemandem aus der Homeland Security.

»Was soll noch getan werden?«, fragt er.

»Du kannst nicht einfach meinen Job übernehmen. Ich muss die Männer verhören, die deine Leute gerade abgeführt haben. Durch mein Psychologie-Studium kenne ich einige Methoden, um sie zum Reden zu bringen.«

»Die kenne ich auch«, sagt er und tippt wieder etwas in sein Smartphone. »Die Beweise sichten wir gerade. Und an Judith Hamilton sind wir schon dran. Weiter?«

Nichts weiter, denke ich mir. »Ich hasse dich! Warum tust du das? Der Deal war, dass du mir hilfst. Deshalb bin ich zu dir gekommen. Und das wirst du dir später gut bezahlen lassen, richtig? Aber dann kannst du mich nicht einfach aus dem Verkehr ziehen. Wer braucht eine Dusche und Schlaf, wenn Menschenleben auf dem Spiel stehen?!«

Lässig beugt er sich ans Fenster, seine Miene ist jedoch keine Spur entspannt, sondern unglaublich wütend. »Glaubst du allen Ernstes, ich tue das hier nur, weil ich dir helfen will? Oder weil es um Sex geht?« Er küsst mich. Flüchtig und süchtig machend. Und als ich instinktiv mehr fordere, weicht er zurück. »Dich, Baby, hätte ich schon x-mal flachlegen können.«

»Von wegen!«, protestiere ich, dabei wissen wir beide, dass es stimmt. »Was ist es dann?«, will ich wissen.

»Wie kannst du mich das fragen, wenn du doch sonst so clever bist?«

»Und wie kannst du es nicht einfach ausspucken, wenn du doch sonst mit keiner anzüglichen Bemerkung hinter dem Berg hältst?!«

Stumm funkeln wir uns an, und plötzlich ahne ich es.

Aber das kann nicht sein …

Ich sehe ihm an, dass er mich berühren möchte, sich allerdings zurückhält. »Was ich will?«, fragt er kühl, obwohl jedes seiner Worte die pure Zärtlichkeit ist. »Dich, Ava Donovan. Ich will dich. Voll und ganz. Seit unserer ersten Begegnung.«

»Soll mich das beeindrucken?! Die Wievielte bin ich? Fick 124?«

Statt sauer zu reagieren, lächelt er. »Du reduzierst das zwischen uns tatsächlich nur darauf? Auf diese Chemie. Also gut, ich gebe es zu. Anfangs ging es nur darum. Ich will den Sex mit dir – und den werde ich mir holen, sobald all das hier vorbei ist. Und er wird großartig sein. Ich will aber auch für dich da sein, Ava. Das ist mir die letzten paar Tage klar geworden. Ich will dich beschützen, für dich sorgen. Auf dich aufpassen. Dich auffangen. Ich will das Beste für dich.« Etwas Sanftes tritt in seinen Blick. »Bisher gab es nur eine Nummer eins in meinem Leben. Und das war ich selbst. Niemand anderes war mir wichtiger. Doch seit ich dich kenne …«

»Sag bloß, Caleb Bryce verliebt sich in mich …«, witzele ich und beende diesen gefühlsduseligen Moment. Dabei bin ich schockiert von seinen Worten. Verwirrt. Getroffen. Berührt … Panisch!

»Schon möglich«, sagt er ernst.

»Was für ein Pech! Denn ich bin leider nicht in dich verliebt.«

Oder doch?

Kapitel 12

Während der Wagen sich zurück in die Stadt schlängelt, treten mir Tränen in die Augen. Ich schnuppere an Calebs Shirt und ziehe die Decke enger um mich, doch zur Ruhe komme ich nicht.

Das war wohl alles ein bisschen viel für dich, Ava, rede ich mir selbst gut zu. Warum muss ich auch ständig so tough tun? Das, was gerade passiert ist, war die Hölle. Das Bedürfnis, zu duschen, ist übermächtig groß. Und ich brauche dringend saubere Klamotten.

»Sind Sie okay?«, fragt mich der Fahrer, dem meine mickrige Gestalt nicht entgangen ist.

Wie würden Sie sich fühlen, wenn man sie entführt, missbraucht und entwürdigt hätte? Blendend, richtig?, liegt mir sarkastisch auf der Zunge. Stattdessen sage ich nur »Mmh« und reibe mir über das Gesicht, als ließen sich die Erinnerungen an die letzten Stunden wie Spinnweben vertreiben. Die Erinnerungen an die Entführung. Und die an Caleb Bryce …

Meine Hände zittern stärker, und lautlos fluche ich.

Die Wahrheit ist, dass Calebs Worte einen Nerv getroffen haben.

Wobei … nicht allein seine Worte, sondern der ganze Mann.

Warum wirft es mich so aus der Bahn, dass er mehr

will als Sex? Jede normale Frau würde sich freuen. Endlich, Jackpot! Ein gut aussehender, vermögender Kerl taucht auf, der dich auf Händen tragen will. Mein Herz rast jedoch vor Panik.

Okay, vielleicht gibt es da ja einen Grund …

Wäre ich nicht ich und er nicht er, es wäre so viel leichter, sich auf diesen Mann einzulassen. Doch sobald ich die Augen schließe, sehe ich nicht, wie das funktionieren soll. Wir als Paar? Händchen haltend? Gemeinsam im Theater? Spazieren? Oder im Urlaub?

Wobei … den heißen Sex kann ich mir problemlos vorstellen. Egal was Caleb mit mir anstellt, egal wie sehr er mich an meine Grenzen bringt, es wird mir gefallen. Alles.

Nur Gefühle passen nicht. Auch wenn ich sie registriere.

An den anderen denken …

Sich fragen, ob es ihm gut geht …

Kleine Augenblicke teilen wollen …

Und sich necken, herumalbern, plaudern, lachen …

»Wir sind da!«, verkündet der Fahrer und beendet meinen Gedankengang. Er löst die Türverriegelung und lässt mich aus dem Wagen aussteigen. Erst jetzt wird mir klar, wie groß der Kerl ist, bestimmt zwei Meter. Ohne mir von der Seite zu weichen, begleitet er mich zur Tür. Und mir fällt ein, dass ich gar keine Schlüssel habe. Die waren in meiner Handtasche, die seit meiner Entführung nicht mehr aufgetaucht ist. Aber warum überrascht mich nicht, dass mein Begleiter welche hat, aufschließt und sie mir dann reicht?

»Hat er gesagt, Sie sollen mit reinkommen?«, frage ich, betrete das Treppenhaus und wenig später mein Zuhause.

»Hat er.«

Man muss wissen, wann man kämpfen kann und wann nicht, denke ich und beschließe, es für den Moment auf sich beruhen zu lassen. Außerdem ist mir nur zu bewusst, dass all das nicht passiert wäre, hätte ich mich nicht vom Personenschutz weggestohlen.

Wie auf Autopilot gehe ich ins Bad und trete unter die Dusche, drehe den Strahl dampfend heiß auf. Ich nehme mir Zeit und kämpfe gegen die Erinnerungen, die ständig aufflackern.

Ich sollte jetzt dort draußen sein. Samantha finden. Und die anderen Frauen. Judith. Ihre Organisation. Die Polizei mit ins Boot holen. Stattdessen schäume ich mich wieder und wieder ein.

Das ist nicht in Ordnung, wird mir klar. Was ist los mit mir? In Stresssituationen reagiere ich doch sonst nicht so. Normalerweise unternehme ich etwas. Ich kann jetzt nicht die Hände in den Schoß legen.

Schwer atmend stelle ich das Wasser ab und lehne mich an die Fliesen. Ich muss mich zusammenreißen. Wenn ich komisch aussehe, wird mich mein Aufpasser nirgendwohin gehen lassen.

Ich trockne mich ab, wickele ein Handtuch um meine Haare, wische den beschlagenen Spiegel ab und mustere mich kritisch. Ich sehe mitgenommen aus, aber nicht unmöglich. Obwohl ich normalerweise auf Make-up verzichte, lege ich etwas Rouge auf und benutze Lidschatten, damit meine müden Augen wacher wirken.

Ohne den Typen anzusprechen, husche ich in mein Schlafzimmer und schlüpfe in die erstbesten Sachen, die ich finden kann. Anschließend stürme ich wieder nach draußen.

»Bleiben Sie an meiner Seite?«, frage ich.

»Sein Befehl.«

Ich nicke nur. »Dann los, ich muss ins Büro.«

»Ich denke, der Boss hat sich das anders vorgestellt.«

»Stimmt. Aber sorry, es wird Zeit, dass er lernt, dass ich nicht zum Heimchen tauge, das jetzt friedlich ins Bettchen krabbelt und davon fantasiert, was passiert, wenn der Mann nach getaner Arbeit nach Hause kommt. Es liegt mir einfach nicht, andere meinen Job erledigen zu lassen.« Ich grinse. »Und mal im Ernst, hier herumzulungern ist doch auch für Sie langweilig. Ein bisschen Bewegung wird uns beiden guttun.«

Da ich meine persönlichen Sachen nach der Entführung nicht wiedergesehen habe, vermutlich weil sie in einer einsamen Mülltonne vor sich hin modern, nehme ich mir eine neue Handtasche, stopfe Bargeld rein und aktiviere mein altes Handy, das bloß SMS verschicken und Anrufe entgegennehmen kann, aber besser als nichts.

»Kommen Sie, Mr Aufpasser?!«

***

Als ich das Büro von *Fuller Investigations* betrete, brandet tosender Applaus auf. Jane erhebt sich und fällt mir um den Hals.

»Schätzchen, du lebst!« Als könnte sie es nicht glauben, tastet sie mich überall ab. Ich könnte ja ein Klon sein …

»Ja, ich lebe, schon gut.« Sanft löse ich mich von ihr, nur um auch von Oliver umarmt zu werden. »Kuscheln wir neuerdings alle?«, frage ich lachend.

»Manchmal bist du echt doof«, mault er, löst sich aber von mir. »Schön, dass es dir gut geht. Komm, ich zeig dir, was wir haben!«

»Die Polizei ist jetzt mit an dem Fall dran?«, frage ich.

»Ja, sind sie.«

»Hat Bryce sich gemeldet?«, frage ich weiter und erkläre auf Janes verdutzten Blick hin meinem gesamten Team, was überhaupt die letzten Stunden passiert ist. Dass es nicht nur um Samantha Taylor geht, sondern um viel mehr Frauen. Dass sie alle in einem Keller gefangen gehalten werden. Und dass Caleb die Befragung von Judith Hamiltons Leuten übernehmen wollte, um mehr herauszubekommen.

Jane schüttelt den Kopf. Keine Nachricht von Caleb.

»Mist!«, fluche ich. »Und was ist mit Judith? Habt ihr eine Spur von ihr?«

»Ich habe alle Maschinen überprüft, die den Flughafen verlassen haben«, erklärt Jane, macht jedoch kein zufriedenes Gesicht. »Offiziell saß sie in keiner. Wenn der Flug illegal war, dann wird ihr Name erst recht nicht auftauchen. Sie könnte überall sein.«

»Aber sie wird nicht ihre Infrastruktur aufgeben, die sie sich hier aufgebaut hat.«

»Wieso vermutest du das?«

»Bauchgefühl. Sie klang so selbstsicher, als würde sie niemand schnappen können. Außerdem: Warum sollte sie sich unters Messer legen, nur um dann von ganz woanders aus zu agieren?« Nachdenklich tippe ich mir an die Lippe.

»Was schlägst du vor?«, fragt Oliver. »Du heckst doch was aus, das sehe ich.«

Er kennt mich einfach zu gut. »Jane, überprüf noch mal *Funhub* und sämtliche Film- oder Fotoproduktionen, mit denen unsere Entführerin zu tun hatte.« Vielleicht findet sich hier ja eine Verbindung zu den Frauen.

»Bin quasi dabei, Schätzchen.«

»Und du, Oliver, komm mit!«

»Wohin gehen wir?«

Ich drehe mich zu meinem Aufpasser. »Dorthin, wo die Typen, die mich überwältigt haben, verhört werden.«

»Zur Polizei?«, fragt er verblüfft, weil wir uns normalerweise nie in offizielle Ermittlungen einmischen.

Lächelnd betrachte ich meinen Bodyguard, dessen Augenlid verräterisch zuckt. »Nein, ich fürchte, ihnen wird gerade woanders auf den Zahn gefühlt.« Vermutlich im *Sinful Secrets*.

»Sorry, aber das geht nicht«, sagt der Zweimetermann.

»Ach ja?«, hake ich nach. »Rufen Sie Bryce an und sagen Sie ihm, dass ich ihm was schuldig bin, wenn er mich dabeisein lässt.«

»Und wenn nicht?«

»Rufen Sie ihn an!«

Abwartend starre ich den Kerl an, bis er telefoniert.

»Er will wissen, was passiert, falls er nicht mitmacht«, erklärt mein Aufpasser, weil er das Telefon nicht auf Freisprecher gestellt hat.

»Dann trete ich ihm das nächste Mal, wenn wir uns sehen, ohne Vorwarnung in die Eier.«

Ich achte darauf, dass mein Bodyguard die Nachricht eins zu eins und ungeschönt weitergibt. Als er Calebs Antwort hört, verzieht er das Gesicht. »Davon ist der Boss wenig beeindruckt.«

Wütend nehme ich dem Typen das Handy aus der Hand. »Caleb?«

»Warum kannst du nie tun, was man dir sagt?«, antwortet er amüsiert.

»Das macht dich doch an«, kontere ich. »Sag mir, wo die Verhöre stattfinden. Es ist mein Fall. Ich bin involviert. Ich hab das Recht, mich einzumischen.«

»Aber gerade weil das dein Fall ist –«

Ich fahre aus der Haut, und mir ist egal, dass das jeder mitbekommt. »Sei nicht so ein Macho, Caleb! Oder hast du Angst, dass ich besser bin als deine Leute?«

»Beleidigst du mich etwa, Baby?«

»Schon die ganze Zeit, falls dir das entgangen ist.«

Er legt eine Pause ein. Was am Telefon nervig ist, da ich das Schweigen schlecht deuten kann.

»Los, sag mir, wo du die Männer hingebracht hast, oder soll ich auf eigene Faust suchen?«, bearbeite ich ihn. »Dein Bimbo hier wird mich nicht daran hindern. Wir wissen beide, dass ich einen Weg finde, meinen Willen zu kriegen. Was ist außerdem aus dem Caleb Bryce geworden, der mir helfen wollte?«

»Wenn du diese Karte spielst, weißt du, was das bedeutet … und was ich als Gegenleistung verlange.« Seine Stimme wird dunkler, und mir läuft ein prickelnder Schauer über den Rücken.

»Kommst du immer noch mit der Erpressermasche? Du behauptest doch, du hättest Gefühle für mich. Da gehört sich so ein Verhalten aber nicht.«

»Es sei denn, du stehst auf so ein Verhalten«, greift er meine Worte auf. »Außerdem sehe ich da keinen Widerspruch. Ja, ich möchte, dass dir nichts passiert. Doch ich möchte genauso, dass wir ficken. Nur weil ich keinen Quickie wollte und dich habe zappeln lassen, hat sich nichts daran geändert. Wir standen schon mehr als einmal kurz davor. Und du darfst davon ausgehen, dass es mir bei der nächstbesten Gelegenheit egal sein wird, ob du einverstanden bist oder nicht. Du willst also jetzt meine Hilfe? Gut, kriegst du. Wenn du Bitte sagst.«

»Träum weiter! Glaubst du, dass ich da mitspiele? Sag mir einfach, wo du die Männer verhörst!«

»Falsche Antwort. Willst du es noch mal probieren? Ansonsten ist das Gespräch beendet.«

Ich atme tief ein und aus. »Du Mistkerl!«, fluche ich, könnte jedoch genauso gut Ja sagen.

»Ich möchte es hören, laut und deutlich.«

»Ich bin hier nicht allein, Caleb.«

»Umso besser. Zeugen.«

»Das kann nicht dein Ernst sein.«

»Ist es aber, Ava.«

Wütend balle ich die Hand, die nicht das Handy hält, zur Faust, lockere die Finger und krampfe sie gleich wieder zusammen. Ich spüre die Blicke meiner Kollegen auf mir. Jane verkneift sich ein Grinsen, während mein Aufpasser vorgibt, nicht zu wissen, worüber ich mit Caleb rede.

»Glaub bloß nicht, dass das ein Spaziergang wird!«

Er lacht, tief und rau, woraufhin sich meine Nippel aufstellen. »Sag es einfach, Baby!«

Peinlich berührt kaue ich auf meiner Unterlippe herum. »Bitte schlaf mit mir.« Die Worte sind nur ein Hauchen, Hitze steigt mir ins Gesicht.

»So nicht!«

»Aber –«

»Lauter!« Er legt eine Pause ein. »Deutlicher.«

Einerseits möchte ich ihn erwürgen. Andererseits … Wie kann es sein, dass ich feucht werde und brenne? »Caleb …«, krächze ich, plötzlich schwach und mit weichen Knien.

»Tu es! Lass es jeden hören!«

Fast spüre ich Caleb Bryce direkt vor mir, nehme wieder diese starke Verbindung zwischen uns wahr, obwohl wir gar nicht zusammen sind.

»Caleb, bitte … berühr mich, erobere mich, schlaf mit mir!« Ich räuspere mich und merke, wie ruhig es um mich herum geworden ist. »Aber glaub nicht, dass ich es dir leicht machen werde!«

»Ich wäre enttäuscht, wenn dem so wäre.« Er lacht kurz auf. »Oder misstrauisch.«

Allmählich fange ich mich. »Nachdem wir das geklärt haben: Sagst du mir jetzt, wo die Männer sind? Ich will bei dem Verhör dabei sein!«

»Du schaust nur zu, verstanden?«

»Jaja …«

»Ava, ich meine es ernst, ich lass dich nicht zu diesen Widerlingen. Du hast für einen Tag genug durchgemacht.«

»Ich bin keine Porzellanpuppe, die zerbricht, sobald sie hinfällt, Caleb.«

»Das sind meine Bedingungen. Akzeptier sie oder nicht!«

Er weiß, wie unbedingt ich das möchte, also sind Verhandlungen zwecklos. »Einverstanden«, sage ich widerwillig. »Ich mische mich nicht ein, sondern schaue nur zu.«

»Sie sind im *Sinful Secrets*. Allerdings in geheimen Kellerräumen. Meine Leute werden dich hinbringen. Ich komme auch dazu.«

»Vertraust du mir nicht?«

»Kein bisschen«, gibt er zu, und ich höre das Lächeln in seiner Stimme.

Zig Antworten schießen mir durch den Kopf, doch jede davon würde ihn bloß amüsieren. Und ich hasse das. Wenn jemand Comedy will, soll er dafür in eine der Abendshows gehen oder sich einen Comedian im Fernsehen anschauen. Also mache ich das einzig Richtige: Ich lege wortlos auf.

Der Mundwinkel meines Aufpassers zuckt. Er will sich das Grinsen verkneifen, schafft es aber nicht.

»Was?«, blaffe ich ihn an. »Ja, ich werde mit Caleb Bryce schlafen!«

»Ich glaube, das ist es gar nicht, was er so lustig findet«, mischt sich Jane beschwichtigend ein.

»Sondern?«, frage ich meinen Bodyguard.

»Sie haben gerade den Boss herumkommandiert.«

Hab ich das? Ich gehe noch mal das Gespräch durch. *Na ja … irgendwie … schon.* »Ich nehme an, das kommt nicht oft vor?«

»Eigentlich nie«, sagt er.

Kapitel 13

Im *Sinful Secrets* herrscht die gleiche Betriebsamkeit wie immer. Auffällig ist bloß, dass die Personenkontrollen am Eingang gründlicher sind als sonst und im Club selbst deutlich mehr Männer in dunklen Anzügen unterwegs sind. Caleb hat offenbar die Sicherheit erhöht.

»Netter Laden«, meint Oliver, der hier zum ersten Mal ist.

»Soll ich mit Bryce um eine Clubmitgliedschaft für dich feilschen?«, ziehe ich ihn auf.

»Würdest du?«

»Hey!« Kumpelhaft stoße ich meinem Kollegen in die Seite. Die korrekte Antwort hätte gelautet: ›Eher gefriert die Hölle!‹

»Nur Spaß«, meint er schnell. »Ich bin durchaus in der Lage, in einer normalen Bar eine Frau anzusprechen. Und Sex mag ich in meinen eigenen vier Wänden. Das Publikum ist für meinen Geschmack zu viel des Guten.«

»Knapp gerettet«, sage ich.

Wir folgen einem bulligen Typen, den alle bloß Zac nennen, durch den offiziellen Teil des Clubs und passieren eine erneute Sicherheitsschleuse, um mit einem Aufzug eine Etage tiefer zu fahren.

Während das *Sinful Secrets* die Verkörperung von Luxus und rauschhaften Exzessen ist, schreit der Kellerbereich: ›Ich bin der Tower von London!‹ Wieder wird mir klar, dass Calebs saubere Weste ausschließlich Tarnung ist. Niemand baut sich eine Folterkammer, wenn er sie nicht auch gedenkt zu benutzen. Gruselig. Warum nur stehe ich so auf den Kerl?

Ich sehe Oliver an, dass er ebenfalls zig Fragen hat. Aber er ist klug genug, sie für sich zu behalten. Wir sind im Herzen von Caleb Bryces Organisation, und es ist besser, wir verhalten uns unauffällig.

»Das sind die Schweine«, erklärt Zac und zeigt auf Bildschirme, auf denen man meine Entführer sieht. Calebs Männer sind dabei, ihnen Informationen zu entlocken, und es ist offensichtlich, warum sie nicht die Polizei hinzugezogen haben. Denn sie versuchen es mit Gewalt.

»Fick dich!«, sagt gerade ein Typ mit kahl rasiertem Schädel zu einem von Calebs Leuten und spuckt ihm als Antwort ins Gesicht, definitiv nicht bereit zu kooperieren.

»Lasst mich mit ihm reden«, sage ich.

»Bryce will das nicht.«

Angriffslustig funkele ich ihn an. »Und?«

»Hier unten ist er der Boss.«

»Eigentlich war das keine Bitte«, zische ich. »Oder soll ich erst ungemütlich werden?«

Zac mustert mich halbe Portion. Und er verkneift sich ein Lachen.

»Ich habe ein Knie, und das weiß ich treffsicher einzusetzen«, gebe ich als dezente Warnung von mir.

»Und ich habe Reflexe. Und die funktionieren immer einwandfr– Woah! Was zum Henker?!«

Keine Ahnung, wie gut seine Reflexe sind, ich war schneller. Mit voller Kraft habe ich ihm in den Schritt getreten. Ein wenig tut er mir leid, aber ich habe ihn gewarnt. »Das ist erst der Anfang«, sage ich, ohne mich von zwei weiteren Bimbos aus der Ruhe bringen zu lassen, die unsere Auseinandersetzung angespannt beobachten. »Ich will mit ihm reden! Oder ist es euch peinlich, dass eine Frau mehr herauskriegen wird als ihr?«

»Vorsicht, Lady«, keucht Zac, erholt sich, mustert mich mordlustig, hält sich jedoch zurück. »Du reißt die Klappe mächtig weit auf. Kein Wunder, dass der Boss auf dich steht. Selbst mir juckt es in den Fingern, dir Manieren beizubringen.«

»Schon mal dran gedacht, dass es vielleicht Bryce ist, der sich von mir den Hintern versohlen lassen möchte. Nicht umgekehrt?« Falls es hier Kameras gibt und Caleb zuhört: Für diesen Satz werde ich büßen müssen. Aber allein für den Gesichtsausdruck von Zac hat sich das gelohnt.

»Sie ist außerdem gut«, wirft Oliver ein. Offenbar ist er der einzige Erwachsene im Raum. »Richtig gut. Es wäre einen Versuch wert.«

Zac sieht mich lange schweigend an. Wie in einem Wettstreit, bei dem der verliert, der als Erster blinzelt. Nur dass er ahnt, dass das nicht ich sein werde. »In Ordnung, meinetwegen«, knickt er ein und bekreuzigt sich. »Aber wenn Bryce kommt, geht das auf dich.«

»Deal.«

Eine andere Antwort hätte ich ihm auch nicht durchgehen lassen.

Ich atme tief durch und betrete den Raum, in dem der kahl rasierte Typ verhört wird. Gerade schüttelt einer von Calebs Leuten ihn, sodass die Handschellen um seine Handgelenke scheppern. Dann lassen sie von ihm ab. Der Kerl sieht auf zu mir und will es verbergen, aber etwas flackert in seinem Blick. Er weiß, wer ich bin. Das genügt mir, um anzufangen.

»Ich glaube, wir wurden einander bisher nicht vorgestellt«, trällere ich gespielt gut gelaunt. »Mein Name ist Ava Donovan. Ich bin Privatermittlerin. Und Sie sind?«

Pause.

Ich seufze, als trüge ich das gesamte Universum auf meinen Schultern. »Soll ich dich Flachwichser nennen? Gefällt dir das?« Abwartend lege ich den Kopf schief und bemerke einen Anflug von Schuld auf seinem Gesicht. »Weißt du, warum ich hier bin?«

Er sieht mich trotzig an. Zunächst rede ich nicht von den entführten Frauen oder von Judith. Meine Taktik ist, ihn mit einem anderen Thema zum Sprechen zu kriegen. Und sobald er redet, kann es weitergehen.

»Du willst nicht mal raten?«, frage ich gespielt enttäuscht nach. »Gut, ich sag es dir. Ich bin hier, weil ich mit dir über mein Sextape reden will.« Geräuschvoll atme ich durch. »Für wen war es gedacht? Ein Ex von mir? Mein Boss. Urgs … meine Eltern?« Ein unangenehmer Schauer wandert über meinen Rücken. Ich liebe sie, und sie haben genug durchgemacht.

»Ist das ein Witz?« Er wirkt ernsthaft irritiert, aber er redet.

Langsam trete ich auf ihn zu, stelle mich hinter ihn und beuge mich an sein Ohr. »Nein.«

»Caleb Bryce, wer sonst? Darf ich jetzt gehen?«

Caleb? Ich erinnere mich, wie er meinte, dass er mit Judith telefoniert hat, sie aber nicht orten konnte. Wenn da mehr war, warum hat er es verschwiegen?

Tief durchatmend beschließe ich, die Sache später direkt mit Caleb zu klären. Mehr über die entführten Frauen zu erfahren ist jetzt wichtiger. Und wenn der Typ schon mal den Mund aufkriegt … »Um wen geht es bei den anderen Frauen? Wer sind sie? Wie ist Samantha Taylor da hineingeraten? Und wo sind sie jetzt?«

Schweigen. Wieder.

Wütend kicke ich ihm das Knie in die Seite. Er ächzt. Anschließend umrunde ich ihn und setze mich ihm gegenüber hin. »Rede schon! Oder ich werde richtig ungemütlich!«

»Was hab ich denn davon, wenn ich auspacke?«

Die Frage ist berechtigt. Ich verschränke die Arme vor der Brust, tue so, als würde das auf der Hand liegen, überlege jedoch blitzschnell, womit ich ihn ködern kann. Ich wünschte, ich wüsste mehr über seinen Background. Wer er ist, woher er kommt. So bleibt mir nur, mit dem Offensichtlichen zu arbeiten.

»Du hast die Wahl, für immer hierzubleiben, in diesem netten Loch unter der Erde, von dem niemand sonst weiß. Oder in einem Gefängnis zu sitzen, ganz offiziell. Ich gebe zu, sooo großartig sind deine Optionen nicht. Aber mal kurz gegenübergestellt: dunkles Kellerloch mit fünf Schlägerbesuchen am Tag, die schmerzhaft enden, versus freundliche Zelle mit drei Mahlzeiten und Freigang. Ich wüsste, wie ich mich entscheide.«

»Rede ich, übergebt ihr mich also der Polizei?« Die Hoffnung in seinem Blick macht mir Mut. Calebs Ruf muss wirklich schrecklich sein, wenn der Typ vor mir so schnell zu Eingeständnissen bereit ist.

Ich nicke.

»Versprechen Sie es mir!«

»Ich verspreche, mich dafür einzusetzen. Ich muss Sie allerdings vorwarnen. Bryce tut letztlich, was er für richtig hält. Eine Garantie kann ich Ihnen nicht geben.«

»Doch! Wenn Sie ihn bitten! Auf Sie wird er hören.«

»Na, wenn Sie meinen …« Ich bin nicht so dumm, ihm das auszureden. Ja, in meiner Nähe benimmt sich Caleb eventuell netter, aber das macht aus ihm noch lange keinen Chorknaben. »Dann erzählen Sie mal. Je mehr Sie liefern, desto stärker werde ich mich für Sie einsetzen.«

»Wo soll ich anfangen?«

»Vielleicht bei dem Moment, als Ms Taylor die Hotelsuite betreten hat. Was ist danach geschehen?«

»Sie war zur falschen Zeit am falschen Ort. Wir hatten auf die Tochter eines Senators gewartet. Die sollte unsere neueste Goldgrube werden und ihren Daddy anbetteln zu tun, was wir wollen. Der Kerl besitzt zahlreiche Firmenanteile und sollte die eines Technologiekonzerns an uns überschreiben. Für den Anfang. Doch stattdessen kam dieser Niemand.« Abfällig verzieht er das Gesicht. »Judith hat gemeint, dass wir aufgeflogen wären und ihre Mitbewohnerin deshalb festhalten sollten.«

»Nett.« Das bestätigt immerhin, was ich schon weiß, und erklärt, wie Samantha zwischen die Fronten geraten ist. »Und wie wäre die Aktion normalerweise abgelaufen, wenn Samantha nicht reingeplatzt wäre? Was ist eure Masche? Wie darf ich mir das vorstellen?«

Er schluckt so heftig, dass sein Adamsapfel hüpft. Seine Schultern sind angespannt, auf seiner Haut glänzt ein Schweißfilm. Wehe, er macht dicht!

»Komm schon! Die Märchenstunde war bisher nett. Aber entweder ich erfahre die ganze Geschichte, oder unser kleiner Deal platzt.« Ich zeige auf die verspiegelte Scheibe hinter mir. »Nur ein Fingerzeig, und du hast die wieder am Hals.«

»Erpressung«, keucht er.

»Glaub mir, ich kann noch viel erpresserischer werden.«

»Nein, ich meine … es geht dabei immer um Erpressung. Genau wie bei der Aktion im Hangar.«

Mein Herz rast. »Weiter! Wer wurde erpresst? Womit? Wie?«

Er fährt sich über den kahl rasierten Schädel. »Judith meinte immer, sobald es um einen geliebten Menschen geht, sind die Leute bereit, alles zu tun. Solltest du also jemandem sein kleines Mädchen wegnehmen, dann tut er, was er kann, damit ihr nichts geschieht.«

»Also Geld springen lassen?« *Ist es so einfach?*

»Manchmal ja, manchmal nein. Je nach Position, die Mummy, Daddy oder der werte Gatte haben, kann eine andere Leistung wertvoller sein. Wenn zum Beispiel ein Senator ein Gesetz durchwinkt. Ein Richter eine geringere oder härtere Strafe verhängt. Ein Manager Firmengeheimnisse weitergibt.«

Wow! »Was passiert, wenn sie mitspielen?«

»Dann tun wir den Damen nichts. Als Belohnung dürfen sie ihren Angehörigen Videobotschaften hinterlassen. Und alle sind glücklich.«

Ich muss an die apathischen Gestalten im Keller denken. Glückliche Menschen sehen eindeutig besser aus. »Wie kann es sein, dass niemand der Organisation auf die Schliche gekommen ist? Die Opfer, die ausgelöst wurden, müssen doch zur Polizei gegangen sein.«

Verwirrt sieht er mich an, und in meinem Magen bildet sich ein Kloß.

»Tun die Familien, was Sie befehlen, können die Frauen dennoch nicht nach Hause?«, rate ich.

»Richtig«, bestätigt er, nicht ohne einen gewissen Stolz in der Stimme, der mich in Versuchung bringt, ihm sein sowieso schon demoliertes Gesicht weiter zu verformen.

»Was ist mit denen, die nicht mitgespielt haben?«

»Wir haben niemanden umgebracht«, sagt er hastig.

Irgendwie beruhigt mich seine Aussage nicht. »Was dann?«, frage ich scharf.

»Ehrlich, es war nicht so schlimm.«

»Dann kannst du es uns ja sagen!«

»Sie waren wertlos, also haben wir sie verkauft, okay?«

Wertlos? Wie Ware, die das Verfallsdatum überschritten hat. Dabei ist die Methode tatsächlich besser als Mord. Keine Leiche, keine Ermittlungen. Mir wird schlecht. Und plötzlich frage ich mich, ob meine Schwester vielleicht an ähnliche Leute geraten ist.

»An wen? Wohin?«, frage ich aufgeregt.

»Vor allem in den Nahen Osten. Dort sind solche Frauen extrem beliebt. Auch in Asien gibt es einen Markt dafür. Es finden Auktionen, Versteigerungen, Basare statt. Und man verdient viel Geld mit einer Weißen.«

Gleich muss ich mich übergeben. Ich fahre mir über das Gesicht und merke, wie ich am ganzen Körper zu zittern anfange. Gedanken wirbeln durch meinen Kopf. Ein Mix aus alten und neuen Erinnerungen. Der mir nicht guttut. Ich will noch viel mehr fragen, aber muss hier raus. Schnell. Ehe der Typ sieht, wie sehr mich die Nachricht schockiert, und begreift, dass er wieder in der stärkeren Verhandlungsposition ist.

»Das ändert aber nichts an unserem Deal, oder?«, fragt er.

Fassungslos starre ich ihn an. Jahrelang Frauen missbrauchen und dann dermaßen Angst um den eigenen Hintern haben? »Ja, der steht nach wie vor«, sage ich widerwillig und atme tief durch, um die Oberhand zu behalten. Könnte er mir eine Spur zu Lilly liefern? Hoffnung und Resignation kämpfen in mir. Doch ich reiße mich zusammen, um cool zu wirken. »Allerdings nur, wenn ich Namen bekomme. Von den Käufern. Und den Verkauften.« Ich schiebe ihm ein Blatt Papier zu und warte, dass er den Stift nimmt. »Und wenn ich den Ort erfahre, wo ihr die entführten Frauen gefangen haltet.«

»Ich weiß nicht …«

»Besser, du erinnerst dich schnell!« Aufgebracht packe ich die Kette zwischen seinen Handschellen, ziehe seine gefesselten Hände zu mir über den Tisch, greife nach dem Kugelschreiber und steche damit blitzschnell wie mit einem Messer in seine Handfläche. Vor Schmerz heult er auf.

Mist, ich drehe durch! Entsetzt schaue ich auf meine Hand, die den Stift hält. Ist das Calebs schlechter Einfluss? Oder steckt diese Art von Grausamkeit in jedem von uns? Und wird geweckt, sobald jemand den Trigger findet?

Blut sickert auf den Tisch, und ich warte auf das Gefühl der Reue. Doch es bleibt aus.

Aufgewühlt stürme ich aus dem Verhörraum. Ende der Diskussion. Der Typ muss uns mehr geben, oder das eben war bloß ein Vorgeschmack auf seine Zukunft. Und ich weiß nicht, ob dabei Caleb seine größte Sorge sein sollte. Oder ich …

»Solltest du nicht einen Gang runterschalten?«, fragt mich Oliver auf dem Gang, mustert mich besorgt, möchte mich tröstend umarmen, zieht jedoch seine Hand zurück, als hätte er Angst vor mir. Verständlich, denn die habe ich auch.

»Nein, verflucht.« Je komplexer und schockierender der Fall wird, umso dringender will ich eine Lösung finden.

»Was sollen wir tun?«

»Sie!« Ich zeige auf Zac. »Notieren Sie sämtliche Orte und Namen, die diesem Typen einfallen. Von den Verstecken. Den Komplizen. Und vor allem von den Frauen. Wenn er sich nicht erinnert, soll er sie einem Zeichner beschreiben oder uns Zugriff zu Fotos und Videos geben, die den Familien gezeigt wurden. Das hier ist riesig, viel größer, als wir dachten.«

»Du glaubst nicht, dass Judith der Kopf des Ganzen ist?«, fragt mich Oliver.

Darüber muss ich nicht lange nachdenken. »Auf keinen Fall. Nicht weil ich ihr das nicht zutraue. Sondern weil sie nicht unbedingt das größte Organisationstalent auf Erden besitzt und Samantha sonst garantiert eher etwas bemerkt hätte. Dem ist aber nicht so. Das hätte sie mir gesagt, als wir uns begegnet sind.«

Ein Schauer läuft mir über den Rücken, als ich wieder an den Kellerraum denken muss. An die verängstigten Gesichter der Frauen. Und daran, dass sie diesen Albtraum womöglich seit Jahren durchleben. Unvorstellbar! Während andere Menschen ihren Sommerurlaub planen, shoppen gehen oder Torte auf Gartenfesten futtern. Ich weiß, ich sollte mich nicht schuldig fühlen, doch jeder glückliche Moment meines Lebens kommt mir plötzlich falsch vor. Wie konnte ich nur weitermachen, während meine Schwester sehr wahrscheinlich einen schrecklichen Tag an den nächsten gereiht erlebt?

»Und wenn wir Namen haben?«, fragt Zac.

»Identifiziert sie! Ich rufe Jane an. Sie soll euch dabei helfen. Sprecht im Anschluss mit den Familien, holt Infos ein. Ich will wissen, wie lange das schon geht und was die jeweiligen Forderungen waren.« Ich hole Luft. »Ich will alles wissen.« Denn wir müssen diese Frauen finden und befreien. Die, die noch hier sind. Aber auch die, die verkauft wurden. Ihr Martyrium muss ein Ende haben. Und ich … Mit zittrigen Fingern fahre ich mir über das Gesicht. Ich weiß, ich müsste eine Pause einlegen. Die Müdigkeit steckt mir in den Knochen. Wut bringt mich dazu, dumme Dinge zu tun, wie diesen Typen anzugreifen. Und ein Knäuel aus Hoffnung und Angst liegt mir schwer im Magen. Aber ich stehe das durch. Ich werde mit der Polizei sprechen, sie informieren, dafür sorgen, dass keine einzige Information auf der Strecke bleibt und die Rettung der Frauen behindert.

Dann erhält Zac einen Anruf. Er versucht, während des Gesprächs entspannt auszusehen, sein schauspielerisches Talent ist jedoch weniger gut ausgebildet als sein Bizeps und Trizeps. Er bekommt eindeutig schlechte Nachrichten, und der Klumpen in meinem Bauch wird größer.

»Okay … ja … in Ordnung … ich weiß Bescheid«, ist alles, was er von sich gibt.

»Was ist los?«, frage ich, sobald er aufgelegt hat und ich seinen alarmierten Gesichtsausdruck sehe.

»Zac?«

»Die Satellitenaufnahmen von deinem Kontakt haben geholfen, das Kellergewölbe zu finden.«

»Und?« Warum jubelt er nicht?

Ich warte, spiele Szenarien durch, was geschehen sein könnte. Bis sein Schweigen plötzlich Sinn ergibt. »Nein!«, rufe ich entsetzt. »Sie sind weg?!«

Wie erschlagen nickt er. »Sie müssen hastig aufgebrochen sein. Schmutziges Geschirr, vergessene Kleidungsstücke, Müll … alles noch da.«

»Verflucht!« Schuldgefühle übermannen mich. »Ich hätte es ahnen müssen. Bei Judith hatte ich von Anfang an ein komisches Gefühl. Hätten wir sie nur gründlicher überprüft! Die Frauen könnten längst frei sein. Und an ihr und den Hintermännern wären wir dran. Aber was haben wir stattdessen? Nichts!« Wütend boxe ich gegen die Wand, muss meine Aggressionen rauslassen. »Scheiße!« Der Schmerz zieht von meiner Hand über Elle und Speiche kribbelnd zum Ellenbogen und über den Oberarm in meine Schulter. Doch das habe ich verdient. Frustriert will ich zu einem zweiten Schlag ausholen, heftiger als der erste. Aber jemand hält meinen Arm fest. »Oliver, was soll –?«

Ich drehe mich um, doch statt meines Kollegen ist da Caleb und sein glühender Blick bringt mich zum Verstummen.

»Weißt du, dass ich dich gerade total gerne übers Knie legen würde?« Mühelos drängt er mich an die Wand, nimmt mich mit seinem Körper gefangen. Doch jetzt erkenne ich, dass er gar nicht sauer auf mich ist. Sondern besorgt. »Vielleicht mache ich das sogar«, haucht er mir ins Ohr.

»Caleb!« Ich möchte empört klingen, warnend, bedrohlich. Dabei würde ich mich am liebsten wie ein kleines Mädchen an seinen Hals werfen und mir versichern lassen, dass alles gut wird.

»Warum tust du nicht ein Mal das, was man dir sagt, Baby?«

»Was willst du denn schon hier?«, frage ich überrumpelt, weil ich viel später mit ihm gerechnet habe, während mein Herz aufgeregt schlägt und ich wie eine Süchtige seinen Duft inhaliere. Besser. Ihn zu spüren macht die Situation etwas besser. Obwohl ich immer noch nicht so ganz weiß, woran ich bei ihm bin.

»Das ist mein Club, mein Verhörraum, mein Sicherheitsteam …«

Ach was? Ich rolle mit den Augen. »Ich dachte, du hilfst weiter, die Frauen zu finden, und kommst erst danach.«

»Die Suche läuft. Jetzt unter der Leitung des FBI.«

Ich will etwas einwenden, aber er legt seinen Zeigefinger auf meine Lippen. Dort, wo er mich berührt, pulsiert mein Blut schneller. Ich will seine salzige Haut schmecken. Und ich versteife mich, um keine verräterische Bewegung zu machen. Nur meinen flach gehenden Atem kann ich nicht kontrollieren.

»Die Suche läuft«, wiederholt er und streicht nun mit den Fingerspitzen über mein Gesicht. »Es gibt Hinweise, dass sie in einem Bus unterwegs sind, der als gestohlen gemeldet wurde. Meine Leute arbeiten mit dem FBI zusammen und überprüfen das bereits.«

»Wenn sich der Verdacht erhärtet, müssen alle Streifenpolizisten informiert werden, um nach dem Bus zu fahnden«, sage ich.

»Richtig. Aber das machen die Verantwortlichen selbst.«

»Sollte ihnen nicht jemand auf die Finger schauen?«

Er nickt. »Ja, aber das werden weder du noch ich sein. Meine Leute überwachen jeden Schritt und ich vertraue ihnen dabei. Sie kommen fünf Minuten ohne mich klar und wissen, was zu tun ist. Vor allem, wenn mich gerade jemand anderer dringender braucht.«

Meint er mich? Der Einspruch liegt mir sofort auf der Zunge. Doch ich bringe keinen Ton heraus. Stattdessen spüre ich, wie etwas in mir bricht. Etwas, das mich sehr lange zusammengehalten hat. Und das Bedürfnis, ihn von mir zu stoßen, wird stärker. Weil ich panische Angst vor dem habe, was als Nächstes passieren wird.

»Zufrieden mit meiner Antwort?«, fragt er sanft und reibt mit dem Daumen über meinen Nacken. »Dann beantworte jetzt auch meine Frage, Ava. Wieso widersetzt du dich mir ständig? Woran liegt es, dass du nicht ein Mal machen kannst, was ich dir sage? Warum hörst du nicht auf mich und vertraust darauf, dass ich weiß, was richtig für dich ist?«

»Warum sollte ich?«, feuere ich zurück, schließe die Augen und atme seinen Geruch ein. Bis mir klar wird, dass mich das nachgiebig macht. Weshalb meine Lider wieder auffliegen und ich ihn anfunkele. »Ich muss nicht machen, was du mir sagst, Caleb Bryce.«

»Das werden wir gleich sehen!«

Etwas in seinem Blick verändert sich. Neben der Sorge ist da eine neue Entschlossenheit. Und sie bewirkt, dass mein Mund trocken und meine Nippel hart werden. Ein weiterer Riss entsteht in mir, und ich habe Mühe, ein neutrales Gesicht aufzusetzen. Als wäre alles in Ordnung. »Wovon redest du?«, frage ich erstaunlich beherrscht dafür, dass in mir das reinste Chaos herrscht.

»Davon, dass ich mit dir tun werde, was ich von Anfang an mit dir tun wollte.« Er redet von Sex.

»J-j-jetzt?!«, stammele ich entsetzt und spüre, wie ich rot werde, als mir klar wird, dass er das vor Zac, Oliver und den anderen sagt. Die sich zum Glück aus dem hier raushalten.

»Ja, jetzt, Ava.«

»Ich glaube nicht, dass das gerade das ist, was ich brauche.« Ich stocke, bevor er noch deutlicher sieht, wie aufgewühlt ich bin. Nicht dass ich diesen Mann nicht will! Das tue ich. Wie verrückt! Wonach ich mich aber mehr sehne, als ihn in mir zu spüren, ist, dass alles gut wird. Und dass ich das, was im Hangar passiert ist, nicht umsonst mitgemacht habe.

»Spielst du jetzt die ›Ich-habe-ein-Trauma‹-Karte?«, fragt er und legt mir, als ich protestieren will, den Zeigefinger auf die Lippen.

Wie kann er sich nur so unmöglich benehmen? Wie nach diesem Tag mit dieser Bitte zu mir kommen? Wie meine Situation so völlig falsch einschätzen?

»Schau mich nicht so sauer an, Ava. Offensichtlich ist dir nicht nach Ausruhen und Schlafen, wie man es erwarten sollte.«

»Aber Sex ist auch nicht, wonach mir ist«, knurre ich.

»Okay, erlaub mir einen kleinen Test. Nur um sicherzugehen.«

Vor den Blicken der anderen verborgen fasst er mir an den Schritt und obwohl ich versuche, es einfach nur geschehen zu lassen, atme ich tiefer, sehne mich nach ihm.

Zufrieden lächelnd beugt er sich vor und drückt mir einen sanften Kuss auf die Wange. »Dann ist es entschieden.«

»Gar nichts ist –«

»Die Suche nach den Frauen läuft«, unterbricht er mich. »Genauso wie die nach Judith Hamilton. Meine besten Leute und deine besten Leute sind dran. Was willst du außerdem unternehmen?«

»Den neuen Hinweisen vom Verhör nachgehen.«

»Dafür habe ich andere Leute. Die Polizei ermittelt mittlerweile. Das FBI ebenso.« Sein Griff wird fester. »Noch eine Ausrede? Keine?« Er wartet und beugt sich dann an mein Ohr. »Ich verspreche dir auch, ich werde nicht jede Minute, die ich dir geholfen habe, gegen eine Minute in dir aufrechnen. Für den Anfang reicht mir eine Stunde.« Seine Augen leuchten. »Es sei denn, du bettelst um mehr.«

»Was garantiert nicht passieren wird«, antworte ich eher aus Gewohnheit als aus Überzeugung.

»Wir werden sehen.«

»Ich bleibe dabei. Nein, Caleb! Was ich jetzt brauche, ist frische Luft!« Ich stoße ihn zurück, gehe mit glühenden Wangen an Oliver, Zac und den anderen Sicherheitsleuten vorbei und mache, dass ich aus diesem Untergrundgefängnis wegkomme.

»Warte, Ava!«

Nie im Leben!

Sobald ich mit dem Fahrstuhl eine Etage weiter oben ankomme, lege ich einen Zahn zu und bin dankbar dafür, dass ich mich im *Sinful Secrets* mittlerweile gut genug auskenne, um sofort den Ausgang zu finden. Kaum lichtet sich die Menge, da beschleunige ich mein Tempo. Ich sehe bereits die Tür. Zwanzig Meter. Fünfzehn. Zehn.

»Hiergeblieben, Baby!« Caleb hat mich eingeholt. Wir krachen gegen die nächststehende Wand. Sämtliche Luft entweicht meinen Lungen. Kurz wird mir sogar schwarz vor Augen. »Alles in Ordnung?«, fragt er mich.

Jetzt macht er sich Sorgen? Obwohl ich vor Wut koche, zwinge ich mich, ruhig zu bleiben. »Keine Panik, nur ein paar blaue Flecken mehr. Da stehst du doch drauf, oder?«

»Fuck!«, höre ich ihn leise fluchen. Sein Griff lockert sich. Sofort versuche ich, ihm wieder zu entwischen, aber er packt mich.

»Nimm deine Finger von mir, verdammt!« Wütend trommele ich auf seinen Rücken ein. Er zuckt allerdings nicht mal mit der Wimper. Als würde ihm diese kleine Tiefengewebsmassage gefallen. »Caleb!«

Ohne mich aus den Augen zu lassen, legt er seine Hände an meinen Kopf und hält mein Gesicht fest. Die Dunkelheit in seinem Blick verrät, was er vorhat, und ich will es und dann wieder nicht.

Noch heftiger winde ich mich. Doch ehe ich ihm erneut eins auswischen kann, beißt er in meine Unterlippe, saugt sanft dran, lässt sie schließlich los und sieht mich abwartend an.

Mir stockt der Atem. Die Welt verschwimmt um mich herum, einzig der Mann vor mir ist überscharf. Das Aquamarin seiner Iris, der Bartschatten, die Narbe auf der Stirn, die am Kinn, seine Lippen. Die Stelle, wo er mich gebissen hat, kribbelt. Und ich sehne mich danach, dass er jeden Zentimeter von mir auf die gleiche Art und Weise bearbeitet, quält, foltert und für diesen süßen Schwindel sorgt, der all das andere Chaos verdrängt.

Dann zerplatzt der Kokon, der uns umgibt, und die restliche Welt ist zurück. Und mit ihr das Wissen, dass es wichtigere Dinge gibt, als mit Caleb Bryce herumzumachen.

»Nein, ich lass dich nicht gehen, Ava«, sagt er, als würde er meine Gedanken lesen.

Und wenn ich ihm erkläre, aus wie vielen Gründen das hier falsch ist?

Bevor ich dazu komme, beugt er sich erneut über mich und verschließt dieses Mal brutal meinen Mund mit seinem. Seine Lippen pressen sich gegen mich, und seine Zunge fordert, dass ich mich ihm öffne.

Nein!, möchte ich protestieren, doch schon das winzige Lufthollen reicht ihm, und er dringt in mich, als wollte er mich verschlingen. Nie zuvor hat mich jemand so geküsst. Ich brenne und will mehr. Mehr von diesen Lippen, von seinem Geschmack auf meiner Zunge, von ihm auf meiner Haut.

Meine Hände, die eben auf seinen Rücken eingetrommelt haben, krallen sich nun in seine Schultern und versuchen, ihn näher zu ziehen. Denn ich brauche ihn in mir. Aber es gelingt mir natürlich nicht. Er hat die Kontrolle, über den Kuss, über das, was hier passiert, über mich. Und es gefällt mir.

Als er von meinem Mund ablässt, wimmere ich wie unter Schmerzen. Sofort will ich die wenigen Millimeter zwischen uns wieder schließen, doch er erlaubt das nicht, sondern packt mich und fährt mit dem Daumen über meine Unterlippe. Was nicht annähernd das Gleiche ist.

Ich erinnere mich, wie oft er mir prophezeit hat, dass ich betteln werde. Und wie ich dachte, dass er darauf lange warten kann. Aber jetzt?

In seinen Augen sehe ich, dass er weiß, wie es um mich steht. Doch er bindet mir diese Erkenntnis nicht auf die Nase. Stattdessen liegt tiefe männliche Zufriedenheit in seinem Blick. Und jedes Zittern meines Körpers steigert sein Verlangen.

»Genieß es!«, murmelt er und beugt sich vor. Ich atme schon auf, weil ich damit rechne, wieder seinen Mund zu schmecken. Aber falsch gedacht! Denn seine Lippen küssen sich über meine Kinnlinie zu meinem Ohr, wandern dann zu meinem Hals und knabbern an der Stelle, wo mein Puls wie verrückt rast.

Mir wird schwindlig, und ich bin dankbar, die Wand im Rücken und Caleb vor mir zu haben. Die Hitze zwischen meinen Beinen wird größer, und ich schnappe nach Luft, als würde ich jemandem nachjagen. »Mehr!«, stöhne ich, während Schauer mir über den Körper laufen – vom Nacken bis zu den Zehenspitzen.

»Interessant, hier unter deinem Ohr ist also deine Schwachstelle?« Caleb weicht einige Zentimeter zurück und wischt mit dem Daumen etwas Feuchtes von meinen Wangen. Tränen? Höchst zufrieden begutachtet er, welche Kratzspuren sein Bart auf meiner empfindlichen Haut hinterlassen hat und wie schmerzhaft geschwollen meine Lippen sind. »Die nutze ich jetzt öfter.«

»Normalerweise knocken mich Küsse nicht so aus«, bringe ich mächtig stolz zustande. *Glückwunsch, Ava, das war ein ganzer zusammenhängender Satz!* Bis mir klar wird, was ich da gerade zugegeben habe. Dass mich Caleb Bryce überwältigt hat.

»Warum glaubst du, dass es an dem Kuss liegt?« Fest fasst er in meine Haare und raubt mir mit seinen Lippen erneut den Atem. »Dir gefällt, wenn sich ein Mann von dir nimmt, was er will.« Er grinst. »Und natürlich liegt es auch an mir.«

Meine intime Stelle pocht zustimmend. Bei beiden Feststellungen. »V-v-von wegen!«, presse ich unsicher hervor.

»Dass man dir immer alles beweisen muss …«

Ohne seinen Blick von mir abzuwenden, greift er nach meiner einen Hand und drückt sie über meinem Kopf gegen die Wand.

Sofort stöhne ich. Genieße es, entwaffnet zu sein.

»Siehst du, Ava?«

Hilflos schließe ich die Augen. Doch dabei spüre ich Caleb noch intensiver.

Das kann nicht sein! Ich erinnere mich an zahlreiche Typen, die versucht haben, diese Nummer mit mir abzuziehen. Sobald der Sex mit ihnen härter geworden ist, habe ich mich gesperrt. Es war nicht gut, bloß ein Fick. Unpersönlich. Kalt. Mit jemandem, den man nicht in sein Leben lässt und den man deshalb auch nicht vermisst, wenn er wieder weg ist. Und als ich dort im Hangar war … Das hat mir auch nicht gefallen. Kein bisschen.

»Schau mich an, Baby!«

Calebs Stimme holt mich zurück aus meiner dunklen Gedankenwelt. Sofort fliegen meine Lider auf. Mir stockt der Atem, als ich bemerke, wie eindringlich mich dieser Mann mustert. Tränen steigen mir erneut in die Augen, und ich versuche, sie hektisch wegzublinzeln. Bis sich doch eine löst und über meine Wange läuft. Mist! Warum bin ich so aufgewühlt?

»Alles ist in Ordnung«, sagt er sanft, beugt sich vor und küsst meine feuchte Haut. Was meinen inneren Tumult besser und gleichzeitig schlimmer macht.

»Ich bin keine Frau, die darauf steht, schlecht behandelt zu werden«, bringe ich mühsam heraus.

»Das weiß ich.« Tief atmet er den Geruch meiner Haare ein und verteilt weitere Küsse auf meinem Gesicht. »Fühlst du dich denn von mir schlecht behandelt?« Aufmerksam mustert er mich. »Ich würde nie etwas von dir nehmen, was du mir nicht geben willst.«

»Woher weißt du, was ich dir geben will?«

»Weil du die ganze Zeit auf mich reagierst, mehr willst, wenn ich dir weniger gebe, wimmerst, weil du es kaum noch aushältst, nicht zu kommen, mich in dir zu haben, dieses Brennen zu ertragen.«

»Normalerweise habe ich das Sagen«, erkläre ich.

»Hab ich schon gemerkt«, antwortet er mit einem schiefen Grinsen. »Du willst einen Partner auf Augenhöhe, Gleichberechtigung, Respekt.«

»Hör auf!«, murmele ich, da mein Herz immer schneller schlägt.

»Er soll für dich da sein und dich unterstützen. Und du willst genauso für ihn da sein und ihn unterstützen.«

»Sag es nicht«, flehe ich leise.

»Aber im Bett, Baby …«

Er muss den Satz nicht beenden. Im Bett macht es mich an, einem Mann ausgeliefert zu sein, mich ihm hinzugeben, sein Spielzeug zu sein. Calebs Spielzeug. Mit dieser Erkenntnis kralle ich mich fester in seine Schultern. Ich will ihm gehören, mit Haut und Haar.

»Und falls es dich beruhigt, Ava: Was dir gefällt, ergänzt sich perfekt mit dem, was mir gefällt.«

Verwirrt runzele ich die Stirn, und er küsst die Stelle schmunzelnd.

»Je mehr du dich nämlich außerhalb des Schlafzimmers danebenbenimmst und mich zur Weißglut treibst, umso größer wird mein Wunsch, dich zu ficken und dir zu zeigen, wer hier der Boss ist.« Er beugt sich vor und küsst mich wieder, lang und tief. »Und dann dafür zu sorgen, dass du jede Sekunde davon genießt und es dir gut geht.« Ein federleichter Kuss. »Denn das tut es gerade nicht.«

Provozierend lege ich meine Hand auf seinen Schritt, woraufhin sein harter Schwanz zuckt. Ich sehe ihm an, wie viel Selbstbeherrschung es ihn kostet, sich nicht gegen meine Handfläche zu drücken, nicht nachzugeben. Und das Gefühl gefällt mir.

»Handele ich mir jetzt Ärger ein?«, frage ich ihn und merke, wie ich mich entspanne. Zu wissen, welche Macht ich über ihn habe, beruhigt mich. Ungemein. Obwohl mein Leben momentan das reinste Chaos ist, das hier fühlt sich sicher an.

»Ja«, sagt er gefährlich leise.

Meine Knie zittern.

»Möchtest du wissen, was du jetzt tun wirst?«, fragt mich Caleb.

Ich atme hektisch, will ihn und will ihn nicht.

»Ich lasse dich los, und du gehst ohne mich den Gang entlang zu den Fahrstühlen. Die PIN für die oberste Etage lautet 4587. Wiederhol die Ziffern!«

»4587«, keuche ich und merke mir 45 mit dem Jahr, in dem der Zweite Weltkrieg zu Ende ging, und 87 als das Alter meiner Oma.

»Braves Mädchen!«, lobt er mich.

»Und dann?«, hauche ich.

»Wenn du ankommst, bist du direkt im Flur meiner Wohnung. Zieh dich aus! Geh in die Küche! Leg dich nackt mit dem Oberkörper auf den Tisch, die Beine leicht gespreizt, und warte dort auf mich. Ich muss Zac Bescheid geben, dass er hier bis auf Weiteres das Kommando übernimmt, dann bin ich bei dir.«

»Warum die Küche?«, frage ich.

»Tu es einfach, Ava. Denn andernfalls …«

Kapitel 14

Bevor ich zu den Fahrstühlen abbiege, drehe ich mich nach Caleb um. Ich weiß nicht, warum. Ist es plötzliche Unsicherheit? Vielleicht auch Zweifel? Oder Angst vor dem, was kommt?

Caleb lehnt lässig an der Wand, die Arme vor der Brust verschränkt, seine gesamte Aufmerksamkeit ausschließlich auf mich gerichtet. Und ich weiß, was er mir stumm sagt: ›Geh weiter, Baby!‹

Ich zögere.

Etwas Dunkles flackert in seinem Blick und sorgt dafür, dass mein Mund trocken wird, mein Herz rast und sich mein Innerstes zusammenzieht. Vor Verlangen. Was stimmt nur nicht mit mir?

Nervös drehe ich mich um und laufe den Gang entlang. Ich fühle mich wie die Teilnehmerin an einem Spiel, bei dem die Beute einen Vorsprung erhält, ehe der Jäger sich auf den Weg macht, um sie zu fangen.

Mich begrüßen Männer aus Calebs Team, nicken mir zu, murmeln Hallo, aber ich kann nicht antworten. Stattdessen steigt mir die Hitze mehr und mehr ins Gesicht. Denn jeder hier weiß bestimmt, dass ich gleich für den Boss die Beine breit machen werde.

Meine Knie werden weich, ich stolpere und stütze mich an der Wand ab.

»Alles okay, Ms Donovan?«, spricht mich jemand von der Security an.

Noch nie habe ich mich so gedemütigt gefühlt.

Noch nie war ich so wütend auf einen Kerl.

Und noch nie war ich so erregt und so voller Erwartung …

»Hm«, mache ich bloß, atme tief durch und gehe weiter, sobald ich das Gefühl habe, dass meine Beine mir wieder gehorchen.

Caleb Bryce, was tust du mir nur an?

Ich seufze erleichtert, als ich den Fahrstuhl erreiche. Fast geschafft.

Entschlossen betrete ich die Kabine und gebe mit zittrigen Fingern den Code für Calebs Etage ein. Dann schließen sich die Türen, der Aufzug setzt sich in Bewegung, und ich hole gleichmäßig Luft, um mich zu beruhigen.

Warum reagiere ich bloß so heftig auf Caleb? Was ist an ihm so anders im Vergleich zu den Männern vor ihm?

Sobald der Fahrstuhl hält, steige ich aus und befinde mich in einer hellen Wohnung. Die Einrichtung ist geschmackvoll und modern. Soweit ich erkennen kann, interessiert sich Caleb für Kunst. Obwohl die Wände voll mit Bildern sind, lehnen weitere neben einem Schrank, als würden sie darauf warten, ihren Platz zugewiesen zu bekommen. Außerdem scheint er ein Faible für Logik-Puzzle zu haben. Ich entdecke abstrakte Holzfiguren, teils zusammengebaut, teils zerlegt in einfachste geometrische Formen. Und … energisch rufe ich mich zur Ordnung.

Verdammt, dir gefällt sein Stil, Ava! Nicht gut.

Ich besinne mich auf Calebs Anweisung: ausziehen, zur Küche gehen und mich dort auf den Tisch schwingen.

»Na dann wollen wir mal«, murmele ich, lege meine Waffe ab, trete mir die Turnschuhe von den Füßen und will nun meine Hose aufknöpfen. Doch etwas in mir streikt. Eine merkwürdige Art des Widerstandes formiert sich. Ein Teil von mir giert förmlich nach dem Sex. Ein anderer kann jedoch nicht abschütteln, wie schamlos es ist, was ich hier tue. Und noch etwas stört mich gewaltig.

Behandelt Caleb jede Frau so? Schickt er sie in seine Wohnung, verlangt, dass sie die Hüllen fallen lassen und sich als sein Lustobjekt zur Verfügung stellen? Bei anderen Männern hat mich der Gedanke an meine Vorgängerinnen nie gestört. Bei Caleb tut er das ständig. *Hilfe!*

Meine Hände bekommen den Knopf an meiner Hose nicht gelöst. Ich gehe zur Küche, finde besagten Tisch und gebe schließlich auf. Auch auf die Gefahr hin, dass das gleich Ärger bedeutet.

Die Vorstellung, mich auf diese Tischplatte zu legen, auf der vor mir schon Dutzende Frauen gewesen sein müssen, dreht mir den Magen um. Wie kann er nur denken, dass ich willig die Beine für ihn spreize? Wie all seine Betthäschen vor mir!

Nachdenklich streiche ich mit dem Finger über das robuste, gut verarbeitete Holz, genieße die Fantasie, wie es wäre, hier Sex zu haben. Wenn ich die Erste wäre … Bis mir klar wird, dass ich mir etwas vormache, und meine Hand zurückziehe, als hätte ich mich verbrannt.

Ich hätte auf ihn warten soll, bis er mit Zac gesprochen hat, und wir hätten gemeinsam in seine Wohnung fahren sollen. Ganz klassisch hätten wir uns im Fahrstuhl schon küssen können, wären anschließend in den Flur getaumelt, und dort hätte er mit mir tun und lassen können, was er will. Doch so …

Tief durchatmend stütze ich mich an der Arbeitsfläche auf und versuche, meine Gefühle zu sortieren. Aber es gelingt mir nicht. Da ist Verlangen, Wut, Lust, Scham, Begierde, Unsicherheit …

»Warum wundert mich nicht, dass du nicht ein Mal tust, was man dir sagt?«

Calebs Stimme reißt mich aus meinen Gedanken. Ich zucke zusammen und drehe mich um. Er hat die Hände in den Hosentaschen vergraben. Wo er sie zu Fäusten geballt hat, als wäre er ziemlich sauer.

»War die Aufgabe zu schwer? Ich warte auf eine Erklärung«, sagt Caleb. »Und sie ist besser gut.«

Völlig unpassend wandert ein prickelnder Schauer über meinen Körper, eine wohlige Gänsehaut breitet sich aus, meine Nippel werden hart und ich feucht. Aber etwas in mir schreit protestierend.

Mist! In dem Moment, als mir klar wird, dass meine Gefühle verletzt sind, schießen mir schon Tränen in die Augen. Schnell schaue ich zur Seite und blinzele sie weg.

»Sieh mich an, Ava«, fordert er verführerisch sanft. »Was ist los?«

»Es war merkwürdig, deine Wohnung zum ersten Mal zu betreten. Allein. Ohne dich. Warum hast du das verlangt?«

»Weil ich mit Zac sprechen musste. Das hab ich dir gesagt.« Ein Funkeln schleicht sich in seinen Blick. »Und zu deiner Information, falls es dir entfallen sein sollte: Ich stehe auf Spielchen. Genau wie du. Und ich war gespannt, wie du dich schlägst. Mehr Ausreden?«

Wie soll ich ihm nur erklären, welches Gefühlschaos in mir tobt? Wie nah mir das Ganze hier geht? Was mich zögern lässt?

»Ich bin keine deiner Affären«, bringe ich heraus und schaue zum Boden. »Hast du ernsthaft geglaubt, ich mache einfach mit und tue, was du willst? So wie all die Frauen vor mir?«

Aus den Augenwinkeln sehe ich, wie seine Füße sich nähern. Caleb stützt sich links und rechts von mir auf, drängt mich gegen die Tischkante und schiebt sein Knie zwischen meine Beine. Bis ich nicht weiter zurückweichen kann und sein Körper meinen bedrängt.

»Ja, das hatte ich gedacht«, sagt er. »So muss ich leider das hier tun!« Er packt den Kragen meines Shirts und zerreißt es. Hektisch atmend stehe ich da und genieße, wie seine Hände über meine Haut streichen. Ich will nicht stöhnen, aber ich kann den Laut nicht zurückhalten. »Machst du jetzt mit?«, fragt er.

Lust und Verlangen peitschen durch mich hindurch. Caleb umfasst mein Kinn, und ich zucke zusammen, weil ich damit rechne, dass er grob wird, doch die Berührung ist federleicht. Und unwiderstehlich. Er wartet, und ich sehe ihn an, versinke in seinem Blick und all den Versprechungen, die darin liegen.

»Warum kannst du nicht aufhören, dich gegen mich zu wehren, Ava? Bin ich so abstoßend?«

Im Gegenteil, denke ich. Ist nicht genau das mein Problem? Dass ich dabei bin, jemandem zu verfallen, der Frauen in einem Tempo verschleißt, in dem sich ein Shopaholic neue Schuhe kauft. Und der obendrein ein Leben führt, in dem er einen Hochsicherheitsverhörraum statt einer Hobbygarage und Waffen statt Werkzeugen hat. Und in dem es Leute gibt, die auf ihn schießen, statt Nachbarn, mit denen man abends im Garten sitzt, während auf dem Grill die Steaks brutzeln. Und ist nicht am allerschlimmsten, dass mich dieser Mann so schwachmacht? Und ich weiß, wie weh es tut, wenn man einen Menschen verliert, der einem alles bedeutet.

»Das ist es also«, sagt er, und die Wärme in seinem Blick, die sich mit seiner Leidenschaft und der Wut mischt, trifft mich völlig unvorbereitet. »Das hättest du auch sagen können.«

Verwirrt runzele ich die Stirn. »Was meinst du?«

»Du bist keine Affäre, sondern jemand, der mich seit einem Jahr in den Wahnsinn treibt. Nur anders als du stelle ich mich dem.«

Seine Lippen streifen leider bloß kurz meine, und sobald er zurückweicht, recke ich mich, um ihn eine Millisekunde länger zu spüren. Ganz unwillkürlich. Natürlich. Ohne dass ich es beeinflussen kann.

»Hättest du gemacht, was ich dir gesagt habe, wenn du gewusst hättest, dass hier in meiner Wohnung bisher keine Frau war?«

»Das kann ich kaum glauben«, hauche ich. »Wer macht deine Wäsche? Zac?«

»Antworte einfach!« Er lehnt sich fester gegen mich. »Sei endlich ehrlich, Ava! Zu mir. Und zu dir.«

Wie schafft es dieser Mann nur, mich ständig so zu fordern? Ich sehe ihn an und kämpfe mit dem Wort, das aus meinem Mund entweichen will. Und ich verliere. »Ja.«

»Ja?« Forschend sieht er mich an, als würde er eine Lüge wittern.

»Ja«, wiederhole ich.

Ein Lächeln schleicht sich in seinen Blick. Zufrieden mit mir. Äußerst zufrieden.

»Was stell ich bloß mit dir an?«, murmelt er, dabei lese ich in seinen Augen, dass er die Antwort längst weiß.

Hauchzart streift er mit dem Zeigefinger meine erregten Brustwarzen durch die Spitze des BHs hindurch, zieht Kreise, übt mal mehr, mal weniger Druck aus.

»Spürst du die Berührung?« Ich sage nichts, denn mein Gesicht und die Art, wie sich mein Atem beschleunigt, verraten ihm, was er wissen will. »Wie viel besser wäre es wohl gewesen, wenn du getan hättest, was ich wollte … Wenn du nackt wärst … Ich könnte deine Nippel zwischen meinen Fingern zwirbeln, bis sie rot und hart sind und so empfindsam, dass sie brennen … Und dann könnte ich diese kleine Knospe mit meinen Lippen umschließen und mit meiner heißen, feuchten Zunge liebkosen …« Mein Atem stockt. »Aber wer nicht hören kann, Baby …«

Ich kann nicht glauben, was ich tue, doch so, als wäre es noch nicht zu spät, greife ich hinter mich und öffne den BH-Verschluss. Erst im letzten Moment halte ich die Schalen fest und sehe Caleb an.

»Plötzlich schüchtern?«, neckt er mich. »Hemmungen?«

»Einen letzten Rest«, gebe ich zu.

»Das kann ich ändern.« Selbstbewusst lächelt er. »Spielend leicht sogar.« Er beugt sich vor und platziert einen Kuss nach dem anderen an meinem Hals, meiner Schwachstelle. Je hungriger sein Mund wird, umso weniger habe ich ihm entgegenzusetzen. Ein sanfter Biss, und ich schmelze dahin. Aus Trotz möchte ich ihm einen Wimpernschlag länger widerstehen. Aber verdammt, ich will ihn wieder küssen, unbedingt, muss ihn schmecken, dieses Mal mit der Gewissheit, dass uns niemand stören wird.

Ohne nachzudenken, lasse ich die Körbchen los und kralle meine Finger in seine Haare, ziehe seinen Kopf zu mir und presse meine noch trockenen Lippen auf seinen warmen, feuchten Mund. Und sobald ich ihn schmecke, brauche ich mehr.

Der Kuss wird von Sekunde zu Sekunde leidenschaftlicher, und statt mich zufriedenzustellen, macht er mich wilder. Mein BH rutscht mir über die Schultern. An meinen Armbeugen bleiben die Träger hängen, und die Körbchen werden zwischen uns eingedrückt. Die Bügel stören mich. Nur widerwillig löse ich erst eine Hand von Caleb, dann die andere, um die Träger abzustreifen. Sofort umschlinge ich ihn wieder, fordere mehr und stöhne, als seine Zunge mich so geschickt verführt wie beim letzten Mal. Sodass mein ganzer Körper glüht und schwebt.

»Nein«, wimmere ich protestierend, als er zurückweicht.

»Scheinbar willst du immer genau das Gegenteil von dem, was ich will«, haucht er mir zu und berührt meine Brüste, knetet sie, lässt sich Zeit und reibt schließlich mit dem Daumen über meine empfindlichen Spitzen.

»Caleb!«, rufe ich und kralle mich in seinen Nacken, um nicht den Halt zu verlieren.

»Zweite Schwachstelle gefunden!«, verkündet er zufrieden, beugt sich vor und saugt mit seinen Lippen daran. So wie er es angekündigt hat.

Ein Zittern erfasst mich, als würde ich gleich kommen. Hitze flutet durch mein Innerstes, und das süße Ziehen breitet sich unaufhörlich von meinen Brüsten nach unten zu meiner Mitte aus. *Hilfe!*

Nie zuvor hat mich eine Berührung so überwältigt. Bei keinem Mann habe ich je empfunden, was ich bei Caleb empfinde. Nicht nur dieses Verlangen, sondern diesen Wunsch, ihn in mir zu haben, in jeder Faser meines Körpers. Mir wird schwindelig vor Lust, ich ergebe mich ihm voll und ganz, merke nicht, dass meine Beine nachgeben, bloß dass Caleb mich plötzlich hält. So sicher, als würde er mich nie mehr loslassen. Ein Gedanke, der irgendwas in meinem Kopf anstellt. Weil es sich richtig anfühlt. Fundamental richtig. Weshalb ich mich ihm weiter entgegenrecke.

»Sag mir noch mal, dass du mich nicht willst, Baby.«

»Ich will dich nicht«, antworte ich, ohne zu zögern.

»Lügnerin!«, knurrt er.

»Und ich dachte, ich erhalte einen Orden, weil ich endlich getan habe, was ich soll«, gebe ich frech zurück, lehne mich schwer atmend an Caleb, höre auf seinen gleichmäßigen Herzschlag, atme seinen Duft ein und frage mich, wie er dermaßen ruhig sein kann. Während ich vergessen habe, wo oben und unten ist.

Er lacht, weicht wenige Zentimeter zurück und sieht mich mit einer Wärme im Blick an, die mir den Atem raubt.

Ich will etwas sagen, aber mehr, als den Mund zu öffnen und zu schließen, ist nicht drin.

Genüsslich fährt Caleb mit seinen Fingerspitzen über meinen Rücken, eine total unschuldige Geste, Standard, nichts Besonderes. Dennoch spielen meine Sinne verrückt. Meine Knie zittern, Schauer rieseln sanft wie fallender Schnee über meine Haut, und ich keuche vor Lust.

»Sag bloß, du hast plötzlich Probleme zu stehen?«, fragt er und hebt mich auf den Tisch. Mit einer fordernden Bewegung spreizt er meine Beine, stellt sich dazwischen und presst seine Erektion genau dorthin, wo ich ihn brauche.

»Caleb!«, stöhne ich, erschrocken darüber, was jede seiner Berührungen mit mir anstellt. Alles passiert so quälend langsam, dass ich möchte, dass er sich beeilt. Gleichzeitig geschieht alles zu schnell, und ich komme nicht hinterher. Mir ist schwindelig, als hätte ich zu viel Alkohol getrunken. Und da ich nicht weiß, wie ich das ansprechen soll, lehne ich mich einfach vor an seine Schulter und halte mich fest. Was etwas hilft.

Jeden Augenblick rechne ich damit, dass er mir den Befehl gibt, mich ganz auszuziehen. Mein Herz klopft aufgeregt, weil ich keine Ahnung habe, ob ich das schaffe. Stattdessen suchen seine Lippen meine, und mit jeder Sekunde, die sie mich küssen, verschwindet das zittrige Gefühl.

Meine Brüste reiben an seinem Shirt, und wie von selbst beginnen meine Hände, den Saum zu packen, den Stoff höher zu schieben und ihm das Oberteil abzustreifen. Und kaum ist seine Haut an meiner, da kann ich gar nicht mehr von ihm ablassen. Ich bin süchtig. Oder ich werde verrückt. Oder beides.

Neugierig küsse ich mich seinen Hals entlang, höher zu seinem Nacken, schmecke seine Haut, ihn, brauche mehr. Bedürftig kralle ich mich in seine kräftigen Schultern, beobachte das Spiel seiner Muskeln und warte darauf, dass dieser Mann kurzen Prozess mit mir macht.

Doch überraschend hebt er mich hoch, und wir durchqueren die Wohnung.

»Was ist los?«, frage ich und klammere mich instinktiv stärker an ihm fest, weil er mich jetzt bitte nicht loslassen darf.

Als Antwort bekomme ich einen Kuss auf die Wange, nass, prickelnd, leidenschaftlich und zugleich zärtlich. Dann lande ich rückwärts auf einer weichen Matratze. Calebs Bett!

Ein weiterer Schauer jagt über meinen Körper. Heftiger als alle vorangegangenen, denn ich weiß, was gleich passieren wird, und halte die Spannung kaum noch aus.

Caleb folgt mir aufs Bett, thront über mir und lässt sich für seinen nächsten Kuss alle Zeit der Welt. Schließlich weicht er zurück.

Schwer atmend sehe ich ihn an, gefühlt eine Ewigkeit lang. Doch das bringt ihn nicht aus der Ruhe. Als er genug meiner Lachfalten gezählt hat – oder was auch immer ihn so an meinem Gesicht fasziniert –, beugt er sich wieder zu mir, um mich zu küssen. Etwas länger. Und dennoch zu kurz.

»Willst du mich bestrafen?«, frage ich.

Neugierig mustert er mich und schenkt mir einen weiteren dieser folternden Küsse. »Fühlt sich das für dich schon wie eine Strafe an?«

Nein, köstlich. Aber es ist zu wenig!

Als er mich erneut quälend sanft berühren will, packe ich ihn und lasse ihn nicht gehen. Seine Hände erkunden mich, gleiten über meinen Nacken, meine Schultern, mein Schlüsselbein, meine Arme, greifen fester zu, und ich stöhne vor Lust.

Ja! Das brauche ich. Mehr davon!

Der Kuss wird immer brutaler. Sein Mund verschlingt mich, und unsere Körper schmiegen sich aneinander, tun alles, um den anderen um den Verstand zu bringen. Seine Haut klebt an meiner, wir ringen miteinander, zerwühlen das Bett. Hart und einladend spüre ich seine Erektion und wie der Stoff unserer Hosen jegliche intime Verbindung verhindert.

»Caleb?«, keuche ich frustriert, als ich auf ihm sitze und genieße, wie seine Hände über meine Seiten und den

Rücken streichen, allerdings ohne Anstalten zu machen, mich oder sich auszuziehen.

»Was, Baby?«

Ich bin mir sicher, er weiß genau, was ich meine. Egal wie unschuldig seine Miene ist. »Ich dachte, das hier läuft anders ab.«

»Wie denn?« Wissend zieht er meinen Kopf zu sich und küsst mich, bevor ich etwas sagen kann. Wieder so verführerisch. Und so quälend nett.

»Ich dachte, du nimmst dir einfach, was du willst.«

Sein Penis zuckt hart unter mir. Doch statt mich auf den Rücken zu drehen und mich endlich zu erobern, streicht er mir durchs Haar und spannt mich auf die Folter. »Glaub mir, das will ich auch.«

Meine Mitte jubelt.

»Und ich weiß, du würdest sofort mitmachen. In deinem Gesicht steht geschrieben, wie sehr du mich willst. Ich spüre deine Hitze, rieche deine Erregung. Ava, du bist so nass und bereit für mich …« Er stockt und kneift die Augen zusammen, und erst jetzt wird mir klar, dass er darum kämpft, nicht die Beherrschung zu verlieren. Dabei möchte ein Teil von mir genau das. Dann sieht er mich wieder an. Gefasster.

»Aber? Wieso kommen dir plötzlich Zweifel?«

»Vorhin, in der Küche … mir ist dein Zittern nicht entgangen, Baby. Du wolltest mich, aber du hattest auch Angst.«

»Das war keine –«

»Du konntest nicht mehr stehen, Ava. Obwohl wir noch nicht mal richtig angefangen hatten.« Durchdringend mustert er mich.

»Okay, es war Angst«, hauche ich, woraufhin er sich unter mir versteift. *Mist! Warum habe ich das zugegeben?*

Seit wann fange ich an, ehrlich zu Caleb zu sein? »Aber ist das nicht verständlich? So was hier ist neu für mich. Ich dachte, das wüsstest du.«

»So was?« Er runzelt die Stirn und dreht uns, sodass ich unter ihm liege. Und es kein Entkommen gibt. Ein Gedanke, der mich schon einmal heißgemacht hat und der es wieder tut.

»Machtspielchen … Das hier …«, presse ich heraus.

»Das hättest du mir eher sagen müssen, Ava. Bei deinem Ruf habe ich automatisch angenommen …Wenn du wüsstest, was ich alles mit dir anstellen wollte. Wovon ich nachts träume … Was mir ständig durch den Kopf schießt, sobald ich dich sehe. Und wie stark …« Er bremst sich.

»Was?«, wispere ich, während die Hitze zwischen meinen Beinen zunimmt.

»Wie stark der Impuls ist, dich zu besitzen. Über jeden Quadratzentimeter von deinem Körper zu bestimmen. Dafür zu sorgen, dass sich deine Pussy vor Verlangen zusammenzieht, wenn ich in der Nähe bin. Jede Zelle von dir zum Glühen zu bringen und in deinen Augen den Wunsch zu lesen, von dieser sinnlichen Folter erlöst zu werden.«

»Wie stark?«, frage ich und schnappe nach Luft, als er mich erst küsst, dann jedoch beißt. Schmerzhaft. Wundervoll.

»Jetzt da ich weiß, dass das neu für dich ist, will ich dich noch mehr, und es kostet mich alle Kraft, mich zurückzuhalten. Als hätte ich im Lotto gewonnen, aber dürfte meinen Gewinn nicht einlösen.«

»Dann hör auf, dich zurückzunehmen!«, kommt mir über die Lippen.

»Was?!« Jede Faser seines Körpers spannt sich an. Ich spüre seine Überlegenheit, und ein Zittern geht erneut durch mich – erwartungsvoll, gierig. Nie hätte ich gedacht, dass sich dieser Mann derart anständig benehmen kann. Nicht nachdem er mich so schamlos bedrängt hat. Doch das macht es mir plötzlich viel leichter, mich ihm hinzugeben.

Nervös schießt mir durch den Kopf, was er erst vor Kurzem angedeutet hat: Im Bett würde es mich erregen, meinem Partner ausgeliefert zu sein, mich ihm zu unterwerfen, sein Spielzeug zu sein.

»Bitte, nimm mich!«, wispere ich, bettele, wie er es mir so oft prophezeit hat und ich es nicht glauben wollte. Wie dumm ich war!

Leider zögert er. Was mich beinahe umbringt.

»Caleb, verdammt!« Mir fällt bloß eine Sache ein, die ihn machen lassen wird, was ich will, und damit werde ich mir Ärger einhandeln. Aber sie wird ihn dazu bringen, das hier auf die einzige Art zu Ende zu führen, die er und anscheinend auch ich brauchen. »Oder bist du etwa in deine Hose gekommen und kriegst jetzt keinen mehr hoch?«

Eine Sekunde vergeht.

Noch eine.

Dann setzt die Veränderung ein. Es ist nur ein Blitzen in seinen Augen, eine Anspannung in den Schultern und ein teuflisches Lächeln in seinen Mundwinkeln. Doch sie sorgt dafür, dass ich abhauen will – und gleichzeitig feucht werde. Wahnsinnig feucht.

»Bleib liegen!«, befiehlt er und rückt von mir ab.

Schwer atmend behalte ich ihn im Auge und er mich. Ich brenne, aber ich weiß auch, ohne dass er es sagt, dass ich mich besser nicht selbst berühre. Es sei denn, er verlangt es.

»Du warst ungezogen«, stellt er seelenruhig fest.

Sofort ziehen sich meine Brustwarzen enger zusammen.

»Und eine kleine Strafe muss sein.«

»Mein Safeword ist –« Sein Blick bringt mich zum Verstummen. »Kein Safeword?«

»Keins.«

Mir wird bewusst, wie intensiv er mich beobachtet und darauf achtet, was seine Worte mit mir anstellen. Ich sollte protestieren. Es ist unverantwortlich, ohne Safeword zu spielen. Aber ich unterlasse es, schelte mich, so dumm gewesen zu sein, ihn zu provozieren, und kann es dennoch nicht ändern. Weil es sich bei diesem Mann absolut richtig anfühlt.

»Was ist meine Strafe?«, frage ich und beobachte, wie er seinen Gürtel löst. Mein Atem geht schneller. Doch anstatt mich damit zu schlagen, zieht er nur seine Jeans aus. Und sein Penis zeigt sich in seiner vollen Pracht. Groß, dick, hart.

»Dir gefällt, was du siehst.«

Es ist eine Feststellung, deshalb verkneife ich mir einen Kommentar, aber ja, mir gefällt, was ich sehe.

Mit klopfendem Herzen verfolge ich, wie Caleb näher kommt, und ziehe scharf die Luft ein, als er meine Hose aufknöpft. Ohne mich aus seinen verdammten Augen zu lassen.

»Heb deinen Po an!«, fordert er.

Ich gehorche, und er streift mir die Jeans ab, bis ich nackt und bereit auf seinem Bett liege.

»Bleib so, aber spreiz die Beine!« Er setzt sich neben mich und greift an meine Scham.

»Caleb!«

»So nass, Ava …«

Sein Tonfall gefällt mir nicht. Er klingt bedauernd. Doch ich vergesse das merkwürdige Gefühl, als er mit zwei Fingern in mich eindringt. »Ja«, murmele ich und komme ihm automatisch entgegen. Sofort entzieht er sie mir.

»Baby, ich hab dir gerade eine Strafe angekündigt, keine Belohnung.«

Ich sehe ihm an, wie viel Spaß er an der Situation hat, begreife jedoch noch nicht, worum es geht. Bis er mit seinen von mir feuchten Fingern seinen Schaft umschließt und sich mit gleichmäßigen Bewegungen massiert. Ungeniert schaue ich auf seine Erektion und beiße mir auf die Unterlippe.

»Du möchtest mich in dir spüren?«

»Ja«, antworte ich und kralle meine Hände ins Laken, um sie nicht nach ihm auszustrecken.

Genussvoll stöhnend beugt er sich zu mir und stiehlt sich einen Kuss. Ohne mit der sexy Pumpbewegung aufzuhören.

Wieder schiebt er seine Finger in mich, bewegt sie sanft vor und zurück. »Stell dir vor, das könnte mein Schwanz sein«, raunt er, und mein Innerstes zieht sich zusammen. »Keine Bewegung hab ich gesagt«, ermahnt er mich.

»Dafür kann ich nichts«, beschwere ich mich.

»Ich meine es ernst.« Er verweigert mir weitere Berührungen. »Strafe ist Strafe, Ava.« Erneut ist da dieses teuflische Grinsen. »Wenn du sprichst, bewegen sich übrigens auch deine Lippen. Das solltest du daher ebenso unterlassen.«

Mir ist furchtbar warm, und ich schnappe schon protestierend nach Luft –

»Hast du verstanden, was ich von dir will, Ava?«

Eine Welle der Erkenntnis trifft mich, und fassungslos schaue ich ihn an.

»Nicke, falls dem so ist!«

Wie betäubt gehorche ich. Natürlich. Obwohl ich keine Ahnung habe, wie ich die nächsten Augenblicke überstehen soll.

Nervös und unendlich erregt verfolge ich, wie sich Caleb zwischen meine Beine setzt, mir jeden Zentimeter von sich präsentiert, den ich so gerne spüren möchte und den er mir verweigert.

»Mach mich stolz!«, haucht er mir zu, und ehe ich begreife, was er meint, pumpt er schneller in seine Hand.

Schwer atmend sehe ich zu, wie er direkt vor mir onaniert, wie sich jede Faser seines Körpers bewegt, wie die Sehnen an seinem Hals vor Anspannung hervortreten, wie sich seine Wangen röten – und wie fesselnd sein Blick auf mich gerichtet ist. Weil ich es bin, die ihn so anmacht.

Je näher Caleb seinem Höhepunkt kommt, desto erregter werde auch ich. Schweiß bildet sich in meinem Nacken. Mehrfach ertappe ich mich dabei, wie ich mir auf die Lippe beißen will, es jedoch zum Glück rechtzeitig bemerke und unterlasse. Wer weiß, was Caleb sonst macht, wenn ich diese dämliche Strafe sabotiere?

»Nein, sieh mich an!«, knurrt er stöhnend, und meine Lider, von denen ich gar nicht gemerkt habe, dass ich sie geschlossen habe, fliegen wieder auf. »Besser«, seufzt er.

Tränen steigen mir in die Augen. Ich fühle mich, als würde mich jemand überall kitzeln, nur dürfte ich nicht reagieren. Meine Haut brennt, doch nichts lindert das Feuer. Am liebsten möchte ich gegen diesen Mann, der mir das antut, kämpfen. Aber ein ziemlich verrückter Teil von mir weiß, dass das hier alles seine Richtigkeit hat. Vielleicht nimmt er mich ja gleich? Kurz bevor er –

»Jaaa!« Mit einem lang gezogenen Schrei kommt Caleb und ergießt sich auf meinen Bauch und meine Brüste. Er zittert vor Erleichterung. Sämtliche Anspannung entweicht aus seinem Körper. Er holt tief Luft, seine Pumpbewegungen werden immer langsamer, bis er zwischen meinen Beinen sitzen bleibt. Mit einem schlaffen Schwanz.

Was zum –?! Wut steigt in mir auf. Heftiger und heftiger. Je mehr mir dämmert, was gerade passiert ist. Mich stört gar nicht, dass der Sex schmutzig geworden ist, ganz anders als ich immer dachte. Mich stört auch nicht, dass ich keine Papiertaschentücher wie sonst zur Hand habe. Was mich jedoch stört ist, dass hier nur einer seinen Höhepunkt hatte. Er. Während ich jeden Moment vor unerfülltem Verlangen sterbe. Aber falls ich in der nächsten Zeit überhaupt noch einen Orgasmus erlebe, dann nicht von Caleb. Wie lange wird es dauern, bis dieser Mann wieder kann? Eine halbe Stunde? Eine Stunde? Morgen früh?!

»Hey, du glühst ja richtig!«

Ich merke kaum, dass Caleb nicht länger vor mir kniet, sondern mich mit einem Papiertaschentuch sauber macht. Also nutzt er doch welche und hat mich im Hotel nur damit aufgezogen.

»Ich kann das nicht«, murmele ich und schlage seine Finger weg.

»Hey!« Ohne dass ich die Bewegung kommen sehe, packt er meine Handgelenke und drückt sie in die Matratze.

»Caleb, ich brenne!«, keuche ich, hebe meinen Kopf, um ihn zu küssen, aber erreiche seine Lippen nicht. Dass Haut so wehtun kann vor Sehnsucht, berührt zu werden!

»Wird es hiermit besser?«, fragt er, beugt sich zu mir und küsst mein Schlüsselbein. »Oder wie ist das?« Seine Hand legt sich um meinen Busen, spielt mit mir.

Hilflos kralle ich mich in seine Haare. Ja und nein. »Mehr!«

Langsam gleitet seine Hand über meinen Körper, und sobald die süße Spannung nicht länger auszuhalten ist, schließe ich die Augen. Ich möchte wütend auf ihn sein, genieße dafür jedoch jede Sekunde zu sehr.

»Noch mehr, bitte«, wimmere ich.

»Wie könnte ich da widerstehen?« Fast hoffe ich, dass ich ihn in mir spüre, doch stattdessen übersät Caleb meine Haut mit quälenden Küssen. Bis ich eingreife.

»Caleb, ich sterbe.«

Ein Lächeln zeichnet sich auf seinen Lippen ab.

»Das ist nicht lustig«, fauche ich.

»Wer sagt, dass ich über dich lache?« Erbarmungslos langsam küsst er sich meinen Körper entlang nach oben, bis seine Hüften zwischen meinen Beinen sind. Und ich merke, dass er wieder erregt ist.

Ich kann nicht mehr still liegen bleiben. Wie eine Ertrinkende, die ihre rettende Insel erblickt und ihre letzten Kräfte mobilisiert, hebe ich mein Becken.

»Gleich ist es vorbei«, murmelt er, reibt andeutungsweise mit seinem Schaft an meiner feuchten Mitte und rollt sich ein Kondom rüber. Und bevor ich begreife, was geschieht, dringt er in mich, erobert mich mit einem harten Stoß.

»Oh Gott!«, stöhne ich voll Ekstase.

Die Gefühle überwältigen mich. Ich glaube, dass es mich zerreißt und dennoch nicht genug ist. Noch nie hat sich etwas so gut und richtig angefühlt. Ich gebe mich ihm hin und gehöre ihm. Komplett und bedingungslos. Doch er gehört auch mir, ist der Mann, der mich unendliche Lust spüren lassen kann. Und süße Erlösung.

Wieder stößt er in mich, und ich nehme ihn auf. Keine Ahnung, ob ich ihn um Erlaubnis fragen soll oder nicht. Ehe er überhaupt loslegen kann, komme ich schon. Meine Muskeln zucken und krampfen um seinen Schaft, und ich schreie vor Erleichterung. Mir ist, als hätte man mir ein Geschenk gemacht, und ich koste es bis in die letzte Faser meines Körpers aus. Das war jeden Streit, jedes Warten zwischen uns wert.

»Gern geschehen!«, haucht mir Caleb ins Ohr und beißt mich, sodass mein Innerstes, das gerade von seinem Hoch runterkommt, erneut heftig pulsiert. »Aber das hier ist noch nicht vorbei! Sondern war nur zum Aufwärmen …«

Ein Schauer jagt durch mich hindurch. *Pure Vorfreude!*

»Ja«, stöhne ich und klammere mich an ihn, als er unbarmherzig weiter in mich pumpt, mit jedem Stoß fester, als bräuchte er mehr von mir.

»Komm noch mal«, raunt er mir zu. Bevor ich ihn aufklären kann, dass das bei mir nicht so schnell geht, berührt er meinen Kitzler. Ein zweiter Orgasmus rauscht über mich hinweg, mächtiger als der erste. Und ich kann nichts anderes tun, als unter der Lust, die mich überschwemmt, zu zucken.

»Gut?«, fragt er, als ich die Augen öffne und ihn über mir erblicke, erregt und hart, groß und steif in mir.

»Du bringst mich um«, wispere ich und kann mich dennoch nicht dem Kribbeln entziehen, das meinen Körper erneut erfasst. Als wären zwei Mal längst nicht genug. »Mehr!«, keuche ich, obwohl seine Stöße sich schmerzhafter anfühlen, und ich versuche, ihn im selben Atemzug auf Abstand zu halten.

Mit einem Knurren packt er mich, nimmt meine Hände, presst sie in die Matratze und beißt mir in den Hals. Zeigt deutlich, wie viel mein Wort hier wert ist: nichts. Und dass mein Widerstand jetzt zwecklos ist. Dass er mich benutzen wird, so lange, wie er will. So lange, bis er mit mir fertig ist.

Das sollte mich erschrecken, stattdessen sterbe ich vor Lust.

»Und noch mal!«, knurrt er.

»Ich weiß nicht, ob –«

»Die korrekte Antwort lautet: ja, Sir!« Er greift in meine Haare, und mein Unterleib antwortet mit einem Zucken. Seine Stöße werden immer rücksichtsloser, seine Lippen brutaler, seine Hände kräftiger. Er zerdrückt mich beinahe unter sich, raubt mir die Luft zum Atmen und katapultiert mich auf diese Art und Weise mit sich in die Höhe.

»Ja, Sir«, stöhne ich und habe keine Wahl, hatte nie eine bei ihm. Ich komme erneut und spüre, wie er ebenfalls in mir Erlösung findet, erst heftig, dann mit jeder Bewegung, mit der er sich in mir versenkt, langsamer, ruhiger. Bis er auf mir liegen bleibt, verschwitzt, schwer atmend, ausgepowert, heiß. Noch immer in mir drin.

»Alles okay mit dir?«, fragt er, bewegt sich behutsam und will sich entfernen, doch ich umschließe ihn mit meinen Beinen, möchte diese Nähe so lange wie möglich genießen. Er mustert mein Gesicht, jedoch auch meinen Hals, meine Schultern, meine Brüste, jede Stelle, wo der Sex Spuren hinterlassen hat. Wo er mich markiert hat.

Breit grinsend nicke ich, weil ich mich nie besser gefühlt habe. Obwohl sich sämtliche Knochen wie Blei anfühlen. Solchen Sex kannte ich bisher nicht. Schmutzig und dennoch zärtlich. Wild und zugleich sinnlich. Und so voller Begierde, als würde man sterben, wenn man den anderen nicht schmecken, ertasten, riechen kann.

»Aber jetzt bist du müde?«

»Todmüde«, gebe ich zu.

»Dann lass uns schnell duschen und anschließend schlafen.«

Duschen? Nach diesem Sex. Vielleicht schlägt er das nur vor, weil ich anfangs gesagt habe, dass ich zu Papiertüchern greife, wenn es zu schmutzig im Bett wird. Aber damit meinte ich nicht, dass ich nach dem Akt nach *Sunny Melon* und er nach *Pure Rainforest* riechen soll. So als wäre nichts passiert. Ich mag es, seinen Geruch auf meiner Haut zu haben und zu wissen, dass meiner ihn umgibt.

»Geh ruhig vor«, sage ich und verberge meine Enttäuschung darüber, dass er die Spuren von dem hier abwaschen will, indem ich meine Augen schließe.

Er löst sich und küsst meine Lider. »Ist gut. Bis gleich, Baby!«

Sobald er nicht mehr in mir ist, vermisse ich ihn, fühle mich plötzlich leer. Und allein. Auf eine Art, die mir neu ist. Mir wird kalt, und während Caleb im Bad ist, wickele ich mich in seine zerwühlte Bettdecke. Die nach ihm und mir und der Leidenschaft riecht, die wir geteilt haben.

»Das Bad ist jetzt frei!«, ruft Caleb.

Weil mir nicht danach ist, mit ihm zu diskutieren, warum ich duschen sollte oder nicht, richte ich mich völlig groggy auf. Doch schneller, als ich aufstehen kann, sitzt Caleb neben mir und reicht mir ein Glas.

»Hier, trink das, Baby!« Sanft fährt er mir durch die Haare, legt dann seinen Arm um mich und zieht mich an seine Schulter. »Ich hätte wissen müssen, dass nicht alles okay ist. Du sagst schließlich nie die Wahrheit.«

Verwundert blicke ich ihn an, aber entspanne mich, als er mir einen Kuss aufs Ohr drückt. Ohne zu fragen, was er mir gebracht hat, leere ich das Glas. Irgendein Obst-Gemüse-Smoothie. Und ich merke, wie durstig und ausgepowert ich bin und wie gut es sich anfühlt, was in den Magen zu bekommen.

Lächelnd nimmt er mir das Glas wieder ab und stellt es auf den Nachttisch.

»Was?«, frage ich irritiert.

»Es ist interessant zu sehen, wie du bist, wenn du machst, was man von dir verlangt.«

Meine rebellische Ader springt sofort an. »Lass mich raten: Und jetzt kannst du die Privatermittlerin von deiner Liste an Frauen streichen, mit denen du ein Mal im Leben Sex haben musst, und dir ein neues Spielzeug suchen, das du mit deinen Superkräften verführen kannst!«

»Im Gegenteil. Dass du gerade so anhänglich bist, macht dich noch unwiderstehlicher. Am Tag Supergirl, tough und unnahbar, aber in der Nacht, in meinen Armen zahm wie ein Kätzchen.«

Bevor ich verstehe, was er meint, hat er das Licht ausgemacht und ist bei mir unter der Decke. Davon, dass ich duschen sollte, ist nicht mehr die Rede. Sofort schmiege ich mich wohlig an ihn. Ich döse jedoch nur, genieße die Nähe viel zu sehr, rieche den Duft des Duschgels auf seiner Haut und bewege im Halbschlaf meine Hüften. Weil ich mich danach sehne, ihn wieder ganz nah zu spüren. Wem spiele ich was vor? Uns zu spüren.

»Versuch zu schlafen, Baby. Du hattest genug für heute.«

»Hast du das zu entscheiden?«, flüstere ich. »Oder hast du vielleicht genug?« Prüfend lasse ich meine Hand tiefer über seinen Bauch gleiten, bis ich seinen Penis ertaste. Heiß, samtig weich, halb erigiert.

»Ava!« Sein Stöhnen geht mir durch Mark und Bein.

»Noch ein Mal«, bettele ich. »Und danach duschst du nicht.«

Er lacht, aber nicht amüsiert, sondern so als wäre er mir hoffnungslos verfallen. »Komm«, sagt er, zieht mich auf sich und küsst mich träge.

Ich fasse zwischen uns und greife seinen Schwanz, streiche seine Länge entlang und keuche, als seine pralle Eichel gegen meinen Eingang stößt.

Stöhnend halten wir inne. Weil es so nicht geplant war, ohne Gummi. Aber es fühlt sich gut an. Richtig. Perfekt. Und ich will ihn gerne ganz spüren. Nur ihn und mich. Einzig eine leise Stimme flüstert mir zu, dass dieser Kerl schon mit so vielen Frauen Sex hatte, dass man nicht wissen kann, was man sich bei ihm einfängt.

»Nimmst du die Pille?«, fragt er sanft, als hätte er ähnliche Gedanken wie ich.

Ich nicke.

Ein Zittern geht durch ihn. Pures Verlangen.

»Caleb …«, wispere ich, aber weiß gar nicht, was ich ihm eigentlich sagen will.

»Ava …« Er atmet schwer. »Ich lass mich nach jeder Affäre testen … Baby … Wenn du …?« Weiter kommt er nicht, da schließt er die Augen und versucht, ruhig zu bleiben. Mir die Entscheidung zu überlassen.

Nun bin ich es, die zittert. Keine Ahnung, was richtig oder was falsch ist. Aber ich weiß, was ich jetzt brauche. Was wir brauchen. Und langsam schiebe ich mich ihm ein

Stück entgegen, bis seine Spitze in mir ist. Scharf ziehe ich die Luft ein.

»Wund?« Er klingt extrem zufrieden. Und erregt. Und überwältigt. Und perfekt.

»Kein bisschen«, erwidere ich tapfer und beiße mir auf die Lippe, als ich ihn tiefer und tiefer aufnehme, bis er vollkommen in mir ist. *Ja!* Warum fühlt er sich bloß so gut an?

»Dir tut also nichts weh?« Er drückt mich auf den Rücken, und während er mich küsst, nimmt er mich vorsichtig, genießt diese neue Nähe zwischen uns.

Doch! Im ersten Moment habe ich das Gefühl, dass er größer geworden ist. Mit jeder seiner Bewegungen übernehmen jedoch immer mehr meine Hormone das Kommando und lassen mich diesen süßen Schmerz vergessen. So wie man es auch schafft, über glühende Kohlen zu laufen.

»Härter!«, fordere ich und keuche erstickt, als er meiner Bitte nachkommt.

»Verdammt!«, knurrt er, weil er das nicht wollte, und ich muss völlig unpassend kichern.

»Sag bloß, ich hab dich in meiner Gewalt, Caleb Bryce!«

»Sieht wohl so aus«, murmelt er und übersät mein Gesicht mit Küssen, während er mich wieder sanfter nimmt.

Obwohl der Sex nun zärtlicher ist, wird das Pulsieren in mir schnell wilder. Ich will noch nicht kommen, möchte ewig so von ihm verwöhnt werden, aber mein klammernder Griff an seinen Schultern verrät mich.

»Gib auf! Du hast keine Chance«, haucht er mir zu.

»Von wegen«, antworte ich stur.

Plötzlich sind da seine Küsse an meinem Hals und seine Hand an meinem Kitzler. Und Stoß für Stoß bringt er mich über die Schwelle, bis ich explodiere.

»Oh, Ava!« Caleb folgt mir fast zeitgleich, erlebt ebenfalls einen heftigen Höhepunkt. Als er sich dieses Mal danach aus mir zurückzieht, lässt er mich jedoch nicht los, sondern wir kleben aneinander. Eins. »Schlaf jetzt, Baby.«

»Mmh.« Ich muss lächeln. Ich hab ihm schon wieder zugestimmt. Verrückt.

Kapitel 15

Ein gemütliches Bett …

Ein schwerer Arm um meine Taille geschlungen …

Ein maskuliner sinnlicher Duft …

Dann ein Kuss-Biss.

»Mehr«, murmeln meine Lippen im Halbschlaf. Unwillkürlich rege ich mich und genieße diesen anderen warmen Körper an meinem Rücken. Wie ein raues Kinn meinen Hals streift und heißer Atem für einen Schauer sorgt. Ich kann mich nicht erinnern, je so gut geschlafen, mich je so gut gefühlt zu haben. Bis mir klar wird, wer der Mann ist, der diese Gefühle in mir auslöst.

Zähne knabbern an meinem Ohrläppchen, und gegen meinen Hintern drückt eine mächtige Erektion, die weitere Erinnerungen vom Vorabend an die Oberfläche bringt.

Was hab ich mir nur dabei gedacht, mit Caleb Bryce zu schlafen?

»Nein, nicht mehr!«, rufe ich und weiche zurück, als hätte ich mich verbrannt. Komme aber nicht weit, weil der Arm, der bis eben locker um meine Hüfte gelegen hat, sich anspannt und mich hält.

Langsam komme ich zu mir, und mein Gehirn setzt Puzzleteil für Puzzleteil der letzten vierundzwanzig Stunden zusammen. Meine Entführung, die Befreiung, die erneut verschwundenen Frauen, Judith Hamilton auf der Flucht. Und Caleb Bryce.

Ich fahre mir mit den Händen über mein Gesicht, streiche Haare, die mich kitzeln, von meinen Wangen, registriere den Arm, der mich nach wie vor hält – nackte Haut auf nackter Haut, so sexy, dass mein Puls sofort in die Höhe klettert. Zeit, sich der Realität zu stellen.

So wie man ein Pflaster mit einem Ruck abzieht, damit es weniger wehtut, so öffne ich meine Lider und wende mich dem Mann zu, der neben mir liegt.

Mein Herz bleibt für eine Sekunde stehen.

Ich weiß nicht, womit ich gerechnet habe, aber auf keinen Fall mit diesem warmen Blick. Nicht mit dem Verlangen, das daraufhin erneut heiß durch meine Adern schießt. Nicht mit dem Wunsch, die paar Zentimeter zwischen uns zu schließen und mich wieder an ihn zu schmiegen. Und am allerwenigsten damit, dass dieser Kerl dermaßen fit aussieht. Seine Augen mustern mich hellwach. Ein zufriedenes Lächeln verschönert seine Lippen. Seine Haare sind vom Schlaf zerzaust, und ich verspüre den Drang, die Hand auszustrecken und sie zu ordnen, nur um ihn zu berühren.

So sollte sich das hier nicht anfühlen. Ganz und gar nicht.

»Morgen, Baby!«

»Pfoten weg von mir, wenn die in deinem Leben noch zu etwas gut sein sollen!«, zische ich. »Sofort!«

Sein Grinsen wird breiter. Er will wissen, wie weit er gehen kann, lockert nur etwas seinen Griff und zeichnet mit den Fingern Kreise auf meiner Haut.

»Es ist mir ernst, Caleb!«

Keine Spur beleidigt zieht er seine Hand langsam zurück und stützt sich seitlich auf den Ellenbogen auf. »Plötzlich wieder so distanziert? Ich hätte schwören können, dass ich dir gestern Abend den Verstand rausgevögelt habe.«

»Nun, er scheint zurückgekehrt zu sein«, verkünde ich und kralle mich in meinen Deckenzipfel, um ihm keinen weiteren intimen Blick auf mich zu gestatten.

»Es hat dir gefallen, Ava.«

»Ja, hat es«, gebe ich zu. »Und bevor du das kommentierst: so als hätte man das Abendessen mit Schokolade ersetzt. Kann man mal machen, ist verdammt lecker, aber auf Dauer ungesund.«

Schneller, als ich das Bett verlassen kann, thront er über mir und nimmt mich unter sich gefangen. »Dann gefällt dir das also nicht?«

Mein Herz rast, und es kostet mich alle Kraft, mich nicht zu regen – und mehr von ihm an mir zu spüren. Erinnerungen mischen sich mit neuen Fantasien. Mein Körper sagt mir deutlich, was er will, sehnt sich danach, erneut erobert zu werden, ist bereit für diesen Mann. Und ein Zittern durchläuft mich. Bei Tageslicht erkenne ich jedoch, dass sich die letzte Nacht nicht wiederholen wird, nicht wiederholen darf. Weil dieser Mann sonst die Macht hat, mir unglaublich wehzutun.

»Um bei meinem Vergleich zu bleiben: Ich brauche keine Schokolade zum Frühstück. Sondern Kaffee.«

Lachend beugt Caleb sich über mich und streift mit seinen Lippen verspielt mein Ohr. Mein Körper verrät mich, mein Kopf dreht sich, um ihm besseren Zugang zu gewähren. Ehe ich protestieren kann, verschließt sein Mund meinen, raubt mir einen trägen, sexy Kuss, dem ich nichts entgegenzusetzen habe.

»Geh weg!«, rufe ich, sobald ich wieder atmen kann, und versuche, diesen riesigen Muskelprotz von mir zu schieben. »Ich dachte, wir sind jetzt quitt. Hast du nicht bekommen, was du wolltest?«

»Um in deinem Bild zu bleiben«, fängt er an, und seine Augen funkeln amüsiert. »Ich glaube, ich habe eine Schokoladensorte entdeckt, nach der ich süchtig bin. Und anders als du halte ich ausgewogene Ernährung für völlig überbewertet.«

»Caleb!«, knurre ich warnend, im Gegensatz zu meinem verräterischen Körper, der sich wohlig windet, sich daran erinnert, was dieser Mann mit ihm anstellen kann, und mehr davon will.

Gespielt frustriert seufzt er. »Schon gut, schon gut. Für dich also Kaffee.«

Caleb rollt sich von mir herunter und erhebt sich, und ich kann nicht umhin, ihn zu bewundern. Während er das Schlafzimmer verlässt, gleitet mein Blick über seine breiten Schultern, den muskulösen Rücken, die schmalen Hüften und den unverschämt knackigen Hintern … An der Tür dreht er sich noch mal um, und mir stockt der Atem. Sein Schwanz steht einladend aufrecht.

»Meine Augen sind hier oben, Ava«, sagt er lachend und wartet, bis ich ihn anschaue. Was mir nur kurz gelingt. *Himmel!* »Wie möchtest du deinen Kaffee?«

»Hart«, entschlüpft mir.

»Hart???«

»Heiß. Ich meinte, heiß.« Verwirrt schüttele ich den Kopf und zwinge mich, Caleb direkt anzusehen. Mit glühenden Wangen, weil mir so ein Unsinn über die Lippen gekommen ist. »Und mit Milch.«

»Alles, was du willst, Baby!« Er dreht sich wieder um, und seine Worte bleiben wie ein Versprechen in der Luft hängen.

Schokolade? Der Vergleich ist total mies. Der Kerl ist keinesfalls wie eine Überdosis Schokolade, sondern wie das reinste Schlaraffenland für schmutzige Fantasien.

Ich fahre mir durch die Haare und atme tief durch. Zeit, in der Realität anzukommen.

In das Laken gewickelt stehe ich auf, suche meine Klamotten vom Vortag zusammen und verschwinde im Bad, während ich Caleb mit Geschirr herumhantieren höre.

Ob er dabei immer noch nackt ist?

Oh Mann, Ava! Und wennschon!

Als ich frisch geduscht in der Küche erscheine, ist Caleb angezogen, hat feuchtes Haar und einen Kaffee in der Hand. Er muss ein zweites Bad haben und dort in der Zwischenzeit gewesen sein. Und er telefoniert. Mit seinen Leuten, soweit ich verstehe.

Mit einem Schlag ist das, was hier zwischen uns passiert ist, vergessen. Ich bereue es nicht. Ganz und gar nicht, dafür war der Sex viel zu gut. Was ich Caleb jedoch nicht unter die Nase reiben werde. Aber ich habe ein schlechtes Gewissen, mich eine Nacht lang entspannt zu haben. Sollte sich dadurch die Aufklärung des Falls verzögert haben, sorge ich persönlich dafür, dass das Funkeln in seinen Augen und das sexy träge Lächeln auf seinen Lippen verschwindet.

»Hi Jane«, melde ich mich am Telefon, als ich im Büro anrufe. »Was habt ihr?«

»Hi Schätzchen, die Frage ist doch, was hattest du?« Ihr zweideutiger Tonfall ist kaum zu überhören. Oliver muss getratscht haben, was im *Sinful Secrets* vorgefallen ist. Klasse!

»Willst du ernsthaft, dass ich dir berichte, wie Bryce im Bett ist?«, frage ich und sehe, wie Caleb bei der Erwähnung seines Namens zu mir schaut und breit grinst, als wäre er auf diese Analyse gespannt.

»Bitte, jedes Detail. Gib einer vertrocknenden Blume wie mir etwas Wasser.«

»Er steht gerade neben mir«, sage ich und unterdrücke ein Lachen. Jane ist alles andere als eine vertrocknende Blume. Sie ist neugierig.

»Ach, ihn stört das bestimmt nicht, wenn du seine Vorzüge schilderst. Also: Spuck es aus! Erzähl mir von dem Prachtkerl, besonders von dem kleinen Caleb auf Hüfthöhe.«

»Jane, du bist schamlos!«

Sie zieht scharf die Luft ein. »Du willst es mir überhaupt nicht verraten! Hab ich recht?«

Stimmt. Keine Ahnung, warum. Sonst trete ich jede meiner Affären breit. Lästere über winzige Makel, schwärme über spezielle Techniken. Und wir haben viel zu lachen. Doch sobald es um Caleb Bryce geht …

»Er war echt mies«, rede ich mich heraus. Wenn ich ehrlich bin: damit sie aufhört, von *meinem* Mann zu träumen. *Ich bin im Arsch!*

»Ach, komm!« Natürlich glaubt mir Jane kein Wort.

»Nein, wirklich.« Theatralisch seufze ich und hole aus: »Hätte ich auch nie gedacht, bei seinem Ruf. Aber wahrscheinlich will keine Dame die erste sein, die zugibt, dass ihre Nacht mit Bryce schlecht war. Immerhin weiß er, welche Stellen er berühren muss. Volle Punktzahl für den Anatomiekurs. Er hat allerdings überhaupt kein Fingerspitzengefühl. Egal wie clever er ist, von Frauen versteht er nichts.«

Caleb blickt mich an, bedrohlich und lauernd, jedoch keine Spur unzufrieden. Was mich nervös macht.

»Er ist also wie diese hammertoll aussehenden Models, bei denen man nach einer Weile feststellt, dass hinter der makellosen Oberfläche kein Funken Verstand steckt?«

»Stimmt genau. Schöne Schale, nichts dahinter.« Ich lasse Caleb nicht aus den Augen. »Wie diese Schokoladenweihnachtsmänner. Eine süße, zart schmelzende Außenschicht. Und dann hohl.«

Caleb legt auf und mustert mich.

»So, Jane, reicht dir das?«, frage ich und beiße mir auf die Unterlippe, als der Mann, um den es hier geht, auf mich zukommt, mich an sich zieht und ausnutzt, dass ich telefoniere. Denn ich werde den Teufel tun und einen verräterischen Laut von mir geben, der Jane aufhorchen lässt.

»Reicht mir«, sagt sie zum Glück.

»Erzählst du mir jetzt, was ich verpasst habe?«

Caleb küsst meinen Nacken, und Himmel, es fühlt sich gut an. Warum reagiert mein Körper derart heftig auf ihn? Jedes verfluchte Mal! Schwer atmend halte ich diesen Mann mit einer Hand auf Abstand, aber das stört ihn nicht. Er macht einfach weiter. Mit jeder Menge Fingerspitzengefühl, als gelte es etwas zu beweisen, sodass es mir schwerfällt, mich auf das Telefonat zu konzentrieren.

»Wenn du was zu den Frauen wissen willst, solltest du Bryce fragen. Hohler Schokoweihnachtsmann hin oder her, seine Leute haben jedenfalls drei Murmeln im Kopf, und er ist, was das angeht, auf einem aktuelleren Stand als wir.«

»Also gibt es Fortschritte?«

»Ja.«

»Und was ist mit meiner Entführerin?«

Caleb packt meine Hüfte, zieht sie eng zu sich heran und lässt mich spüren, wie hart er ist. Ein Zittern ergreift mich, als mich Flashbacks der letzten Nacht einholen. Ein bisschen so, als hätte ich eine neue Droge probiert, wäre gerade auf Entzug und bekomme sie erneut wie die Lösung all meiner Probleme vor die Nase gehalten. Jede Faser meines Körpers sehnt sich danach, noch einmal von Caleb von Kopf bis Fuß verwöhnt zu werden. Und er weiß das.

»Du hattest recht, sie hat keinen Flug genommen«, berichtet Jane weiter.

Scharf ziehe ich die Luft ein, als Caleb mit dem Daumen über meine Nippel streift und mein Elend verschlimmert.

»Ja, scheiße, nicht wahr?«, sagt sie, da sie meine Reaktion für Ärger hält.

Fester presse ich meinen Ellenbogen gegen Caleb, damit er endlich auf Abstand geht. »Was ist mit Schönheitskliniken in der Umgebung? Habt ihr da was gefunden?« Vielleicht wird bereits ihr Aussehen verändert.

»Alle sauber.«

Wütend funkele ich Caleb an, weil er an meinem Hals knabbert und es mir immer schwerer fällt, mich zu konzentrieren. Warum leiste ich nicht vehementer Widerstand? Ich habe keine Zeit, ausgerechnet jetzt schwach zu werden.

»Hör zu, Jane: Überprüf noch mal Judith Hamiltons Handydaten und nehmt euch dann jeden im Großraum der Stadt vor, der in der Lage ist, ein Facelifting durchzuführen.«

»An wen denkst du?«

»Gast-Chirurgen. Ruheständler. Ärzte, denen die Approbation entzogen worden ist.«

»Was ist mit denen, die OP-Equipment gekauft haben?«, haucht mir Caleb leise ins Ohr. Es überrascht mich, dass er offenbar noch anderes im Kopf hat, als mich erneut zu verführen.

»Gute Idee.« Ich entwinde mich ihm endlich und wische mir über die von seinem Atem feuchte Stelle an meinem Ohr, sage jedoch zu Jane: »Und auch wenn es viel Arbeit ist: Überprüf alle Einkäufe von Desinfektions- und Anästhesiemitteln von Privatpersonen. Plus Bestellungen von OP-Besteck.«

»Ist das dein Ernst?«, kreischt Jane. »Weißt du, wie lange das dauert?«

»Hast du eine bessere Idee?«, gebe ich zurück.

Es folgt ein nachdenkliches Schweigen. Schließlich seufzt sie. »Okay, machen wir.«

Ich lege auf und schaue Caleb an. »Deine Leute haben eine Spur zu den Frauen?«

»Kaffee, Baby?« Caleb reicht mir eine Tasse, aber ich ignoriere sie. Für meinen Geschmack bin ich wach genug.

»Antworte mir!«

»Erst das Frühstück.«

Aufgebracht sehe ich mich um und entdecke dabei, dass er weit mehr getan hat, während ich im Bad war, als nur Kaffee zu kochen. »Also schön! Was soll ich essen?«

»Für den Anfang …« Er zeigt auf Sandwiches, die auf einem Teller bereitstehen.

Schnell stopfe ich mir die Hälfte in den Mund und spüle sie mit dem Kaffee in Rekordzeit runter. »Jetzt zufrieden?«

Ist er nicht, aber er sagt endlich, was ich hören will. »Ja, wir haben eine Spur.«

»Und? Muss ich dir alles aus der Nase ziehen? Mehr Details, bitte!«

»Also, die Idee, dass du für jede Info von mir was für mich tun musst, halte ich –«

Ernsthaft? Wie kann er jetzt an solche Spielchen denken? Ohne Vorwarnung knalle ich ihm eine, kein bisschen zögerlich oder warnend, sondern schlichtweg sauer. Mir reicht es.

Überrascht reibt er sich die Wange. Und dann hat er den Nerv zu grinsen.

»Vielleicht gefällt dir die Vorstellung von zig gefangenen Damen. Mir leider nicht. Je eher wir sie finden, desto besser. Wie kannst du jetzt lachen?«

»Weißt du, dass mich nie zuvor eine Frau geschlagen hat?« Mit drei Schritten ist er bei mir und drückt mich wieder an sich. So eng, dass seine Hitze mir mit voller Wucht entgegenschlägt.

»Möchtest du, dass ich es gleich noch mal tue?«, zische ich. Denn das werde ich, wenn er sich nicht benimmt.

»Sehr sexy«, murmelt er und hält meine Hände fest, als ich mich losreißen will. »Wag es, und ich zeig dir, dass ich auch anders kann. Ganz anders.«

»Caleb!«, knurre ich. »Tut mir leid, aber das hattest du nicht anders verdient.«

»Gut, sorry, das war unpassend von mir.« Endlich geht er auf Abstand. »Das FBI hat bestätigt, dass der Bus von einem von Judith Hamiltons Handlangern gestohlen wurde. Und eine verdeckte Streife hat bestätigt, dass Frauen darin sitzen«, sagt er endlich ohne jegliche sexuelle Anspielung, sondern ruhig und konzentriert.

»Von wie vielen sprechen wir hier?«, frage ich.

»Fast vierzig.«

Ich ziehe scharf die Luft ein. Natürlich ist das im Vergleich zu Millionen verschleppter Personen weltweit bloß ein Tropfen auf dem heißen Stein. Sie jedoch alle auf einmal retten zu können wäre Wahnsinn. »Und die verkauften Frauen?«, erinnere ich mich an das, was der kahl rasierte Typ im Verhör gesagt hat. »Was ist mit denen?«

»Zac hat mich über die Einzelheiten der Befragungen informiert. Jane und meine Leute helfen mit, sie aufzuspüren. Mach dir keine Sorgen, Ava. Wir finden nicht nur Judith Hamilton, sondern auch ihre Opfer. Sie haben zwar einen Vorsprung, aber noch mal tauchen sie nicht unter.« Seine Finger kämmen durch meine Haare, und er spürt, wie verkrampft mein Nacken ist. »Entspann dich! Du hast einen tollen Job gemacht. Alles wird gut.«

»Es fühlt sich nicht so an«, gebe ich zu. Sondern wie in der Schule, wenn einem nach der Klassenarbeit plötzlich auffällt, dass man eine Seite mit Aufgaben übersehen und deshalb den Test verhauen hat.

Caleb grinst.

»Was ist so lustig? Ich könnte was zum Lachen vertragen.«

»Du brauchst meine Hilfe länger als gedacht. Und das heißt …«

Ein Schauer wandert über meinen Körper. »Auf keinen Fall!« Wütend funkele ich ihn an. »Warum bist du so scharf auf mich? Du hast bekommen, was du wolltest. Reicht dir das nicht?«

»Ich hab noch so viele Ideen, Ava.«

Ich schweige – und traue mich kaum zu atmen, aus Angst, dass ich preisgebe, wie heiß ich das finde.

»Außerdem war der Sex großartig.«

»Er wird beim zweiten Mal garantiert weniger toll sein«, stelle ich möglichst unbeeindruckt fest. So als würde ich eine wissenschaftliche Studie zitieren.

Wie beiläufig berührt mich Caleb an der Schulter, und ich zittere. »Sicher?«

»Verdammt, lass das!« Ich weiche zurück. »Wir sind jetzt quitt. Ich möchte, dass das so bleibt. Halt dich aus dem Fall raus und kümmere dich um deinen Kram! Was ist daran so schwer zu verstehen?«

»Aber genau das tue ich«, sagt er.

Ich runzele die Stirn.

»Ich kümmere mich um meinen ›Kram‹, Ava. Um dich. Einer muss das ja, solange du permanent die Bedürfnisse anderer über deine eigenen stellst.«

»Meine Bedürfnisse?!« Jede andere Frau würde bei solchen Worten dahinschmelzen. Endlich ein Ritter in strahlender Rüstung, ein Mann, der einen auf Händen tragen will. Ich nicht. Denn das hier … das ist nicht gut, das kann nicht gut gehen. »Danke, aber ich komm schon klar.« Ich stürme mit meinen wenigen Sachen zum Fahrstuhl.

»Das sehe ich nicht so.« Caleb hält mich auf. »Das ist deine Art, oder, Ava? Du läufst einfach weg, sobald dir jemand zu nahekommt. Wie ein Feigling.«

Damit trifft er mich. Ich fahre herum und starre ihn an. »Wie hast du mich gerade genannt?«, frage ich, obwohl meine Ohren einwandfrei funktionieren.

»Einen Feigling.«

»Nimm das zurück!«

»Warum sollte ich? Du benimmst dich genau so. Statt mir zu sagen, was los ist, haust du ab.«

»Ich will keine Beziehung. Das ist los.« Ich atme tief durch, um bei dieser Auseinandersetzung ruhig zu bleiben. Doch leider zittere ich vor Wut. Vor Frustration. Und vor x anderen Gefühlen, die ich nicht benennen kann.

»Hast du es mal ausprobiert?«

»Wie bitte?!«

Statt sich zu wiederholen, sieht er mich abwartend an.

Hau ab!, raunt mir eine innere Stimme zu. *Warum stehst du hier noch? Dreh dich einfach um und geh! Keiner zwingt dich, diese Diskussion mit Caleb weiterzuführen.*

Doch ich drehe mich nicht um, keine Ahnung, wieso. Vielleicht weil ich glaube, dass ich das Problem Caleb Bryce ein für alle Mal lösen muss. Oder weil ich möchte, dass er mich versteht – und aufhört, mich an Dinge denken zu lassen, für die es in meinem Leben keinen Platz gibt.

»Ja, falls das deine Recherchen noch nicht ergeben haben: Ich hatte Beziehungen.« Kurze. Wenig intensive. Affären. Nach meinem Studium. Aber dazu bin ich ihm keine Erklärung schuldig. Möglichst ruhig atme ich durch. Die nächsten Worte sind wichtig. »Ich will nur keine mit dir, Caleb Bryce, Besitzer vom *Sinful Secrets* und diverser anderer Clubs. Ich verdiene was Besseres.«

Das war richtig gemein von mir. Keine Ahnung, was mich da geritten hat. Doch Caleb stört das nicht. Wahrscheinlich weil ihn Leute schon schlimmer beschimpft haben. Und weil er wohl selbst am besten weiß, wer er ist.

»Was ist schiefgegangen, Ava?«, fragt er weiter, als hätte ich eben nicht meinen Standpunkt deutlich gemacht.

»Ich bin dir keine Rechenschaft schuldig.«

»Siehst du, du läufst weg! Entweder entziehst du dich mir physisch, oder du machst dicht und versteckst dich hinter deiner Arbeit. Jeder nimmt dir das ab. Aber falls du es vergessen hast, ich war gestern Nacht in dir, als du vor Lust geschrien hast. Ich hab dich gesehen, Ava, als all diese Mauern, die du um dich herum errichtet hast, eingestürzt sind. Und mir hat diese Frau gefallen. Sehr.«

»Diese schwache Frau, die dir nicht widerstehen kann, wie?«, höhne ich. »Kein Wunder, dass die dich angesprochen hat!«

»Und wieder machst du dicht.« Er grinst, ohne dass das Lächeln seine Augen erreicht. »Feigling.«

Das Wort schlägt wie eine Granate bei mir ein. Erneut. Natürlich hat er recht. Ich schütze mich und halte Menschen auf Abstand. Aber was geht das ihn an? Und wie kann er es wagen, mich dafür zu verurteilen? Was weiß er schon? Nichts.

Ich fühle mich in die Enge gedrängt. Doch falls er glaubt, dass ich mich ihm dadurch öffne, sollte er sich einen gemütlichen Sessel zum Warten suchen. Denn das wird nicht passieren.

Kurz ringe ich mit mir. Will ihm so viel mehr an den Kopf knallen. Ihm meine Wut entgegenschleudern, bis sie ihn genauso verletzt, wie seine Worte mich treffen. Bis mir klar wird: Wozu, wenn ich nichts von dem Mann will? Denkt er halt, ich wäre ein Feigling. Na und?

Wortlos drehe ich mich wieder um und drücke auf den Knopf für den Fahrstuhl. Die Türen gleiten auf, ich will die Kabine betreten, aber Caleb reißt mich zur Seite.

»Sag es mir, Baby«, knurrt er und überrascht mich mit der aufgebrachten Hitze, die unter seiner Haut brodelt. »Denn glaub mir, ich hab noch andere Methoden auf Lager, um dich zum Reden zu bringen. Bis jetzt kennst du nur das Zuckerbrot …«

»Drohst du mir?«

»Das tue ich«, sagt er und legt seine Hand genau dorthin, wo sich alle meine Nackenhaare sträuben.

»Du bist ja völlig verrückt geworden! Ich will dir mal was sagen, Caleb Bryce: In meinem Job ist es wichtig, eine gewisse Distanz zu wahren. Und die meisten Menschen akzeptieren das. Denn dadurch bin ich verdammt gut. Nenn mich nicht Feigling, weil ich dich zurückweise. Das ist kindisch und unter deinem Niveau. Als würde es hier um dich gehen! Oder um mich! Das tut es nicht. Sondern gerade jetzt geht es um diese Frauen! Und so wie ich das sehe, war es ein riesengroßer Fehler – geschätzt neunzehn Zentimeter groß – mit dir herumzuvögeln, statt nach ihnen zu suchen. Sonst hätten wir sie vielleicht schon gefunden.«

Ich reiße mich los und bin dankbar, dass die Fahrstuhlkabine da ist, doch Caleb lässt mich nicht fahren, sondern blockiert mit seinem Fuß die Türen.

»Du meinst also, dass andere Menschen dich davon abhalten, deinen Job zu erledigen? Was für ein Blödsinn, Ava! Wovor hast du wirklich Angst?«

»Lass die Tür los!«

»Sag es mir!«

»Die Tür, Caleb!«

Ohne dass ich damit rechne, tritt er plötzlich zurück. Wie magisch angezogen ist mein Blick mit seinem verbunden. Aber ich erkenne nicht, was in ihm vorgeht. Gibt er auf? Ist das ein Abschied? Bleibt er stur? Tut er, was ich ihm gesagt habe? Oder kämpft er? Und besteht weiterhin auf diesen dämlichen Deal? Dann schließen sich die Türen, und die Kabine setzt sich in Bewegung.

Augenblicklich strömen mir heiße Tränen über das Gesicht.

»Scheiße!«, fluche ich leise. Was ist los mit mir?

Zittrig hole ich Luft und wische mir mit dem Handrücken meine Wangen trocken. Dabei kenne ich die Antwort.

In der letzten Nacht ging es nicht nur um Sex. Nie im Leben hätte ich mich sonst auf Caleb Bryce eingelassen. Das hatte mit Gefühlen zu tun. Genau wie dieser Streit eben. Aber jetzt ist es vorbei. Und ich sollte darüber nicht traurig sein. Ich sollte nicht hoffen, dass Caleb mir nachläuft. Ich sollte aufhören, von ihm zu träumen und mich nach seinen Berührungen zu sehnen. Danach, diesen dunklen Ausdruck in seine Augen zu zaubern. Oder dieses Lächeln auf seine Lippen, bei dem man nie weiß, was er vorhat.

Es ist zu Ende.

Wie ich es wollte.

Ich bin wieder allein, auf mich gestellt. Und das ist gut. Denn so besteht keine Gefahr, mich in ihn zu verlieben und dann darunter zu leiden, wenn er aus meinem Leben verschwindet und eine Lücke zurücklässt. Wie es bei meiner Schwester war.

Manche Leute haben eine mentale Box, in die sie all das stecken, worüber sie nicht nachdenken wollen. Einige Dinge darin erledigen sich im Laufe der Zeit. Einige verlieren ihren Schrecken. Und einen Rest verdrängt man, solange es geht. Aber so eine Box hat ihre Tücken. Ich habe daher einen gedanklichen Schredder, und durch den schicke ich die Akte Caleb Bryce und lasse sie geräuschvoll in nicht wieder zusammensetzbare Einzelteile zerhäckseln.

Die Fahrstuhltüren öffnen sich. Ich will die Kabine nicht verlassen, doch ich muss. Ich habe eine Aufgabe zu erfüllen.

Ein letztes Mal atme ich tief durch. Dann gehe ich los. Ganz die alte Ava Donovan? Keine Ahnung!

Kapitel 16

»Was ist los, Schätzchen? Ich dachte, jetzt da dein Techtelmechtel mit Bryce vorbei ist, tauchst du hier mit einem Grinsen auf, das ein ganzes Stadion erhellt«, begrüßt mich Jane, als ich mich bei *Fuller Investigations* an meinen Platz setzen will. »Oder läuft da doch noch was? Das Knistern zwischen dir und Bryce hat selbst mein Höschen nass gemacht.«

Gespielt schockiert halte ich mir die Ohren zu. »Zu viel Information, Jane. Und auch wenn ich mich wiederhole: viel Rauch, wenig Feuer.« Ich stelle mich an das Board, an dem alle Hinweise zu Aufträgen angeordnet werden, und lese mir die neuesten Entwicklungen im Fall Judith Hamilton / Samantha Taylor durch. »Wie weit sind wir denn?«

»Ich habe eine ganze Liste mit Kandidaten, die in der Lage sind, kosmetische Gesichtschirurgie zu betreiben. Oliver und du müsstet die überprüfen.«

Ich nehme das Foto eines älteren Herren vom Brett und versuche, mir das Gesicht einzuprägen. »Und die Frauen?«

»Hat Bryce dir nicht gesagt, dass sie eine Spur haben?«

»Hat er. Und die wäre?«

»Uh … eindeutig Ärger im Paradies.«

»Jane! Kannst du bitte damit aufhören?« Meine Geduld hängt an einem seidenen Faden, der bereits ziemlich gespannt ist. Und jede weitere Erwähnung dieses Mannes könnte ihn zum Reißen bringen.

»Schon gut. Seit der Bus an einem Rastplatz gehalten hat, hat das FBI die gesamte Gegend abriegeln lassen. Sie warten nur auf einen günstigen Augenblick, um einzugreifen. Endlich.«

»Der Einsatz ist in vollem Gange?« Darüber hat Caleb kein Wort verloren.

»Ja, ein Spezialteam befreit sie jede Sekunde.«

»Wo?«, frage ich.

»Nur circa hundert Meilen westlich von uns.«

Nervös kaue ich auf meiner Unterlippe herum. Obwohl ich nicht lange mit den Frauen in diesem Keller war, sehe ich einige der Gesichter wieder vor mir. Ich versuche mir vorzustellen, wie es ihnen gerade geht, doch es fällt mir schwer. Hoffentlich gelingt es ihnen mit etwas Zeit und einer entsprechenden Therapie, in ihr altes Leben zurückzukehren.

»Du willst dabei sein?«, fragt mich Jane, die mich zu gut kennt.

»Ich hab sie zuletzt gesehen …«, murmele ich und fahre mir über den Nacken, unschlüssig, was ich als Nächstes tun soll: mich an Judith Hamiltons Fersen heften oder für Samantha und die anderen da sein. »Gib mir mal den aktuellen Standort vom Bus!«

»Hier.« Jane zoomt in eine Karte.

Frustriert starre ich auf das kleine Kreuz. Selbst wenn ich sofort losfahre, bin ich frühestens in zwei Stunden da, eher später, bedenkt man den Verkehr.

»Dir ist bewusst, dass Bryce einen Hubschrauber hat?«, bemerkt Jane.

»Ach ja?« Woher auch immer sie das weiß, mir ist das neu. Wobei es mich nicht groß verwundert, gebe ich mir doch die ganze Zeit Mühe, möglichst wenig über Caleb Bryce zu erfahren, statt jede Info wie ein Schwamm aufzusaugen.

»Ja. Wirklich unglaublich, was der Kerl für Spielzeuge besitzt!«

Jane zählt begeistert auf, womit sie die letzten Stunden arbeiten durfte, ein Sammelsurium an Software und Datenbanken, die *Fuller Investigations* sich nicht in hundert Jahren leisten könnte … Und mir wird plötzlich eines klar: Ohne Caleb wären wir nicht so weit. Er hat mir mehr geholfen als bisher gedacht. Nur: warum? Was verspricht er sich davon? Mehr Sex mit mir? Wozu? Ein Mann wie er bringt mit einem Fingerschnippen Frauen dazu, ihm ihre Höschen zuzuwerfen. Egal welche Sexpraktik er im Kopf hat, Dutzende weibliche Wesen erfüllen sie ihm. Er kriegt auch Dominas dazu, sich ihm zu unterwerfen. Wieso hängt er sich dermaßen rein? Allein meinetwegen? So besonders bin ich nicht.

»Ruf ihn an!«, stört mich Jane in meinen Gedanken.

»Um ihn um einen Hubschrauber zu bitten?!« Das ist völlig absurd.

»Wie sonst willst du dabei sein, wenn die Entführung endlich ein Ende findet?«, gibt Jane zurück. »Das hier mit Judith Hamilton kann warten. Sollte sie sich tatsächlich gerade unters Messer legen, taucht sie eh nicht so bald auf. Die Wunden müssen heilen. Sie wird kaum als bandagierte Mumie auf der Straße herumlaufen. Viel zu auffällig. Es kommt nicht mehr auf jede Minute an. Also mach schon! Egal was da zwischen euch läuft oder nicht läuft: Frag ihn einfach. Caleb Bryce ist ein sehr hilfsbereiter Kerl.«

Tief durchatmend starre ich auf die Markierung auf der Karte. *Verdammt, ich wäre wirklich gerne dabei.*

Doch würde mir Caleb einen Helikopter bereitstellen? Nach meinem Abgang … Normalerweise schaffe ich es, Leuten mit Einfluss und Macht mit Respekt zu begegnen. Man trifft sich schließlich immer zweimal im Leben. Aber bei Caleb Bryce knallen mir regelmäßig sämtliche Sicherungen durch.

Ich fluche leise.

»Kannst du Bryce darum bitten?«, frage ich Jane. Wenn der Fall umgekehrt wäre, würde ich ihm nicht helfen, sondern schadenfroh darauf herumreiten, dass er sich das Süppchen selbst eingebrockt habe.

»Was genau ist da zwischen euch vorgefallen?«, fragt sie.

»Kannst du?«, wiederhole ich stur. Ich will nicht darüber reden. Nicht über die Art, wie wir uns getrennt haben, nicht über Gefühle, uns, alles. Ich will nur meinen Job erledigen. Das ist es, was zählt.

Sie seufzt. »Weil du es bist, Schätzchen, und ich dich liebe.« Sie nimmt den Telefonhörer, und sobald Caleb sich meldet, schaltet sie auf Freisprecher. »Bryce, haben Sie einen Moment?«

»Ist Ava was passiert?«

Seine Stimme klingt alarmiert, und es schockiert mich, dass sein erster Gedanke mir gilt. Ich weiß, ich bedeute meinem Team alles. Doch das von ihm zu hören ist etwas ganz anderes, und ich bohre mir die Nägel in meine Handflächen, um Janes verwundertem Blick möglichst neutral zu begegnen und nichts von dem Aufruhr zu verraten, der in mir tobt. Dabei rast mein Herz, und alles in mir zieht sich zusammen. Ich kenne das Gefühl, das sich so beharrlich durchsetzen will. Aber es ist falsch. Es darf nicht siegen.

»Ava geht es blendend«, sagt Jane.

»Gut.« Er wirkt erleichtert. »Womit kann ich außerdem helfen? Die Auswertungen laufen?«

»Ja, alles läuft«, redet Jane weiter mit Caleb. »Danke für Ihre Hilfe. Allerdings hätte ich noch eine Bitte.« Sie grinst schief und zwinkert mir keck zu. »Ich bin auch geneigt, mich dafür zu revanchieren. So wie Ava.«

Verschwörerisch zwinkere ich zurück und ringe mir ein Lächeln ab.

Nein!, meldet sich jedoch eine Stimme recht vehement in mir. Allein bei dem Gedanken, wie Caleb es mit Jane treibt – oder Jane mit Caleb –, zieht sich mein Magen zusammen. Ich erinnere mich daran, wie sich seine Lippen auf meiner Haut angefühlt haben, an die Berührung seiner Hände, das Gewicht seines Körpers … Und mir dann Jane an meiner Stelle vorzustellen …

»Steht sie gerade neben Ihnen?«, fragt Caleb.

»Oh ja«, gurrt meine Kollegin.

»Wie sieht sie aus?«

»Unzufrieden.« Jane runzelt die Stirn. »Und etwas blass.« Besorgt tätschelt sie mir die Wange. »Was ist los, Schätzchen? Hast du was Falsches gegessen?«

Ohne auf meine Erklärung zu warten, sagt Caleb: »Ich fürchte, dann muss ich das Angebot ablehnen. Hört sie denn nicht nur das, was Sie sagen, sondern auch das, was ich sage?«

»Jedes Wort.«

Ich erdolche Jane mit bösen Blicken, richte regelrecht ein Blutbad an. Warum musste sie das Caleb verraten?

»Was meinen Sie, warum sie nicht direkt mit mir spricht?«

»Ich vermute, sie möchte nicht erneut in Ihrer Schuld stehen.«

»Mmh … obwohl sie so auf ihre Kosten gekommen ist. Nicht genug kriegen konnte … Mich um mehr angebettelt hat … Sie muss einen anderen Grund haben.«

›Hubschrauber‹ kritzele ich auf einen Zettel, weil Jane zum Punkt kommen soll.

»Aber wissen Sie was: Sie war derart freizügig …«, plaudert Caleb einfach weiter, und ich kann förmlich sehen, wie sich dabei dieses verflucht sinnliche Lächeln auf seine Lippen schleicht. »Ich denke, einen Gefallen bin ich ihr noch schuldig.«

Jane mustert mich interessiert, denn schließlich habe ich die Nacht mit Caleb eben erst heruntergespielt.

»Können Sie uns einen Hubschrauber zur Verfügung stellen?«, fragt sie endlich.

»Wofür?«, forscht er nach. »Um Judith Hamilton zu jagen?« Er klingt nur mäßig begeistert.

»Nein, um dabei zu sein, wenn die Frauen befreit werden.«

»Das will sie also?«

»Ja, das will sie.«

»Warum?«, fragt er.

›Das spielt keine Rolle!‹ kritzele ich auf einen zweiten Zettel und reiche ihn Jane.

Sie liest meine Notiz, hebt fragend die Augenbrauen und sagt dann: »Es ist ihr wichtig.«

»Das reicht mir nicht als Begründung. Warum ist ihr das so wichtig?«

»Weil ich ein Herz habe, Caleb«, brülle ich. Ich kann einfach nicht länger an mich halten. Ich bin schon wieder auf hundertachtzig – offenbar meine normale Reaktion auf diesen Mann.

»Hi, Baby!« Sein Tonfall ist wie die liebevolle Berührung seiner Finger auf meiner Haut. Zärtlich, vertraut, schön. Viel zu schön. »Das ist nicht der Grund. Sag ihn mir, und ich geb dir den Hubschrauber!«

»Ich –« Plötzlich steigen mir Tränen in die Augen. Hektisch blinzele ich sie weg, und bevor es jemand merkt, rufe ich aufgebracht: »Fick dich selbst und fahr zur Hölle, Bryce!« Dann stürme ich aus dem Büro, renne nach unten, raus in die Sonne, und lehne mich an die Wand.

Was ist bloß los mit mir? Seit wann bin ich dermaßen empfindlich? Ich sollte für Samantha und die anderen da sein. Stattdessen drehe ich durch und weiß nicht mal genau, warum. Weil sich jemand um mich sorgt?! Das sollte einem guttun. Oder ist es, weil es mir so viel bedeutet?

Ein zittriger Atemzug entschlüpft mir, und wieder werden meine Augen feucht.

Da hab ich meine Antwort!

»Schätzchen, alles in Ordnung?«

Janes Regenbogenhaare tauchen auf, und ich lege ein falsches Lächeln auf. »Sicher. Aber dieser Kerl bringt mich noch um den Verstand. Die Bitte war total einfach. Er hätte bloß Ja oder Nein sagen müssen, wie es sich für zivilisierte Menschen gehört. Stattdessen treibt er Spielchen!« Ich seufze. »Weißt du was? Ich setze mich jetzt in den Wagen und fahre den Einsatzkräften entgegen. Das ist immer noch besser als nichts.«

Ich will mich schon von der Mauer abstoßen und losrennen, doch da sagt Jane: »Er gibt ihn dir.«

»Wie bitte?«

»Den Hubschrauber. Er stellt ihn dir bereit. In drei Minuten ist er hier.«

»Und was verlangt er diesmal dafür?« Ich mustere sie finster. Weil ich eigentlich nicht hören möchte, was es ist.

»Nichts. Ich hab ihm gesagt, dass es echt das Letzte ist, in so einer Situation zu verhandeln. Und er könne sich seine Technik in seinen Allerwertesten schieben. Wenn er sich unbedingt wie ein Kleinkind benehmen will: Es gibt einen tollen Spielplatz mit Klettergerüst, Rutschen und Sandkasten nur einen Block von seinem Club entfernt. Dort kann er sich austoben.«

Das hat sie getan? Ich muss lachen. Schade, dass ich diesen Moment verpasst habe. »Jane, danke!«

»Gerne doch.« Sie nimmt mich in die Arme. »Willst du darüber reden, was da wirklich los war?«

»Ich weiß nicht, was du meinst«, drücke ich mich.

»Bryce scheint es zu wissen.«

»Tut er nicht. Er blufft. Da ist nichts.«

Durchdringend sieht sie mich an und lächelt schließlich. »Okay, wenn du das sagst, glaub ich dir.«

Der Wind trägt das Motorengeräusch eines Hubschraubers zu uns. Wie auch immer das so schnell ging, aber Caleb hält sein Wort.

»Wo landet er?«, frage ich.

»Auf dem Dach.«

»Dann sollte ich besser gehen, ehe ich noch mehr Zeit verliere. Du bist nach wie vor an Judith Hamilton dran?«

»Bin ich. Und Bryces schlechtes Gewissen ist groß genug, dass er sich die Liste der verdächtigen Chirurgen mit Oliver aufgeteilt hat.«

»Einfach so?« Leute zu befragen ist fast so schlimm, wie Papierkram zu erledigen, weil man meist stundenlang redet und redet und redet und doch nicht vorankommt. Eine Strafarbeit.

»Ich fürchte, er will dich danach weiterhin belästigen. Wenn du verstehst, was ich meine?« Verschwörerisch zwinkert sie mir zu. »Aber fürs Erste: einfach so. Als eine Art Entschuldigung.«

Dass ich das noch erlebe! Caleb Bryce zeigt Manieren … Halleluja! Vielleicht ist er gar kein so zwielichtiger Kerl? »Dann darf er mich gerne in Zukunft öfter piesacken.« Ich ernte einen irritierten Blick von Jane. »Na ja, ich kriege den Heli und seine Hilfe bei der Suche nach Judith Hamilton. Was will ich mehr?«

Du weißt was, flüstert mir mein Herz zu.

Nein, das kann nicht sein, antwortet mein Kopf.

Kapitel 17

Kennedy«, stellt er sich knapp vor. Dunkel kommt mir der Name bekannt vor. Als hätte ich ihn schon mal gehört. »Hier, Ms Donovan, nehmen Sie die, um –«

»Ich weiß Bescheid«, schneide ich dem Piloten, einem kräftig gebauten Typen, dem der Titel ›Iron Man‹ auf der Stirn steht, das Wort ab. So als würde ich das jeden Tag machen, greife ich nach den Kopfhörern und setze sie auf, um mich beim Lärm der Maschine unterhalten zu können. Dann ziehe ich die Tür hinter mir zu und schnalle mich an. Dabei zittern meine Hände jedoch leicht, weshalb ich die Finger ineinander verschränke und schließlich in meinem Schoß falte. Die neugierigen Seitenblicke von Kennedy ignoriere ich.

»Wissen Sie, die meisten bewundern die Aussicht …«, versucht er sich in unverfänglicher Konversation. Bestimmt weil er von Caleb die Anweisung hat, nett zu mir zu sein.

Aus der Vogelperspektive schaue ich auf Little Italy. Das Gebäude von *Fuller Investigations*, die U-Bahn-Station, in die ich jeden Tag hinuntergehe, den Adams Medill Park für die Mittagspause – wenn ich in der Nähe bin. Dann suche ich automatisch nach Orten, an denen ich Observationen durchgeführt habe. Das Historische Museum, aus dessen Archiv eine Skulptur gestohlen wurde. Das

Reihenhaus, in das der Banker jeden Abend geht, bevor er zu seiner Gattin nach Hause kommt. Das Fabrikgebäude, in dem illegale Streetfights stattgefunden haben …

»Ich bin nicht hier, um die Aussicht zu genießen«, antworte ich und hefte meinen Blick auf den Horizont, dorthin, wo hoffentlich bald der Bus mit den Frauen auftaucht.

Wir folgen der Interstate, überfliegen Vororte, Industrie- und Waldgebiete im Wechsel.

Wieder spüre ich den Seitenblick des Piloten und kann nicht umhin, ihn nun ebenfalls zu mustern. Unübersehbar trägt er eine schusssichere Weste und zwei Waffenholster um die Schulter. Garantiert nicht nur als modisches Accessoire. Wobei ich meine Smith & Wesson auch dabeihabe. Darüber hinaus erkenne ich eine Ausbuchtung an seiner Wade und eine am Oberschenkel. Weitere Waffen, wie ich vermute. Und ich schätze, dass sich noch mehr Überraschungen in seinem Kampfoutfit verstecken. Als würden Calebs übliche Bodyguards nicht für mich ausreichen.

»Uhh … können Sie mich bitte weniger auffällig abchecken? Ich muss Caleb am Ende Bericht erstatten, und dieser Teil wird ihm nicht gefallen.«

»Haha«, mache ich humorlos, weil wir beide wissen, dass ich ihn nicht *so* angesehen habe. Für den Witz bin ich allerdings dankbar. »Sind alle von Bryces Piloten bis an die Zähne bewaffnet?«

Kennedy grinst. »Als würde ich für den Mistkerl arbeiten! Ich bin ein Freund, der ihm einen Gefallen schuldet.«

»Der Typ tut wohl nichts ohne Gegenleistung«, rutscht mir raus.

»Uhhh! Was läuft da bloß zwischen Ihnen beiden?«

Ich schweige.

»Wissen Sie, ich finde das total okay. Mal schulde ich ihm was, mal er mir. Völlig normal bei Freunden.«

So wie er das sagt, klingt es harmlos. Dabei erweist man sich in Freundschaften Gefallen. Das ist ein großer Unterschied. Man steht nicht ständig in der Schuld des anderen.

»Außerdem wollte er, dass Sie maximalen Schutz erhalten, und ich bin eben der Beste.«

»Überheblichkeit ist wohl das verbindende Element der Freundschaft«, murmele ich trocken.

Kennedy lacht neben mir. »Eigentlich müsste ich jetzt beleidigt sein …« Dann räuspert er sich. »Nichts für ungut, aber ich bin der Beste.«

Ein Schauer läuft mir über den Rücken. Jemand, der bis an die Zähne bewaffnet ist, einen Hubschrauber fliegt und sofort einspringt, wenn Caleb es will, muss einiges auf dem Kerbholz haben. Dieser Mann muss Sachen gesehen und Dinge getan haben, die ich mir in meinen wildesten Albträumen nicht ausmalen möchte.

»Besser als Caleb?«, gebe ich zurück, sobald ich mir sicher bin, dass mein Tonfall normal klingt. »Ich bin mir sicher, er würde protestieren.«

Wieder lacht er. »Mist, das würde er.« Kennedy kratzt sich am Hinterkopf. »Und ich fürchte, er hätte recht.« Kurz mustert er mich, wie um meine Reaktion einzuschätzen, doch ich setze mein bestes Pokerface auf. »Ich habe eine Menge von ihm gelernt.«

»Stopp!« Ich will das nicht hören. Die Vorstellung von Caleb Bryce in voller Kampfmontur ist sowohl verstörend als auch einschüchternd. »Wenn er dermaßen super ist, warum fliegt er nicht?«

»Weil er ein kluger Mann ist.«

»Wie meinen Sie das?«

»Objektiv zu sein ist bei unseren Jobs das A und O, und er weiß, dass er das bei Ihnen nicht ist. Damit Ihnen nichts passiert, schickt er daher seinen besten Mann.«

»Damit mir nichts passiert? Von wegen! Damit er mir an die Wäsche kann!«

»Kann ich ihm nicht verübeln«, murmelt Kennedy.

»Wie bitte?«

»Sie haben Feuer, Kleine! Sie sind keine Frau für Weicheier und Pantoffelhelden. Sie sind eine echte Herausforderung, und Männer wie Caleb lieben Herausforderungen.«

Ich kommentiere das mit einem Augenrollen, muss jedoch sofort an Calebs Worte denken. Er hat es selbst gesagt: Er liebt, dass ich ihm am Tag Kontra gebe, mich ihm in seinem Bett aber völlig unterworfen habe. Und mir hat das für den Moment auch gefallen. Doch jetzt bereue ich es. Warum habe ich keinen Orgasmus vorgetäuscht und dann versucht, mich an ihm zu rächen? Ich seufze, weil ich die Antwort kenne. Denn während mich der Geschäftsmann Caleb Bryce in den Wahnsinn treibt und auf meinem Arschloch-o-Meter regelmäßig die volle Punktzahl erreicht, ist der Liebhaber jemand, nach dem ich mich sehne. Mit jeder Faser meines Körpers.

Völlig unangebracht verhärten sich meine Nippel, und ich werde feuchter.

»Kann man hier den Polizeifunk mithören?«, frage ich und räuspere mich.

»Sie weichen mir aus.«

»Ich rede nicht gerne über Bryce.«

»Ich könnte Ihnen Geschichten über ihn erzählen.«

»Kein Bedarf.«

»Ehrlich nicht?« Er grinst breit, bestens gelaunt. »Ich bin mir sicher, die möchten Sie hören.«

»Über Bryce, den Superman? Bryce, den Frauenhelden? Bryce, das Wunderkind?« Unmissverständlich mache ich ein Kotzzeichen. »Das, was ich weiß, reicht mir völlig.«

»Eigentlich ist er ein anständiger Kerl.«

»Der Polizeifunk?«, knurre ich.

»Wie Sie wollen.« Keine Spur beleidigt stellt Kennedy etwas in der Elektronik um, und nach einem Knacken in der Leitung höre ich, wie die Einsatzkräfte per Funk über die nächsten Schritte beratschlagen.

»Wir werden zu spät kommen«, fluche ich. »Wann sind wir da?«

Kennedy zeigt geradeaus. »Da vorne bei dem Waldstück ist es schon.«

Echt? Angespannt verfolge ich über Funk, wie der Bus immer enger eingekreist wird. Der Verkehr staut sich in beiden Richtungen der Interstate, während vor uns ein freies Stück Straße liegt, auf der eine Sperre errichtet worden ist. Dann sind Schüsse zu hören.

»Oh mein Gott, können Sie nicht schneller machen?«, drängele ich.

»Um jetzt zu landen? Meinen Sie nicht, das würde den Einsatz gefährden? Wir kreisen.«

»Aber –«

»Wir kreisen.«

Meine Hände sind schweißnass, und mein Herz schlägt mir bis zum Hals. Ich will diskutieren, doch etwas an seinem Tonfall sagt mir, dass er nicht mit sich reden lässt. Und so dumm, meinen Piloten anzugreifen, bin ich nicht. Außerdem … ich nage vor Nervosität auf meiner Unterlippe herum, bis ich Blut schmecke ... er hat recht, das ist der bessere Weg.

Aus der Vogelperspektive entdecke ich ein ganzes Heer von Einsatzkräften, plus jede Menge Personen in Zivil.

»Seit wann sind so viele Leute an solchen Aktionen beteiligt?«, frage ich eher mich als Kennedy und bin umso überraschter, als er mir antwortet.

»Einige der Frauen stammen aus sehr einflussreichen Familien. Ihre Angehörigen haben darauf bestanden, dabei zu sein.«

Kennedy klingt, als hielte er das für einen Fehler. »Ich hätte auch darauf bestanden«, sage ich und rede, als er Luft holt, sofort weiter. »Schließlich weiß keiner, wie die Sache ausgeht. So könnte ich wenigstens etwas tun, für den Menschen da sein, der mir wichtig ist.«

Er schnaubt. »Normal ist das trotzdem nicht. Aber gut, solange sie sich ruhig verhalten und die Behörden ihren Job erledigen lassen.«

Just in der Sekunde fallen wieder Schüsse.

»Sind das da die Frauen?«, frage ich. »Fliegen Sie näher ran!«

Statt zu tun, was ich verlange, reicht Kennedy mir einen Feldstecher. Es ist nicht das Gleiche, wie unten zu sein, doch ich nehme das Gerät, stelle es scharf und verfolge, wie Sondereinsatzkräfte Personen aus dem Bus lotsen.

»Wenn Sie näher kommen, jage ich den Bus in die Luft«, ruft plötzlich jemand, und die Rettungsaktion kommt zum Erliegen.

»Sie haben erst sechzehn«, murmele ich und zähle pausenlos die Köpfe durch, die nun beim FBI sind. Als könnten es dadurch mehr werden!

»Siebzehn«, korrigiert mich Kennedy, und ich verkneife mir zu fragen, wie er das ohne den Feldstecher wissen kann. Es sind immer noch zu wenige. Nicht mal die Hälfte.

»Wo ist der Fahrer?« Meine Hände zittern, sodass ich kaum was durch mein Gerät erkennen kann.

»Sehen Sie die Baumgruppe da vorn?«

Ich nicke, entdecke ein Funkeln, eine Spiegelung der Sonne. Vielleicht von einem Handy. Oder einem Fernglas, mit dem er uns ebenfalls beobachtet. Ein ungutes Gefühl überkommt mich.

»Wir müssen was gegen den Kerl unternehmen!«, rufe ich.

»Er könnte bluffen«, sagt Kennedy.

»Nie im Leben.« Angespannt reibe ich mir über das Gesicht. »Wenn die ganze Zeit eine Bombe in diesem Bus war, hat er so oder so vorgehabt, ihn in die Luft zu sprengen.«

»Sehr wahrscheinlich ohne die Frauen.«

Hektisch schüttele ich den Kopf. »Damit sie reden? Nein, das Risiko wird er nicht eingehen …«

»Aber noch würde man ihn nur wegen Entführung und Freiheitsberaubung anklagen.«

»Stimmt. Allerdings in mehr als vierzig Fällen. Er würde nie wieder einen Fuß in die Freiheit setzen.«

»Immerhin hätte er die Wahl zwischen Gefängnis oder Psychiatrie.«

Wut keimt in mir auf. »Wollen Sie ernsthaft mit mir diskutieren? Hat Ihnen Caleb nicht erzählt, dass ich Psychologie studiert habe? Ich weiß, wie diese Leute ticken. Er wird abdrücken!« Hektisch klicke ich an dem Funkgerät rum. »Können wir direkt mit dem Einsatzkommando reden, statt bloß zuzuhören?«

Ohne zu zögern, legt Kennedy einen Schalter um. »Jetzt.«

»Hallo? Verstehen Sie mich? Hier spricht Ava Donovan von *Fuller Investigations.* Wir sind der Helikopter über Ihnen. Wie können wir helfen?«

»Was sehen Sie?«, meldet sich ein Mann, keine Spur sauer, dass wir uns einmischen, sondern angenehm ruhig, konzentriert und bei der Sache.

In wenigen Worten beschreibe ich den Standort des Fahrers und das Funkeln.

»Können Sie noch mehr Frauen aus dem Bus holen?«, hake ich nach.

»Dann wird er abdrücken.«

Ich seufze. »Und wenn Sie den Bus von der anderen Seite stürmen? Das kriegt er von seiner Position aus nicht mit.«

»Wie stellen Sie sich das vor? Sobald wir eine Tür aufsprengen, wird er wissen, was los ist, und den Zünder drücken. Evakuieren wir sie durchs Fenster, wird er das auch merken. Neue Ideen?«

Angespannt traktiere ich meine Unterlippe mit den Zähnen und suche nach einer Lösung. »Aufschneiden?«

»Wir haben keine Ahnung, wo genau sich die Bombe befindet. Ein Funke, und der ganze Bus fliegt in die Luft. Weder die Frauen noch meine Leute werde ich diesem Risiko aussetzen.«

Ich schmecke wieder Blut. »Scheiße! Scheiße! Scheiße!« Mit dem Feldstecher beobachte ich, dass der Busfahrer sich nach wie vor bei den Bäumen verschanzt und abwartet. Nervös drehe ich mich zu der Gruppe, die bereits in Sicherheit ist. Siebzehn. Kennedy hat recht. Und Samantha ist nicht unter ihnen.

»Aber irgendwas müssen wir doch tun können!«, rufe ich und spüre, wie mir der Schweiß im Nacken perlt, gleichzeitig meine Hände jedoch eiskalt sind.

Im Hubschrauber setzen wir zu einer erneuten Runde an.

»Haben Sie Scharfschützen?«, frage ich über Funk. »Können Sie ihn nicht einfach ausschalten?«

»Zwei bei den Einsatzwagen, einer bei dem Stapel mit Baumstämmen, ein vierter im Straßengraben«, erklärt mir Kennedy. »Allerdings ohne freie Sicht, und wenn sie sich weiter annähern, riskieren sie, entdeckt zu werden.«

Genau das bestätigt mir keine Sekunde später der Einsatzleiter. Verblüfft mustere ich Kennedy und melde mich per Funk ab.

Mein Schädel droht gleich zu platzen, so heftig sind meine Kopfschmerzen, weil ich mir das Hirn nach einer Lösung zermartere. »Fällt Ihnen denn überhaupt nichts ein? Das da unten eskaliert jeden Augenblick. Mir ist egal, dass Bryce Ihnen befohlen hat, nur mein Taxi zu spielen und auf mich aufzupassen. Offensichtlich kennen Sie solche Situationen. Also greifen Sie ein. Sonst mach ich Ihnen Ihr Leben zur Hölle.«

»Drohungen wirken bei mir nicht.«

Ein teuflisches Grinsen schleicht sich auf mein Gesicht. »Ich sage Caleb, dass Sie mir an die Wäsche gegangen sind.« Sein Kiefer knackt. »Was jetzt? Hat der Hubschrauber Waffen, mit denen wir den Kerl ausschalten können?«

»Kleine, Sie sind echt ein Kaliber«, stöhnt er. »Wir sind hier nicht in einem James-Bond-Film. Das ist ein normaler Helikopter. Keine Militärmaschine.«

»Als würde das Bryce kümmern!«, rufe ich. »Tun Sie, was Sie können! Oder hängen Sie nicht an Ihren Eiern?«

Denn wenn er nichts unternimmt, lüge ich Caleb an, und der wird ausrasten.

»Sie kennen ihn besser, als ich dachte.« Kennedy lacht leise. »Okay, ich habe eine Idee. Aber Sie müssen mir helfen.«

»Wie?«

»Sind Sie schon mal einen Helikopter geflogen?«

»W-w-was?«, stammele ich.

Kennedy sieht mich streng an. Wir drehen ab, entfernen uns, doch diesmal protestiere ich nicht. »Das heißt wohl Nein«, schließt er. »Dann wird es Zeit.«

Kritisch beäuge ich das Steuer vor mir, das durch die Bewegung des Motors vibriert. »Ich kann das nicht«, hauche ich und wische meine schweißnassen Hände auf meinen Oberschenkeln ab. Normalerweise mag ich neues Spielzeug, doch das hier ist mir eine Nummer zu groß.

»Sagen Sie bloß, jetzt werden Sie kleinlaut. Sie enttäuschen mich, Ms Donovan.«

Die Wut meldet sich zurück. »Entschuldigen Sie, dass ich nicht sofort vor Freude Purzelbäume schlage, sobald ich Pilotin spielen soll! Ich bin Privatdetektivin, nicht Supergirl!«

Wieder lacht er. Ich sollte wirklich ein Comedy-Programm schreiben. »Legen Sie die Hände an das Steuer!«

Fassungslos starre ich ihn an. Ist er irre?!

»Na los! Sie wollen doch den Frauen helfen, oder?«

»Und das können wir dann?«, frage ich, während mir vor Nervosität ganz flau im Magen wird.

»Ja, das kann ich dann.«

»Also gut.« Tief durchatmend umfasse ich das Lenkrad und spüre die Vibrationen der Maschine von den Fingerspitzen bis zu meinen Schultern.

»Ich lasse jetzt los.«

»Nicht!«, kreische ich, habe aber plötzlich das Steuer alleine in der Hand. *Krass!* Wir stürzen nicht ab.

»Sehen Sie, alles halb so wild.«

»Wie lautet der Plan?«, frage ich gepresst.

»Ich drehe bei einer Entfernung von zwanzig Meilen, und Sie halten ab da einfach nur den Kurs. Total easy!« Er grinst. »Und das Atmen sollten Sie dabei natürlich nicht vergessen.«

Erneut hole ich tief Luft, kann aber über den Witz nicht lachen. »Und was machen Sie?«

»Konzentrieren Sie sich auf Ihre Aufgabe. Kriegen Sie das hin?«

Das Adrenalin rauscht in meinen Adern. Ich verfluche Caleb dafür, dass er mir am Morgen Kaffee gegeben hat. Den hätte ich nicht gebraucht. Ich bin wach genug.

»Ja.« Ich schlucke. »Ja, das kriege ich hin.« Wie ein Mantra wiederhole ich die Worte in meinem Kopf, genau wie es in diesen ›Denke positiv & ändere dein Leben‹-Ratgebern empfohlen wird. Nur keine Angst. *Tschaka! Yay! Du kannst das, Ava! Für die Frauen!*

Doch als Kennedy wie angekündigt kurz übernimmt und wendet, würde ich mich am liebsten übergeben. Wortlos lege ich meine Hände dennoch zurück ans Steuer und konzentriere mich darauf, den Kurs zu halten und den Hubschrauber nicht abstürzen zu lassen. Es ist ganz einfach … total einfach … supereinfach …

Unerwartet ist da ein Luftzug, und wir wanken. Kennedy hat seine Tür aufgeschoben.

»Sind Sie lebensmüde!«, kreische ich. »Was soll das?«

»Halten Sie die Maschine ruhig! Sie schaffen das!«

Der Wind erschwert es, mit dem Heli eine gerade Linie zu fliegen. »Das klang eben leichter.« Hektisch schaue ich zur Seite, aber dann gleich wieder nach vorne.

»Wenn Sie Caleb nach Ihrer Pfeife tanzen lassen können, kriegen Sie auch das hin, Ms Donovan«, sagt Kennedy über Funk. Er ist die Ruhe selbst und bereitet ein Gewehr vor, mit dem er sich an der Türkante hinlegt.

»Sie machen jetzt nicht …«

»Ich rette Ihre Frauen. Das wollten Sie doch!« Kurz treffen sich unsere Blicke. »Sie können das, Ava.« Er grinst. »Und was meinen Sie, was Caleb für ein Gesicht zieht, sobald er erfährt, dass Sie sein Spielzeug hier geflogen sind?«

Die Vorstellung ist beruhigend komisch. Diesem sonst so beherrschten Mann wird die Kinnlade herunterklappen. Als wir näher kommen, beiße ich fest die Zähne zusammen. »Okay, ja, ich schaffe das! Ich kann das!«, murmele ich wieder und wieder vor mich hin.

So schnell, wie wir abgedriftet sind, rasen wir nun auf den Einsatzort zu. Der Bus und die Polizeiwagen werden immer größer. Ich kann bereits einzelne Personen stecknadelgroß erkennen.

Über Funk meldet sich der Einsatzleiter und fragt, was wir vorhaben, und mit einer Sicherheit, die ich nicht empfinde, behaupte ich, dass wir die Lage sondieren. Im Gegenzug erfahre ich, dass die restlichen Frauen nach wie vor im Bus sind. Der Typ verharrt dagegen in seinem Versteck. Kennedy liegt auf seiner Seite, das Gewehr einsatzbereit und schweigt. Meine Aufgabe ist klar: die Maschine möglichst ruhig halten. Je ruhiger, desto besser. Alles andere blende ich aus.

Je näher wir kommen, umso heftiger verspannen sich meine Schultern. Plötzlich sind wir über die Stelle hinweg. Und … Nichts ist passiert. Oder?

»Keine Panik, Ms Donovan, gut gemacht!«

»Wie bitte?!« Entgeistert mustere ich Kennedy. Seine Tür ist nun zu, er hat erneut das Steuer übernommen und gibt per Funk durch, dass wir runtergehen.

»Sind wir getroffen?«, kreische ich und kriege kaum Luft.

»Hier reinatmen!« Lässig reicht er mir eine Tüte. Mit vor Schreck geweiteten Augen starre ich ihn an. »Luft holen, Kleine!«

Erst jetzt wird mir bewusst, was er von mir will. Ich gehorche, und der Druck lässt nach. »Das ruiniert irgendwie mein Hardcore-Supergirl-Image«, grummele ich.

Grinsend nimmt er mir die Tüte ab, sobald ich wieder normal klinge und nicht so, als würde ein Elefant auf meiner Brust sitzen. »Ich hab schon Leute unter Stress kotzen sehen. Glauben Sie mir, Sie haben sich großartig geschlagen. Falls Sie mal einen Job bei den Special Forces wollen … Ich schreib Ihnen gerne eine Empfehlung.«

»Nein, danke«, sage ich hastig und sinke in meinem Sitz zurück. Special Forces? Caleb hat ja tolle Freunde! Bei mir gibt es Floristen, Buchhalter, Autoverkäufer … »Was ist passiert?«, frage ich, da ich nicht mitbekommen habe, was Kennedy getan hat.

»Schauen Sie selbst!« Sein Daumen zeigt zum Fenster.

Ich muss mich etwas zu seiner Seite beugen, um einen unverstellten Blick auf den Schauplatz des Geschehens zu haben. Aber dann erkenne ich, was er meint. Die restlichen Frauen steigen aus dem Bus, nicht in Eile, sondern langsam, auf wackeligen Beinen, was ich durchaus nachvollziehen kann.

Statt von einer Sturmtruppe empfangen zu werden, die sie mit Maschinengewehren im Anschlag dazu nötigt, sich zu beeilen, sind es FBI-Agenten und Polizisten, die sie zu bereitstehenden Krankenwagen führen. Ohne dass auch nur eine von ihnen verletzt wirkt. Zumindest nicht äußerlich.

»Wie ist das möglich?«, frage ich.

»Drei Schüsse. Einer in die Hand, in der er den Zünder gehalten hat. Einer in das Bein von dem Kerl, damit er nicht abhaut. Ein weiterer in seine Schulter.«

»Weil?«

»Mein Finger hat wohl etwas gezittert«, sagt er.

Ernst sehe ich ihn an, bin jedoch klug genug, nichts zu sagen. Nein, den dritten Schuss hat er abgegeben, um dem Typen dort unten einen Denkzettel zu verpassen.

»Gut«, sage ich, verkneife mir aber dieses Mal einen Witz. Jemand, der mit solch einer Präzision schießen kann, beherrscht sicher noch ganz andere Dinge. Und ich weiß nicht, was ich davon halten soll. Mein Atem pfeift erneut. Einerseits verstehe ich Kennedys Handlungsweise – als Mitbetroffene. Der Dreckskerl von Busfahrer hat die dritte Kugel verdient. Andererseits beunruhigt sie mich. Selbstjustiz ist falsch.

»Brauchen Sie wieder die Tüte?«, fragt er.

Das Motorengeräusch kommt mir immer leiser vor, und im ersten Moment befürchte ich, dass ich ohnmächtig werde. Dann begreife ich jedoch, dass wir gelandet sind.

»Geht's?«, fragt er.

»Der dritte Schuss war unnötig«, presse ich heraus.

Ohne dass ich es kommen sehe, legt er seine Hände auf meine. Mir wird klar, wie kalt meine Finger sind, da seine sich angenehm warm anfühlen. »Caleb hätte es nicht anders gemacht. Und ich denke, Sie auch nicht. Okay?«

Ich lasse mir seine Worte durch den Kopf gehen und muss daran denken, wie ich bei diesem einen Verhör den Kerl mit dem Kugelschreiber attackiert habe. »Okay«, sage ich schließlich. Obwohl es mir nicht gefällt, das zuzugeben. Denn eigentlich glaube ich an faire Gerichtsverhandlungen, Urteile, Strafen … nicht an Selbstjustiz. Es gibt wohl für alles im Leben eine Ausnahme.

Da ich mich immer noch nicht rühre, schnallt Kennedy mich ab, klettert aus der Maschine, umrundet sie und öffnet meine Tür. »Raus mit Ihnen! Ich weiß, was Sie jetzt brauchen. Sehen Sie nach den Frauen und überzeugen Sie sich davon, dass sie in Ordnung sind. Das hilft. Dafür hat sich der Stress gelohnt.«

Als ich aussteige, sind meine Beine wie aus Gummi. Erst als ich festen Boden unter den Füßen habe, kann ich die letzten Minuten verarbeiten. Dass ich einen Hubschrauber geflogen habe. Und dass die Befreiungsaktion erfolgreich war. Was dafür sorgt, dass es mir besser geht.

»Schauen Sie, die Frauen sind dort drüben bei den Sanitätern.« Kennedy deutet auf eine Stelle auf der Fahrbahn, hinter den Einsatzfahrzeugen. »Gehen Sie! Ich kläre alles mit den Behörden. Wie klingt das?«

»Ich dachte, als mein Bodyguard rücken Sie mir nicht von der Seite«, wage ich einen vorsichtigen Scherz.

Völlig überraschend umarmt er mich. »Kleine, du hast echt Eier! Wenn Caleb mal fies zu dir ist, komm zu mir. Ich vermöbel ihn für dich.«

»Ehrlich? Dann zieh dir schon mal Boxhandschuhe an, um deine Fingerknöchel zu schonen. Das ist er nämlich ständig.«

Kennedy lacht. Anstatt zu antworten, lässt er mich jedoch los und zeigt erneut in die Richtung, wo die Frauen versorgt werden. Ich entdecke Samantha, und mehr brauche ich nicht, damit sich meine Beine in Bewegung setzen. Erst gehe ich nur, aber schließlich laufe ich.

»Ms Taylor?! Sam!« Ich winke, und als sie mich sieht, löst sie sich aus der Gruppe, und wir umarmen uns, als wären wir alte Freunde.

»Oh mein Gott, du lebst!«, ruft sie. »Als sie dich weggebracht haben … ich dachte, sie bringen dich um und wir sind die Nächsten. Was ist passiert?«

Das werde ich ihr bestimmt nicht erzählen. »Geht es allen den Umständen entsprechend gut?«, frage ich stattdessen zurück und kann nicht anders, als über ihre Arme zu streichen, um mich davon zu überzeugen, dass das hier kein Traum ist.

Sie nickt.

»Was ich noch wissen wollte …«, beginne ich, doch ich werde unterbrochen.

»Claire?«, ruft ein Mann ungläubig, der aus einem der Wagen des FBI steigt. Eindeutig niemand vom Einsatzteam, sondern jemand, der seinen Einfluss geltend gemacht hat, um bei der Befreiungsaktion dabei sein zu können. Was ich nachvollziehen kann. »Claire, Sweetie?«

»Daddy?!« Jauchzend rennt eine junge Frau auf ihn zu. Tränen rinnen ihr über das Gesicht, sie kommt ganz außer Atem. Aber der Mann läuft ihr entgegen, und sie wirft sich in seine Arme. »Dad, es tut mir so leid.«

»Nicht doch, Sweetie. Ich bin überglücklich, dass es dir gut geht.«

So hätte das bei meiner Schwester Lilly und mir auch laufen sollen. So müssen Vermisstenfälle ausgehen.

Unwillkürlich bildet sich ein Kloß in meinem Hals, und Tränen steigen mir in die Augen. Obwohl ich mich freue, ist der Schmerz zurück. Frisch und heftig. Wird es jemals auch für mich vorbei sein? Werde ich Lilly wiedersehen? Gibt es Happy Ends? Und falls ja, wie lange muss ich noch auf meines warten?

Plötzlich fühle ich mich allein. Ich fange den Blick von Kennedy auf und reiße mich zusammen. Für mein persönliches Drama ist hier kein Platz, besser, ich bin wieder die lustige Ava Donovan, immer einen frechen Spruch auf den Lippen. Besser das, als dass irgendwer sieht, wie es mir wirklich geht. Und dass man zwar nach so einem Vorfall weitermachen kann, dass man ihn allerdings nie vergisst.

»Gott sei Dank ist es vorbei«, sagt Samantha. »Was wolltest du gerade fragen?«

»Gab es eine Lilly bei euch? Weißt du das? Sie ist meine Schwester und wird seit Jahren vermisst.«

Sie schüttelt jedoch den Kopf. »Tut mir leid, bei den Frauen hier nicht. Du solltest die fragen, die am längsten gefangen gehalten wurde. Vielleicht kann sie dir helfen.«

Also wieder nichts. Aber es war einen Versuch wert. »Soll ich jemanden für dich anrufen? Oder möchtest du selbst?« Ich halte ihr mein Handy hin, bin zurück im Hier und Jetzt und konzentriere mich auf das, was in meiner Macht steht.

»Ja, gerne«, haucht sie gerührt, und ich kriege mit, wie sie mit ihren Eltern spricht.

»Und was ist mit Judith?«, fragt mich Samantha schließlich, nachdem sie aufgelegt hat, atmet tief durch, wirkt jedoch gefestigt, was ich angesichts der Umstände bewundere.

»Meine Leute suchen sie.«

»Oh mein Gott!« Entsetzt schlägt sich Samantha die Hand vor den Mund. All die Freude in ihrem Gesicht weicht neuer Sorge.

»Was?«

»Dann ist es noch nicht vorbei.«

»Doch, ist es«, versuche ich, sie zu beruhigen. »Wir arbeiten auf Hochtouren daran, sie zu finden. Sie kommt nicht mehr weit. Keine Angst.«

»Das meine ich nicht …« Sie fährt sich durchs Haar und sieht sich um, als würde sie nach einem Ausweg suchen.

Ich runzele die Stirn und wünschte, ich hätte die Papiertüte aus dem Hubschrauber dabei. Für sie, nicht für mich. »Langsam, Sam. Wovon redest du?«

»Hast du dich nicht gewundert, warum sie dich einzeln abtransportiert haben?« Sie schluckt. »Obwohl du als Letzte gekommen bist.«

»Ähm … na ja …« Ich weiß natürlich, warum, aber will sie damit nicht belasten.

»Kurz nachdem sie dich weggebracht haben, hat mir eine der Frauen erzählt, was seit Jahren läuft«, spricht Samantha weiter. »Dass sie Videobotschaften für Freunde oder ihre Familie drehen und dort um Geld oder andere Leistungen bitten. Um am Leben zu bleiben. Schließlich ist Judith wieder aufgetaucht und meinte zu einem der anderen Männer, dass sie sich mit dir besonders viel Mühe geben sollen. Sie hätte jetzt einen lukrativeren Fisch am Haken. Und sie hat was gemurmelt wie: ›Ich hätte wissen müssen, dass man den Kerl nicht wie all die anderen Idioten erpressen kann und er wie eine ganze Armee den Hangar stürmt. Das nächste Mal bin ich cleverer. Bei dem Geld, das ich durch ihn kriege, ist es jedes Risiko wert.‹«

»Lukrativer?« Ich runzele die Stirn, denn über die Jahre hat diese Irre mit ihrer Methode nicht nur Geld, sondern auch Macht erpresst. Reicht ihr das nicht?

»Ja, lukrativer. Da muss noch jemand im Spiel sein. Und Judith muss irgendwie glauben, an denjenigen heranzukommen.«

Und plötzlich wird mir heiß und kalt.

»Du hast eine Ahnung?«, fragt mich Samantha.

»Ja, aber das kann nicht sein«, murmele ich. Doch je länger ich darüber nachdenke, desto öfter zieht mein Gehirn eine Schleife und landet bei der Person, die als einzige infrage kommt. Von der auch der kahl rasierte Typ beim Verhör gesprochen hat. Was ich zu dem Zeitpunkt jedoch nicht besorgniserregend fand.

Caleb Bryce.

Meine Hände zittern, und schnell schiebe ich sie in die Hosentaschen. Besser fühle ich mich dadurch nicht.

Ist er so wichtig, dass Judith jegliche Vorsicht in den Wind schlägt, nur um an ihn heranzukommen? Würde sie für das, was er hat, ihre Machenschaften mit den Frauen aufgeben? Und wieso sagt mir Caleb denn nicht, dass noch etwas ganz anderes läuft? Warum lässt er mich in dem Irrglauben, dass es hier nur um Samantha und die Frauen geht? Sieht er nicht, in was für eine Gefahr er mich damit bringt?

Eine sehr fiese Stimme in meinem Kopf flüstert mir zu: *Lass es gut sein, Ava! Entweder er kommt da alleine raus, oder ihm passiert etwas und du bist ihn los. Du hast von Anfang an gewusst, dass der Kerl kein Mann ist, an dessen Seite man bis ans Ende seines Lebens bleibt. Viel zu gefährlich. Und du hattest recht!*

Doch könnte ich mit dieser Schuld leben?

Schwer atmend schließe ich die Augen und male mir aus, wie es sich anfühlen würde, wenn Caleb in Gefahr wäre. Echter Gefahr. Das befriedigende Gefühl, auf das ich gebaut habe, stellt sich nicht ein. Auch kein Quäntchen Humor à la ›Soll ich Ihnen etwa helfen, Bryce? Dann wären Sie mir aber zur Abwechslung was schuldig.‹ Stattdessen ist da unerwartet Angst um diesen Mann. Um den einzigen Menschen, der es geschafft hat, hinter meine Fassade zu schauen, der mich umtreibt und triezt und einfach nicht in Ruhe lässt. Weil er das Beste für mich will. Auf eine sehr verkorkste, aber ehrliche Art und Weise. Und ich will auch das Beste für ihn.

»Du hast einen Verdacht, um wen es geht, oder?«, fragt mich Samantha.

Wie erschlagen reibe ich mir über das Gesicht, und als ich wieder aufschaue, begegnet mein Blick dem von Kennedy. Der sofort das Gespräch beendet, das er mit einem FBI-Agenten führt, und zu mir kommt.

»Was ist los, Ava?« Er mustert mich ernst, zugleich jedoch eine Spur bedrohlich.

»Bryce kann auf sich alleine aufpassen, richtig?« Unsicher suche ich in seinen Augen nach etwas, das mich beruhigt. Stattdessen strafft er alarmiert die Schultern. Wortlos dreht er mir den Rücken zu und klemmt sich das Handy ans Ohr. Ich muss nicht fragen, wen er anruft. Wen wohl? Und ich muss auch nicht fragen, was los ist, als er zum zweiten Mal wählt und dann zum dritten.

Caleb meldet sich nicht.

»Vielleicht hat er gerade Sex?«, scherze ich. »Und er ist nicht der Typ für einen Coitus interruptus.«

Kennedy entfährt ein leiser Fluch. Was schon was heißen will, denn Iron Man hat sich bisher beneidenswert gut im Griff gehabt. »Es gibt nur eine Frau, für die er alles andere ignorieren würde. Und die steht neben mir.«

Noch während er das sagt, macht er sich davon. Aus einem zügigen Gang wird ein Joggen und daraus ein Sprint. Gleich ist er am Hubschrauber, und ich sehe ihm mit offenem Mund nach.

Stimmt das? Bedeute ich Caleb so viel?

»Na los! Worauf wartest du?« Samantha schubst mich vorwärts. »Danke für alles, Ava. Aber jetzt schnappt euch Judith Hamilton! Sie hat für genug Ärger gesorgt.«

Fassungslos registriere ich, wie sich die Rotorblätter schneller und schneller drehen. Kennedy wird doch nicht ohne mich verschwinden? Geduckt renne ich auf den Heli zu, ehe ich verstehe, was ich hier tue. Sobald ich mich auf den Sitz wuchte, heben wir ab. Mit einem Ruck schließe ich die Tür hinter mir und schnalle mich an.

»Und ich hätte beinahe gedacht, er wäre dir egal«, höre ich Kennedy über den Lärm der Maschine hinweg rufen.

»Halt die Klappe!«, ist das Einzige, was ich während des gesamten Rückflugs zu ihm sage. Nicht weil ich sauer auf ihn bin, sondern weil ich versuche, nicht verrückt zu werden vor Angst.

Wie hat der Mistkerl das nur geschafft? Denn nein, Caleb ist mir nicht egal. Im Gegenteil! Ungewollt ist er zum wichtigsten Menschen in meinem Leben geworden. Derart schnell, dass ich nicht weiß, wie ich das finden soll.

Kapitel 18

St–!«

»Status!«, ruft Kennedy schneller als ich, sobald wir im Herzen des *Sinful Secrets* sind.

Es fällt mir schwer, jemand anderem das Kommando zu überlassen. Aber ich sehe ein, dass Kennedy, wenn es um Caleb Bryce geht, deutlich mehr Möglichkeiten hat als ich. Schließlich bin ich für die meisten hier nur die Tussi, die Caleb gevögelt hat.

Als wir vor den Monitoren stehen und ein Mann erklärt, wo man Calebs Handy geortet hat, wen er gerade überprüft hat und welche Spuren sie haben, entdecke ich Oliver. Wutentbrannt gehe ich auf ihn los und schnipse an seinen Columbo-Hosenträgern, die ich plötzlich lächerlich finde.

»Wie konnte das passieren? Warum wart ihr nicht zu zweit unterwegs? Gab es keine Risikoeinschätzung? Warum hat er keine Verstärkung geholt? Verdammt, was habt ihr euch dabei gedacht?«

Oliver packt mich an den Schultern und hält mich auf Abstand, bevor ich ihm völlig hysterisch an die Gurgel springen kann. »Ava, beruhige dich. Wir haben uns die Liste der Verdächtigen aufgeteilt, damit wir Judith Hamilton schneller aufspüren. Du selbst hättest es genauso gemacht. Es war der beste Weg.«

»Wenn ein vermisster Mann der beste Weg ist, was wäre dann der schlechteste?«

»Er könnte tot sein«, mischt sich Jane ein, die ebenfalls mitarbeitet, um Caleb zu finden. Unwillkürlich zittere ich. »Ganz ruhig, Schätzchen. Aber das ist er nicht. Nie im Leben.«

»Wie kannst du dir da so sicher sein?«, frage ich. *Und was macht es für einen Unterschied?*, füge ich in Gedanken hinzu. Meine Schwester wird seit Jahren vermisst. Zu wissen, dass sie tot wäre, würde zwar die Ungewissheit beenden, sie mir aber nicht zurückbringen.

Das Zittern wird stärker. Scheiße! All das, was ich nie wieder durchleben wollte, passiert erneut. Ich höre nicht, was Jane zu mir sagt. Mein Magen rebelliert plötzlich. Ich reiße mich von meinen Leuten los und taumele aus dem Raum. Keine Sekunde später übergebe ich mich auf dem Gang, spucke vor allem Magensäure, weil ich seit dem Frühstück nichts gegessen habe. Seit dem Frühstück mit Caleb …

Zum zweiten Mal revoltiert mein Innerstes. Schließlich stütze ich mich schwitzend und schwer atmend an der Wand ab und versuche, mich zu fangen.

»Schätzchen? Ist alles in Ordnung?«

Bunte Haare tauchen am Rande meines Sichtfeld auf, aber ich wende mich nicht Jane zu, sondern konzentriere mich darauf weiterzuatmen und das Gefühl zu verdrängen, das an die Oberfläche dringen will.

»Wenn er erfährt, dass du hier kotzt, wird er dich bis ans Ende deines Lebens damit aufziehen, dass er dir was bedeutet«, scherzt Oliver.

Ich weiß, er meint es bloß gut, und unter anderen Umständen wäre ich die Erste, die jetzt lacht. Stattdessen sind seine Worte wie Salz auf einer Wunde. Es fühlt sich an, als würde jemand seine Finger um meine Kehle legen und fester und fester zudrücken. Punkte tanzen vor meinen Augen. Ich kann nicht mehr klar denken. Schwer atmend krümme ich meine Finger an der Wand, genieße den Schmerz, der angenehmer ist, als diese Wellen an Gefühlen, die im Rhythmus meines Herzens über mich schwappen.

Was für ein verfluchter Trip ist das denn?

War das bei meiner Schwester genauso?

Ich kann mich nicht erinnern …

»Komm mit!«, verlangt eine tiefe Stimme in meinem Rücken.

Caleb!, denke ich im ersten Augenblick, drehe meinen Kopf, merke schon, wie der Druck allmählich von meiner Brust weicht … Doch hinter mir steht Kennedy. Wieder wird mir schummrig. »Nein, lass mich! Es geht mir gut. Wir müssen ihn finden.« Das Denken fällt mir schwer und ich reibe mir über mein Gesicht. »Oliver, hast du eine Liste mit den Adressen, die Caleb überprüft hat?«

»Ja«, bestätigt mein Kollege. »Aber er scheint sie nicht der Reihe nach abgearbeitet zu haben. Bei den ersten zwei Häusern ist er nie gewesen. Wir überprüfen jetzt jede Adresse.«

Wie in Zeitlupe arbeitet mein Verstand, während mich Kennedy wegbringen will, ich es aber noch nicht zulasse. Nach welchen Kriterien ist Caleb vorgegangen? Jedes der Gebäude auf der Liste liegt abgeschieden und verlassen. Ein perfekter Unterschlupf für Verbrecher. Ein einsamer Lieferwagen mehr oder weniger würde in der Gegend nicht auffallen. Es sei denn … Judith benutzt keinen Lieferwagen!

»Bei welchen Adressen gibt es genug Fläche drum herum, sodass ein Pilot eine kleine Privatmaschine landen kann?«

Oliver sieht mich verblüfft an. Kennedy ist schneller und nickt jemanden von Calebs Analysten zu, um diesem Hinweis zu folgen.

»Wir haben drei Treffer«, sagt der Mann wenig später.

Aufregung und Erschöpfung kämpfen in mir. »Und jetzt –«

»Nein«, schneidet mir Kennedy das Wort ab. »Wir überprüfen die drei Adressen und geben dir Bescheid, wenn es was Neues gibt. Und du ruhst dich bis dahin aus.«

Ich will protestieren, aber mir fällt kein einziges Argument dagegen ein. Also nicke ich schwach.

»Gut«, sagt Kennedy. »Zac, hol jemanden, der das hier sauber macht! Und ihr anderen, geht rein! Wenn ihr was für Ava tun wollt, sorgt schneller dafür, dass wir Caleb finden!« Zwei Arme packen mich und heben mich hoch. »Alles wird gut, Kleines, versprochen«, sagt er mit einem Mal sanfter und trägt mich durch den Untergrundkomplex des *Sinful Secrets*. Bis zum Fahrstuhl. Mit dem wir nach oben fahren – in Calebs Wohnung.

Das sind die falschen Worte. Ich habe sie zu oft gehört. Sie wirken nicht und ich schüttele ablehnend den Kopf.

»Er taucht wieder auf, Ava«, sagt Kennedy und legt mich auf dem Sofa ab.

Ein bitteres, ungläubiges Schnauben entweicht mir.

»Samantha Taylor ist auch aufgetaucht. Genau wie die Frauen. Und Caleb wird das ebenso.«

Mir entgeht nicht die Logik des Ganzen. Aber ich kenne auch andere Zahlen.

»Weltweit werden circa zwanzig Millionen Menschen als Sklaven gehandelt. Das ist mehr als das Doppelte der Einwohnerzahl von New York. Das Doppelte!« Ein Zittern läuft durch meinen Körper. »Und nur von einem Bruchteil weiß man, wohin sie verschleppt werden. Vom Rest gibt es keine Spur.« Neue Tränen laufen über mein Gesicht. »So wie meine Schwester. Sie ist nie wieder aufgetaucht …«

Während meine Gedanken in die Vergangenheit wandern, merke ich, wie Kennedy sich zu mir aufs Sofa setzt und mich tröstend an sich drückt.

»Ich vermisse sie so«, schluchze ich und lasse zum ersten Mal überhaupt die Trauer zu. Und mir vorzustellen, dass Caleb ebenso aus meinem Leben verschwunden ist …

»Pscht!«, macht Kennedy beruhigend und streicht gleichmäßig über meine Arme. »Versuch zu schlafen, Ava.«

Doch neue Tränen fließen.

»Bist du immer noch in diesen Captain des Football-Teams verliebt?«, zieht mich Lilly auf, als ich gerade Lippenstift auflege. Knallrot natürlich.

»Hast du ihn mal gesehen?! Diese dunklen Augen, diese Grübchen. Und das Sixpack!« Adrian könnte echt Model sein.

»Woher kennst du denn sein Sixpack?«, fragt Lilly lachend.

Verlegene Hitze schießt mir in die Wangen. Mist, das habe ich ihr gar nicht verraten wollen.

»Ava, hast du die Jungs etwa ausspioniert?«

»Ähm …« Fieberhaft suche ich nach einer Ausrede, breche jedoch schließlich unter dem wissenden Blick meiner Schwester zusammen. »Ich hatte mich in einem der Spinde versteckt.«

Sie lacht. »Und?«

»Deshalb konnte ich sein Sixpack sehen.«

»Sicher, dass du nur das gesehen hast?«

»Pah!«, mache ich. Ich weiß, worauf Lilly anspielt. Aber ich werde ihr nicht erzählen, dass ich nun sämtliche knackigen Hinterteile und einige der besten Stücke der gesamten Mannschaft kenne. Möglichst lässig reibe ich über meine Lippen, um die Farbe zu verteilen. Heute nach dem Cheerleading-Training werde ich wie durch Zufall in seine Arme stolpern. Er hat keine Chance. Er ist der heißeste Junge an der Schule, und ich will meinen ersten Kuss von ihm kriegen.

»Weißt du, Ava, tolle Muskeln sind nicht alles, was ein Mann haben sollte.«

Oh, oh. Diesen Blick kenne ich. Besorgt. Typisch ältere Schwester. »Dann hast du Taylor Lautner jahrelang angehimmelt, weil er so ein großartiger Schauspieler ist, oder wie?«

»Du freche Kröte!«, ruft Lilly lachend und versucht, mich zu erwischen. Doch ich bin bereits über das Bett gesprungen. Sie folgt mir, und japsend lande ich in einem Haufen Schmutzwäsche und verschmiere mir den Lippenstift. »Das hast du jetzt davon! Du siehst aus wie Heath Ledger als Joker. So will dich Adrian ganz sicher nicht.«

»Ich hasse dich!«, werfe ich ihr prustend an den Kopf und rappele mich hoch.

Meine Schwester lässt sich davon nicht beeindrucken. »Von wegen. Komm her! Ich helf dir mit dem Make-up.«

Da Lilly in puncto Mascara, Lidschatten und Rouge eine echte Fee ist, schnappe ich mir ein Kosmetiktuch und beseitige die Spuren des Desasters. Dann setze ich mich zu ihr.

»Weißt du, Ava, es reicht nicht, einen Typen gut zu finden, weil er heiß ist. Wir alle brauchen jemanden, der uns auf Händen trägt, dem wir wichtig sind, mit dem wir reden und Witze reißen können.«

»Ich hab doch dich.« Ich falle ihr um den Hals. »Und Mom und Dad.«

Sie lacht. Wir wissen beide, dass das nicht das Gleiche ist. »Ich will nur nicht, dass man dich ausnutzt.« Sie streichelt mir über den Hinterkopf. Ich jedoch grinse breit.

»Wenn, dann nutze eigentlich ich ihn aus«, posaune ich selbstbewusst hinaus. »Ich schnappe mir den bestaussehendsten Kerl der Schule, und ich möchte einen perfekten Kuss. Die anderen Mädchen sagen, dass er fantastisch küsst, und ich finde, für meinen ersten Kuss habe ich nichts Geringeres verdient.« Da ich ahne, was meine Schwester einwenden wird, füge ich schnell hinzu: »Ich weiß, welchen Ruf Adrian hat. Ehrlich gesagt bin ich mir sogar ziemlich sicher, dass er beim Football einmal zu oft was an den Kopf bekommen hat. Aber diese Lippen!«

Lilly kichert. »Okay, du weißt genau, was du willst. Wie immer.« Sie schminkt mich fertig und umarmt mich. »Dann viel Spaß bei deinem ersten Kuss, ich möchte später alle Einzelheiten hören.«

»Nur wenn du mir auch von deinem ersten Kuss erzählst«, verhandele ich mit ihr.

»Deal, Schwesterherz!« Sie zupft ein letztes Mal meine Klamotten zurecht. »Was hältst du davon, wenn ich dich nach dem Training abhole? Ich hab bloß noch abends einen Kurs an der Uni und hätte Zeit für ein Eis.«

»Perfekt«, jubele ich. Eine ältere Schwester, die schon studiert, sollte jeder haben. »Du bist die Beste!«

Eilig greife ich nach meinen Sachen und renne aus dem Haus. Mein Leben ist absolut großartig! Ich kann überhaupt nicht nachvollziehen, warum alle stöhnen, wie schlimm es ist, ein Teenager zu sein. Ich werde Adrian küssen! Was will man mehr?

Den ganzen Tag kann ich mich kaum auf den Unterricht konzentrieren. Ich fiebere dem Nachmittag und dem Training entgegen. Und der Begegnung mit Adrian.

Plötzlich unsicher betrachte ich mich im Spiegel auf der Schultoilette. Vielleicht sollte ich doch den Lippenstift weglassen? Ich habe in der Mittagspause Shanice tuscheln hören, dass ich wie eine Nutte aussehe. Und wie mich einige Jungs aus den höheren Stufen angesehen haben, ist mir ebenfalls nicht entgangen.

»Meinst du, er küsst mich auch ohne den Lippenstift?«, schreibe ich meiner Schwester und bekomme wenige Augenblicke später die Antwort.

»Dass du mal Zweifel hast …«

»Hab ich nicht. Es ist nur …«

»Wenn Adrian kein kompletter Vollidiot ist, klar.« Und kurz darauf folgt: »Aber er beschleunigt die Sache um hundert Prozent.«

Mist, ich als Mathe-Ass weiß, was das heißt.

Mit gestärktem Selbstbewusstsein erneuere ich meinen Lippenstift, straffe die Schultern und stolziere aus den Waschräumen, als wäre ich das hübscheste Mädchen der Schule – obwohl Leyla aus der Parallelklasse bereits eine richtige Oberweite hat, ganz im Gegensatz zu mir.

Beim Cheerleading bin ich heute total gut. Ich schaffe alle Sprünge und Figuren und verhaspele mich lediglich ein Mal in der neuen Choreografie. Der Tag wird immer besser. Außerdem merke ich, wie die Jungs vom Football-

Team ständig zu uns rüberschauen, was für ein aufregendes Kribbeln bei mir sorgt.

Sobald das Training beendet ist, mache ich mich frisch und schlendere mit Absicht in meinem kurzen Cheerleader-Outfit zum Spielfeld rüber.

»Du warst der Wahnsinn!«, ruft Adrian, und ich strahle ihn an.

»Danke«, kriege ich, ohne zu stottern, heraus und weiß, ich muss was unternehmen, bevor er wieder zu den anderen geht.

Langsam lecke ich mir über meine vollen Lippen.

Gott, was verhältst du dich dämlich! Das klappt nie!, *denke ich mir. Doch dann sehe ich, wie Adrians Blick an meinem Mund klebt. Mein Herz schlägt mir bis zum Hals, und ich weiß nicht, was mich beißt, aber ich höre mich sagen: »Kannst du mal schauen, ob mit dem Lippenstift alles in Ordnung ist? Ich hab keinen Spiegel dabei!«*

Der emanzipierte Teil von mir versinkt daraufhin knöcheltief im Boden. Das ist der dümmste Spruch, den man von sich geben kann. *Aber er wirkt!*

»Klar!«, tut Adrian total locker und kommt zu mir geschlendert.

Plötzlich steht er vor mir, so dicht wie nie zuvor. Ich rieche seinen Schweißgeruch und das Deo, das er benutzt, und automatisch strecke ich meine Hände aus und packe ihn an der Hüfte. Etwas in seinem Blick verändert sich, wird dunkler.

»Und? Was macht mein Lippenstift?«, bringe ich noch heraus, da berührt sein Mund bereits meinen.

Vor lauter Aufregung vergesse ich zu atmen. Dann registriere ich seine Hände, die mein Gesicht halten. Sie sind groß und stark. Er saugt an meiner Unterlippe und beißt mich.

Überrascht quieke ich, lockere den Griff, lasse ihn jedoch nicht los. Ich warte darauf, dass dieses eine Gefühl einsetzt, von dem alle immer erzählen. Warum spüre ich es nicht?

Um ein bisschen nachzuhelfen, verkrampfe ich mit Absicht meine Zehen, aber es bleibt aus. Wo liegt der Fehler?

Adrian vertieft den Kuss, und plötzlich habe ich seine Zunge im Mund, ganz kurz, dann weicht er zurück, grinst und schaut zwischen meinen Augen und meinen Lippen hin und her.

»Sag Bescheid, wenn du mehr willst!«

Bevor ich antworten kann, wischt er sich über den Mund und joggt wieder zu seinem Team. Auf dem Weg dreht er sich jedoch noch mal um: »Und ich fürchte, mit deinem Lippenstift stimmt wirklich was nicht.«

Ich fürchte, nicht nur mit meinem Lippenstift, sondern auch mit mir. Adrian sieht so zufrieden aus, als wäre das der beste Kuss aller Zeiten gewesen. Doch ich habe nichts dabei empfunden. Ich fand seine Zunge in meinem Mund ehrlich gesagt sogar etwas eklig. Was ist mit mir denn nicht in Ordnung?

Verwirrt wische ich mir mit einem Taschentuch die Lippenstiftreste vom Mund und hole mein Handy raus. Meine Schwester versteht bestimmt, was mit mir los ist. Sie kennt sich mit Jungs und solchem Kram aus.

Ich weiß, dass Lilly erst in einer halben Stunde kommt, um mich zum Kaffeetrinken abzuholen, und ich kann es kaum abwarten, jede Sekunde, die eben passiert ist, mit ihr durchzugehen. Sie ist der einzige Mensch, mit dem ich das kann. Ich würde nie meine Mom fragen, das fühlt sich seltsam an. Und meine besten Freundinnen haben selbst keine Ahnung.

Ungeduldig schreibe ich Lilly eine Nachricht und hoffe, dass sie antwortet. Tut sie aber nicht.

Ich nutze die Zeit, die mir bleibt, um mich endlich umzuziehen, und warte danach auf einer Sitzbank unter Bäumen, gleich neben dem Schuleingang. Ich wundere mich, ob ich eben was falsch gemacht habe. Vom Cheerleading weiß ich, dass alles eine Frage der Technik ist.

Um nicht von Freunden angesprochen zu werden, ziehe ich ein Buch aus meinem Rucksack und tue so, als würde ich darin lesen. In unregelmäßigen Abständen blättere ich die Seiten um, spiele jedoch in Gedanken pausenlos die Begegnung mit Adrian durch.

Ihm hat es doch gefallen!

Vielleicht ist es das ja schon?

Aber warum machen dann alle solch einen Wirbel um die Sache mit dem Küssen?

Seufzend schaue ich auf mein Handy, um zu sehen, wie lange ich noch warten muss, bis Lilly kommt.

Irgendwann stelle ich fest, dass ich seit fast einer Stunde hier sitze. Meine Schwester müsste längst da sein. Wie seltsam. *Außerdem habe ich keine Nachricht von ihr, dabei gibt sie normalerweise Bescheid, wenn sie sich verspätet. Und plötzlich habe ich ein ganz ungutes Gefühl.*

Es ist bestimmt nichts, *rede ich mir ein. Was soll auch sein? Sie hat vielleicht bloß die Zeit vergessen …*

Mit klopfendem Herzen rufe ich sie an. Es klingelt. Wieder und wieder. Aber sie geht nicht ran. Als die Mailbox anspringt, hinterlasse ich eine Nachricht und versuche es gleich noch mal. Doch statt länger sitzen zu bleiben, schnappe ich meinen Kram und mache mich auf den Weg nach Hause.

Mit jeder Minute, die vergeht und die sich Lilly nicht meldet, werde ich nervöser. Normalerweise neige ich nicht zu Panik. Schlimme Dinge passieren anderen. Man liest darüber in der Zeitung oder sieht etwas dazu im Fernsehen. Wie groß ist schließlich die Wahrscheinlichkeit? Im Lotto gewinnt man ja auch nicht.

Als ich nach Hause komme und niemand da ist, wird mir schlecht. Ich kann gar nicht sagen, was es ist, aber ich spüre, dass etwas nicht stimmt. Alles ist wie in einem Traum. Da ist die Gewissheit, dass ich in Sicherheit bin und mir nichts geschehen kann. Gleichzeitig die Angst, dass etwas abgrundtief Böses auf mich lauert. Ich will mich dem nicht stellen, doch ich kann dem Lauf der Dinge nicht entkommen. Keiner kann das.

Ein letztes Mal versuche ich, meine Schwester anzurufen. Dann störe ich Mom bei der Arbeit. Sie ist Kosmetikerin, und normalerweise soll ich sie nicht unterbrechen. Aber das hier ist ein Notfall.

Leise erzähle ich ihr, dass ich mit Lilly verabredet war, sie jedoch nicht aufgetaucht ist und ich sie auch nicht auf dem Handy erreichen kann. Und schon in dem Moment, in dem ich es ausspreche, nimmt der Druck auf meiner Brust zu.

Fast hoffe ich, dass Mom etwas sagt wie: ›Oh je, Liebling, du hast da was falsch verstanden. Sie ist bei mir. Sie muss die Uhrzeiten durcheinandergebracht haben.‹ Doch Mom ist für einen sehr langen Augenblick sehr still. Schließlich atmet sie tief durch und antwortet: »Bleib, wo du bist, Schatz. Ich bin unterwegs!«

Der Schmerz ist jetzt noch genauso frisch wie damals.

Nein, schlimmer.

›Wir tun, was wir können.‹ Ich hasse es, wenn Leute diesen Satz sagen. Denn meist ist es nicht genug.

Neue Tränen laufen mir über das Gesicht. Ich wünschte, Lilly wäre hier. Ich vermisse sie wie verrückt. Sie war der Mensch, dem ich alles erzählen konnte. Diejenige, die immer einen Rat für mich hatte. Obwohl es total dämlich ist, so frage ich mich, was sie zu meinem ersten Kuss gesagt hätte. Bei dem ich nichts gefühlt habe. Oder was sie gesagt hätte, als ich das erste Mal verknallt war. In einen Rowdy aus der Parallelklasse. Oder zu meiner Zeit an der Uni, als mich jeder ›Hot Ava‹ nannte. Ja, mein Geschmack bei Männern lässt ziemlich zu wünschen übrig. Und was sie zu Caleb Bryce gesagt hätte.

Caleb …

Ich kann meine Gedanken nicht aufhalten. Sie stürmen wie hungrige Bestien auf mich ein. Was, wenn Caleb ebenfalls nie wieder auftaucht? ›Fick dich selbst und fahr zur Hölle.‹ Das waren meine epischen letzten Worte an ihn. Und ich weiß, warum ich so reagiert habe. Um ihn von mir zu stoßen, damit er mir nicht wichtig wird.

Das Problem ist nur, dass er genau das längst ist. Wichtig für mich. Und ich kann nicht jedes Mal die Menschen verlieren, die ich an mich heranlasse, denen ich vertraue, die mir etwas bedeuten …

»Es geht ihm gut, Ava«, wiederholt Kennedy wieder und wieder, während er mich hält.

Zuerst denke ich, dass er mich bloß beruhigen will und selbst nicht daran glaubt. Aber dann wird mir klar, dass er fest davon überzeugt ist. Es gelingt mir loszulassen, und irgendwann schlafe ich erschöpft ein und finde die dringend benötigte Ruhe.

***

Eine Hand, die durch meine Haare streift, weckt mich.

»Caleb?«, murmele ich und inhaliere den Duft, der in der Luft liegt.

»Nein, ich bin es«, sagt eine Frauenstimme. Ich erkenne Jane.

Also weiß sie jetzt, dass ich Gefühle für diesen Mann hege! Heftige Gefühle. Da eins und eins zusammenzuzählen so etwas wie die Grundvoraussetzung ist, um als Privatermittler zu arbeiten, verkneife ich mir, davon zu faseln, dass mir Caleb Bryce egal ist. Niemand würde mir glauben.

Mir fällt ein, was geschehen ist. Um wacher zu werden, richte ich mich auf und reibe mir über das Gesicht. Jane würde mich nicht ohne Grund wecken. »Ihr habt ihn gefunden?«

»Wie geht es dir?«

»Habt ihr ihn gefunden?« Mein Herz schlägt immer schneller. »Lebendig?«

»Ich dachte, du wünschst ihm die Pest an den Hals«, erwidert sie gut gelaunt.

»Jane, wenn du nicht sofort ausspuckst, was los ist, stürme ich *Fuller Investigations* und zerstöre alle deine technischen Spielzeuge.«

»Es gibt Datensicherungen«, antwortet sie unbeeindruckt, hat aber offensichtlich Spaß daran, mich zu necken.

»Glaubst du, das weiß ich nicht? Die würde ich auch löschen.«

»Okay, okay …«, beeilt sie sich zu sagen, als ich gerade aufspringen will, und drückt mich zurück aufs Sofa. »Ja, wir haben ihn gefunden. Eine der drei Adressen, auf die du gekommen bist, war ein Volltreffer. Und er ist am Leben. Das haben zwei Männer von Kennedy bereits herausgefunden.«

»Wirklich?!« Vor Erleichterung fühle ich mich, als wäre Geburtstag und Weihnachten zusammen.

»Aber er ist noch nicht in Sicherheit«, ergänzt Jane vorsichtig.

Die Nachricht sollte mich frustrieren, doch das tut sie nicht. Denn er ist nicht länger einer der verschwundenen Menschen in meinem Leben. Wir haben ihn aufgespürt, und wir werden ihn befreien.

Ohne auf Janes Erklärungen zu warten, springe ich auf, verlasse Calebs Wohnung und gehe zurück zur Zentrale im Tiefgeschoss.

»Wo sind alle?«, will ich wissen, weil der Raum wie leer gefegt ist.

»Bereiten sich vor«, antwortet mir einer der Männer, die vor den Überwachungskameras sitzen.

Ich muss nicht fragen, worauf. Auf die Befreiungsaktion. »Seit wann?«

»Fünf Minuten.«

»Und wo ist Kennedy?«

»Mit weg.«

Ich seufze. »Das ist mir klar. Wo ist das?«

Der Blick, der mich trifft, sagt in etwa: ›Süße, kümmere dich um deine Haare und dein Make-up, und überlass den schwierigen Kram den Jungs.‹ *Typisch!*

Mein Blick droht: ›Bring mich hin, sonst passiert hier eine Katastrophe.‹

»Fuck!«, ruft der Typ, spricht etwas in sein Funkgerät und wenig später erscheint Kennedy. Bis an die Zähne bewaffnet.

»Nein«, knurrt er, bevor ich meine Frage gestellt habe.

»Aber –«

»Nein.«

»Akzeptiere ich nicht«, sage ich.

»Du bist emotional viel zu sehr involviert.«

»Du als sein Freund etwa nicht?«

»Ich kann das ausblenden.«

Störrisch verschränke ich die Arme vor der Brust. »Ich auch.« Oder glaubt er, nur Männer könnten cool sein? Ich grinse schief. »Außerdem möchte ich zu gerne Calebs Gesicht sehen, wenn er begreift, dass er zur Abwechslung mir was schuldet. Bitte, ich werde vorsichtig sein, versprochen, und mich benehmen. Ich kann nicht hier sitzen wie die Frauen im Mittelalter und darauf warten, dass die Männer aus der Schlacht zurückkommen, um sie anschließend zusammenzuflicken. Kann ich einfach nicht.«

Seufzend fährt er sich durchs Haar. »Ich hab jetzt keine Zeit, mit dir zu streiten –«

»Fein, dann lass es!«, unterbreche ich ihn und schiebe mich an ihm vorbei. »Wo gibt es die schusssicheren Westen?«

»Du hörst auf mein Kommando?«, fragt er nach.

Ich grinse, weil ich weiß, dass ich gewonnen habe. »Versprochen.«

»Also gut, hier lang!«

Kapitel 19

Ich gehe vor«, sagt Kennedy, sobald wir uns zusammen mit vier weiteren Männern vor dem Lagerhaus postieren, in dem Caleb vermutlich festgehalten wird.

Scharfschützen sind an allen strategisch wichtigen Ecken positioniert, haben jedoch die Order, nur einzugreifen, falls einer von Judiths Leuten abhauen will. Die Polizei ist noch nicht verständigt, und ich beschwere mich nicht darüber. Das hier ist persönlich, und was auch immer gleich geschieht, ohne Cops wird es leichter. So weit ist es mit meinem Sinn für Recht und Ordnung schon gekommen!

Angespannt verfolgen wir über Funk die neuesten Durchsagen. Meine schusssichere Weste liegt schwer auf meinen Schultern. Ich checke im Kopf erneut, an welcher Stelle in meinem Outfit die Messer stecken, und spanne bereits die Finger um meine Waffe.

»Nein, ich gehe vor!«, beschließe ich.

»Ava, warte!«, knurrt Kennedy.

»Von wegen! Sei schneller!«

Ich weiß, was ich versprochen habe. Auf sein Kommando zu hören. Aber seit wann halte ich mein Wort? Geschmeidig wie eine Katze drücke ich mich an Kennedy vorbei und betrete das alte Fabrikgebäude.

Der Eingangsbereich ist dunkel, doch sobald sich meine Augen an das spärliche Licht gewöhnt haben, kann ich mich orientieren. Ich befinde mich in einer Halle, alles sieht verlassen aus.

Meinem Instinkt folgend bewege ich mich lautlos durch das Gebäude.

Am Ende der Halle befindet sich eine Tür, und ich halte darauf zu. Ich kann nicht sagen, woher ich es weiß, aber ich bin mir sicher, dass Caleb auch hier ist. Hinter mir ist Kennedy. Ich merke, er ist sauer auf mich. Ich hab ihm versprochen, mich zu benehmen, nur deshalb hat er mich mitgenommen. Und nun sage ich mich los. Doch ich kann nicht anders. Der Drang, Caleb zu sehen, ist übermächtig.

Bevor ich einen weiteren Schritt machen kann, legt Kennedy seinen Arm um mich. Wir schauen uns lange an, und ich habe Schiss, dass er mich von der Mission ausschließen wird.

»Sorry«, flüstere ich.

Seufzend drückt er mich an sich. »Schon gut, war ja klar, dass der Kerl keine normale Frau als Freundin findet. Das Mittel gegen graue Haare berechne ich dir, sobald das hier vorbei ist. Verstanden?«

Seine Freundin?

Ein angenehm warmer Schauer überzieht meinen Rücken.

»Okay«, sage ich schlicht und will nach der Tür greifen, ehe ich noch emotionaler werde und mir Fehler bei dieser Aktion hier unterlaufen.

»Nein, ich gehe vor«, flüstert Kennedy.

Zögerlich weiche ich zurück. Kennedy dreht den Knauf, doch die Tür scheint versperrt. Wie ein Profi tastet er das Schloss ab, kniet sich schließlich hin und bricht es geübt und nahezu geräuschlos auf.

»Nach Ihnen, Madame«, sagt er stolz grinsend, als er meinen bewundernden Blick bemerkt.

»Memo an mich: meine Haustür besser sichern«, murmele ich und betrete einen Gang, der sich hinter der Tür auftut.

Wieder lauschen wir, aber alles bleibt ruhig. Vorsichtig dringen wir ins Innere des Gebäudes vor. Bis wir eine Gabelung erreichen. »Ein Team links, eines rechts«, befiehlt Kennedy.

Wir schleichen weiter, bis ein erneuter Abzweig kommt.

»Ich links, du rechts«, greife ich sein Kommando von vorhin auf und will wie selbstverständlich los. Kennedy hält mich jedoch am Arm fest.

»Keine gute Idee«, knurrt er.

»Ach ja? Was schätzt du, wie groß das Lagerhaus ist?«

»25.000 Quadratmeter.«

»Und wie willst du die schneller absuchen?«

Er seufzt. »Dir ist schon klar, dass ich all das später Bryce petze?«

Ich rolle mit den Augen. Soll er doch. »Können wir?«

Offensichtlich ist Kennedy nicht wohl bei der Sache, mich alleine ziehen zu lassen. Er ringt mit sich, nickt aber schließlich und reicht mir ein kleines Gerät. »Hier, nimm das, sobald du Hilfe brauchst.«

»Was ist das?« Ich schaue auf ein Teil, das wie ein Autoschlüssel aussieht.

»Ein Alarmknopf für den Notfall. Das Signal ist lautlos. Wenn du in Gefahr bist, benutz ihn. Versprochen?«

Ich nicke. »Versprochen.«

Wieder will ich weiter, und erneut hält er mich auf.

»Nein, Ava, dieses Mal wirklich. Versprich es! Ich muss mich darauf verlassen können, dass du vorsichtig bist. Ich weiß, was du in deinem Job drauf hast. Aber diese Leute sind gefährlich. Glaub mir, Caleb ist ebenfalls verdammt gut in dem, was er tut. Und normalerweise schafft er es, sich aus solchen Situationen selbst zu befreien. Das hier ist kein Spiel.«

»Und ich bin nicht Lara Croft, ich weiß«, zische ich, weil ich nicht oft Standpauken bekomme.

»Versprich es!«

Seufzend befühle ich den kleinen Knopf in meiner Hand. »Versprochen. Ich werde nämlich weder gerne entführt noch vermöbelt oder sogar getötet. Ich mag impulsiv und stur sein, aber ich bin keineswegs dumm. Hätte ich diesen Schalter gehabt, als man mich in der Tiefgarage überwältigt hat, hätte ich ihn gedrückt. Also ja: Ich verspreche es, sobald es gefährlich wird, drücke ich den Alarm.« Fest sehe ich ihm in die Augen. »Selbst wenn ich Caleb gefunden habe, okay?«

Er nickt. »Danke.«

»Darf ich jetzt?« Ich zeige auf den Gang, den er mit seinem Combat-Körper versperrt.

Kennedy weicht zur Seite.

Ohne Zeit zu verlieren, bewege ich mich lautlos vorwärts. Das einzige Geräusch, das ich höre, ist mein eigener Herzschlag, der in meinen Ohren dröhnt. Angespannt umklammere ich die entsicherte Waffe und ermahne mich, konzentriert zu bleiben. Der ganze Fall war chaotisch genug. Ich brauche das Gefühl, nun die Kontrolle zu haben. Egal was gleich passiert.

Als sich der Gang erneut gabelt, überlege ich, welchen Weg ich nehmen soll. Gerade als ich mich entscheide, nach rechts abzubiegen, taucht dort ein Schatten auf. Ich weiche zurück und drücke mich mit klopfendem Herzen an die Wand.

Schritte nähern sich. Für den Bruchteil einer Sekunde frage ich mich, ob das Kennedy sein kann. Vielleicht hat ihn sein Weg hierhergeführt. Sofort verwerfe ich den Gedanken. Kennedy bewegt sich lautloser. Und er ist allein unterwegs, nicht zu zweit.

Was jetzt?

Nervös blicke ich den Gang entlang, den ich gekommen bin. Kann ich es riskieren, mich zu bewegen? Bis zur nächsten Biegung sind es bloß zehn Meter. Dort könnte ich mich verstecken. Aber was, wenn man mich hört? Besser, ich bleibe, wo ich bin.

Flach atmend lausche ich auf die Schritte und bete, dass sich die Patrouille entfernt.

Doch Fehlanzeige! Gleich entdeckt man mich. Vorsichtig drücke ich auf den Panikknopf. Wie ich es versprochen habe. Ich werde keine unnötigen Risiken eingehen. Dann kehrt die Wache jedoch um.

Das war knapp!

So leise wie möglich lasse ich die Luft aus meinen Lungen entweichen. Ich warte einen Moment, schließlich bewege ich mich wieder vorwärts.

»Halt!«, ruft plötzlich jemand in meinem Rücken. »Wer sind Sie?«

Erschrocken bleibe ich stehen. *Scheiße, Scheiße, Scheiße!*

»Umdrehen, hab ich gesagt!« Ein Mann kommt näher.

Rasend schnell überschlage ich meine Optionen. Weglaufen steht nicht zur Debatte. Die Leute vorhin waren bewaffnet, der hinter mir wird es auch sein. Außerdem rückt bestimmt gleich Verstärkung an. Mir bleibt nur eines, obwohl mir das nicht behagt.

Ich drehe mich um und ziele mit meiner Waffe auf die Beine des Mannes, um ihn außer Gefecht zu setzen, jedoch nicht zu töten.

Der Schuss hallt durch die Gänge. Der Kerl geht zu Boden, doch wie zu erwarten, taucht Verstärkung auf. Wieder erwäge ich zu fliehen. Aber was wird dann aus Caleb?

Nein! Ich muss sofort handeln. Egal wie verrückt das ist.

Hektisch betätige ich erneut den Panikknopf. Wo auch immer Kennedy steckt, ich gehe nicht davon aus, dass Iron Man bereits überwältigt worden ist. Er wird dafür sorgen, dass das hier gut ausgeht. Also laufe ich los und kämpfe mir meinen Weg frei.

»Caleb!«, schreie ich und schieße alle Vorsicht in den Wind. Man hat mich schon entdeckt. Was habe ich noch zu verlieren?

Mit mehr Glück als Verstand weiche ich Kugeln aus, renne den Gang entlang und erreiche einen Abschnitt mit Türen, die ich der Reihe nach aufreiße.

»Caleb, wo zum Henker steckst du?!«

»Verschwinde!«, höre ich ihn plötzlich und kurz darauf ein schmerzvolles Ächzen. Er hätte genauso gut ›Hier!‹ rufen können.

Ich hoffe, dass Kennedy jede Sekunde auftaucht, aber ich warte nicht auf ihn, sondern stürme vorwärts. Und auf einmal befinde ich mich in einer Art OP-Raum. Blitzschnell erfasse ich die Umgebung. Judith Hamilton sieht aus wie eh und je. Kein Facelifting, wie sie so großspurig angekündigt hat. Keine Bandage, die sie in eine wandelnde Mumie verwandelt. Stattdessen ihr üblicher gepflegter Look, dieselben seidigen braunen Haare und dieselbe schmale Nase.

Caleb dagegen …

Mit freiem Oberkörper liegt er angeschnallt auf einer Metallpritsche. Elektroden kleben an seiner Brust, und eine Kanüle steckt in seiner Armbeuge, an der ein Schlauch befestigt ist, über den ihm eine klare Flüssigkeit zugeführt wird.

»Was zum Henker –?«, entfährt mir.

»Hätte ich lieber ›Lauf!‹ sagen sollen? Was an ›verschwinde‹ hast du nicht verstanden, Baby?«

Die Antwort bleibt mir im Hals stecken, als mir ein Gewehrlauf schmerzhaft in den Rücken gerammt wird. Ohne Extraeinladung hebe ich meine Arme.

»So sieht man sich wieder!«, flötet Judith Hamilton und mustert mich von Kopf bis Fuß. Sie verlangt die Pistole, die ich noch in der Hand halte, und sucht mich nach weiteren Waffen ab. Und jedes Mal, wenn sie eine findet – mein kleines Messer, mein großes –, stiehlt sich ein Lächeln in ihr Gesicht wie bei einem Kind, das beim Ostereiersuchen sämtliche Verstecke entdeckt hat.

Beunruhigende Stille erfüllt den Raum, bis Schüsse durch das Lagerhaus hallen. Auch wenn es völlig unmöglich ist zu sagen, ob sie von Kennedy und der Verstärkung oder von ihren Leuten stammen, vertraue ich auf Ersteres. Ich habe diesen Kerl live in Aktion erlebt. Der lässt sich nicht so einfach überwältigen.

»Es ist vorbei, Ms Hamilton. In wenigen Minuten wird das gesamte Gebäude gestürmt werden. Ergeben Sie sich besser gleich!«, werfe ich ihr überzeugt entgegen, obwohl meine Lage alles andere als rosig ist.

Unbeeindruckt zuckt sie mit den Schultern. »Als hätte ich keinen Plan B …«

»Sie ist noch großspuriger als du, Caleb!«, knurre ich.

Völlig unpassend lacht er, sodass ich ihn irritiert anschaue. Plötzliche Wärme durchflutet mich. »Was ist daran so lustig? Du hättest nicht alleine hierherkommen sollen. Wie kann man nur so dumm sein?«

»Sagt die Frau, die alleine vor mir steht.«

Erneut sind Schüsse zu hören. Näher. »Klingt das für dich so, als ob ich ohne Verstärkung angerückt wäre? Ich bluffe nicht. Die anderen sind jeden Augenblick da.«

»Nun, obwohl ich mir mit Oliver die Adressen aufgeteilt habe, war ich natürlich nicht allein unterwegs«, erklärt Caleb, dieses Mal ernst. Und er muss gar nicht weiterreden. Er gibt mir damit zu verstehen, dass ihm das nichts gebracht hat.

Ich sehe mich um, doch Caleb ist der Einzige im Raum, der gefangen gehalten wird. »Und wo sind deine Leute jetzt?«

»Rattenfutter, was nur fair ist, wenn man bedenkt, dass ihr euch Costello im Hotel und meine Leute im Hangar geschnappt habt«, informiert mich Judith kühl und wendet sich an Caleb. »Und die bekommen Nachschlag, wenn Mr Supersexy hier nicht gleich mitspielt.«

Ein Quieken löst sich aus meiner Kehle, eine Mischung aus verblüfftem Lachen und gewaltigem Schock.

»Was hast du erwartet?«, fragt sie mich. »Eine Teeparty?« Während zwei ihrer Männer mir nach wie vor ihre Waffen in den Rücken drücken, zerrt sie mich in eine Ecke und holt Fesseln.

Panisch betätige ich wiederholt den Knopf von Kennedy. Sie entdeckt, was ich tue, schlägt ihn mir aus der Hand und tritt auf das kleine Elektronikteil.

»Glaubst du, das bringt dir was? Weißt du, wie viele Leute hier patrouillieren?« Die Frage bleibt in der Luft hängen. Sie legt mir sowohl Handschellen als auch Fußketten an, was ich etwas übertrieben finde, schließlich bin ich kein Houdini. Dann bindet sie mich an eine alte Wasserleitung. »Genieß die Show!«

Meine Schultern verspannen sich, und ein krampfartiger Schmerz strahlt bis in meinen Nacken. Es sind nur Handschellen, versuche ich, mir einzureden. Die tun mir nichts. Doch in meinem Kopf mischen sich Bilder vom Tag im Hangar mit denen der Gegenwart. Wie ich dort gelegen habe … Was sie gemacht haben …

Verdammt, ich muss stark bleiben! Fest beiße ich die Zähne zusammen, um mich auf das Hier und Jetzt zu konzentrieren. Worum geht es bei all dem? Samantha meinte, diese Irre hätte nun einen größeren Fisch an der Angel, und offensichtlich handelt es sich tatsächlich um Caleb Bryce. Aber was hat er, was sie so unbedingt haben will?

Na ja, beantworte ich mir die Frage selbst, Caleb führt das *Sinful Secrets* und diverse andere Nachtclubs, die eine illustre Gesellschaft anziehen – vom reichen Firmenboss bis zum zwielichtigen Drogenbaron. Er muss über Dinge Bescheid wissen …

Mit gemischten Gefühlen schaue ich zu ihm und bin überrascht, seinen Blick auf mir zu spüren. *Ist das Sorge? Schuldgefühl? Bedauern?*

»Ich bin okay«, lüge ich. Er soll sich um sich kümmern. Und um das, was diese verrückte Frau mit ihm vorhat.

»Das ist so niedlich von euch! Wie ihr euch gegenseitig mit den Augen auszieht. Und dazu diese Verbundenheit!«, trällert Judith und verstellt mir die Sicht, indem sie zu Caleb an die Pritsche tritt. »Wie eine neue Interpretation von *Romeo & Julia*. Wobei … Am Ende sind beide leider tot.«

Sie kontrolliert die Infusion, von der mittlerweile die Hälfte der Flüssigkeit in Calebs Körper geträufelt ist.

»Wo waren wir stehen geblieben? Ach stimmt, der Zugangscode zu deinem Büro.«

Caleb zuckt zusammen und spannt sämtliche Muskeln an.

»Nur weiter so, Bryce! Jede Bewegung sorgt dafür, dass das Mittelchen schneller wirkt. Also … wie lautet der Code? Ich bin mir sicher, dass du ihn mir jetzt verraten wirst. Ich höre!«

Glaubt sie ernsthaft, dass ein Mann wie Caleb Bryce auf ein Bitte hin redet? Ich bin mir sicher, man könnte ihm jeden der circa zweihundert Knochen brechen, die der menschliche Körper hat, und er würde immer noch Witze reißen.

»Vier …«, beginnt er widerwillig mit einer rauen Stimme hervorzupressen.

Und auf einmal begreife ich die Sache mit dem Tropf. Es muss sich dabei um eine Droge handeln, eine Art Wahrheitsserum. Jeder Milliliter der Flüssigkeit baut seine innere Barriere ab. Offensichtlich ist er nicht dagegen immun. Wie auch?

»Schneller!«, fordert Judith.

»… zwei …«

»Wie war ich im Bett?«, frage ich blitzschnell dazwischen, das Erstbeste, was mir einfällt.

Augenblicklich entspannt er sich und grinst. »Unglaublich sexy. Unersättlich. So gierig. Und mir ergeben. So bedürftig. Und dabei so sinnlich. Der Wahnsinn, Ava, Baby.«

»Niedlich«, kommentiert Judith Calebs Statement. »Weiter mit der Nummer!«

Sofort spannt er sich an, kämpft dagegen an, wird jedoch verlieren. Er muss die Wahrheit sagen. Aber er kann nicht uns beiden gleichzeitig antworten, wird mir klar.

»Caleb, war ich besser als deine anderen Frauen?«

»Fuck, Ava!«

Obwohl ich ihn nicht sehe, könnte ich schwören, dass er nicht darüber reden will. Was mich ärgert, weil er sich sonst nie mit Anzüglichkeiten zurückhalten kann. »Ist das ein Ja?«, hake ich nach.

»Würde es eine Bewertung für die Missionarsstellung geben, kämst du auf die volle Punktzahl.«

»Das klingt, als würdest du auf komplett andere Sachen stehen«, murmele ich, mehr zu mir als zu ihm.

»Macht- und Fesselspielchen sind eher meine Welt.«

»Brauchst du das?«, frage ich und verrenke mich von meiner Position aus, um ihn ansehen zu können. Was nicht gelingt.

»Es gehört für mich zum Sex dazu«, gesteht er unerwartet freiheraus.

»Und –« Bevor ich weitersprechen kann, klebt mir Judith Hamilton den Mund zu. Sie ist doch cleverer als gedacht. So kann ich ihr nicht länger dazwischenfunken. Und bleibe zurück mit meinen Fragen. Vielleicht hatten die Männer im Hangar ja recht mit ihren Andeutungen, und es hat mir gefallen, gefesselt und ihnen ausgeliefert zu sein?

Hektisch schüttele ich den Kopf. *Nein, das sollte ich nicht denken!* Ich fand es schrecklich, gefangen gehalten zu werden, und hasse es auch jetzt. Aber wie kann es dann sein, dass mich die Vorstellung, Caleb Bryce ausgeliefert zu sein und ihn alles mit mir anstellen zu lassen, so erregt? Was stimmt denn nicht mit mir?

»Bryce, der Code zu deinem Büro!«, sagt Judith wieder und reißt mich aus meinen Gedanken.

»Vier …«, beginnt er von vorne.

Ich winde mich an der Leitung. Er darf es nicht sagen. Das muss man doch irgendwie verhindern können!

»Zwei …«

Nein, nein, nein!

Die Handschellen schneiden in meine Haut. Ich schlage mit ihnen gegen das Rohr, veranstalte jede Menge Lärm und wehre mich gegen das Gefühl, nichts ausrichten zu können.

Wo zum Henker bleibt Kennedy? Ich habe ihm vor einer Ewigkeit zu verstehen gegeben, dass ich Hilfe brauche. Warum greift er nicht ein? Jetzt wäre ein verdammt günstiger Moment. Und was ist mit dem Rest unseres Teams? Nie im Leben sind die alle von Judith Hamiltons Leuten ausgeschaltet worden.

»Neun …«, presst Caleb als nächste Zahl heraus.

Hat der Zugangscode vier Stellen? Bitte nicht!

»Null …«

Plötzlich erklingen ganz in der Nähe Schüsse, und im Raum bricht Hektik aus.

»Red weiter!«, tönt Judith und schnippt gegen das Serum, als könnte sie damit den Prozess beschleunigen. Also muss die PIN mehr Ziffern haben. Gott sei Dank!

Querschläger fliegen durch die Luft, und ich suche Schutz, finde aber keinen, weil ich mich wegen der Fesseln nicht bewegen kann.

Als eine Kugel dicht neben mir einschlägt und Putz von der Wand spritzt, kneife ich die Augen zusammen. *Es ist gleich vorbei*, beruhige ich mich. Das hier, das müssen Kennedy und unsere Leute sein. Ich muss nur noch etwas durchhalten.

Doch die Zeit vergeht wie im Schneckentempo, und das Gefühl der Hilflosigkeit und die Angst davor, dass eine der Kugeln, die mir um die Ohren fliegen, mich trifft, werden immer größer. Obwohl ich weiß, dass die Fesseln fest sitzen, zerre ich wieder dran, ungeachtet des Schmerzes, der mir durch die Handgelenke schießt.

»Gesichert!«, höre ich endlich jemanden rufen.

»Gesichert«, folgt eine zweite Männerstimme.

Gepresst atmend schaue ich hoch und entdecke Kennedy, der mit einem Team aus Einsatzkräften, das er anscheinend dazugeholt hat, die Ausgänge abriegelt. Judith Hamilton liegt getroffen am Boden, zwei Wachen ebenfalls. Caleb wird befreit, und zur selben Zeit reißt jemand das Tape von meinem Mund und untersucht die Handschellen.

»Machen Sie die ab!«, fordere ich selbstbewusst, obwohl mir die Knochen schlottern.

»Bin dabei.«

»Schneller!« Ich höre die Panik in meiner Stimme. Alle können sich frei bewegen, nur ich noch nicht.

»Wer hat die Schlüssel?«, fragt der Mann.

»J-J-Judith Hamilton«, stammele ich. Sie muss sie haben.

Nervös verfolge ich, wie er zu ihrem reglosen Körper geht, nach Schlüsseln sucht, sie jedoch nicht findet. Ratlos sieht er sich um und gibt zwei Männern zu verstehen, sich um Judith zu kümmern, da sie offensichtlich noch lebt, aber schwer verletzt ist.

Du wirst hier nie loskommen, schießt mir durch den Kopf. Ein rationaler Teil von mir weiß, dass das Unsinn ist. Doch der irrationale Teil hat die Oberhand, zu frisch sind die letzten Ereignisse.

Wo steckt Kennedy? Und wo ist Caleb?

Ich recke mich, um zwischen den Hosenbeinen, die vor meinem Blickfeld hin- und herlaufen, mehr zu sehen. Aber vor lauter Leuten entdecke ich sie nicht.

Immer schwerer kriege ich Luft. *Es gibt keinen Grund durchzudrehen. Sie binden dich jeden Moment los*, rede ich mir ein. Dennoch bleibt die Angst, und ich rüttele erneut an meinen Fesseln, egal wie schmerzhaft das Metall der Handschellen in meine Haut einschneidet.

»Ganz ruhig, Ava!« Caleb taucht plötzlich vor mir auf, setzt sich neben mich, legt seinen Arm um mich und fährt mir zärtlich durch die Haare. Er trägt nun ein Shirt. Einzig an seiner Armbeuge zeigt eine rote Stelle, dort wo ihm das Serum verabreicht worden war, was er gerade durchgemacht hat. »Gefällt dir das hier etwa nicht?«

»Soll das ein Witz sein, Caleb?!« Ich schließe meine Augen, um die aufsteigende Panik niederzukämpfen, während Lippen meine Schläfe streifen und Hände meine kalten Finger reiben.

»Eher ein hilfloser Versuch, dich auf andere Gedanken zu bringen«, sagt er und fährt mir durch die Haare. »Weißt du, der Anblick hat wirklich was für sich …«

Mir wird schlecht.

»Aber bei mir würdest du nur Modelle aus weichem Leder tragen, die nicht in deine Haut einschneiden«, haucht er mir ins Ohr. »Und du würdest betteln, dass du sie die ganze Zeit anbehalten darfst.«

»Das glaube ich kaum«, sage ich und drehe mich trotzig weg. Dabei löst sich der Knoten in meinem Magen bereits. Sein Plan geht auf. Das ungute Gefühl, weil ich gefangen bin, wird schwächer.

Caleb lacht. »Die Vorstellung gefällt dir.«

Hitze steigt mir in die Wangen. »Das ist doch abartig«, protestiere ich.

»Es gibt einen Unterschied zwischen Handschellen, die dir aufgezwungen werden, und solchen, die du haben willst.« Mit einer Hand hält Caleb mein Gesicht fest, verhindert, dass ich ihm ausweichen kann, und seine Lippen streifen mein Ohr. Lust flammt in mir auf, und ich kann das leise wohlige, verräterische Stöhnen nicht unterdrücken. »Siehst du: Ich zwinge dich, und du magst das. Eindeutig.«

Sobald Caleb seinen Griff lockert, drehe ich mich dennoch weg. Die Situation überfordert mich. Zu viele widersprüchliche Gefühle streiten in mir um die Oberhand.

»Nicht doch, Baby, schau mich an!«, flüstert er und streicht sanft mit dem Daumen Tränen von meinen Wangen.

»Kann bitte jemand die Feuerwehr rufen? Die haben Zangen, um mich loszumachen«, schluchze ich.

»Gleich!« Caleb umschlingt mich mit den Armen und zieht mich an sich, und ich konzentriere mich auf seinen Geruch.

»Ich will hier weg.«

»Schau mich an!«

»Ich –«

»Ava!«

In Calebs Stimme liegt so viel Gefühl. Sorge, Ungeduld und etwas Warmes, Weiches. Ich hebe meinen Kopf, sehe ihn an und vergesse für einen Moment, dass ich gefesselt bin. Da ist nur dieser Mann, der mir aus irgendeinem Grund so wichtig geworden ist. Den ich zur Hölle geschickt habe, dabei ist er das Gegenteil für mich. Der Himmel bei Nacht. Mit Trilliarden Sternen, die Licht in die Dunkelheit bringen und einem ein Stück Unendlichkeit versprechen.

»Alles wird gut«, sagt er wieder, ohne mich aus den Augen zu lassen, und lächelt dann. »Aber ein bisschen Strafe muss sein. Ich hoffe, das ist dir eine Lehre. Warum rennst du hier auch rein wie eine Einmannarmee? Du bist überhaupt nicht für solche Einsätze ausgebildet!«

Ich schweige, um nicht zuzugeben, dass es bloß seinetwegen war.

»Ich kann dir das Wahrheitsserum spritzen«, haucht er mir ins Ohr. »Es ist noch was übrig.«

»Der schnellste Weg, dich zu finden, war, dass wir uns aufteilen. Oder hätten wir warten sollen?«, rede ich mich heraus.

»Nein, hättet ihr nicht«, ringt er sich ab.

Plötzlich fällt mir etwas ein, und ein teuflisches Grinsen stiehlt sich auf mein Gesicht. »Stehst du noch unter dem Einfluss der Droge?«

»Ja.« Er verzieht das Gesicht, weil er das nicht zugeben wollte.

»Ehrlich?«

»Ehrlich.«

Das ist meine Chance auf Antworten. »Warum hast du mir nicht erzählt, dass Judith plötzlich hinter dir her war?«, frage ich Caleb.

Sofort umschließt er mich enger mit den Armen, als könnte ich weglaufen!

»Caleb?«

»Weil du recht hast. Ich bin der absolut falsche Mann für dich. Ist das nicht der Beweis, auf den du nur gewartet hast?« Sanft küsst er meine Wange. »Da kann ich noch so sehr der richtige sein wollen.« Freudlos lacht er. »Aber ich dachte, wenn ich dir diese Seite nicht zeige …«

»Dass du mich weiter belagern kannst?«, beende ich seinen Satz.

»Das und dass du in Sicherheit bist und dir nichts passiert. Denn ich weiß nicht, wie es dir geht, aber mich werden diese Szenen aus dem Hangar noch eine ganze Weile verfolgen.«

Gerührt lächele ich. »Wirst du mich denn jemals in Ruhe lassen, Caleb? Egal ob du nun der richtige für mich bist oder nicht?«, frage ich eine Spur ängstlich.

»Nein«, antwortet er, was mich erleichtert.

»Hattest du es je vor?«

»Keine Sekunde.«

»Wie werde ich dich denn dann los?«, will ich ernst fragen, muss aber lachen und ruiniere den Effekt.

»Gar nicht.« Nun grinst er, nutzt aus, dass ich ihm wenig entgegenzusetzen habe, und knabbert an meinem Hals.

Das klingt ja fast nach dem Bund fürs Leben! Und kam ungewohnt schnell. Meint er das wirklich ernst? Zweifel melden sich zurück, ob das Serum eben überhaupt noch gewirkt hat, und ich weiß einen Test. »Ich will noch was wissen«, beginne ich flirtend.

»Was denn, Baby?«

»Wie lautet der Zugangscode zu deinem Büro?«

Unerwartet verspannt sich sein Körper. Und ich mich mit ihm, weil mir etwas klar wird. Erstens: Die Droge ist noch in seinem Blut, und jedes Wort eben entsprach tatsächlich der Wahrheit. Ein Grund zum Feiern! Wäre da nicht zweitens: Zwischen uns bleiben Dinge unausgesprochen; er hat Geheimnisse und ist nicht bereit, sie mit mir zu teilen.

»Du willst mich also? Du kriegst mich aber erst, wenn du anfängst, mit offenen Karten zu spielen. Wie soll ich dir sonst vertrauen, wie eine Beziehung führen?«

Statt mich länger finster anzustarren, küsst er mich lächelnd, und ich erkenne, wieso. Ich habe ihm doch verraten, warum ich hier reingestürmt bin. Seinetwegen.

»Sag schon! Der Code!«, befehle ich pampig, weil mich sein Grinsen nervt und ich die Hände nicht frei habe, um ihm an die Gurgel zu springen.

»Vier, zwei, neun, null und fünf.«

Schweigen folgt. Aber Caleb bleibt neben mir sitzen und spielt weiter mit meinen Haaren. Als wäre ich seine neue Beschäftigungstherapie.

»Bist du jetzt sauer auf mich?«, frage ich schließlich und luge zu ihm hoch.

»Ja«, sagt er ernst und küsst-beißt mich wieder, was herrlich ist. »Und stell dich schon mal darauf ein, dass du dafür leiden wirst.«

Ein Schauer wandert über meinen Rücken. »Wieso? Du änderst den Code doch eh, sobald du zurück bist«, wende ich ein und hoffe, dass er verneint. Tut er aber nicht.

»Was meinst du, warum es Macht-*Spielchen* heißt?«

Mit Absicht betont er das Wort ›Spielchen‹. Aber ist es bloß das? Ein Spiel? Oder kann es mehr sein? Eine richtige Beziehung? Wer definiert, wie die auszusehen hat? Mit Caleb Bryce wäre sie auf keinen Fall einfach. Allerdings abwechslungsreich und lustig und prickelnd. Machbar.

Nun gut, nur wenn er mich in sein Leben lässt. Doch wird er das? Gerade habe ich ihm erklärt, dass Vertrauen für mich immens wichtig ist. Statt mir jedoch mehr über sich zu verraten, hat er mich geküsst. Das ist seine Masche. Sobald ich ihm zu nahekomme, blockt er ab und bringt mich mit einem Scherz oder einem Kuss aus dem Konzept.

»Caleb?« Ich drehe mich, sodass wir uns in die Augen sehen können, und ich muss nicht sagen, worum es mir geht.

»Was möchtest du noch wissen, Baby? Was brauchst du? Einsicht in meine Finanzen, Zugang zu meinen Kontakten?«

Mein Blick wandert zu seiner Stirn und der kleinen Narbe.

»Die stammt von einem Autounfall«, erklärt er.

»Was ist passiert?«

»Von einem Lieferwagen vor mir hat sich Fracht gelöst und ist durch meine Windschutzscheibe geflogen.«

Entsetzt ziehe ich die Luft ein und verspüre den Wunsch, mich an ihn zu schmiegen, kann es mit den Fesseln allerdings nicht. Zum Glück umschlingt mich Caleb enger und hält mich. Ich würde es niemals zugeben, doch die Vorstellung, dass diesem Mann etwas zugestoßen wäre … *Beunruhigend!*

»Und du dachtest, ich hätte jemanden vermöbelt, oder? Gib es zu!«

»Erwischt«, erwidere ich. »Dir trau ich alles zu.«

»Ich nehme das mal als Kompliment, statt beleidigt zu sein«, sagt er und wird ernster. »Aber natürlich habe ich mir schon die Hände schmutzig gemacht. Das würde ich nie abstreiten. Wenn man einen Club wie das *Sinful Secrets* führt, gehört das quasi zur Stellenbeschreibung.« Er mustert mich, prüft, wie sein Geständnis auf mich wirkt. Und zu unserer beider Überraschung verspüre ich Erleichterung. Denn er ist ehrlich zu mir.

»Solange du nicht vergisst, was richtig und was falsch ist«, sage ich.

»Ganz sicher nicht. Versprochen.«

Trotz der unglücklichen Umstände genieße ich die Zeit mit Caleb, als wären wir unter uns. In meiner Vorstellung würde man so ein Gespräch eher in entspannter Atmosphäre, zum Beispiel bei einem Abendessen, führen. Aber bei diesem Mann gibt es keinen perfekten Moment. Man muss jede sich bietende Gelegenheit nutzen.

»Was ist so Wichtiges in deinem Büro, was ich nicht sehen soll?«, frage ich deshalb gespannt weiter.

»Ava, ich …«, beginnt er zögerlich. Doch ein Ruck in seinen Schultern sagt mir bereits alles, was ich wissen muss. Er macht erneut dicht. Dieses Mal mit aller Macht.

Kennedy taucht mit einer Zange auf und unterbricht uns. »Tut mir leid zu stören, Kumpel. Aber ich fürchte, ihr müsst euer Tête-à-Tête woanders fortführen.«

Mit einem erstaunlich leisen Knacken brechen erst die Handschellen, dann die Fußfesseln auf. Vorsichtig erhebe ich mich zusammen mit Caleb. Doch sobald ich sicher stehe, weicht er einen Schritt von mir zurück. Und wirkt erleichtert über Kennedys Timing.

»Caleb?« Ich hoffe noch auf eine Antwort.

»Kümmere dich um sie, bis das Zeug aus meinem Blutkreislauf raus ist«, sagt er zu seinem Freund. »Und wir, Ava, wir sehen uns!« Damit verschwindet er. Als wäre ich irgendwer und nicht die Frau, der er sich soeben geöffnet hat. Die Frau, die er an seiner Seite haben will. Die Eine.

Was zum Henker?!

»Was bewahrt Caleb in seinem Büro auf?«, frage ich.

»Keine Ahnung«, antwortet Kennedy.

»Und ich bin der Weihnachtsmann.« Ich warte auf eine Erklärung, doch er schweigt. »Ich kann auch Judith Hamilton fragen, was dort ist, was sie unbedingt haben wollte.« Suchend drehe ich mich nach ihr um.

»Nur wenn du mit den Toten reden kannst.«

»Was –?« Ich entdecke sie zwischen zwei Rettungssanitätern, die ihren leblosen Körper auf eine Trage hieven. Überall ist Blut. »Ich dachte, wir könnten so was wie Freunde sein, Kennedy.«

»Das sind wir, Kleines. Aber das ist seine Sache.«

»Kennedy!«, grolle ich. »Ist denn noch Serum übrig?«, scherze ich und schaue mich um.

»Pech. Der Rest wurde soeben sichergestellt.«

Erst jetzt registriere ich, wie zerstört der Raum ist, und im selben Moment, dass es vorbei ist. Die Frauen sind frei. Über den Verbleib meiner Schwester weiß niemand etwas. Judith Hamilton ist tot und wird keine Fragen mehr beantworten können. Die Hintermänner sind dagegen nach wie vor auf freiem Fuß. Doch das FBI übernimmt nun die Suche und sollte es eine Verbindung zu meiner Schwester geben, werden sie sich melden. Ich kann dagegen in mein normales Leben zurückkehren und ab morgen wieder fremdgehende Ehemänner observieren, versteckte Erbdokumente aufspüren oder herausbekommen, ob die Unterhaltszahlung tatsächlich für die Kinder oder für das eigene Vergnügen genutzt wird.

Endlich stellt sich diese angenehme Müdigkeit ein, die mich jedes Mal befällt, wenn ein Auftrag erledigt ist. Mein Adrenalinpegel sinkt langsam, und mein Körper fordert den verpassten Schlaf ein. Ich gähne herzhaft.

»Was hast du jetzt vor?«, fragt mich Kennedy.

»Ich informiere meine Leute, schreibe den Bericht, solange meine Eindrücke noch frisch sind, und dann gehe ich nach Hause.« Ich zupfe an meinen Sachen. »Ich kann es kaum erwarten, was Sauberes anzuziehen.«

»Soll ich dich bringen?«

»Nei–« Ich halte inne und besinne mich eines Besseren. »Ja, danke, das wäre toll.«

»Wow, du kannst auch vernünftig sein!«, ruft Kennedy überrascht, legt seine Hand auf meinen Rücken und lotst mich durch das Heer von Beamten, die den Tatort untersuchen.

»Ja, kann ich«, sage ich ernst. *Eigentlich immer*, füge ich in Gedanken hinzu. *Nur nicht, wenn es um Caleb Bryce geht.* Aber das behalte ich für mich.

Caleb …

Während ich mit Kennedy nach draußen zum Wagen gehe, spukt mir dieser Kerl unentwegt durch den Kopf. Der Fall ist vorbei, doch was ist mit uns? Vielleicht war es gut, dass uns Kennedy unterbrochen hat? Ein Teil von mir hat schon angefangen, von einer echten Beziehung mit Caleb zu träumen. Wie verrückt! Dabei war er bloß ehrlich zu mir, weil er die Droge im Blut hatte. Und weil er ein schlechtes Gewissen besitzt, weil ich seinetwegen entführt worden bin. Von wegen er wäre der falsche Mann, der der richtige für mich sein will! Dann würde er sich ganz anders benehmen, sich nicht hinter dem, was er macht, verstecken, sondern anfangen, mit mir zu reden. Vollidiot! So sehr ich mich auch zu ihm hingezogen fühle, ich erwarte mehr von einem Partner. Brauche mehr. Verdiene mehr.

Es stimmt mich traurig, wie wir auseinandergegangen sind, aber immerhin habe ich ihm zur Abwechslung nicht die Pest an den Hals gewünscht. Verstohlen wische ich mir eine Träne aus dem Augenwinkel.

»Alles in Ordnung?«, fragt Kennedy.

Mist! Warum muss er so aufmerksam sein? »Sicher. Nur der Stress«, lüge ich, denke mir jedoch: *Nein, gar nichts ist in Ordnung. Ich hätte mich nicht in diesen Mann verlieben dürfen.* Doch es ist passiert. Und es bricht mir schon jetzt das Herz.

Kapitel 20

Um nach diesem Tag zu Hause abzuschalten, bestelle ich mir Pizza, lasse Badewasser einlaufen, und sobald das Essen kommt, mache ich es mir in der Wanne gemütlich. Fast wie Urlaub!

Ich lese ein paar Seiten meiner Lieblingsautorin *Romance Love* und beneide die Figuren. Das Leben kann noch so turbulent zugehen, sie finden für jedes Problem eine Lösung und zueinander. Und dann ficken sie nicht bloß, wie Caleb und ich. Oder enden allein in einem Vollbad.

Caleb Bryce …

Hätte ich ihm leichter widerstehen können, wenn er weniger attraktiv wäre? Statt Bauchmuskeln eine kleine Wampe hätte? Und statt einen Kopf größer als ich vielleicht sogar kleiner gewesen wäre?

Seufzend lege ich das Buch beiseite und tauche tiefer. Wasser schwappt über den Wannenrand, aber das ist mir heute egal. Ich spüre wieder seinen Blick auf mir, aus diesen faszinierend aquamarinfarbenen Augen. Verdammt, dieser Mann könnte auch irgendwann graue Haare, gar keine oder einen hängenden Hintern haben, ich würde ihn trotzdem begehren. Weil ich das Versprechen liebe, das in seinem Blick liegt: ›Du bist die perfekteste Frau, die mir je begegnet ist. Wag es, mir zu widersprechen, und wir klären das im Bett, so lange, bis du Ja schreist!‹ *Verrückter Kerl!*

Außerdem mag ich an ihm, dass er klug ist, fair zu seinen Leuten, loyal zu seinen Freunden. Niemand, der einen im Stich lässt. Egal ob er dafür Himmel und Hölle in Bewegung setzen muss.

Und witzig ist er obendrein! Ich gebe mir nur Mühe, ihn das nicht ständig spüren zu lassen. Nicht dass er sich auf mein Lächeln noch was einbildet … Aber ich habe die letzten Tage so oft grinsen müssen. Mit Caleb Bryce länger zusammen zu sein würde mir wohl ein paar Lachfältchen bescheren, und ich finde, die sollte jeder im Alter haben. Nicht diese Furchen auf der Stirn, die man von zu vielen Sorgen bekommt.

Und verdammt, der Sex mit ihm war unglaublich. Ein Zittern läuft durch meinen Körper, so sehr sehne ich mich wieder nach ihm. Weil irgendwie nur er mich so berührt und verführt, dass ich mich selbst vergesse.

Und wahrscheinlich käme ich sogar damit klar, dass er dubiosen Geschäften nachgeht. Würde er sich mir bloß öffnen! Mich in sein Leben lassen! Seine Vergangenheit mit mir teilen und eine Zukunft mit mir planen. Und mich nicht nur für den Moment benutzen.

»Aber gut, Ava, das ist ja nichts Neues, dass es Happy Ends ausschließlich in Romanen gibt«, sage ich laut, schnappe mir wieder mein *Romance-Love*-Buch und lese im langsam kälter werdenden Badewasser das nächste Kapitel.

Bis es laut an meiner Wohnungstür klopft.

Erschrocken setze ich mich auf, wobei erneut Wasser über den Rand schwappt.

Dann klingelt jemand Sturm.

Ich erwarte keinen Besuch, und mein Körper protestiert, als ich mich erhebe und in meinen Entchen-Bademantel schlüpfe. Schaum klebt an meinen Beinen. Aber das kümmert mich gerade wenig.

Wieder ein Klingeln.

Ich greife nach meiner Waffe, schleiche zur Tür und sehe geräuschlos durch den Spion.

»Caleb!«, entfährt mir überrascht. Leider so laut, dass ich jetzt nicht mehr so tun kann, als wäre ich nicht zu Hause.

Was will er hier? Sex?

Instinktiv binde ich mir den Bademantel enger. Wir waren eigentlich quitt. Oder möchte er wissen, wie es mir geht? Dafür hätte er anrufen können. Oder mir mehr von sich erzählen? Wohl kaum! Was sollte seine Meinung geändert haben, wenn nicht mal das Wahrheitsserum ihn dazu gebracht hat, sich mir voll und ganz zu offenbaren?

»Könntest du mich bitte reinlassen, Ava? Deine Nachbarn schauen schon komisch.«

»Moment …«, murmele ich und überlege, was ich zuerst machen soll. Mist, ich wollte gleich schlafen gehen. Nach einer kleinen Nummer mit mir selbst.

»Du weißt, dass ich auch einfach hätte einbrechen können?«

Da ist er wieder, sein Humor! Ich will aber nicht darüber lachen, daher rolle ich mit den Augen und reiße die Tür auf. »Na dann, hereinspaziert«, sage ich mit einer einladenden Geste.

Die Intensität seines Blicks trifft mich völlig unvorbereitet. Mir entgeht nicht, wie Caleb mich einmal von Kopf bis Fuß mustert. Der Bademantel ist hässlich. Meine Haare trage ich hochgesteckt, wobei ein paar Spitzen im Wasser nass geworden sind. Meine Wangen sind rot von der Hitze des Bades. Und ich bin echt müde. Er jedoch ebenso.

Soweit ich das beurteilen kann, hat er nur geduscht und sich eine frische Jeans und ein graues Shirt angezogen. Sein Duft steigt mir in die Nase. Seine Haare stehen ab, als hätte er sie sich mehrfach gerauft. Und es juckt mir in den Fingern, hineinzufahren und sie zu ordnen. *Miese Idee.*

Als er meine Wohnung betritt, mache ich nicht schnell genug einen Schritt zur Seite. Sein Körper streift meinen. *Himmel!*

Habe ich eben geglaubt, dass es zwischen uns vorbei ist? Offenbar hatte ich diese starke Anziehung zwischen uns vergessen. Egal ob ich Caleb Bryce gerade den Hals umdrehen oder ihm um den Hals fallen möchte. Ich bin richtig froh, dass ich den Türknauf habe, um mich daran festzuhalten.

Sobald Caleb in meiner Wohnung ist, schließe ich die Tür und versuche zu verbergen, wie sehr mich seine Nähe durcheinanderbringt. Aber meine Lippen sind trocken, und ich fahre mit der Zunge darüber. Er schluckt, und mein Blick wandert automatisch zu seinem Mund und seinen Lippen, von denen ich weiß, wie weich und zugleich hart und unnachgiebig sie sich anfühlen.

»Ava«, sagt er knapp.

»Caleb«, erwidere ich.

Lächelnd beugt er sich vor und reibt mit dem Zeigefinger Schaum von meinem Nacken. Keine Sekunde später drängt er mich an die Tür. Seine Hand ist unter meinem Bademantel. Seine Erektion drückt gegen meinen Bauch, und wir küssen uns stürmisch.

Meine Lippen wollen seine, seine saugen an meinen. Ich stelle für einen Augenblick das Denken ein, grabe meine Finger in seine Haare, seine Schultern, kriege nicht genug. Ich will ihn spüren, brauche ihn. Das! Was auch immer er mit mir anstellt. Jede seiner Berührungen schickt Schauer durch meinen Körper, ist genauso dringlich wie meine, und zugleich zärtlich.

Bis mir klar wird, dass wir uns aus völlig unterschiedlichen Gründen küssen. Bei mir pocht mein Herz wie verrückt. Bei ihm sicher nur sein Schwanz.

»Scheiße, Caleb«, murmele ich und weiche seinem nächsten Kuss aus, sodass seine Lippen auf meinem Hals landen. Wir bleiben schwer atmend stehen. Er hält mich an der Tür fest, weicht nicht zurück. »Bist du deshalb gekommen?«, frage ich ihn wütend, weil er es wie kein zweiter Mann schafft, mich sofort so schwachzumachen. »Um mich am Ende eines anstrengenden Arbeitstages zu ficken?«

»Eigentlich nicht nur«, sagt er scheinbar über den Start genauso unglücklich wie ich.

Zärtlich streichen seine Finger eine Haarsträhne aus meinem Gesicht, und ich bemerke die Veränderung in seinem Blick. Die Geste war liebevoll gemeint, doch sobald er mich berührt, überkommt ihn erneut die Gier, mehr von mir zu spüren. Und verdammt, ich kann ihn nicht aufhalten.

Seine Hand wandert tiefer, den Saum meines Bademantels entlang, vorbei an meinem wild pochenden Herzen, über meinen Bauch und die Kordel, die den Stoff zusammenhält. Dann nutzt er den kleinen Spalt des Bademantels, tastet sich vor und greift an meine verräterisch erregte Scham. Seine Finger suchen meine intimste Stelle, und ich ziehe scharf die Luft ein, als er darüberstreicht.

»Sicher, dass du nicht bloß wegen Sex gekommen bist?«, keuche ich und kämpfe gegen das an, was dieser Mann mit mir anstellt. Das hier ist rein körperlich. Es sollte sich nicht so gut anfühlen. So richtig. So perfekt. Stattdessen sollte ich ihn von mir stoßen, ihn rauswerfen, ihm klarmachen, dass ich ihn nie wieder sehen will.

»Ist das Wasser noch warm?«, fragt er und schiebt zwei Finger in mich, gibt mir, wonach jede Faser von mir bettelt, egal wie oft ich Nein sage. Als wüsste er, was ich brauche.

Schamlos hebe ich mein Bein, öffne mich ihm, gewähre ihm Zugang, halte mich an seinem Shirt fest. »Nein«, hauche ich und genieße es, ihn zu spüren. »Ich wollte gerade schlafen gehen.«

»Müde?«, haucht er mir ins Ohr und reizt mich mit seinen Berührungen, macht mich ganz schwach, spielt erneut mit mir.

»Sehr«, keuche ich, ziehe ihn näher und atme heftig. Das hier ist besser, als mit meinem Vibrator Spaß zu haben. Echter, schöner, intimer. Auch wenn es für Caleb nur eine Nummer ist. »Bitte«, wispere ich und muss nicht erklären, was ich will. Kommen. Für den Anfang.

»Gleich an der Tür?« Seine Lippen streifen mein Ohr und sorgen für einen weiteren prickelnden Schauer. »So erregt, dass du es nicht mal mehr ins Bett schaffst?«

»Ich hasse dich«, knurre ich und kralle meine Nägel fester in seine Schultern. Genau genommen mich selbst – dafür, dass ich ihm so wenig entgegenzusetzen habe und schmutzige Worte mich dermaßen außer Gefecht setzen.

Plötzlich ist seine Hand weg, und Sekunden später umklammern seine feuchten Finger meine Kehle. »Du machst das hier bloß schwerer für dich.« Ein erwartungsvolles Zittern überkommt mich, und ein sadistisches Lächeln legt sich auf seine Lippen.

»Du hörst doch jetzt nicht auf?«, entfährt mir schockiert. Je länger ich auf seine Antwort warte, umso weicher werden meine Knie. »Caleb.« Meine Stimme ist lediglich ein Wimmern.

Seelenruhig fährt er mit den Fingerspitzen, die eben noch in mir waren, über meine Lippen, die seinen Namen ausgesprochen haben.

Ich weiß, er mag das Spiel. Aber dieses Mal bestimme ich die Regeln mit. Ich lege seine Hand zurück auf meine intimste Stelle und stöhne unter seinen erneuten Berührungen.

»Besser, Baby?«, haucht er mir ins Ohr, dabei weiß er, dass dem nicht so ist.

»Tiefer«, bettele ich und lehne mich an die Tür, da meine Beine nachgeben.

»So?« Er schiebt seine Finger ganz in mich, und sein Handballen stößt gegen meinen Kitzler. Vor Lust muss ich die Augen schließen. So nah bin ich, so kurz davor … »Oder willst du lieber kommen, indem ich meinen Schwanz in dich schiebe?« In einem unmissverständlichen Rhythmus bewegt er seine Hand, benutzt mich grob, heftig, wild, genau wie der Sex mit ihm wäre. »Dich ficke wie beim letzten Mal, Ava, dich benutze, mir nehme, was ich will?« Er küsst-beißt mich, lässt mir keine Chance, holt sich von mir, was er will. Meine Lust.

Noch in einem Moment denke ich, dass ich sterbe. Und im nächsten zerfließe ich an seiner Hand.

»Caleb!« Ich erbebe, und ohne dass ich es kontrollieren kann, laufen mir Tränen über das Gesicht. Was auch immer er mit mir anstellt, ich kann es nicht aufhalten. Ich verzehre mich nach der Erlösung, brauche mehr von ihm, will seine Berührungen und ihn, so tief in mir wie möglich. Tiefer als jetzt. Nicht nur in meinem Körper, sondern in meiner Seele. Verdammt! Warum tut er mir das an? Verführt mich? Lässt mich nicht in Ruhe?

»Ich bin hier«, sagt er.

»Halt mich!«, schluchze ich völlig aufgelöst, kurz davor, ihm mein dummes Herz auszuschütten.

»Mach ich. Ich bin da.« Caleb zieht mich an sich, und ich schmiege mich an seine Brust, brauche seine Arme um mich, muss seine Wärme und seinen Herzschlag spüren. Es sollte sich falsch anfühlen, aber das tut es nicht. Auf erschreckende Weise ist das zwischen uns perfekt. Jede Regung seines Körpers – das Reiben seines Kinns an meinem Hals, seine Hand, die über meinen Rücken streicht, seine Schultern, die die gesamte Welt von mir fernhalten –, das alles macht mich schwach.

»Warum bist du bloß gekommen?«, frage ich an seiner Halsbeuge, sobald ich mich etwas im Griff habe, lasse ihn jedoch nicht los.

»Ich hab jedes Wort vorhin ernst gemeint und musste noch mal nach dir sehen. Schauen, ob du nach dem heutigen Tag okay bist. Bei dir sein.« Lächelnd wischt er mir die erkalteten Tränen von den Wangen und sieht mich an, als wäre ich die schönste Frau des Universums. Innig küsst er mich erneut, erobert mich mit seinem Mund, lässt mich das spüren, wonach ich mich so sehne, was er aber nicht ausspricht. Dass auch er Gefühle für mich hat.

»Nun, es geht mir gut, Caleb. Noch besser werde ich mich fühlen, wenn ich etwas Schlaf kriege.«

Langsam öffnet er die Kordeln meines Bademantels. Ich stehe nackt vor ihm und genieße seine Blicke, die mich bewundernd streifen, wahrnehmen, wie sehr er mich erregt hat. Wortlos gleitet er mit seiner warmen Hand über meine Hüften und meinen Bauch, danach hoch zu meinen Brüsten, wo er erst den einen Nippel, dann den anderen umspielt, bis meine Lider flattern. Und schließlich umfasst er mein Kinn und fährt mit seinem Finger über meine Lippen. Lässt mich wieder an unsere Küsse denken und wie wunderbar leicht sie außer Kontrolle geraten.

»Was soll das Caleb?«

»Wie dir vielleicht nicht entgangen ist, bin ich noch aus einem anderen Grund gekommen.«

Mein Herz rast, und ich weiß, er spürt meinen Puls an seinen Fingerspitzen.

»Du kennst den Grund, Ava.« Er beugt sich vor. »Nach allem, was passiert ist, muss ich in dir sein.« Er presst seinen Schwanz nachdrücklich an mich. »Mir ist egal, ob du mir dabei sagst, dass ich aufhören soll oder nicht. Ich werde dich nehmen, Baby. Heute. Hier. Heftig.« Auch er atmet nun endlich schwer. »Ein schlichtes Nein wird nicht reichen, um mich davon abzuhalten.« Seine Augen funkeln. »Es erhöht nur den Reiz des Spiels.« Fest sieht er mich an. »Mach meine Hose auf!«

»Nein!«, protestiere ich, während mein Verlangen größer wird. Ich will ihn und unendlich viel mehr … »Wir sollten erst reden.«

Er lächelt. »Tun wir das nicht gerade? Die Hose, Ava!« Er packt meine Hand und legt sie an seinen Schritt.

Ich registriere seine Hitze, seine Härte, streiche automatisch über seine Erektion.

»Das alles gehört dir«, sagt er und lehnt sich gegen mich. »Das alles wird in dir sein.« Wieder ein Kuss an meinem Hals. »Hol es dir!«

Wie unter einem Bann stehend öffne ich seinen Gürtel, knöpfe die Jeans auf und schiebe sie und seine Boxershorts tiefer. Noch nie hat ein Mann das von mir verlangt. Aber es fühlt sich richtig an.

Ohne dass er mich dazu auffordern muss, berühre ich seinen pulsierenden Schaft, fühle seine Erregung und wie er zuckt, genieße die Macht, die ich auch über ihn habe. Und rede mir ein, dass er nicht bloß meinen Körper will, sondern dass ich, Ava Donovan, es bin, die ihn so verrückt macht.

»Jetzt hilf mir aus den Hosenbeinen!«

Langsam gehe ich auf die Knie und tue, was er sagt. Dabei stützt er sich auf meinen Schultern ab, lässt mich sein Gewicht, seine Kraft spüren. Er muss es nicht sagen. Wenn er will, kann er mich zu allem bringen, was ihm durch den Kopf schießt. Er ist stärker als ich, kann mich überwältigen. Und dieses Wissen stellt merkwürdige Dinge mit mir an.

Als ich fertig bin, bleibe ich knien und schaue zu ihm hoch, weiß, dass ihn mein Anblick erregt. Will, dass er ebenso schwach wird.

Zögernd lecke ich mir über meine Lippen, erhöhe den Einsatz, teste seine Grenzen.

»Mach den Mund auf!«, befiehlt er.

Ich schlucke, atme schwer, will es. Aber ich will auch nicht zu schnell nachgeben. Denn das passt nicht zu dem, was wir haben.

»Na los, Ava! Ich sehe doch, dass du es möchtest!« Er grinst. »Ich kenne noch andere Mittel und Wege, dich dazu zu zwingen, Baby.«

Die Androhung von Gewalt sollte mich nicht erregen, doch meine Brustwarzen stellen sich auf, und neue Feuchtigkeit bildet sich zwischen meinen Schenkeln.

»Ich hasse dich«, murmele ich, kann jedoch nicht länger warten und stülpe meine Lippen über seinen Schaft. Sein salziger Geschmack entfacht meinen Hunger, und während ich seinen männlichen Geruch einatme, wissen wir beide, dass ich etwas völlig anderes meine. Nämlich, dass ich nicht genug bekomme von dem, was er mit mir anstellt.

»Nein, jetzt hasst du mich, Baby!«, sagt er, packt meinen Kopf, sodass ich nicht mehr kontrollieren kann, wie ich ihn nehme, und benutzt meinen Mund. Weil er es kann. Weil er das Sagen hat.

Er hat recht, jetzt hasse ich ihn. Doch als er loslässt und mir eine Pause gönnt, durchflutet mich erregte Wärme. Und meine Hände, die ihn eben von sich stoßen wollten, krallen sich wieder bestimmter in seinen Hintern.

Sobald der Griff in meinen Haaren fester wird, zittert mein Körper, und erneut rammt er seinen Schwanz in meinen Mund, benutzt mich, wie es für ihn am besten ist. Und so verrückt es auch klingen mag, ich genieße es. Bis er innehält und ich ihn fragend und eine Spur sauer von unten anschaue.

»Nein, Baby, das reicht für den Anfang«, sagt er, packt mich am Kinn und zwingt mich, ihn anzusehen. Unsere Blicke verbinden sich, und anders, als man nach der Härte eben erwarten würde, strahlen seine Augen mich an. Und mich überwältigt eine Welle von Stolz und Zufriedenheit. Und dieser verfluchten Lust.

»Wenn du nicht vorhast, mir den Verstand rauszuvögeln, solltest du das hier und jetzt beenden«, sage ich leise, will jedoch das Gegenteil.

Zum Glück schüttelt er den Kopf, und mein Körper reagiert erleichtert. »Baby, hör auf, dich dagegen zu wehren. Dir gefällt, herumkommandiert zu werden.« Er grinst. »Und rein zufällig gefällt es mir herumzukommandieren.«

»Nein, mir –«, beginne ich.

Caleb packt mich an den Schultern und hilft mir hoch. Meine Beine funktionieren nur halb so gut wie eben noch, und ich bin mir nicht sicher, wie lange sie mir noch gehorchen werden. Da schiebt er wieder zwei Finger in mich. Schnell. Kompromisslos.

Meine Knie zittern, und kreischend klammere ich mich an ihn.

»Keine Sorge, ich halt dich«, sagt er plötzlich unglaublich sanft.

»Caleb …« Was stellt er hier bloß mit mir an?

»Gleich geschafft …«, murmelt er leise, löst allerdings einen Arm und zieht seine Hand von meiner Mitte zurück. »Wie erklärst du dir das hier?«, fragt er und fährt mit den feuchten Fingern über meine Lippen.

»Natürliche körperliche Reaktion auf Reibung.« Ich bin verdammt stolz darauf, dass mein Gehirn noch funktioniert.

Caleb gefällt die Antwort nicht. Streng schüttelt er den Kopf und sorgt dafür, dass sich alles in mir zusammenzieht. Dieses Mal vor Furcht. »Soll ich also gehen?« Aufmerksam beobachtet er mich. »Überleg es dir gut, Ava!«

Mein Puls rast lebensbedrohlich schnell. »Bitte«, wispere ich.

»Ja oder Nein?«

Ich will Caleb in die Wüste schicken. Unbedingt. Aber die Aussicht, ihn zu spüren, ist zu verführerisch. Selbst wenn mein Herz dabei brechen sollte.

»Nein, geh nicht«, hauche ich und wische mir mit zittrigen Fingern Tränen aus den Augen. Ich kann ihn kaum sehen, so verschwommen ist meine Sicht, so emotional, wund und angreifbar fühle ich mich. »Bitte, Caleb, ich brauch dich. Bleib bei mir.«

Fast rechne ich damit, dass er einen Witz reißt oder mir triumphierend unter die Nase reibt, dass er wusste, dass ich ihm nicht widerstehen kann, weil er so ein supertoller Hecht ist. Stattdessen schleicht sich mehr und mehr Wärme in seinen Blick, unter der ich dahinschmelze, einbreche.

»Alles, was du willst«, sagt er und packt mich küssend. »Alles, was du brauchst.«

»Ich …«

Bevor ich antworten kann, hebt er mich hoch, sodass ich meine Beine um ihn schlingen kann. Und im selben Moment dringt er in mich ein, versenkt seinen Schwanz in mir, erobert mich, ist mir ganz nah. Und es fühlt sich richtig an. Unendlich perfekt.

Wie wir in mein Schlafzimmer gelangt sind, weiß ich nicht. Nur dass ich plötzlich auf meiner Decke liege und Caleb über mir thront und mich mit sinnlichen, tiefen Stößen genüsslich nimmt. Meine Lust steigert und steigert und steigert. *Mich liebt.*

Ich gebe mich diesem Mann völlig hin, überlasse mich ihm und seinen Berührungen, denke nicht länger nach, was richtig und was falsch ist, sondern küsse ihn, wenn ich das Gefühl habe, ihn küssen zu müssen, schmecke seine Haut, sobald ich Hunger nach ihm verspüre, stöhne, wann immer eine seiner Bewegungen so intensiv ist, dass ich glaube, vor Lust zu sterben.

Ohne dass ich ihm sagen muss, dass ich mehr von seiner Kraft und Stärke spüren muss, mehr davon, dass er am Leben ist und es ihm gut geht, verschränkt er seine Finger mit meinen und drückt sie neben mich ins Kissen, drückt mich unter sich in die Matratze und bestimmt, wie viel ich von ihm bekomme und wie viel nicht.

Kaum hole ich Luft, weil ich es nicht länger aushalte und ihn berühren will, da gibt er eine Hand frei. Sofort kralle ich mich in sein Haar, ziehe ihn zu mir, brauche seine Küsse, die dieses Brennen in mir gleichzeitig lindern und neu entfachen.

Unsere Körper verknoten sich, ringen miteinander. Und jedes Mal, wenn er zwischen diesen sanften Bewegungen mit einem harten Stoß in mich dringt, der sagt: *Ich bin hier der Boss!*, schreie ich auf vor Lust und will mehr, kriege es aber nicht. Sondern werde bestraft, indem er das Tempo verlangsamt.

Und irgendwann denke ich, dass ich es keine Sekunde länger aushalte. Mein Mund ist trocken, meine Haut verschwitzt und überreizt. Jeder Kontakt mit Caleb sorgt für ein schmerzhaftes Ziehen und sehnsüchtiges Zittern. Noch nie habe ich mich so lebendig, noch nie mich jemandem so verbunden gefühlt. Und noch nie so sehr gelitten. Auf diese süße Art und Weise.

Ich liebe dich, schießt mir völlig zusammenhanglos durch den Kopf. *Wie verrückt!*

Oh Gott! Erschrocken sehe ich ihn an.

Caleb bemerkt die Veränderung. Schwer atmend stützt er sich über mir auf und streicht mir feuchte, in meinem Gesicht klebende Haarsträhnen aus der Stirn.

Aus Angst, dass er sehen kann, weshalb mein Herz plötzlich so rast, schließe ich die Augen. Als er mich noch fester umklammert und mir diese harten Stöße gibt, nach denen ich mich so sehne, seufze ich.

Ob er das weiß, dass ich ohne ihn nicht mehr leben kann? Ob ihm bewusst ist, was er mit mir anstellt?

Tränen laufen mir über die Wangen, weil ich glaube zu zerspringen, und seine Lippen fangen sie auf, als wäre das völlig normal. Ich spüre, wie kurz vor einem Orgasmus ich stehe, und versuche, den Moment hinauszuzögern. Jetzt ist alles perfekt, aber ich habe Angst vor dem, was danach geschehen wird.

»Es ist okay, Baby«, murmelt Caleb leise, nimmt mich weiter und gleitet mit seiner Hand über meine verschwitzte Haut. »Wenn du kannst, komm für mich! Gib dich mir hin! Ich bin hier. Bei dir. Ich pass auf dich auf. Komm, Ava!«

Unwillig kralle ich mich in seinen Nacken, halte ihn und wehre mich dagegen. Nein, noch nicht! Doch Caleb ist niemand, der im Bett Zurückhaltung erlaubt.

»Komm! Komm! Komm!«, keucht er mir verlockend ins Ohr, im Rhythmus seiner Stöße. Und als seine Finger mit meinem Kitzler spielen, ist es um mich geschehen.

Mein Körper ergibt sich diesem Mann und bäumt sich unter ihm auf. Jede Berührung ist wie ein Feuer, das durch mich jagt. Befreiend und qualvoll zugleich. Es zerstört, was war, und schafft Platz für etwas Neues, Großes, Schönes. Welle für Welle brandet über mich hinweg, und ich habe das Gefühl zu ertrinken, wäre da nicht Caleb, der bei mir ist.

Bis er mir folgt, kommt und den Moment perfekt macht. Heftiger und heftiger pumpt er in mich, hält sich ebenfalls nicht mehr zurück und schreit meinen Namen und seine Ekstase laut heraus. Unsere Körper umschließen sich, verlangen dem anderen alles ab, winden sich, leiden und erlösen sich gegenseitig, schenken sich den Frieden, den sie brauchen.

Als ich mich das erste Mal wieder bewusst rege, merke ich, dass ich auf Caleb liege, fest umschlossen von seinen Armen. Keiner von uns sagt ein Wort, und das ist auch nicht nötig. Wir genießen den Schwebezustand, berühren uns, als wollten wir herausfinden, wo der eine aufhört und der andere beginnt.

Himmel, war das heftig!

Gähnend und müder als je zuvor lege ich meinen Kopf in den Nacken, um zu Caleb aufzusehen. Sein Blick verbindet sich sofort mit meinem, und er lächelt.

»Was?«, frage ich.

Ein Kuss trifft meine Stirn.

»Caleb?«

»Lass uns schlafen. Es ist spät.«

Ich bin mir sicher, dass er etwas anderes sagen will. Aber was auch immer das ist, ich bin zu erledigt, um jetzt eine Diskussion anzufangen. »Du bleibst über Nacht?«, ist alles, was ich zustande bringe.

»Auf jeden Fall«, antwortet Caleb, tastet nach der Decke und zieht sie über uns.

»Okay«, murmele ich, schmiege mich an ihn, genieße, wie perfekt sich unsere Körper ergänzen, und schlafe ein – mit dem Gefühl von Calebs Händen, die über meinen Rücken und meine Schultern streichen, und von seinen Fingern, die mit meinen Haaren spielen.

***

Als ich aufwache, scheint die Sonne in mein Schlafzimmer. Die Ereignisse vom Vortag kommen mir wieder in den Sinn. Die Befreiungsaktion, das Polizeiaufgebot – und Caleb, der mich abends hier überrascht hat.

Hellwach setze ich mich auf und sehe mich um.

Caleb ist nicht da.

Warum wundert mich das?

Ich müsste jetzt aufstehen, duschen, mich um den Haushalt und meine Wäsche kümmern – alles Sachen, die während meiner Arbeit liegen geblieben sind. Stattdessen lehne ich mich an das Kopfteil meines Bettes, winkele die Knie an, reibe mir über das Gesicht und kämme mir durch die Haare.

Warum habe ich ihn in meine Wohnung gelassen? Wieso nur erneut mit ihm geschlafen?

Ein Klappern aus meiner Küche reißt mich aus meinen Gedanken. Blitzschnell ziehe ich mir ein Shirt über, hole meine Ersatzwaffe aus meinem Nachtschrank und schleiche über den Flur.

»Was zum –?!«

»Mist, ich wollte dich nicht wecken! Geh zurück ins Bett, Baby!«

Mit offenem Mund bleibe ich in der Küchentür stehen und mustere Caleb, der lediglich mit Jeans bekleidet an meinem Herd steht und Frühstück macht.

»Und es wäre schön, wenn du die Waffe weglegen könntest.« Kurz dreht er sich zu mir, grinst breit und mustert mich in meinem Outfit, das nur knapp alle delikaten Stellen von mir verdeckt. Dann widmet er sich erneut den Pancakes. »Ins Bett mit dir, Ava!«

Verblüfft lege ich meine Smith & Wesson zur Seite, mache jedoch nicht, was er sagt, sondern folge dem süßen Geruch, der mir das Wasser im Mund zusammenlaufen lässt, trete neben Caleb und werfe einen neugierigen Blick auf den Herd.

»Träume ich?« Es ist das Erste, was ich sage, aber ich meine es ernst. Die Situation ist denkbar surreal.

»Passiert in deinen Träumen das hier?«, fragt er, wirbelt mich herum und küsst mich mit Lippen, die nach Ahornsirup schmecken. Gerade als ich mehr fordere, löst er sich von mir, hält mich mit einem Arm, aber schaut über meine Schulter auf die Pfanne.

»Okay, ich träume«, murmele ich, weiß aber natürlich, dass dem nicht so ist. »Für mich hat noch nie jemand Frühstück gemacht«, platze ich heraus. »Woher sind überhaupt die Zutaten? Soweit ich mich erinnere, besitze ich keine Eier. Geschweige denn Sirup.«

Calebs freie Hand wandert unter mein Shirt, und seine Finger liebkosen meine Haut, während ich automatisch die Arme um seinen Hals lege. »Ich habe einen meiner Leute zum Einkaufen geschickt.«

So ganz komme ich nicht mit. »Aber warum?«

»Ähm … weil ich nicht verhungern wollte.«

»Nein, was ich meine … warum machst du mir Frühstück?«

»Hatte ich dir nicht gestern erst – ich meine sogar unter dem Einfluss einer Wahrheitsdroge – gesagt, dass ich dich nicht in Ruhe lassen werde?«

»Ich dachte, du meintest damit Sex!«

Sein Schwanz zuckt an meinem Bauch. Grinsend schaut er mich an und tätschelt meinen nackten Hintern. »Hätte ich nur Sex gemeint, hätte ich auch nur von Sex gesprochen, meinst du nicht?«, gibt er lachend zurück, stellt den Herd ab und holt den letzten Pancake aus der Pfanne. Ich kriege einen Klaps. »Los, nimm du dort den Kaffee und die Tassen! Ich bringe den Rest ins Schlafzimmer.«

Passiert das hier wirklich?

»Ich warte, Ava. Zehn … neun … acht …«

Während Caleb ruhig die Sekunden herunterzählt, klopft mein Herz immer aufgeregter. Ist es ihm ernst? Verbindet uns mehr als Sex? Ist das kein Spiel mehr für ihn? Und noch wichtiger: Bin ich dazu bereit?

»… sechs … fünf … vier …«

Statt den Kaffee zu nehmen, gehe ich auf Caleb zu, lege meine Arme um seinen Hals, schmiege mich an ihn und genieße, wie er mich umschlingt und einfach hält. Sekundenlang. Minutenlang.

Ein Zittern durchfährt mich. Weil das hier nichts mit Sex zu tun hat, sondern mit Gefühlen und tausend anderen Dingen, vor denen ich panische Angst habe. Und die ich doch will. Unbedingt. Es geht nicht um ein Haus in der Vorstadt und ein konservatives, nach außen hin perfektes Leben. Dass ich noch bis vor Kurzem geglaubt habe, dass das wichtig ist, erscheint mir nun merkwürdig. Sondern um Vertrauen, Nähe, Sicherheit, Geborgenheit. Liebe. Mir wäre nur nicht im Traum eingefallen, dass Caleb Bryce der Mann an meiner Seite sein könnte, um glücklich zu werden. Der falsche Mann, der doch so richtig ist.

»Die Pancakes werden kalt«, murmelt Caleb schließlich an meinem Ohr, ohne jede Forderung, ohne jeden Vorwurf.

»Ich liebe kalte Pancakes«, hauche ich, löse mich jedoch von ihm und vermisse ihn im selben Augenblick. Es hat mich wirklich schlimm erwischt.

Ich nehme die Kaffeekanne und zwei Tassen und gehe voraus ins Schlafzimmer. Ich stelle gerade alles auf dem Nachttisch ab, als Caleb mit dem Rest kommt. Dann machen wir es uns beide im Bett gemütlich, albern aneinandergekuschelt beim Essen herum.

»Bei wem hast du Kochen gelernt?«, frage ich ihn.

»Das sind Pancakes, kein Fünf-Sterne-Menü!«, tut er entrüstet.

»Bei mir werden die nie so gut.«

»Das sagst du doch bloß, damit ich in Zukunft immer am Herd stehe, Baby!«

»Erwischt!«, rutscht mir lachend raus und im selben Moment, als ich es gesagt habe, halte ich inne. Reiße ich wirklich Witze mit Caleb? Stelle ich mir bereits ein Morgen mit ihm vor? Sind wir hier nicht gerade zu vertraut miteinander, dafür, dass wir uns kaum kennen?

So als hätte Caleb einen sechsten Sinn, spürt er die Veränderung und zieht mich auf seinen Schoß. Seine Hände streichen durch meine Haare, liebkosen meine Haut, verwöhnen mich und sorgen für eine beruhigende Wärme in meinem Bauch. »Schockiert?«, fragt er mit einem amüsierten Funkeln in den Augen.

»Ich weiß nicht, was du meinst.«

Seine Finger folgen dem Schwung meiner Wirbelsäule, fahren in meinen Nacken und wandern schließlich wieder nach unten. »Lügnerin!«

Wohlig wölbe ich mich Caleb entgegen, weil sich das hier zu gut anfühlt.

»Gib es auf, Ava! Du willst mich. Sag es!«

»Ja, ich will dich«, wispere ich widerstandslos und seufze, als seine Lippen mein Schlüsselbein küssen.

»Nur für *eine* weitere Nacht?« Er wirkt angespannt.

»Nein«, gestehe ich und merke, wie er sich wieder etwas entspannt, so als würde er sich wirklich Sorgen machen, dass ich ihn zurückstoße, weil er ist, wie er ist.

»Und was ist mit den Tagen?«

Ich weiß genau, worauf er hinauswill. Darauf, dass ich mich auf eine richtige Beziehung einlasse, ihm vertraue, ihm einen festen Platz in meinem Leben und meinem Herzen gebe. Aber mehr Zugeständnisse bringe ich im Moment nicht zustande. Das ist zu viel auf einmal. Und zu schnell. Und zu neu. Erst recht, solange dieser Mann für mich ein Buch mit sieben Siegeln ist. »Ich kann es noch nicht sagen«, hauche ich. »Bitte dräng mich nicht!«

Er sieht mich liebevoll an, streicht mir über das Gesicht, lächelt.

»Was?« Irgendwie hatte ich befürchtet, dass Caleb meinen Wunsch nicht respektiert und sich von mir nimmt, was er will, mich bedrängt, zwingt, erpresst, auf seine Art foltert. Dass er so reagiert, ist neu.

»Damit hast du mir bereits gesagt, was ich wissen muss. Und fürs Erste reicht mir das.«

»Was habe ich denn gesagt?«

»Dass du mich sehr gerne hast.«

Protestierend hole ich Luft, doch er legt seinen Finger auf meine Lippen.

»Lass es einfach so im Raum stehen, Ava! Wir beide wissen, dass es stimmt. Ich ertrage jede Menge, aber nicht den Gedanken, dass dir etwas passieren könnte. Und du erträgst ebenfalls jede Menge, aber nicht, dass mir etwas passiert.«

»Ich schick dich ständig in die Wüste«, erinnere ich ihn.

»Das ist deine Art, mir zu sagen, dass ich dir etwas bedeute.«

»Und das Frühstück ist deine?«, frage ich.

Statt jetzt Ja zu sagen, entsteht eine Pause, in der mich Caleb nachdenklich mustert. »Drei-Neun-Eins-Fünf-Neun«, beendet er schließlich die Stille. »Das ist der Zugangscode zu einem speziellen Raum, der von meinem

Büro abgeht. Der neue«, erklärt er. »Nicht der, den ich verraten habe, als uns zig Leute zuhören konnten. Bisher gab es nur einen Menschen auf der Welt, der ihn kannte. Mich. Aber es wird Zeit, dass sich das ändert. Das ist meine Art, dir zu sagen, wie viel du mir bedeutest, Ava.«

Ich will einen Witz reißen, kann es jedoch nicht. Caleb serviert mir den Schlüssel zu seiner Welt auf einem Silbertablett, und mir schnürt es die Kehle zusammen. »Ehrlich?«, bringe ich bloß heraus.

»Ehrlich.« Caleb drückt mich zurück aufs Kissen, beugt sich über mich und küsst mich.

»Was gibt es in dem Raum, was Judith Hamilton unbedingt haben wollte? Weshalb sie mich entführt hat? Und auch dich?« Ich kann nicht widerstehen und unsere neue Vertrauensbeziehung testen. Das, was er mir eben gegeben hat, ist wie ein Geschenk, das ich sofort auspacken will, so gespannt bin ich auf den Inhalt.

»Jede Menge Geheimnisse, die besser geheim bleiben«, sagt er.

Bei manchen Menschen wäre das nur ein Satz, aber nicht bei Caleb Bryce. »Welche zum Beispiel?«

»Dass ich süchtig nach Hubba Bubba bin.«

»Wirklich? Wie alt bist du? Zwölf?« Ich lache. »Lieblingssorte?«

»Erdbeere«, gesteht er jungenhaft grinsend, wird jedoch sofort wieder ernst. »Ava, nicht die Atombombe ist heutzutage die gefährlichste Waffe, sondern es sind Informationen. Sie können über den Aufstieg und Fall ganzer Konzerne, Regierungen, Länder entscheiden. Und je nach Interessent sind sie unvorstellbar viel Geld wert.«

»Und so was besitzt du? Darauf hatte es Judith abgesehen?«

Er nickt. »Zum Beispiel Videoaufnahmen von Geschäftsdeals, die in meinem Club geschlossen werden. Auch wenn wir leider nie erfahren werden, für wen sie die Infos haben wollte. Sie kann nicht mehr reden, und die Leute, die wir bisher verhört haben, wissen nicht Bescheid.«

»Ich nehme mal an, die Treffen fanden nicht zwischen den Chefs renommierter Firmen statt?«

Kopfschüttelnd mustert er mich und spielt mit meinen Haaren. »Eher zwischen Hannibal Lector und Al Capone.«

Ein eiskalter Schauer kriecht über meinen Rücken. Ich will so viel wissen. Was bewahrt er noch dort auf? Und worin ist er selbst verwickelt? Doch das kann ich später immer noch, jetzt, da er sich mir öffnet. Mich beschäftigt eine Sache vor allen anderen: »Wenn du mit solchen Leuten verkehrst …«

Bevor ich weitersprechen kann, kommt mir Caleb zuvor: »Ich tue, was zu tun ist, um mein Geschäft zu führen. Aber ich bin kein Zuhälter, und ich habe auch keine Kontakte zu Menschenhändlern. Es tut mir leid, ich weiß nichts über den Verbleib deiner Schwester.«

»Das heißt, du hast nach ihr gesucht?«, frage ich gerührt.

»Ich muss gestehen, ich hatte den perfiden Plan, sie zu finden und dich aus Dankbarkeit in mein Bett zu kriegen. Also ja: Ich habe mich umgehört, mir die alten Untersuchungsakten besorgt, nach Hinweisen gesucht, die vielleicht übersehen worden sind. Bisher ohne Ergebnis.«

»Bisher?«, murmele ich und mustere ihn sprachlos.

»Ich suche weiter.« Caleb räuspert sich. »Wir suchen weiter. Unabhängig vom FBI. Und wir finden die Leute, die ihr das angetan haben, und ziehen sie zur Verantwortung.«

Vor Rührung sammeln sich Tränen in meinen Augen. Ich will mich bei ihm bedanken und ihn löchern und einfach nur sagen, wie schnell mein Herz pocht, aber ich bringe keinen Ton heraus. Ein bisschen überfordert falle ich Caleb um den Hals und genieße dieses Gefühl. Ich kenne es. Obwohl ich es all die Jahre nicht gehabt habe, weiß ich noch, wie es sich anfühlt. Ich liebe diesen Mann. Auch wenn ich ihm ab und zu den Hals umdrehen möchte und in den seltensten Fällen mit ihm einer Meinung bin. Obendrein hat er diese Art, sich ständig über das, was ich will, hinwegzusetzen. Was aber irgendwie okay ist, weil ich mich genauso über ihn hinwegsetze. Ich liebe ihn.

»Alles in Ordnung?«, fragt er.

»Hm«, antworte ich, schaue kurz zu ihm hoch und lehne mich dann an ihn.

»Ich bekomme keine Standpauke darüber, dass ich in deinem Leben herumgeschnüffelt habe und sich das nicht gehört?«

Seine Tonlage und seine Hände, die ohne Pause über meine Schultern und meinen Rücken streichen, verraten mir, dass er das tatsächlich befürchtet hat.

»Nein«, hauche ich. »Ich bin viel zu glücklich und frage mich, womit ich das alles verdient habe.« Wieder lege ich den Kopf in den Nacken und sehe zu ihm hoch. »Was habe ich bei unserer ersten Begegnung getan, weshalb du mich nicht in Ruhe lassen konntest? Du bist doch von Dutzenden schöner Frauen umgeben? Was lie–« Ich beiße mir auf die Zunge. »Was magst du so an mir?«

Er grinst, weil er meinen Versprecher bemerkt hat, kommentiert ihn jedoch nicht. »Zunächst warst du die Erste, die jemals Nein zu mir gesagt hat, obwohl sie offensichtlich Ja meinte.«

»Das hat wohl an deinem Ego gekratzt, was?«, ziehe ich ihn auf.

»Ein bisschen«, gesteht er. »Ich dachte, das kann bloß daran liegen, dass du einen Freund hast, und der muss großartig sein.«

»Also hast du angefangen, in meinem Leben herumzuschnüffeln?«

»Genau wie du bin ich eben neugierig. Und je mehr ich erfahren habe, umso faszinierender fand ich dich. Das habe ich bisher bei keiner Frau erlebt.«

Ich runzele die Stirn. »Was hast du denn neben meinen Uni-Geschichten über mich herausgefunden? Ich lebe doch praktisch nur für meine Arbeit. Was ist daran sexy?«

»Dass du dabei gründlich bist, stur, unnachgiebig, geschickt, leidenschaftlich, fair, verbohrt, mal aggressiv, mal sanft.« Caleb küsst mich am Ohr, und ein wohliger Schauer rieselt über meinen Rücken. »Ich schätze Menschen, die ihren eigenen Kopf haben, Ava. Außerdem trägst du ab und zu diese wahnsinnig sinnlichen High Heels. Glaub mir, da wird jeder Mann schwach.«

»Also Oliver und mein Chef können sich gut zurückhalten.«

»Mein Glück und ihr Glück«, bemerkt er.

»Wow«, ist das Einzige, was mir dazu einfällt.

»Sagst du es jetzt?«

»Was denn?« Verwirrt runzele ich die Stirn.

»Das Eine.«

Fragend blicke ich ihn an.

»Dass du mich magst und mich gerne hast und –«

Endlich dämmert mir, was er meint. »Oh nein! Vergiss es!«, rufe ich. Nicht weil es nicht stimmt, sondern weil ich finde, dass er ruhig etwas zappeln kann. Er wird sich sowieso nehmen, was er will. Und außerdem werde ich ihm nicht meine Gefühle offenbaren, nachdem er sie mir förmlich in den Mund gelegt hat. So funktioniert das nicht. »Caleb Bryce, du glaubst doch wohl nicht, dass ich mich zu voreiligen Geständnissen hinreißen lasse, wenn du es obendrein selbst noch nicht gesagt hast? Genau genommen kenne ich dich erst seit ein paar Tagen.« Obwohl es sich viel länger anfühlt. »Gib mir noch etwas Zeit, damit ich mir sicher bin.«

»Reichen dir fünf Minuten?«

»Caleb!«

Er lacht, und ich kann nicht anders, als mit einzustimmen. »Na gut, ich geb dir zehn«, sagt er.

»Träum weiter!«

»Okay, ich sehe, du bist ein schwieriger Fall, Ava Donovan. Zum Glück bin ich ein extrem überzeugender Mann!«

»Wirst du mich jetzt etwa zwingen?«

»Einen Versuch ist es wert«, sagt er, drückt mich zurück in die Matratze, verschließt meinen Mund mit seinem und schlingt meine Beine um seine Hüfte.

»Dir ist schon klar, dass der eine Versuch allein nichts ändern wird?«

»Darauf baue ich, Baby.«

Epilog

Einen Monat später

»Alles okay bei dir?«

Ich muss lächeln, als ich die Nachricht von Caleb lese. Mein Herz klopft schneller. Und sofort fühle ich mich geliebt, auch wenn wir beide das L-Wort weiträumig umschiffen, was langsam albern wird.

So gut wie möglich strecke ich mich auf meinem Autositz, fächele mir Luft zu, weil die Spätsommernacht unglaublich heiß ist, und hefte meinen Blick wieder auf die Wohnung, die ich observiere. Meine aktuelle Aufgabe besteht darin, im Auftrag der Ehefrau herauszukriegen, ob ihr Mann Paul Stanford eine Affäre hat oder nicht. Und bisher tippe ich auf Pokerstammtisch, habe jedoch keine Beweise, um die Observation abzubrechen und endlich Feierabend zu machen. Und zu Caleb ins *Sinful Secrets* zu fahren, wo ich mittlerweile rein- und rausspaziere, als würde ich dort leben. Was ich auch sollte, ginge es nach Caleb. Aber ich liebe meine Wohnung und bin nicht bereit, sie – und die verdammt niedrige Altmiete – sofort aufzugeben. Mein Start mit Caleb war extrem überstürzt, und ich finde, jetzt sollten wir das Abenteuer Beziehung ruhiger angehen.

Schnell tippe ich meine Antwort ins Handy. »Lass mich nachdenken. Kein Serienkiller, der auf dem Rücksitz meines Wagens lauert. Keine finsteren Typen, die mich entführen wollen. Yepp, alles okay.«

»Wie lange bist du noch weg? Mein Bett ist so kalt ohne dich.«

Es ist nach Mitternacht, und ich gähne. »Ich schenk dir eine Wärmflasche mit meinem Gesicht drauf, wie wäre das?« Wie üblich kann ich es mir nicht verkneifen, ihn ein bisschen aus der Reserve zu locken.

»Im Ernst, Ava. Wie lange?«

»Eine Stunde, vielleicht zwei.« Wie neuerdings immer verspüre ich dabei dieses Ziehen in der Brust. Weil ich es hasse, von Caleb getrennt zu sein. Und weil er wahnsinnig gute Nackenmassagen gibt, von denen ich gerade eine vertragen könnte.

»Ich könnte dir die Zeit mit Telefonsex vertreiben. Was meinst du?«, erhalte ich als nächste Nachricht.

»Vergiss es! Ich werde nicht an mir herumspielen!«

»Es könnte sich später für dich lohnen …«

Dieser Mann schafft es, mein Blut binnen Sekunden in Wallung zu bringen. »Tut mir leid, ich bin wohl ein böses, ungehorsames Mädchen …«

Dann lässt mich Caleb arbeiten. Ich liebe unsere kleinen Neckereien, doch auch ich habe Grenzen. Sexuelle Handlungen in der Öffentlichkeit gehören eindeutig dazu. Und das weiß Caleb. Es ist eher seine Art, mich aufzuziehen.

***

Endlich, nach zwei Stunden in meinem Wagen, mit heruntergelassenen Fenstern und total verschwitzt, weil die

Nacht ungewöhnlich schwül ist, tut sich was in dem Haus, das ich beobachte. Mein Handy brummt, aber ich ignoriere es.

Ohne dass ich hinschauen muss, schnappe ich mir mein Fernglas vom Beifahrersitz und kann mein Glück kaum fassen. In einem Zimmer in der ersten Etage entdecke ich Paul Stanford. Jetzt muss ich nur noch herausfinden, wer mit ihm da ist, und dann wäre der Auftrag erledigt.

Hastig tausche ich das Fernglas mit meiner Kamera aus und schieße Fotos. Ein zweiter Mann taucht auf, doch ich kann sein Gesicht nicht gut genug erkennen. Sie reden, trinken Wein, schließlich verschwinden beide vom Fenster, und ich hoffe, dass Stanford das Haus verlässt.

Feierabend? Bitte ja!

Leider ist dem nicht so.

»Verdammt! Was treibt der Kerl da die halbe Nacht?« Frustriert lehne ich mich zurück, strecke mich und gähne müde.

»Das klingt aber nicht so, als würdest du in absehbarer Zeit nach Hause kommen«, unterbricht eine Stimme von draußen meine Gedanken.

»Bitte was?« Vor Schreck zucke ich in meinem Sitz zusammen und kann nicht glauben, als Caleb wie selbstverständlich hinter mir in den Wagen steigt. Unsere Blicke treffen sich im Rückspiegel. »Was tust du hier? Ich kann noch nicht weg.«

Caleb beugt sich vor und drückt mir einen Kuss auf die Wange. »Das dachte ich mir schon. Ich hab dir Eiskaffee mitgebracht.«

»Du hast mir …?« Sprachlos sehe ich auf den Plastikbecher in seiner Hand. Dankbar greife ich danach und nehme ein paar eiskalte Schlucke, die mich für einen Moment vergessen lassen, dass ich seit Stunden in diesem stickigen Auto hocke. »Oh Gott, ich liebe dich!«, seufze ich und zucke zugleich zusammen. »Ich meinte damit natürlich: Ist das gut! Danke!«

»Gesagt ist gesagt«, zieht mich Caleb auf.

»Ich hab gelogen«, antworte ich lahm.

»Sicher?«, fragt er, legt seine Hände auf meine Schultern und reibt über diese eine Stelle, die seit Sonnenuntergang so hart wie Stein ist.

»Himmel!«, stöhne ich und sinke tiefer in meinen Sitz.

»Weiter!«

»Ich liebe deine Hände!«

Caleb beugt sich vor, und sein warmer Atem streift meinen Hals und mein Ohr. »Das solltest du auch, Baby.«

Während er die Nackenmassage fortsetzt, merke ich, wie mir langsam die Augen zufallen.

»Scheiße«, fluche ich leise und entwinde mich ihm. »So gerne ich mich von dir rumkriegen lasse, ich muss das hier noch zu Ende bringen.« Wieder begegnen sich unsere Blicke über den Rückspiegel. »Du solltest gehen, Caleb. Sobald ich fertig bin, komme ich ins *Sinful Secrets.* Wie besprochen.«

Er mustert mich, und ich fürchte, dass er darauf bestehen wird, entweder zu bleiben oder mich mitzunehmen. Was ich wirklich hassen würde. Denn mein Job ist mir wichtig. Außerdem habe ich den Anspruch, höchst professionell zu arbeiten. Eine Observation abzubrechen, um sich mit einem Typen in verschwitzten Laken zu vergnügen, kommt nicht infrage.

»Was meinst du, wie lange du hier noch wartest?«, fragt er ernst.

Die letzten Tage waren die Treffen von Stanford zeitiger vorbei. »Ich schätze maximal eine Stunde.«

»Gut«, sagt er. »Was dagegen, wenn ich dir Gesellschaft leiste?«

»Und du mich ablenkst? Ja, natürlich!« Meine Blicke fliegen nun ständig zwischen Rückspiegel und Haus hin und her, weil ich auf keinen Fall was verpassen will.

»Ich werde mich benehmen.« Er grinst.

»Haha«, antworte ich. »Dich werde ich wohl nie los?«

»Nein, Ava.«

»Egal wie frech ich werde?«

»Ich fürchte, total egal.«

»Was, wenn ich dich aus meinem Wagen schmeiße?«

»Wie willst du das anstellen, ohne die halbe Nachbarschaft zu wecken?«

»Ich könnte dich vorher knebeln«, erkläre ich vorlaut.

Seine Hand legt sich an meinen Hals. »Wag das besser nicht, Baby!«

Mein Puls rast unter seinen Fingern, und ich frage mich, wie die Stimmung plötzlich wieder so aufgeheizt sein kann. Wie schafft es dieser Mann, dass sich nicht nur mein Herz zusammenzieht, weil er mir Eiskaffee bringt und Nackenmassagen gönnt und einfach hier ist, weil er es nicht aushält, länger ohne mich zu sein, sondern auch, dass sich mein Innerstes vor Verlangen windet? Dennoch kann ich nicht klein beigeben.

»Ich könnte meinen Slip verwenden«, schlage ich unschuldig mit den Wimpern klimpernd vor.

»Dazu müsstest du ihn erst mal ausziehen.«

»Glaubst du, ich trau mich nicht?«

Er zuckt mit den Schultern. »Ich weiß, dass du immer dann besonders frech wirst, wenn du Schiss hast.«

Na warte! Es dauert etwas und ist kein bisschen elegant, wie ich mich von meinen Schuhen befreie, mich aus meiner Jeans schäle, den Slip ausziehe und mich schließlich ankleide, aber ich kriege es hin – ohne dabei das Haus vor mir länger als ein paar Sekunden aus den Augen zu lassen.

»Und jetzt –«, beginne ich, doch ich komme nicht weit.

Um Calebs Augen bilden sich Fältchen, so lustig findet er das Ganze. Mühelos entwendet er mir mein Höschen und schnuppert dran. »Jetzt frage ich mich, ob du auch noch deinen BH ausziehen wirst, um einen zweiten Versuch zu starten.«

»Träum weiter!«, knurre ich eingeschnappt, rutsche auf meinem Sitz herum und spüre überdeutlich, dass ich keinen Slip mehr trage. Ich bin eine miese Verliererin, schon immer gewesen.

»Du weißt, dass mir fünf Sekunden reichen, und du bist Wachs in meinen Händen?«

»Und du weißt, dass ich dich gerade hasse?!«, fauche ich zurück. Am liebsten würde ich ihm damit drohen, dass er heute Nacht keinen Sex bekommt. Das Schlimme ist, dass er leider recht hat: Ich verliere in seiner Nähe leicht die Selbstbeherrschung. Und wie all die Male zuvor will ich ihn ja eigentlich nicht in die Wüste schicken.

»Ava?«

»Ja, Caleb?« Es fällt mir schwer, den Blick in seinen Augen zu deuten. »Knebelst du mich jetzt mit meinem eigenen Slip?«

»Nette Idee, aber nein. Rutsch auf den Beifahrersitz! Wir fahren.«

»Wir fahren?« Sofort schüttele ich den Kopf. »Ich kann noch nicht weg.«

Caleb seufzt. »Musst du so stur sein?«

»Musst du denn hier das Sagen haben?«

»Wenn es zu deinem Besten ist: ja.« Er beugt sich vor zu mir und streicht mir Haare aus dem Gesicht. »Ich verstehe, dass dir der Job wichtig ist, aber für heute ist Feierabend. Du arbeitest schon seit zwei Wochen an dieser Sache. Da kommt es auf einen Tag mehr oder weniger auch nicht mehr an. Außerdem fehlt nicht mehr viel, und du schläfst mitten in unserem Gespräch ein.«

Wie zum Beweis gähne ich erneut. Obwohl ich es nicht will.

»Ich weiß, dir gefällt es nicht nachzugeben.« Er grinst schmutzig. »Dabei hat sich das bisher immer für dich gelohnt.«

»Glaubst du, die Aussicht auf Sex reizt mich gerade?« Dafür bin ich zu kaputt.

Sein Lächeln wird wärmer. »Wer redet denn von Sex, Ava? Beziehungsdinge sind neu für mich, aber weißt du, warum ich hergekommen bin? Weil ich das Bedürfnis habe, für dich da zu sein. Ich verstehe, wieso du Menschen zunächst auf Abstand hältst. Doch ich sehe dir an, dass du das nicht willst. Also akzeptier es einfach und rutsch zur Seite!«

Er hat recht. Bei diesem Fall geht es nicht um Leben und Tod. Ich hatte gehofft, ihn heute Nacht zu klären. Aber trotz kleinerer Abweichungen zu den Abenden davor weiß ich nicht, was Paul Stanford in dem Haus treibt, und werde es sehr wahrscheinlich heute nicht mehr erfahren.

Zögerlich gehorche ich und kriege mit, wie Caleb hinten aussteigt und sich vorne auf den Fahrersitz setzt. Als Erstes stellt er sich den Sitz zurück, sodass seine Beine Platz haben, dann startet er den Motor.

»Was ist mit deinem Wagen?«, frage ich.

»Den lasse ich später abholen.«

»Und jetzt?«

»Schlaf ein bisschen!«

Das muss mein Körper nicht zwei Mal hören. Während ich noch überlege, was ich sagen kann, fallen mir die Augen zu. Im Halbschlaf wirbeln mir Gedankenfetzen durch den Kopf. Das, was ich mit Caleb habe, ist ganz anders als das, wie ich mir eine Beziehung ausgemalt habe. Doch dann frage ich mich, ob ich überhaupt der klassische Pärchentyp bin? Und folgt jede Beziehung nicht ihren eigenen Regeln? Wo steht, was normal ist?

Ich muss zurückdenken an meinen ersten Kuss, an diesem schicksalhaften Tag, als meine Schwester verschwand. Und ich muss daran denken, wie ich darauf gewartet habe, dass sich ein Feuerwerk in mir einstellt, wie es alle erzählt haben. Aber es blieb aus. Und allmählich verstehe ich, warum. Weil normal nicht die Art ist, wie ich Beziehungen führen kann und will.

Ist Caleb der Richtige in meinem Leben? Wer kann das schon nach ein paar Wochen wissen? Doch irgendwie, auf eine ganz merkwürdige Art und Weise, habe ich das Gefühl, dass wir richtig füreinander sind. Und uns zusammenraufen werden. Und für den anderen einstehen. Obgleich ich ihm gerade ins Gesicht sagen möchte, dass er sich gerne selbst ficken kann. Ich mag, dass er sich von mir nicht unterkriegen lässt. Dass er einstecken und austeilen kann. Dass er diese dunkle Seite der Welt zeigt und diese fürsorgliche, beschützende nur mir. Er ist kein strahlender Ritter in glänzender Rüstung. Aber ich kann darauf vertrauen, dass er das Beste für mich will. Und mal ehrlich, ich brauche doch auch gar keinen perfekten netten

Typen, sondern einen, der mit mir, falls nötig, durchs Feuer geht. Und Caleb ist dieser Jemand.

Und außerdem bin ich verrückt danach, wie dieser Mann küssen kann. Und wie er riecht! Und wie sich seine Haut an meiner anfühlt. Und wenn ein Feuerwerk im Bauch ein Zeichen dafür ist, dass etwas richtig ist, dann kenne ich die Antwort auf die Frage, ob er der Eine für mich ist. Denn mit Caleb hört diese Lichtershow nie auf. Mit ihm fühle ich mich, als würde die Sonne warm meine Haut kitzeln. Geht es nicht darum?

»Hey, wem gilt das Lächeln? Ich hoffe doch, du träumst von mir!«

Langsam werde ich wacher und merke, dass ich nicht mehr im Auto bin, sondern Caleb mich bis zum Fahrstuhl getragen hat, der in seine Wohnung führt.

»Du hättest mich wecken sollen«, murmele ich.

»Vielleicht wollte ich nicht.« Er lässt mich vorsichtig hinunter, hält mich jedoch weiterhin, und ich schlinge meine Arme um ihn.

»Danke«, sage ich wieder.

Misstrauisch mustert er mich, rechnet mit irgendeinem Hinterhalt, was bei mir ja nie völlig ausgeschlossen ist. »Wofür?«

Wir betreten den Aufzug und fahren nach oben. Was mir heute zu schnell geht. Das, was ich sagen wollte, bleibt mir im Hals stecken.

»Möchtest du noch duschen?«, fragt er, sobald wir in seiner Wohnung sind.

»Nur mit dir«, antworte ich grinsend.

»Keine gute Idee, Baby.« Ich sehe die Lust in seinen Augen und erneut all die anderen Gefühle. Natürlich will er mit mir schlafen, aber er weiß auch, wie kaputt ich von der Nachtschicht bin. Er gibt mir einen langen Kuss und schiebt mich ins Bad. »Geh du zuerst!«

Ich will ihn necken, doch Caleb hängt bereits am Telefon und erklärt, in welcher Straße sein Wagen abgeholt werden soll. Also ziehe ich mich aus und springe unter die Dusche, die ich fast kalt stelle nach den vielen Stunden in dem warmen Auto.

Als ich wenig später im Bett liege, höre ich Caleb im Bad. Sobald er fertig ist, kommt er zu mir, und ich schmiege mich an ihn. Obwohl wir dadurch sofort wieder schwitzen.

»Was ich vorhin noch sagen wollte …« Ich stütze mich auf die Seite auf, habe ein Bein um ihn gelegt und erschauere, als seine Finger auf meinen Schulterblättern gedankenverloren Kreise zeichnen.

»Was?«, fragt er.

»Danke, dass du mich so nimmst, wie ich bin. Und mich nicht bedrängst. Und für mich da bist. Und …« Vor lauter Emotionen habe ich einen Kloß im Hals, und Tränen laufen über meine Wangen. »Mist, und jetzt heule ich dich hier voll!«, schluchze ich und versuche, es mit Humor zu nehmen.

»Gefällt mir«, sagt Caleb mit rauer Stimme, dreht mich auf den Rücken, beugt sich über mich und küsst mich so leidenschaftlich, dass jede Faser meines Körpers erzittert. Genau so, wie es sein sollte. Und mein Herz schlägt schneller. Und irgendwie haben seine Lippen eine hypnotisierende Wirkung auf mich, denn ich kann ihn nicht loslassen, möchte nur mehr. Für immer.

»Caleb«, murmele ich und atme schwer, als er zurückweicht und mich mit diesem unendlich warmen, klugen, aufmerksamen, eindringlichen Blick anschaut. »Ich liebe dich.« Mein Herz setzt kurz aus, und obwohl ich die Worte am liebsten wiederholen will, habe ich Angst, womöglich einen Fehler begangen zu haben. »Vergiss das am besten«, beeile ich mich zu sagen. »Ich hab es nicht so gemeint. Wehe, du reibst mir jetzt unter die Nase, dass du mir das von Anfang an gesagt hast!«

Seine Lippen verschließen meinen Mund. Ich spüre die Hitze zwischen uns, die Leidenschaft, die Gefühle. Und seine Erektion. Groß und hart.

»Sorry, Ava, aber das werde ich nicht vergessen.«

»Verdammt!«, fluche ich, will mich von ihm lösen, doch er hält mich fest.

»Ich liebe dich nämlich auch.« Er küsst mich erneut, dieses Mal ganz sanft. »Und statt von dir zu verlangen, dass du das sofort wieder vergisst, werde ich alles daran setzen, dass du in jeder einzelnen Sekunde daran denkst.«

»Aber wie kannst du das sagen? Ich bin schrecklich! Und ich mache nie das, was du willst.« Ich stutze, diverse Ausnahmesituationen kommen mir in den Sinn, nahezu jede davon im Bett. »Oder fast nie. Der Punkt ist: Mit mir wird dein Leben nicht einfach sein, Caleb. Du kannst mich doch gar nicht lieben.«

Er lacht, bestimmt weil er mich für komplett durchgeknallt hält. »Das musst du schon mir überlassen«, sagt er. »Vielleicht mag ich genau das an dir.« Er grinst. »Beziehungsweise liebe es.«

Dass mir dieser Moment so viel bedeuten würde, hätte ich nie gedacht, aber ich kann nicht anders, als Caleb zu mir zu ziehen. »Bist du wirklich bereit, dich mit mir durchs Leben zu kämpfen?«

»Absolut.«

»Dann vergiss, dass ich gerade gesagt habe, du sollst vergessen, dass ich dich liebe.«

»Schon geschehen, Ava, Baby.«

»Ich liebe dich, Caleb.«

»Und ich dich.«

Wieder küssen wir uns. Ich schlinge meine Beine um ihn, und keiner von uns denkt daran, wie müde wir eigentlich sind. Morgen werden wir uns weiter nerven. Ich werde so tun, als würde ich ihn nicht wollen. Und er wird mich belagern, als wäre Sex die Lösung für jedes Problem. Wir werden nicht einer Meinung sein. Zwei Sturköpfe. Zwei starke Persönlichkeiten. Beide nicht unbedingt die Typen für eine klassische Beziehung. Caleb mit seinem Club, dem Nachtleben und diversen zwielichtigen Kontakten. Ich mit meinem Job und meiner Vergangenheit.

Aber heute Nacht spielt das keine Rolle. Heute Nacht, so wie noch viele andere Nächte, lieben wir uns. So lange, bis wir erschöpft in den Armen des anderen einschlafen.

Das Leben muss nicht immer perfekt verlaufen, kann es auch nicht. Doch es muss für uns richtig sein. Und das ist es jetzt gerade, in diesem Augenblick. Und das ist mehr als genug. Mehr als ich zu träumen gewagt habe. Alles.

Ende